Vent de panique chez Daisy

Du même auteur
aux Éditions J'ai lu

En poche :

Malentendus, *J'ai lu* 3685
Pour la magie d'un baiser, *J'ai lu* 3779
Troublante différence, *J'ai lu* 3904
Sac d'embrouilles, *J'ai lu* 4758
Méli-mélo, *J'ai lu* 5555
Sens dessus dessous, *J'ai lu* 5680

Dans la collection « Comédie romantique », en grand format

Les mésaventures de Miranda, *J'ai lu* 6039
Dingue de toi, *J'ai lu* 6051
Ça suffit, Suzy, *J'ai lu* 6083
La reine des gaffeuses, *J'ai lu* 6088

Jill Mansell

Vent de panique chez Daisy

Traduit de l'anglais
par Agathe Nabet

J'AI LU

Titre original :

STAYING AT DAISY'S
Headline Book Publishing,
a division of Hodder Headline PLC, London

Pour papa et maman,
Avec tout mon amour.

Mes plus profonds remerciements à Marie-Louise Pecorelli, gérante du fabuleux Manor House Hotel de Castle Combe, Wilts, pour toutes ses explications sur l'art et la manière de diriger un tel établissement. Il va sans dire que les personnages fictifs de ce roman sont loin de posséder ses compétences...

1

À défaut d'un marteau de commissaire-priseur, Hector MacLean utilisa le lourd cendrier de verre qui se trouvait sur le comptoir pour exiger le silence.

— Mesdames et messieurs, votre attention, s'il vous plaît ! Silence là-bas dans le fond ! Je lève mon verre... Viens près de moi, ma chérie, viens ici...

Il passa le bras autour de la taille de Daisy.

— Que tout le monde lève son verre à Daisy, la plus adorable fille qu'un père puisse souhaiter !

— À Daisy ! répondit la salle d'une seule voix.

Celle-ci leva les yeux au ciel. Son père était-il vraiment obligé de faire un tel cirque ?

— Tu as omis quelque chose, lui reprocha-t-elle. Tu aurais dû dire : « À la santé de ma fille : sa beauté, son intelligence et son courage mettent cet établissement à l'abri de la faillite ! »

— Tout à fait ! Mais je n'ai pas besoin de le dire : tout le monde ici le sait déjà. Ta réputation de tyran domestique n'est plus à faire... Il n'empêche que je suis fier de toi ! Et pour le toast suivant, je voudrais que nous levions tous nos verres à ce cher vieux Tiki !

— À Tiki ! s'exclamèrent les joyeux buveurs, y compris ceux qui n'avaient jamais entendu parler de Tiki.

Une fois de plus, Daisy constata que les talents d'amuseur d'Hector MacLean faisaient merveille. Personne ne pouvait résister à ses élans de gaieté. Il n'allait pas s'écouler longtemps avant que son père sorte son accordéon et ceux qui étaient venus là pour boire tranquillement un verre allaient se retrouver embringués dans une fête à tout va. Les clients présents étaient censés profiter de quelques jours de calme entre Noël et la Saint-Sylvestre, mais c'était le cadet des soucis d'Hector. Un 28 décembre constituait à ses yeux une excellente occasion de faire la fête. Pourquoi s'ennuyer quand on peut s'amuser ?

Daisy se hissa sur un tabouret de bar en se félicitant d'avoir noyé un fond d'alcool dans neuf dixièmes de soda, tandis que son père accueillait avec effusion un couple de clients australiens.

— Vous voilà enfin ! C'est merveilleux ! Dites-moi, nous risquons d'être à court de musiciens... l'un de vous deux saurait-il jouer du piano, par hasard ?

Un instant plus tard, l'un des deux Australiens se matérialisa à côté de Daisy, tout occupée à se remplir l'estomac de noix de cajou et d'amandes grillées. Pas terrible, mais toujours mieux que rien.

— Votre père est un sacré bonhomme ! Quand des amis nous ont recommandé cet hôtel, je me suis dit : « Hou, là, là ! Je vois ça d'ici : une auberge de campagne peuplée de mémés en tailleur de tweed et de colonels en retraite, très peu pour moi ! » Mais nos amis nous ont assuré que c'était tout le contraire. Je constate avec satisfaction qu'ils ne nous ont pas menti. Cet endroit est carrément génial !

— Vous changerez peut-être d'avis quand mon père commencera à jouer de la cornemuse ! répliqua Daisy.

— Pas possible ? s'extasia l'Australien. Votre père joue vraiment de la cornemuse ?

— Non. Mais il en est persuadé. Si vous voulez un bon conseil, ajouta-t-elle à voix basse, insistez pour qu'il s'en tienne à l'accordéon.

Bien qu'elle n'ait pas cherché à faire de l'humour, l'homme éclata de rire.

— Éclairez un peu ma lanterne : qui est ce Tiki à qui nous venons de porter un toast ? Quelqu'un qui travaille ici ?

— Tiki est notre bienfaiteur. Sans lui, cet établissement n'existerait pas.

— C'est donc le propriétaire des lieux ?

Derrière le comptoir, Rocky le barman se mit à siffler un air entraînant.

— Je suis sûre que vous le connaissez. Si vous reconnaissez cet air, vous saurez tout de suite de qui il s'agit, expliqua Daisy avant de siffler en chœur avec Rocky.

L'Australien fronça les sourcils.

— C'est le thème musical d'une série pour enfants, non ? *Tiki le teckel* ? Je suis désolé, mais je ne vois pas le rapport…

Une fois lancés, Daisy et Rocky étaient incapables de s'arrêter. Ils sifflèrent l'air jusqu'au bout.

— Mon père n'est peut-être pas un génie, mais il y a vingt-cinq ans, il a eu une idée géniale : il a créé le personnage de Tiki, reprit Daisy.

— Quoi, vous plaisantez ? Mais c'est incroyable ! J'achetais les livres de Tiki à mes enfants quand ils étaient petits !

— À l'origine, il avait inventé ce personnage de teckel efféminé pour moi. Il me racontait ses aventures sous forme d'épisodes, précisa Daisy. Un jour, j'ai voulu savoir à quoi il ressemblait, alors il l'a dessiné. J'ai emporté les dessins à l'école et j'ai raconté les aventures de Tiki à mes camarades. Leurs mères n'ont pas mis longtemps avant de venir trouver papa pour lui demander comment se procurer des livres de Tiki… Du coup, papa a envoyé ses histoires à un éditeur qui les a aussitôt publiées. Une chaîne de télévision s'est intéressée au personnage et Tiki est devenu la coqueluche de toute une génération. Il y a eu les peluches Tiki, les jeux de société, les pyjamas, bref, tout ce qu'on appelle aujourd'hui les produits dérivés. Et tout cela à partir d'une idée toute simple ! Papa a revendu ses droits sur Tiki il y a cinq ans pour acheter cet hôtel, conclut-elle. Voilà pourquoi nous lui devons tout.

— J'avais une housse de couette Tiki le teckel quand j'étais petit, intervint gaiement Rocky. Et des pantoufles Tiki avec des oreilles qui balayaient le plancher.

— J'ai eu toute la panoplie Tiki, grommela Daisy avec une grimace. À partir de neuf ans, ça a commencé à devenir un peu gênant. Mes goûts avaient évolué…

— J'adore cet endroit ! s'exclama l'Australien. Je m'en vais de ce pas discuter avec votre papa !

— Tu es sûre que ça va ? demanda Rocky en baissant la voix tandis que le client s'éloignait. Tu as l'air vanné…

— Moi ? Pas le moins du monde ! Pourquoi voudrais-tu que ça n'aille pas ?

Rocky haussa les épaules et fit tomber deux glaçons dans un shaker.

— Je me disais que Steven te manquait peut-être… Quand doit-il rentrer ?

— Pour le réveillon de la Saint-Sylvestre.

Daisy prit une poignée de cacahuètes et lui décocha un sourire de défi. Elle savait pertinemment que Rocky n'était pas un fervent supporter de Steven. Il était même possible qu'il ait deviné ce qui s'était passé entre eux la semaine précédente. Mais il était hors de question qu'elle lui parle de ses problèmes. Elle n'en avait soufflé mot à personne. Ni à sa meilleure amie, Tara, ni même à son père. Pour le moment, elle devait se contenter de garder tout ça pour elle et de faire comme si tout allait bien.

— Si tu n'as pas trop le moral, je sais ce qui te ferait du bien, lâcha suavement Rocky avec un sourire enjôleur. Je suis jeune, célibataire et disponible. Et totalement irrésistible, ça va de soi !

Rocky avait vingt-trois ans, un sourire à damner une sainte et une coupe de cheveux tout ce qu'il y a de plus tendance : piquants de hérisson décolorés. Mais pour Daisy, son profil se résumait à un seul mot : Oasis. Le nom de son groupe préféré. Il aurait pu dire et faire ce qu'il voulait, son cas était sans appel.

— J'apprécie ta proposition, lui répondit-elle d'un ton solennel, mais tu as cinq ans de moins que moi.

Elle fronça les sourcils pour montrer qu'elle faisait un puissant effort de réflexion.

— Ah, oui ! Je savais bien qu'il y avait autre chose… Je suis mariée.

— Tu ne sais pas ce que tu rates. Je suis au top de mes performances sexuelles !

— Ça ne change rien à mon statut de femme mariée.

— S'il n'y a que ça qui t'arrête, je suis sûr qu'on peut trouver un compromis...

— De quoi parlez-vous ? intervint Tara qui s'était approchée du bar pour remplir discrètement son verre. Tara préférait nettement boire et faire la fête à son travail de femme de chambre et elle se demandait pourquoi elle n'avait pas encore trouvé le moyen de gagner sa vie en s'amusant. Quelle injustice !

— De sexe, répondit Daisy avec un clin d'œil. Et du fait que ce pauvre Rocky ne trouve rien à se mettre sous la dent.

— Je n'ai jamais dit ça ! protesta Rocky bien que ce fût le cas. J'ai simplement offert à Daisy une occasion qui ne se représentera pas deux fois dans sa vie et elle m'a fait le numéro de l'épouse respectable.

— On a de la visite... annonça Tara en donnant un coup de coude à Daisy pour attirer son attention sur la voiture de police qui remontait lentement l'allée.

Elle se retourna vers Rocky :

— Une occasion qui ne se représentera pas deux fois dans sa vie ? *Toi ?* Eh bien, voilà ce que tu mérites : la police vient t'arrêter pour tentative d'escroquerie !

— En tout cas, ils ne pourront pas dire que c'est à cause de la cornemuse de papa ! s'indigna Daisy. Il n'en a pas encore joué !

La voiture s'arrêta en haut de l'allée. Ils observèrent Barry Foster, l'officier de police qu'ils connaissaient bien, s'extirper pesamment de son véhicule, puis marmonner quelques mots dans son talkie-walkie. Daisy descendit de son tabouret.

— J'espère qu'il ne vient pas arrêter l'un de nos clients.

— À moins qu'il ne s'agisse de celui-là, objecta Tara en désignant l'Australien qu'Hector avait contraint à souffler dans un harmonica.

— Oui, évidemment, approuva Daisy en souriant. S'il nous débarrasse de cet olibrius, je ne m'interposerai pas.

Dans le bureau de Daisy, Barry Foster essuya ses mains moites avec son mouchoir. Il avait horreur d'annoncer de mauvaises nouvelles.

Daisy avait la sensation que le papier peint à motif vert et doré du bureau ondulait en rythme. Elle cligna des yeux pour qu'il cesse de bouger, puis s'humecta les lèvres.

— Écoute, il doit s'agir d'une erreur. Steven n'est pas allé à Bristol. Il est à Glasgow, chez son grand-père. Il ne reprendra pas la route avant le 31 janvier.

Barry lui adressa un regard compatissant. Il connaissait bien Daisy. Il l'aimait bien. Et il connaissait aussi Steven.

— Je suis désolé, mon petit. C'était bel et bien la voiture de ton mari. On a trouvé son permis de conduire dans son portefeuille... Tu veux un verre d'eau ?

— Non merci, fit-elle en secouant la tête.

Aux dires de Barry, l'accident s'était produit sur la route de Siston. À moins de quinze kilomètres de l'hôtel. La BMW de Steven avait dérapé sur une plaque de verglas avant de s'écraser contre un mur. Mais Barry avait l'air toujours aussi mal à l'aise. Comme si cette mauvaise nouvelle en dissimulait une autre, pire encore.

Daisy déglutit.

— Il est mort, c'est ça ?

— Non, non, répondit Barry avec empressement. Non, mon petit, il n'est pas mort. Son état est alarmant, critique même. Mais je t'assure qu'il est toujours en vie.

État critique. Blessure à la tête. Coma profond.

— Mais alors pourquoi...

Elle désigna du menton les mains et le mouchoir de Barry. Toute cette histoire lui semblait absurde. Steven l'avait appelée la veille de Glasgow pour se plaindre de la météo pourrie. Il avait parlé d'acheter des billets pour le match à domicile des Glasgow Rangers. Il avait aussi mentionné le fait qu'il avait appelé un plombier pour réparer le chauffe-eau de son grand-père.

Et en réponse à sa question, il lui avait assuré qu'il n'avait pas parlé de « la chose » à son grand-père. Pauvre vieux. À quatre-vingt-trois ans, il avait assez de soucis comme ça !

— Daisy, je suis vraiment désolé. Steven n'était pas seul dans la voiture quand l'accident a eu lieu.

— Quoi ?

Pendant une fraction de seconde, elle crut que son grand-père était avec lui.

Mais non, bien sûr. Ce n'était pas cela que Barry cherchait à lui dire. La raison de sa nervosité lui apparut soudain dans toute son odieuse simplicité.

— Dis-moi tout, ordonna-t-elle d'une voix blanche.

Daisy eut l'impression que Barry s'apprêtait à lui révéler les dernières pages d'un thriller. Elle allait enfin apprendre le nom du coupable.

— Il… euh… il y avait une femme avec lui.

Barry paraissait vraiment embarrassé.

— Quand tu dis une femme, tu veux dire sa maîtresse ?

— Euh… oui… Il semblerait, en effet, oui.

— Elle est aussi dans le coma ?

— Non, non. Pas elle. Elle a eu de la chance. Elle s'en est tirée avec des blessures superficielles.

Un éclat de rire en provenance du bar leur parvint et un air d'accordéon retentit.

Daisy aurait dû aller trouver son père pour lui raconter ce qui se passait, mais tout était si compliqué. Comment lui expliquer la situation alors qu'elle ne savait pas elle-même où elle en était ?

— Ils célèbrent quelque chose, expliqua-t-elle en désignant la porte d'un geste vague. Je ne veux pas gâcher leur soirée. Ma voiture est garée derrière l'hôtel.

— Tu ne vas pas prendre le volant maintenant, Daisy ! Je t'emmène à l'hôpital si tu veux.

— Ce n'est pas la peine. Je peux conduire.

Daisy se demanda si Barry s'attendait qu'elle pleure.

Le papier peint ne bougeait plus. C'était déjà une bonne chose.

Chancelant légèrement, elle quitta son siège.

— Ça va aller.

2

Par l'autoroute, l'hôpital de Bristol était à moins d'un quart d'heure de l'hôtel. Pour la première fois depuis des années, Daisy effectua le trajet sans allumer l'autoradio, et quand elle se gara sur le parking de l'hôpital, l'idée de rectifier son rouge à lèvres dans le rétroviseur ne l'effleura même pas.

En cette fin d'après-midi, le ciel d'un gris de cendre commençait à s'obscurcir et, dans les différents bâtiments, les lumières s'allumèrent les unes après les autres. Daisy suivit un panneau fléché indiquant la direction du service des soins intensifs. Des employés de l'hôpital et des visiteurs allaient et venaient, apparemment insouciants.

Se pouvait-il que Steven ait vraiment une maîtresse ?

Le médecin fit preuve d'une extrême gentillesse. Il lui expliqua à quoi servaient les différentes machines placées autour du lit de Steven. Le service était brillamment éclairé. Excepté les uniformes bleu pâle du personnel, tout était blanc. Daisy eut soudain le sentiment que sa veste de velours rouge vif, sa jupe de cuir noir et ses escarpins à talons aiguilles détonnaient dans cet environnement. Elle fit un effort pour se concentrer sur ce que le médecin était en train de lui raconter. Écouter attentivement ce qu'il disait lui parut soudain vital, comme si l'obtention d'un diplôme dépendait de la qualité de son écoute.

Mais elle avait l'impression que le médecin lui parlait dans une langue étrangère. Le sens des mots qu'il prononçait lui échappait complètement. Elle comprit seulement que Steven se trouvait dans un état critique.

Le bipeur du médecin retentit.

— Tenez, asseyez-vous là.

Il plaça une chaise en plastique moulé à côté du lit de Steven.

— Tenez-lui la main. Parlez-lui. Vous pouvez rester aussi longtemps que vous le souhaitez. Je repasserai vous voir tout à l'heure, d'accord ?

Et Daisy se retrouva seule avec Steven. Pas complètement seule, en fait. À quelques mètres du lit, deux infirmières la surveillaient du coin de l'œil.

Assise sur cette chaise inconfortable, elle prit la main de son mari dans la sienne, comme le médecin lui avait conseillé de faire.

Extérieurement, Steven avait tout d'un homme en parfaite santé. Excepté le carré de tissu blanc qui recouvrait son entrejambe, il était entièrement nu. Sa musculature et son bronzage révélaient avec quel soin jaloux il entretenait son physique. Les heures passées à souffrir au gymnase avaient porté leurs fruits. Daisy avait sous les yeux le corps d'un homme au top de sa condition physique. Rien ne laissait supposer qu'il était blessé.

Elle cligna des yeux et rassembla ses esprits. Qu'était-elle censée faire, déjà ? Ah, oui ! Lui parler.

Mais qu'était-elle supposée lui dire ? Sûrement pas « Espèce de salaud, tu avais une maîtresse ! » Ce n'était certainement pas ce qu'avait suggéré le médecin…

Vingt minutes plus tard, elle se leva pour quitter la chambre.

— Allez vous asseoir dans la salle d'attente réservée aux proches, lui proposa gentiment l'une des infirmières. Je vais vous apporter une bonne tasse de thé.

Daisy se demanda pourquoi les gens s'exprimaient toujours ainsi. Même ceux qui préparaient un thé infect s'obstinaient à proposer une *bonne* tasse de thé.

— Ce n'est pas nécessaire, je vous remercie. Je vais juste aller prendre un peu l'air.

— Vous avez raison, ça vous fera du bien. Désirez-vous que nous prévenions un autre membre de la famille ?

— Non, c'est inutile. J'ai mon téléphone portable. Je peux m'en charger.

Dans le hall, Daisy céda le passage à un garçon en fauteuil roulant particulièrement intrépide. Une fille vêtue d'une doudoune bleu marine semblait plongée dans l'étude attentive d'un panneau d'information. La lumière des néons vacilla, accentuant sa pâleur. La fille lui jeta un coup d'œil furtif, puis se détourna en hâte. Ce mouvement presque coupable intrigua Daisy.

Elle sortit son portable de son sac, pianota sur une série de touches et dit :

— Salut, c'est Daisy. Je quitte l'hôpital. Je serai à la maison d'ici une demi-heure.

Moins d'une minute après avoir franchi la sortie du bâtiment, elle rebroussa chemin. La fille à la doudoune n'était plus dans le hall. Elle s'approcha de la porte du service des soins intensifs et risqua un œil à travers le hublot. La fille se tenait devant la porte de la chambre de Steven, en larmes. L'infirmière qui avait proposé du thé à Daisy un instant plus tôt lui parlait avec douceur et lui tendait un Kleenex.

Daisy ressentit un pincement de jalousie absurde en constatant que l'infirmière était aussi gentille avec cette fille qu'elle l'avait été avec elle.

La fille à la doudoune portait un bandage au poignet gauche. Daisy appuya le bout du pied contre la porte pour qu'elle s'entrouvre légèrement. La voix réconfortante de l'infirmière lui parvint :

— Je suis sincèrement désolée. L'accès au service des soins intensifs est réservé aux membres de la famille.

La fille était effondrée. Malgré ses larmes, Daisy ne put s'empêcher de la trouver jolie. Moins jolie qu'elle-même cependant.

Elle recula et laissa la porte se refermer. Il fallait vraiment qu'elle prenne l'air, cette fois. Et puis, il fallait qu'elle appelle vraiment son père, au lieu de faire semblant. Il devait se demander où elle était passée.

Au cours de la nuit, l'état de Steven s'aggrava. Le lendemain matin à 11 heures, la bouche sèche et la tête bourdonnante à cause du manque de sommeil, Daisy passa du service des soins intensifs à la salle des mauvaises nouvelles. Les chaises confortables qui s'y trouvaient permettaient aisément de l'identifier comme telle.

L'interne qui se trouvait là était âgé d'une cinquantaine d'années et la chemise qu'il portait sous sa blouse n'avait visiblement pas été repassée.

— Je suis désolé, madame Standish. Nous avons pratiqué une seconde série d'examens qui confirment ce que nous craignions. Le traumatisme crânien qu'a subi votre mari est extrêmement grave. Il n'y a plus aucune activité cérébrale.

— Je comprends, murmura Daisy.

Son regard se porta vers la fenêtre. Dehors, il pleuvait à verse.

— En gros, ça signifie qu'il est déjà mort.

— Je le crains, en effet.

Une boîte de mouchoirs était posée sur le bureau. Totalement inutile en ce qui la concernait.

— Je vous remercie pour tout ce que vous avez fait, dit-elle.

L'interne s'éclaircit la voix.

— J'aimerais aborder un autre point avec vous, puisque vous êtes la plus proche parente de Steven. Son état représente un espoir de survie pour d'autres patients...

Du bout de ses longs doigts, il fit glisser vers elle un formulaire sur le bureau.

— Il vous est peut-être arrivé d'évoquer le principe du don d'organes avec votre mari. Je peux vous assurer que c'est un acte bénéfique sur le plan psychologique pour la famille de pouvoir se dire...

— Vous voulez que je vous donne mon accord pour transplanter les organes de Steven sur des patients ? l'interrompit Daisy, éberluée. Mais il était atteint d'un cancer !

L'interne fronça les sourcils.

— D'un cancer ? Excusez-moi, je ne vous suis pas très bien...

— Oui, un cancer. Je pensais que c'était dans son dossier médical, poursuivit-elle en désignant les papiers qui se trouvaient sur le bureau. Il m'a dit qu'il était venu consulter un médecin ici même. Du moins, c'est ce que j'avais compris. Il était peut-être allé chez un médecin en ville...

Le froncement de sourcils de l'interne s'accentua.

— Excusez-moi un instant, je reviens.

Demeurée seule dans la salle des mauvaises nouvelles, Daisy regarda la pluie tambouriner contre la fenêtre. Incapable de rassembler ses esprits, elle se contenta de compter les gouttes qui ruisselaient sur la vitre.

L'interne revint quelques minutes plus tard.

— Je viens de parler au généraliste de l'hôpital qui suivait Steven. Votre mari ne l'a pas consulté depuis plus de deux ans. S'il était allé consulter un autre médecin – que ce soit dans un autre hôpital ou dans le privé –, son médecin référent en aurait reçu la notification. Je crois que nous pouvons raisonnablement conclure qu'il s'agit d'un malentendu. Votre mari n'a jamais eu de cancer.

Daisy trouva l'infirmière qu'elle cherchait en train d'empiler des haricots métalliques en salle de stérilisation.

— L'interne m'a expliqué pour Steven, lui annonça-t-elle.

— Ô mon Dieu. Je suis désolée. Voulez-vous que je vous prépare une bonne tasse de thé ?

— Non, merci.

— Vous êtes très courageuse.

Le personnel des soins intensifs devait surtout la trouver très bizarre.

— Je voulais vous parler de la jeune fille qui est venue ici hier, juste après moi. Celle qui se trouvait avec Steven au moment de l'accident.

L'infirmière rosit légèrement.

— Je vous ai entendue lui dire qu'elle n'était pas autorisée à le voir. Je crois qu'étant donné les circonstances, ça ne portera aucun préjudice à Steven et je vous demande de l'y autoriser.

— Elle n'est malheureusement plus ici. Je lui ai conseillé de rentrer chez elle.

Daisy dévisagea ouvertement l'infirmière.

— Elle vous a probablement laissé son numéro de téléphone.

Son expression confirma l'hypothèse de Daisy. Ce qui était normal, au fond.

— Appelez-la, reprit-elle. Je n'ai pas l'intention de la rencontrer. Mais si c'était la maîtresse de Steven, il me semble légitime qu'elle soit autorisée à lui faire ses adieux.

3

Un an plus tard.

— Tu seras là cet après-midi, Daisy ? demanda Hector. Les Cœurs Croisés doivent venir à 4 heures pour choisir le menu du mariage.

— Papa, j'aimerais que tu t'abstiennes de les appeler ainsi !

— Ces gens-là me tapent sur les nerfs ! Ça me soulage, moi, de les appeler comme ça. Ils n'arrêtent pas de changer d'avis. Inviter un végétalien à un mariage, je te demande un peu !

Tara, qui passait l'aspirateur dans l'escalier, échangea un regard complice avec Daisy.

— C'est moi qui les recevrai, ne t'inquiète pas, déclara Daisy. Et ils ne s'appellent ni les Cœurs Croisés, ni les Croix de bois Croix de fer, ni les Croix de Feu, mais les Croix du Calvaire, d'accord ? Tu me feras le plaisir de t'en souvenir et de te montrer aimable.

Ce nom fit dresser l'oreille de Tara.

— Les *quoi* ?

Le cœur battant, elle éteignit l'aspirateur. Elle avait peut-être mal entendu.

— Comment tu dis qu'ils s'appelaient ?

— M. et Mme Cœur Croisé de Playtex, répondit Hector d'un ton grave. Et laisse-moi te dire qu'il lui en faudra un de taille à madame ! Avec baleines en acier, élastiques ultrarenforcés et tout le bataclan !

— Quelle délicatesse ! commenta Daisy. Dire qu'il y a encore des gens pour s'étonner que tu ne te sois jamais remarié…

— Tu as bien dit Croix du Calvaire ? insista Tara.

— Oui, pourquoi ? demanda Hector.

— Dominic Croix du Calvaire ?

— Dominic, oui. C'est le prénom du gugusse, répondit-il, intrigué. Tu le connais ?

— C'est possible, oui… fit-elle d'un ton évasif.

— Tu devrais voir ta tête ! s'exclama Hector. Je parie que c'est un de tes ex ! Un revenant qui surgit de ton passé de débauche, hein, coquine ? Allez, dis-nous tout : lequel des deux a plaqué l'autre ?

— Je n'ai jamais été une débauchée ! répliqua Tara d'un air outragé qui démentait son propos.

— J'en conclus que c'est lui qui t'a plaquée, trancha Hector, triomphant. Alors là, tu m'en bouches un coin ! Laisse tomber l'aspirateur et viens nous raconter ça.

— Je dois finir l'escalier, riposta Tara qui mourait d'envie d'avoir des nouvelles de Dominic.

— C'est moi le patron, ici ! Je t'ordonne de laisser tomber le ménage et de venir boire un verre ! Tu te joins à nous, Daisy ?

Cette dernière, qui avait entrepris de dépouiller le courrier, n'entendit même pas la question, bouleversée qu'elle était par la lettre qu'elle venait d'ouvrir.

— C'est pour quand, le mariage ? s'enquit Tara.

— Dans deux semaines. Le 10 janvier. Quatre-vingt-seize invités, dont trois allergiques au gluten, deux intolérants au lactose, dix-sept végétariens et, cerise sur la pièce montée au tofu, un végétalien !

— Et la fille qu'il épouse… ? demanda-t-elle d'un ton faussement dégagé dont Hector ne fut pas dupe une seconde.

— Elle s'appelle Annabel. Le genre costaud, comme je disais. On pourrait en mettre deux comme toi dans sa robe de mariée !

Tara, qui connaissait la tendance d'Hector à tout exagérer, en conclut que cette Annabel devait faire du 40 à tout casser. Un *voluptueux* 40.

— Elle est jolie ?

Elle se doutait bien que Dominic ne s'abaisserait pas à épouser un laideron. Mais elle savait que la réponse d'Hector lui ferait du bien. Celui-ci passa le bras autour de ses épaules pour l'entraîner vers le bar.

— Sur ce point, ma chère Tara, je peux t'assurer qu'elle ne t'arrive pas à la cheville !

Walking in a winter wonderland... Cette chanson tournait dans la tête de Daisy tandis qu'elle s'éloignait de l'hôtel. L'esprit de Noël et la gaieté qui allait avec ne manquaient jamais de la réjouir. Arrivée au bout de l'allée, elle enjamba un muret de pierre et coupa à travers champs en direction du cimetière. Elle atteignit la tombe de son mari sans avoir croisé âme qui vive.

Mervyn Tucker, dont l'épouse était enterrée à côté de Steven, avait laissé là le seau d'aluminium qu'il utilisait en guise d'arrosoir. Daisy le retourna, s'assit dessus et sortit une enveloppe de la poche de son manteau.

— Salut, c'est moi. Je t'apporte des nouvelles.

Après avoir prononcé ces mots, elle réalisa le ridicule de sa situation. Assise sur un seau, elle s'apprêtait à lire une lettre à voix haute devant un monticule de terre. Fort heureusement, le cimetière était désert. Et elle tenait à ce que Steven prenne connaissance du contenu de cette lettre.

Elle déplia le premier des deux feuillets que contenait l'enveloppe.

— Bon, alors voilà. Cette lettre est arrivée ce matin. Celui qui l'a écrite s'appelle Barney. Tu lui as fait don d'un de tes reins et l'opération s'est parfaitement déroulée. Tu te rends compte ! Tu viens de sauver la vie d'un jeune homme de vingt-cinq ans ! Je vais te lire ce qu'il écrit : *Chère inconnue, j'espère que vous ne m'en voudrez pas de vous écrire. J'imagine qu'il n'a pas dû être facile pour vous de prendre une telle décision alors que vous traversiez une douloureuse épreuve. C'est pourquoi je tiens à vous remercier de m'avoir offert une nouvelle vie. Je ne trouve pas les mots qui conviennent pour vous exprimer ma reconnaissance. Merci n'est qu'un faible équivalent de ce que je voudrais dire. Vous êtes forcément quelqu'un de merveilleux – votre mari devait l'être aussi – et j'espère que cette lettre vous aidera, dans la mesure du possible, à supporter le deuil qui vous accable. Je vous serai éternellement reconnaissant. Si vous estimez être en mesure de répondre à cette lettre par l'intermédiaire du coordinateur de transplants, j'en serais infiniment heureux. Dans le cas contraire, vos raisons m'apparaîtront parfaitement justifiées. Merci encore. Meilleures pensées, Barney.*

Quand elle eut terminé sa lecture, Daisy posa les mains sur la pierre tombale en marbre blanc de Steven.

— Voilà. Tu ne trouves pas ça merveilleux ? Ta mort, survenue il y a un an jour pour jour, a permis à Barney de continuer à vivre. Tu viens d'accomplir une bonne action *post mortem* ! Il a l'air vraiment gentil, tu ne trouves pas ? Je me demande combien de temps il a passé à rédiger cette lettre... J'ai l'intention de lui répondre pour le remercier et...

Daisy s'interrompit brusquement. Elle venait de percevoir un mouvement à la périphérie de son champ de vision. Une femme vêtue d'une veste rouge vif se tenait à la grille du cimetière. Daisy comprit que la femme l'avait vue, elle aussi. Le bord métallique du seau commençait à lui mordre cruellement les fesses, mais elle réfréna son envie de se lever pour ne pas risquer de se casser la figure devant témoin.

Comme la femme ne se décidait pas à franchir la grille, Daisy tourna la tête et la dévisagea. Quand elle réalisa de qui il s'agissait, elle faillit bel et bien dégringoler de son seau.

Elle aurait dû s'en douter. C'était le premier anniversaire de la mort de Steven, après tout. Elle reprit rapidement contenance et lança :

— Vous pouvez entrer, ça ne me dérange pas !

La fille à la doudoune – qui ne portait pas de doudoune ce jour-là – hésita un instant, puis se décida à pénétrer dans le cimetière. L'herbe gelée crissa sous ses bottes de cuir à talons plats. Elle portait une veste polaire d'un rouge écarlate, un pantalon blanc, une écharpe de laine vert vif, des gants en tricot bleu pâle et tenait à la main un petit bouquet de roses blanches enveloppées de papier cellophane.

— Écoutez, je suis désolée de cette situation, dit-elle en arrivant à la hauteur de Daisy. Je peux partir et revenir plus tard, si vous voulez. Une fois que…

— Ce n'est pas la peine. J'ai fini ce que j'avais à faire. Je vous cède mon siège, si vous voulez…

Daisy se releva péniblement et désigna le seau à la fille. Dévorée de curiosité, elle lui adressa un bref sourire et ajouta :

— Je vous ai vue à l'hôpital. Je m'appelle Daisy.

— Je sais.

Le nez et les joues rosies de froid, la fille semblait visiblement mal à l'aise.

— Je m'appelle Mel, finit-elle par murmurer.

Daisy se demanda s'il était nécessaire qu'elles échangent une poignée de main, mais les siennes se trouvaient profondément enfouies au fond de ses poches. De toute façon, Mel n'avait pas l'air d'y tenir particulièrement.

— Écoutez, j'ai l'impression qu'on se retrouve dans ce qu'il est convenu d'appeler une situation embarrassante, mais elle n'a pas lieu d'être…

Maintenant qu'elle se trouvait en présence de cette fille, Daisy était curieuse d'en apprendre un peu plus à son sujet.

— Steven a dû vous expliquer que notre mariage battait de l'aile. C'était même pire que ça. Il partait carrément à vau-l'eau, en fait.

Les efforts qu'elle déployait pour se montrer amicale ne parurent avoir aucun effet sur Mel qui entreprit de dégager les roses de leur emballage de cellophane.

— Il voulait divorcer et vous avez refusé, lâcha-t-elle d'une voix sourde.

Ahurie, Daisy la fixa un instant.

— Pardon ?

— Il voulait divorcer, répéta Mel. Mais vous n'étiez pas d'accord.

— Oh, non ! Je suis désolée, mais vous faites erreur. C'est totalement faux !

Daisy découvrit soudain que Steven était encore en mesure de la surprendre.

— C'est moi qui voulais divorcer ! Une semaine avant Noël, je lui avais dit que tout était terminé entre nous. C'est à ce moment-là qu'il m'a parlé de son cancer...

— Son *cancer* ? s'exclama Mel, ahurie à son tour. Mais il ne m'en avait jamais parlé !

— Normal, vu que c'était faux. C'était un mensonge pour m'empêcher de divorcer. Et vous savez quoi ? Je l'ai cru ! L'abandonner dans une situation aussi tragique m'a semblé monstrueux. Je n'ai pas pensé une seule seconde qu'il puisse avoir recours à un subterfuge aussi énorme...

— Je ne vous crois pas. Il n'aurait jamais fait une chose pareille. C'est vous, la menteuse !

— Détrompez-vous. Si je voulais salir sa mémoire, j'aurais trouvé quelque chose de plus original, riposta Daisy. Le mensonge qu'il m'a servi était tout juste digne d'une série Z ! Il est allé jusqu'à inventer que sa seule chance de survie résidait dans un nouveau traitement mis au point par les Américains et il voulait m'emprunter vingt mille livres à cet effet. Comme il ne disposait d'aucun revenu personnel, il me demandait tout bonnement de lui faire don de cette somme. Qui sait ce qu'il avait l'intention d'en faire ? conclut-elle avec un haussement d'épaules. Partir aux États-Unis, avec vous, probablement. Et revenir ici six mois plus tard, miraculeusement guéri...

Était-ce cruel de sa part de révéler tout cela à Mel ? Et surtout, celle-ci la croyait-elle à présent ?

Le bouquet de roses blanches à demi déballé reposait à présent sur la pierre tombale de Steven.

— Je ne sais plus quoi penser, dit lentement Mel.

Ses yeux gris étaient embués de larmes.

— Je suis désolée. Je n'avais vraiment pas l'intention de vous faire de la peine, balbutia Daisy. Je crois qu'il est essentiel que vous sachiez qui était réellement Steven. J'ignorais totalement votre existence, mais notre mariage avait atteint un point de non-retour, de toute façon.

— Ce que je ne comprends pas, fit Mel, toujours aussi lentement, c'est pourquoi il m'aurait menti *à moi*. On s'aimait. On voulait vivre ensemble... Si vous étiez d'accord pour divorcer, pourquoi aurait-il insisté pour rester avec vous ?

Daisy, qui avait résolu cette énigme depuis longtemps, tendit la main en direction de l'hôtel. Niché au creux de la vallée, comme saupoudré de sucre glace, celui-ci étincelait sous le pâle soleil d'hiver, rivalisant d'éclat avec la rivière argentée qui serpentait en lisière du parc parfaitement entretenu. Ce manoir, dont certaines parties dataient du XVe siècle, semblait tout droit sorti d'une publicité Ralph Lauren.

— Vous avez la réponse sous les yeux, dit-elle simplement. Voilà ce qui incitait Steven à rester avec moi. Il était très attaché à son style de vie...

Elle n'ajouta pas qu'il n'avait jamais rien fait pour participer à la bonne marche de l'établissement.

— Vous pouvez dire ce que vous voulez, à présent qu'il n'est plus là pour se défendre, répliqua Mel d'un air buté.

— Réfléchissez cinq minutes, objecta Daisy. S'il avait eu l'intention de divorcer, qu'est-ce qui l'en empêchait ? Certainement pas moi ! Il était majeur, que je sache ! Je n'allais pas le ligoter et l'enfermer dans les caves du manoir !

Mel demanda abruptement :

— Vous lui auriez donné les vingt mille livres ?

Daisy haussa les épaules.

— Oui, probablement. Nous étions encore mariés. J'aurais difficilement pu lui répondre : « Un cancer ! Mon Dieu, quelle horreur ! Je suis désolée, mais je ne dispose pas de cette somme pour le moment. J'ai l'intention de m'acheter une nouvelle voiture... »

— Vous l'aimiez ? l'interrompit Mel, le regard absent.

— Plus à la fin, non, avoua Daisy en secouant la tête.

— Pourquoi êtes-vous venue vous recueillir sur sa tombe, alors ? Je vous ai vue lui parler, il y a quelques minutes.

Daisy effleura l'enveloppe qui se trouvait dans sa poche. Avant de l'évoquer, elle avait quelques questions de son cru à poser à Mel.

— Je vous répondrai plus tard. Dites-moi d'abord si *vous* vous aimiez Steven.

Mel lui jeta un regard méprisant.

— Évidemment, que je l'aimais ! Pour quelle autre raison me trouverais-je ici aujourd'hui ? Je lui ai même apporté des fleurs.

Ses yeux gris lancèrent des éclairs.

— Vous n'avez jamais pris cette peine, pour autant que je sache.

— Vous venez ici souvent ? s'enquit Daisy.

— Toutes les semaines. Il n'y a rien d'illégal à cela, riposta Mel avec un regard de défi. Vous ne pouvez pas m'en empêcher.

— Je n'en avais pas l'intention !

Cette fille était particulièrement susceptible.

— J'apprécie beaucoup que quelqu'un lui rende visite. Quel âge avez-vous ? ajouta-t-elle pour changer de sujet. Vous voyez, moi aussi, je peux poser des questions personnelles !

— Vingt-six ans, répondit froidement Mel.

Elle ne les faisait pas. Avec sa frange d'écolière sage et sa petite bouche bien dessinée, Daisy ne lui aurait pas donné plus de vingt-deux ans.

— Vous aviez donc vingt-cinq ans quand vous avez commencé à sortir avec le mari d'une autre, si je ne m'abuse ?

Les mains de Mel étaient aussi rouges que son nez tandis qu'elle tâchait maladroitement de disposer les fleurs dans le vase de pierre.

— Il avait l'air profondément malheureux. Il m'a expliqué qu'il s'était laissé piéger dans un mariage sans issue et que vous étiez, euh...

— Laissez-moi deviner : invivable ?

L'art consommé de Steven pour décrire les choses à sa façon faisait partie de son charme...

— Je peux vous garantir que je suis absolument adorable. Je ne m'attends pas que vous me croyiez, mais c'est pourtant la vérité.

Mel releva la tête.

— Vous avez fait preuve de gentillesse vis-à-vis de moi, admit-elle. Vous avez autorisé l'infirmière à me laisser entrer dans le service des soins intensifs. C'était très important pour moi. J'ai eu du mal à croire que l'autorisation émanait de vous.

Daisy sourit faiblement.

— Qu'est-ce que je vous disais ? Je suis la bonté même !

— Steven prétendait aussi que vous étiez imbue de vous-même. Que vous n'aviez rien d'une personne sensible et timide !

— Une personne sensible et timide ne pourrait gérer un hôtel tel que Colworth Manor. À ce propos, je ferais bien de retourner travailler. J'aimerais tout de même vous montrer quelque chose avant de partir.

Mel s'empara de l'enveloppe que Daisy lui tendait. Les doigts engourdis par le froid, elle déplia gauchement les feuillets. La première lettre était signée du coordinateur de transplants et la seconde était celle de Barney. Elle ne lut que les premières lignes de la seconde, replia le tout et le rendit à Daisy.

— N'éprouvez-vous pas un certain soulagement ? demanda celle-ci, prise de court.

Ce n'était pas la réaction à laquelle elle s'attendait.

— Pourquoi devrais-je en éprouver ?

— Je trouve que c'est merveilleux ! C'est à cause de cette lettre que je suis venue parler à Steven. Il a enfin fait quelque chose de bien. Il a rendu la vie à ce jeune homme !

— Je ne le connais même pas !

Des larmes de colère jaillirent des yeux de Mel.

— Je me fiche pas mal de ce Barney ! Je préférerais que ce soit Steven qui soit encore en vie !

4

Une pile de serviettes sur les bras, Tara ouvrit la porte de la chambre 12 d'un coup de fesses, entra à reculons et sursauta en découvrant qu'il y avait quelqu'un. Les occupants de la chambre venaient de monter dans leur hélicoptère privé et elle s'était attendue à la trouver vide.

— Oh, c'est toi ! Qu'est-ce que tu fais là ?

Elle laissa tomber sa pile de serviettes sur le lit à baldaquin pour rejoindre Daisy, agenouillée devant la fenêtre, une paire de jumelles vissée sur les yeux.

— Pitié, ne me dis pas que tu étudies les petits zoziaux, c'est vraiment trop ringard ! Après, tu seras obligée de mettre un de ces anoraks kaki avec bob assorti et, crois-moi, ce n'est pas comme ça que tu risques de te dénicher un copain !

— Je n'étudie pas les oiseaux, j'espionne quelqu'un, expliqua brièvement Daisy.

— Ah, bon ! Tu me rassures ! C'est un excellent passe-temps. Très sain, feignit d'approuver Tara. Et qui espionnes-tu ?

— Personne de bien intéressant. La fille que Steven voyait en cachette avant sa mort.

— *Quoi ?*

Daisy lui passa les jumelles.

— Là-bas, dans le cimetière. Une brune avec une veste rouge.

— Je l'ai !

Tara appuya les jumelles contre la vitre pour mieux voir la fille agenouillée devant la tombe de Steven.

— Comment sais-tu que c'est la fille avec qui il sortait ?

— J'étais au cimetière il y a cinq minutes et j'ai discuté avec elle. On a éclairci quelques points de détail. Steven lui a presque autant menti qu'à moi...

— C'est ça le problème, quand on ment... On finit toujours par se faire pincer, commenta tristement Tara. C'est justement ce que je disais à ton père pas plus tard que tout à l'heure, quand il m'a demandé pourquoi on avait rompu, Dominic et moi.

L'esprit visiblement ailleurs, Daisy demanda :

— Dominic ? Quel Dominic ?

— Dominic Croix du Calvaire, banane !

Daisy parut tomber des nues.

— Croix du Calvaire ? Mais c'est le nom du type qui se marie ici dans deux semaines. Tu sortais avec lui ?

— Tu sais que tu m'inquiètes des fois ? Tu étais là quand j'en ai parlé à Hector !

— Ah, bon ? Je devais avoir la tête ailleurs... Mais, dis-moi, si tu préfères ne pas te trouver là le jour J, on peut très bien s'arranger pour modifier tes horaires. Tu n'as pas forcément envie de le revoir...

— Ne dis pas de bêtises ! s'exclama Tara, indignée. Ça ne sera pas la mer à boire. On s'est quittés en bons termes, Dominic et moi.

— Tu me jures que tu ne feras pas irruption au beau milieu de la cérémonie en criant : « Si, si ! Moi je connais une raison qui peut s'opposer à ce mariage ! » Parce que si tu as l'intention de faire un truc dans ce goût-là, je serai contrainte de te livrer en pâture aux chiens de Bert Connelly !

Tara frémit. Bert Connelly, l'homme à tout faire de l'hôtel, possédait un élevage de pitbulls féroces et perpétuellement affamés.

— Loin de moi cette idée ! protesta Tara. Je me contenterai de lui dire bonjour.. Il n'a pas compté à ce point, de toute façon. Je te promets que je ne ferai rien de déplacé.

Daisy vit qu'elle disait vrai et hocha la tête, soulagée.

— Il doit venir avec sa fiancée cet après-midi. Reste ici après ton service pour les saluer, comme ça ce sera réglé.

— J'y ai déjà pensé, mais c'est malheureusement impossible, répondit Tara. J'ai rendez-vous chez le coiffeur à 4 heures, ensuite, Zoe part en congé maternité.

Comme Tara ne confiait sa tête qu'aux seules mains expertes de Zoe, cette séance était cruciale : sa coupe devrait tenir le coup quatre mois, jusqu'à ce que Zoe reprenne son travail. Contrairement aux apparences, une coupe de cheveux en pétard blond platine requérait beaucoup de doigté...

— Je ne peux vraiment pas annuler, conclut-elle.

— Tant pis. J'avais pensé que ce serait plus facile pour toi de le rencontrer aujourd'hui. Je ne voudrais pas que tu te sentes mal à l'aise le jour de son mariage...

— Tu fais tout un plat de trois fois rien ! se plaignit Tara. Je ne suis plus amoureuse de Dominic depuis belle lurette. Le revoir ne me fera aucun effet !

— D'accord, d'accord, concéda Daisy. Si tu es sûre de toi...

Le matin de la cérémonie, il pleuvait. Pas une petite bruine légère, non ; il pleuvait à seaux.

À 10 h 30, Daisy accueillit dans le hall la future épouse, sa mère et sa sœur et les conduisit à leur suite.

Blonde, potelée et jolie comme une poupée de porcelaine, Annabel était d'humeur bavarde.

— Je sais que nous sommes en avance, mais je voulais qu'on ait tout le temps de s'installer confortablement. Je suis debout depuis 5 heures du matin ! Dominic assure que je suis folle, mais je ne vois pas comment on peut garder son calme un jour pareil. C'est le plus beau jour de ma vie ! Un jour unique !

Le salon de la suite avait été spécialement décoré en prévision de leur arrivée. Des fleurs à profusion, du champagne dans un seau de glace pilée et une flambée dans la cheminée.

— Bien sûr que c'est un jour unique, acquiesça Daisy. Et je suis prête à parier que Dominic est tout aussi nerveux que vous. Mais les hommes aiment prétendre le contraire. Ils trouvent que ça ne fait pas viril, autrement. À quelle heure doit-il arriver ?

La cérémonie était prévue à 15 heures. Annabel avait tout le temps de se pomponner.

— Vers 14 heures. Il vient avec son garçon d'honneur. Mais il ne faut surtout pas qu'il m'aperçoive à son arrivée ! Il paraît que ça porte malheur de voir sa promise avant la cérémonie... De toute façon, je suis sûre qu'ils resteront au bar. Encore une de ces bonnes vieilles traditions masculines !

Annabel leva les yeux au ciel, déjà parfaite dans son rôle d'épouse soumise et résignée, puis, sans transition, elle afficha un sourire béat.

— J'ai du mal à croire que cette journée soit réelle. J'ai le sentiment d'être la femme la plus heureuse de toute la planète ! Vous êtes mariée, vous ?

— Moi ? Non, répondit Daisy.

— Comment est-ce possible ? Belle comme vous êtes, les hommes doivent se presser à vos pieds !

Daisy n'avait pas l'intention de gâcher le bonheur de cette presque jeune mariée par des révélations triviales.

— J'ai essayé une fois, dit-elle d'un ton détaché, mais ça n'a pas marché. Oh ! quelle pure merveille ! enchaîna-t-elle en désignant la robe de mariée que la mère d'Annabel sortait de sa housse. Cette robe est sublime ! Ces broderies, ces perles...

— Toutes les perles ont été cousues à la main, l'informa la future mariée tandis que sa mère rosissait de fierté. C'est maman qui a tout fait. Elle y a passé des mois !

— Un pur chef-d'œuvre ! s'extasia Daisy. Bon, je vous laisse à vos préparatifs. Je vous fais monter du café, et n'hésitez pas à sonner si vous avez besoin de quoi que ce soit.

— Entendu, répondit Annabel.

— À plus tard, les salua Daisy en regagnant la porte. Amusez-vous bien !

Tara ne souhaitait pas spécialement séduire Dominic. Mais quoi de plus naturel que de chercher à faire bonne impression quand on sait qu'on va revoir un ex ? Elle n'avait pas envie qu'il se dise en la reconnaissant : « Ouf ! je l'ai échappé belle ! »

Cette perspective la fit frissonner. Fort heureusement, une telle pensée ne risquait pas de l'effleurer. Elle avait apporté un soin tout particulier à son maquillage, sa coupe de cheveux était impeccable et elle portait son soutien-gorge pigeonnant bleu vif. Rien de tel pour avoir confiance en soi. En revanche, même s'il était plutôt seyant, elle ne pouvait malheureusement rien changer à son uniforme de femme de chambre.

Plus que l'uniforme lui-même, c'était ce qu'il représentait qui la mettait mal à l'aise. À l'époque où elle fréquentait Dominic, elle avait pour ambition de devenir comédienne. Ne risquait-il pas d'éclater de rire quand il découvrirait comment elle gagnait sa vie ? Ou, pire encore, de la considérer avec mépris ?

À quatre pattes sur la moquette de la chambre 4, s'appliquant avec énergie à faire disparaître une tache qui ressemblait fort à du chewing-gum, elle caressa l'idée de faire croire à Dominic qu'elle travaillait un rôle de femme de chambre pour une série télé à gros budget…

« Non ! s'exclama-t-elle, furieuse contre elle-même. Pourquoi mentir ? Je suis femme de chambre, et alors ? Tout le monde ne peut avoir la chance d'une Kate Winslet… De toute façon, il est sur le point de se marier et il se fiche probablement de moi comme d'une guigne. »

Elle consulta sa montre. Déjà 13 h 30 ! Dominic n'allait pas tarder à arriver. Elle se redressa et s'étira, s'efforçant de chasser ses pensées négatives. Une voiture se gara devant l'hôtel dans un crissement de pneus et elle se précipita à la fenêtre. C'étaient des invités de la noce ; un Américain et sa femme obèse. Cette dernière, se souvint subitement Tara, avait exigé que son lit soit garni de quatre oreillers moelleux. Si elle ne voulait pas se faire sonner les cloches, elle avait intérêt à s'en occuper sur-le-champ.

La vie de femme de chambre était décidément pleine de charme !

5

— Oups ! fit Tara.

Au détour d'un couloir, elle venait d'entrer en collision avec une personne qui arrivait en sens inverse. Amorti par la pile d'oreillers qu'elle tenait dans les bras, le choc fut heureusement indolore.

— Je suis désolée ! J'espère que je ne vous ai pas fait mal ?

Tandis qu'elle se baissait pour ramasser l'un des oreillers, qu'elle avait lâché, elle jeta un coup d'œil à celui qu'elle venait de percuter et retint son souffle. Cheveux bruns, œil de velours, teint hâlé, cet homme était tout bonnement superbe. Son sourire révéla des dents plus blanches que son polo, sous lequel on devinait aisément un torse impeccablement musclé. Elle avait l'impression de l'avoir déjà vu quelque part. Ce n'était pas un client de l'hôtel, elle s'en serait souvenue…

— Je survivrai, répondit-il en lui tendant l'oreiller qu'elle essayait d'atteindre. Joli soutien-gorge ! ajouta-t-il.

Tara rougit. Elle baissa les yeux et découvrit que la bavette de son uniforme s'était déboutonnée, découvrant un décolleté vertigineux. Dans la position où elle se trouvait, elle offrait à ce charmant jeune homme une vue plongeante sur son soutien-gorge bleu !

Elle s'empressa de reboutonner le haut de son uniforme tout en se mordant la lèvre pour contenir un sourire. Ce n'était pas tous les jours qu'un aussi bel homme la complimentait sur ses sous-vêtements !

Il lui tendit la main pour l'aider à se redresser.

— J'espère que vous ne vous êtes pas fait mal non plus.

Tara frémit de plaisir.

— Pas le moins du monde, assura-t-elle en lui souriant effrontément. Mais vous avez un... une... Excusez-moi...

— Pardon ?

En la voyant approcher la main de sa braguette, l'homme haussa les sourcils.

— Désolée. Tenez, c'était sur votre pantalon, expliqua Tara en agitant une petite plume. Elle a dû s'échapper d'un oreiller.

— Ouf ! L'espace d'un instant, je me suis mépris sur vos intentions !

Son sourire révéla deux fossettes craquantes. Tara eut vaguement conscience que la porte des toilettes du couloir s'ouvrait pour livrer passage à quelqu'un. Elle se plaqua contre le mur pour céder le passage, mais une voix masculine s'exclama :

— *Tara !* Qu'est-ce que tu fabriques ici ?

Elle tourna la tête.

Dominic était tel que dans son souvenir.

— Bonjour, Dominic. J'ai appris que tu te mariais enfin... Félicitations !

Elle avait soigneusement préparé cette réplique. Quand on a étudié l'art dramatique, on peut répéter la même phrase des jours durant et se trouver en mesure de la lâcher le moment venu avec le plus parfait naturel. Même une actrice ratée en était capable.

Très satisfaite de sa prestation, elle se paya le luxe de lui décocher un sourire mutin. Et même de lui déposer un baiser furtif sur la joue.

— Attends ! Je suis complètement perdu, fit Dominic en secouant la tête. Explique-moi ce que tu fais ici.

Bien déterminée à ne pas avoir honte, Tara redressa fièrement le menton et déclara :

— Je travaille. Je suis femme de chambre.

Elle parvint presque à le dire comme elle l'avait souhaité, avec désinvolture, mais sa voix la lâcha au dernier moment.

Dominic n'était toujours pas revenu de sa surprise.

— Et ta... carrière ?

— Ma carrière ? Oh ! l'art dramatique ! J'ai laissé tomber, répondit-elle d'un ton dégagé. Trop de compétition. Et puis, peut-être que je n'étais pas assez douée, finalement. J'en avais surtout marre de Londres. Ma tante Maggie m'a proposé de venir vivre ici – elle possède un ravissant cottage au village – et j'ai accepté. Ce n'est pas une carrière de rêve, mais je m'amuse bien.

Tout en débitant sa tirade, Tara se tourna vers l'homme à la plume pour l'inclure dans la conversation, mais elle s'aperçut qu'il n'était plus là. Il s'était éclipsé discrètement.

— Je n'en reviens pas, murmura Dominic. J'ai l'impression de rêver.

— Je comprends ; ça fait si longtemps...

En fait, Tara ne s'était pas du tout attendue qu'il réagisse ainsi. Il avait pâli et la dévisageait d'un air ahuri.

— La vie est vraiment injuste, Tara. On se retrouve alors que je suis censé me marier dans deux heures.

— Qu'est-ce que tu racontes ? Tu n'es pas *censé* te marier ! Tu te maries bel et bien !

— Excuse-moi, mais tu ne te rends pas compte de ce que cette rencontre signifie pour moi, Tara. Tu n'en as aucune idée...

Comme quelqu'un approchait, il baissa la voix.

— Il faut absolument que je te parle.

Tara sentit son cœur s'emballer et serra les oreillers contre sa poitrine.

— C'est impossible, Dominic. J'ai du travail. Et puis, il faut que tu te prépares pour la cérémonie.

— Viens dans ma chambre ! fit-il en sortant une clef de la poche de son jean.

— Tu es fou ? Je ne mettrai pas les pieds dans ta chambre ! Imagine que quelqu'un nous surprenne ! De quoi ça aurait l'air ?

— Ce que j'ai à te dire est extrêmement important, Tara. Si tu refuses de me parler, j'annule mon mariage. Et ce sera ta faute !

En prononçant ces mots, il eut un sourire enjôleur que Tara connaissait bien.

— Accorde-moi cinq minutes, pas plus, insista-t-il.

— Je dois apporter ces oreillers à la 6, rétorqua-t-elle.

— Excellente idée ! Allons-y ensemble !

— Pas question !

D'instinct, Tara savait qu'une chambre, quelle qu'elle soit, constituait un lieu de retrouvailles inapproprié.

— Attends-moi ici. Je monte ça à la 6 et je redescends dans deux minutes.

— J'ai attendu jusqu'à aujourd'hui, je peux bien attendre deux minutes de plus, concéda-t-il.

Parvenue à l'étage supérieur, Tara garnit les oreillers de taies propres et essaya d'analyser la réaction de Dominic. Quelque chose lui échappait. C'était lui qui avait décidé de rompre. Il ne pouvait tout de même pas prétendre avoir passé les deux dernières années à se languir d'elle.

Elle redescendit et le retrouva exactement au même endroit. Au bout du couloir, le hall bourdonnait d'activité ; l'heure de la cérémonie approchait.

Dominic sur les talons, Tara partit dans la direction opposée, tourna deux fois à gauche, ouvrit une porte qui conduisait à l'extérieur et chuchota :

— Il y a un pavillon d'été à côté de la piscine. On ne sera pas dérangés là-bas.

— Il y a peu de chances, en effet, approuva-t-il en observant le ciel.

La pluie s'était encore intensifiée. C'était un véritable déluge, à présent.

— Tu vas être trempé, le prévint-elle.

— Ça me paraît évident. Mais peu importe, tu en vaux la peine…

Mais *pourquoi* ? eut envie de crier Tara. Pourquoi est-ce que d'un seul coup j'en vaudrais la peine ?

Il n'y avait qu'une seule façon de le savoir. Elle referma la porte sur eux.

— Bon, tu l'auras voulu ! Tu vois le toit du pavillon, là-bas ? Un, deux, trois... *c'est parti !*

« C-c'est l-l-la pplus m-m-mauvaise idée que j'-j-j'aie jamais eue ! bégaya Tara en claquant des dents, quarante secondes plus tard.

Le pavillon d'été était certes désert, mais il y faisait aussi froid que dans un frigo.

— Ne t'inquiète pas, je vais te réchauffer.

Dominic l'attira à lui avant qu'elle ait le temps de protester. La chaleur que dégageait son corps était délicieuse ; bien mieux que n'importe quelle couverture chauffante. Il entreprit de lui frotter vigoureusement les bras et le dos.

— Vas-tu enfin me dire ce que signifie tout ceci ? demanda-t-elle dès qu'elle fut en mesure de parler sans risquer de se mordre la langue. Je te rappelle qu'en cet instant précis, ta future épouse est probablement en train d'enfiler sa robe de mariée.

Dominic ignora sa remarque.

— Laisse-moi te regarder... Tu n'as pas changé, murmura-t-il en promenant lentement le doigt sur son visage. Pas de l'extérieur, en tout cas.

— L'intérieur n'a pas changé non plus, protesta-t-elle. Je suis toujours la même.

— Faux. Je t'assure que tu as changé. Bien plus que tu ne le penses...

Ils allèrent s'asseoir sur un banc de bois, au fond du pavillon d'été. Tara l'avertit :

— Quoi que tu aies à me dire, je te donne cinq minutes.

En dépit de son ton sévère et sans appel, elle était dévorée de curiosité. Découvrir qu'elle avait un tel effet sur Dominic la faisait intérieurement frétiller d'aise.

— Je t'aimais, déclara sobrement Dominic. Tu étais la femme de mes rêves. À la fois belle et drôle. J'adorais ton sens de l'humour.

— Si je te plaisais tant que ça, je trouve étrange que tu m'aies laissée tomber ! riposta-t-elle avec une pointe de sarcasme.

— Tu ne devines vraiment pas ce qui m'y a incité ? Tu étais quasiment parfaite en tous points. Mais la seule chose que je ne supportais pas, c'était justement la plus importante à tes yeux...

Seigneur ! Faisait-il allusion à sa passion pour la glace aux noix de pécan ?

— Ta prétendue carrière d'actrice, poursuivit-il. C'était la seule chose qui t'intéressait ! Une véritable obsession ! Tous les jeudis, tu courais t'acheter ce magazine spécialisé, *La Scène*, que tu dévorais d'un bout à l'autre sans relever le nez. Après quoi tu filais auditionner pour des castings qui ne donnaient jamais aucun résultat. Du coup, tu t'es mise à poser pour des photos vulgaires, tout en accomplissant l'exploit de te persuader que c'était sans importance ! Tu avais réussi à te convaincre qu'un jour, un brillant réalisateur tomberait sur l'une de ces photos et qu'il ferait de toi la vedette d'un film à gros budget !

Tara se sentit tellement gênée qu'elle en eut la chair de poule.

— Tout le monde fonctionnait comme ça ! se défenditelle. Ça fait partie du métier ! Madonna l'a fait. Et même Joanna Lumley !

Elle savait que Dominic avait un faible pour Joanna Lumley.

— Peut-être. Mais moi, je ne supportais pas de te voir te rabaisser ainsi. Ça me dégoûtait carrément, si tu veux savoir. Quand un copain m'a appris que tu avais passé une audition pour un numéro de strip-tease, j'ai compris que je ne pourrais pas le supporter... Je t'aimais, mais je ne voulais pas faire ma vie avec une stripteaseuse. La goutte d'eau qui a fait déborder le vase, c'est que je t'ai posé des questions sur ce travail et que tu as prétendu qu'il s'agissait d'un emploi de serveuse. C'est à ce moment-là que j'ai décidé de rompre.

Tara tombait des nues. Elle lui avait effectivement menti, mais elle n'avait jamais soupçonné que ses aspirations professionnelles puissent le perturber à ce point.

— Mais tu ne m'en as jamais parlé ! Si tu détestais tellement ce que je faisais, tu aurais dû me le dire ! Franchement, Dominic, je ne m'en suis jamais doutée.

Il haussa les épaules.

— Je sais bien. Ça t'obsédait tellement que tu ne voyais rien d'autre. Si je t'avais demandé de chercher autre chose, tu ne m'aurais même pas écouté. Tu me rappelais ces alcooliques qui refusent d'admettre qu'ils sont dépendants. J'ai préféré prendre mes distances pendant que c'était encore possible. Ç'a été extrêmement douloureux, mais je n'avais pas le choix. Je ne pouvais pas t'empêcher de faire ce que tu voulais...

Tara frissonna sous son uniforme trempé. Dominic l'avait très probablement imaginée terminant sa carrière dans la peau d'une actrice de films érotiques. Et ce qui la mortifiait le plus, c'est que les choses auraient bel et bien pu se dérouler de cette façon. Il s'en était fallu d'un cheveu qu'elle ne dérape sur la mauvaise pente...

— C'est loin, tout ça, commença-t-elle lentement. Je me suis rendu compte que je me racontais des histoires. Je n'étais pas faite pour le métier d'actrice. J'ai tout laissé tomber et je suis venue vivre ici. Tu dois être content, non ? ajouta-t-elle avec un sourire narquois. Tu avais raison depuis le début !

— Tu ne comprends pas, Tara ? Tu ne vois pas ce que ça signifie ? La seule chose qui m'empêchait de faire ma vie avec toi, c'était ta fichue carrière. Et tu l'as abandonnée ! Tu es donc devenue absolument...

— ... parfaite ? termina Tara.

Mais Dominic ne plaisantait pas. Une lueur d'angoisse s'alluma dans son regard avant qu'il ne souffle :

— Mon Dieu, oui, Tara ! *Oui !*

Sur ces mots, il se jeta sur elle.

Surprise par la soudaineté de l'assaut, elle bascula sur le banc. Tels des tentacules, les bras de Dominic s'enroulèrent autour d'elle, tandis que son corps se plaquait sur le sien. Gémissant sourdement, il pressa ses lèvres contre les siennes. Avec un cri étouffé, elle lui agrippa les épaules pour ne pas tomber du banc. Il insinua la langue entre ses lèvres et l'embrassa si passionnément qu'elle en eut le souffle coupé. Ses cheveux mouillés l'aveuglaient, elle sentait son cœur battre contre sa poitrine et l'odeur de son after-shave était…

— *Arrêtez, arrêtez, arrêtez immédiatement !* hurla une voix féminine tandis que la porte du pavillon d'été s'ouvrait à la volée.

« *Pour l'amour de Dieu, lâchez cet homme !* »

6

Si Dominic ne l'avait pas écrasée de tout son poids, Tara aurait fait un bond de quinze mètres. Dominic resta quant à lui figé sur place, tel un gamin persuadé que fermer les yeux et demeurer immobile suffit à faire disparaître l'ennemi.

Peine perdue ! Quelques secondes plus tard, il sentit qu'on l'attrapait par les épaules sans ménagement pour l'obliger à se redresser. Tara, rouge de honte, se dégagea en hâte et rabattit la jupe de son uniforme afin de dissimuler ses cuisses.

— Espèce de traînée ! siffla la furie.

Elle portait une robe de demoiselle d'honneur couleur pêche.

— Comment osez-vous attaquer le fiancé de ma sœur ?

Horrifiée, Tara bredouilla :

— Mmais ce n'est pas ce que vvous croyez... On n'était pas...

Elle adressa un regard désespéré à Dominic pour qu'il prenne sa défense.

Blanc comme un linge, celui-ci se contenta de secouer tristement la tête.

— Ne t'emballe pas, Jeannie. Elle a perdu la tête. J'ai essayé de la raisonner, mais... La vérité c'est qu'on s'est connus il y a des années. Elle était tellement contente de me revoir qu'elle a perdu le sens des limites.

— Non, mais tu es sérieux, là ? C'est *toi* qui m'as embrassée ! glapit Tara, outrée.

— C'est vous qui l'avez attiré ici ! Je vous ai vue de la fenêtre de ma salle de bains, intervint Jeannie. J'ai trouvé ça curieux, et comme vous ne ressortiez pas, je me suis précipitée ici. Votre comportement est inqualifiable ! Tenter de séduire un homme une heure avant son mariage ! Vous rendez-vous seulement compte du mal que cela va faire à ma sœur ?

— Jeannie ! Je t'en supplie, intervint précipitamment Dominic. Ne le répète pas à Annabel !

— Je n'ai pas essayé de le séduire ! gémit Tara, encore sous le choc. Je vous le jure ! Je ne voulais pas qu'il m'embrasse !

— Arrête, Tara, lui dit Dominic d'un ton plein de pitié. Nier ne te servira à rien.

— Je ne ferais *jamais* un truc pareil ! protesta-t-elle en se tournant vers Jeannie. Ce n'est pas mon genre !

La sœur de la mariée retroussa la lèvre avec mépris et son regard glissa du visage blême d'angoisse de Tara à son décolleté. Comme si ses cheveux en bataille et sa bouche barbouillée de rouge à lèvres ne suffisaient pas à l'incriminer, le bouton du haut de son uniforme s'était échappé de sa boutonnière... une fois de plus.

— Non, en effet, conclut-elle d'un ton sarcastique. Vous avez tout d'une nonne !

— Je t'en supplie, il faut que tu me croies. Je jure devant Dieu que je n'ai rien fait de mal. C'est lui, pas moi !

Assise sur le bord de son bureau, Daisy était dans une telle colère qu'elle avait du mal à parler. Tara, les yeux rougis de larmes, ne cessait d'arpenter le bureau.

Daisy savait que sa meilleure amie n'était pas une menteuse. Elle connaissait tout de son passé plus ou moins trouble et lui reprochait seulement sa naïveté.

— Assieds-toi cinq minutes, tu me donnes le tournis. Évidemment, que je te crois, mais il faut trouver une solution, et vite ! Annabel refuse de sortir de sa chambre et elle veut annuler le mariage. Elle est persuadée que Dominic n'est pas totalement innocent... Son hystérique de sœur aurait pu s'abstenir de lui dépeindre la scène par le menu !... Qu'est-ce que c'est, encore ? soupira-t-elle tandis qu'on frappait à la porte.

Elle alla ouvrir et Tara faillit s'évanouir de soulagement. C'était l'homme à la plume, celui qui lui avait souri et l'avait si gentiment complimentée sur son soutien-gorge. Son apparition semblait indiquer qu'il faisait partie de la noce. Enfin une bonne nouvelle ! Il prendrait forcément sa défense.

Daisy, qui s'y connaissait mieux que Tara en matière de rugby, le reconnut immédiatement.

— Dev Tyzack, se présenta-t-il avant de lui serrer la main.

Il dévisagea Tara d'un œil froid.

— J'étais censé servir de témoin au marié. Il faut absolument que nous fassions quelque chose pour sauver la situation. J'imagine que vous venez de licencier cette apprentie Mata Hari ?

— Cela sauverait-il la situation si je vous répondais que c'est ce que je viens de faire ? répliqua Daisy.

L'homme la parcourut de son regard sombre.

— Ce serait un début.

— Ah, oui ? Eh bien, figurez-vous que je ne l'ai pas renvoyée. Tara m'a raconté ce qui s'était passé et je la crois sur parole. Votre ami Dominic est le seul fautif.

— Vous ne parlez pas sérieusement ? Je l'ai moi-même vue à l'œuvre ! Elle m'a fait son numéro de charme quelques secondes avant de jeter son dévolu sur Dominic. Elle n'est pas farouche, je vous le garantis ! Et elle savait pertinemment qu'il se mariait aujourd'hui. Je viens de discuter avec lui ; il m'a tout expliqué. Cette fille l'a entraîné dans le pavillon d'été avec la ferme intention de lui...

— C'est faux ! hurla Tara. Je ne l'ai pas entraîné ! Il a insisté pour me parler et j'ai pensé que le pavillon d'été serait l'endroit idéal parce que je ne voulais justement pas que quelqu'un nous surprenne et en tire des conclusions !

— Apparemment, ce n'était pas l'endroit idéal, ironisa Dev Tyzack.

— Je vous saurais gré de vous adresser à mon personnel sur un autre ton, intervint sèchement Daisy.

— Voulez-vous que je vous dise le fond de ma pensée ? riposta-t-il.

— Ce n'est pas juste ! Je n'ai rien fait de mal, explosa Tara. C'est Dominic qui tenait à me parler, pas moi ! Il m'a dit qu'il m'aimait, que j'étais la femme de sa vie, et puis il s'est carrément jeté sur moi. Je ne savais pas qu'il essayerait de m'embrasser... Je ne voulais pas que ça se passe comme ça...

— J'imagine cependant que vous vous êtes arrangée pour qu'il voie votre soutien-gorge bleu ? insinua Dev Tyzack. Celui que vous m'aviez mis sous le nez quelques minutes plus tôt. J'ai la nette impression que ce soutien-gorge a eu plus de spectateurs que la cérémonie des Oscars...

— Ce n'est pas ma faute si le bouton de mon uniforme se défait tout le temps ! cria Tara.

— Monsieur Tyzack, je ne vois pas très bien en quoi votre intervention est censée nous aider, lâcha Daisy d'une voix glaciale. À vrai dire, vous êtes en train de vous montrer carrément odieux. Si vous souhaitez réellement trouver une solution, vous feriez mieux de vous calmer et de cesser vos insinuations malveillantes. Pour autant que je sache, c'est votre ami Dominic qui a mal agi. Pourquoi ne pas vous en prendre à lui ?

Dev Tyzack se rendit compte que Daisy était sur le point de perdre son sang-froid et de laisser exploser sa colère.

— Pas très professionnel, ce genre de commentaire, remarqua-t-il avec un sourire de dérision.

— Sans doute pas, riposta Daisy, mais il a l'avantage de refléter la vérité !

— La perspective d'avoir à chercher un nouvel emploi ne semble pas vous perturber outre mesure...

— Je bénéficie de l'appui inconditionnel du patron de cet établissement.

— Vraiment ? Vous en avez de la chance ! *Qui* est le propriétaire, si je puis me permettre ? s'enquit-il avant de s'attarder sur la photographie encadrée posée sur le bureau de Daisy en affectant la surprise. Oh, je vois ! C'est Hector MacLean, qui se trouve être aussi votre père. Je comprends à présent comment vous avez obtenu ce poste.

Tara ne put en supporter davantage. Elle avait beau être innocente, elle se sentait coupable. Elle se couvrit la bouche de la main et se précipita vers la porte en marmonnant :

— Excusez-moi, je crois que je vais me trouver mal !

Tandis qu'elle se ruait dans le couloir, elle aperçut Dominic, assis face à la cheminée du bar, un verre à la main.

Tara sentit ses paumes devenir moites et fonça droit sur lui.

— Oh non, ce n'est pas vrai ! Qu'est-ce que tu veux ? demanda Dominic, visiblement mécontent de la voir.

— Tu as menti à tout le monde ! rétorqua Tara sans chercher à finasser. Tu prétends que je me suis jetée à ton cou !

La sueur perlait au-dessus de la bouche de Dominic.

— Évidemment, que j'ai menti. Mets-toi à ma place ! répondit-il à voix basse.

— Alors, tu ne pensais pas un mot de ce que tu as dit ?

— C'est surtout que je ne pensais pas que les choses tourneraient ainsi ! Je n'arrive pas à y croire ! Pourquoi faut-il que ça m'arrive le jour de mon mariage ?

Tara prit une profonde inspiration.

— Tu as toujours l'intention d'épouser Annabel ?

Il se tourna vers elle et lui lança un regard de dédain.

— Quelle question ? Évidemment que je veux l'épouser ! Le problème, c'est qu'elle s'est enfermée dans sa chambre et que c'est *elle* qui refuse de m'épouser ! Mais qu'est-ce que j'ai fait pour mériter ça ? Pourquoi, nom de Dieu, mais pourquoi ?

7

— Comment osez-vous vous présenter ici ? s'exclama Jeannie en découvrant Tara sur le seuil de la suite Bellingham.

— J'aimerais parler à Annabel, déclara Tara. En tête à tête.

— Vous croyez sérieusement que ma sœur a envie de vous parler ?

— Auriez-vous l'obligeance de le lui demander ?

— Vous ne trouvez pas que vous avez fait assez de dégâts comme ça ? aboya Jeannie.

Tara déglutit, le visage rouge de honte.

— Si, tout à fait. Et c'est justement pour essayer de les réparer que je suis ici.

Jeannie lui claqua la porte au nez. Tara perçut des chuchotements frénétiques de l'autre côté de la porte. Quelques secondes plus tard, la porte s'ouvrit en grand. Sans daigner lui accorder un seul regard, Jeannie et une femme d'âge mûr, vêtue d'un tailleur violet qui suffisait à l'identifier comme étant la mère de la mariée, sortirent.

— Cinq minutes ! Pas une de plus ! siffla Jeannie en passant devant Tara.

Annabel, les cheveux relevés en un chignon hypersophistiqué qui s'accordait mal avec le peignoir de l'hôtel dont elle était enveloppée, était assise devant la fenêtre. Sa robe de mariée gisait, roulée en boule, sur le lit à baldaquin. Elle gratifia Tara d'un regard peu amène.

— Eh bien ! attaqua-t-elle sans préambule. J'attends votre version des faits...

Tara prit une profonde inspiration avant de se lancer.

— Je suis désolée. Tout est ma faute, j'ai honte de ce que j'ai fait. L'idée qu'il soit sur le point d'en épouser une autre m'était tellement intolérable que je me suis jetée à son cou. C'était complètement idiot et je ne m'attends pas que vous me pardonniez, mais je vous en supplie, pardonnez à Dominic. Vous n'avez pas le droit d'annuler votre mariage. Je suis désolée d'avoir causé tant de problèmes. Il n'a rien fait de mal, c'est moi qui ai mal agi.

Voilà, c'était dit. Tara prit un air penaud et attendit la réaction de sa « rivale ».

Une unique larme roula sur la joue d'Annabel.

— C'est vrai ?

Ces mots jaillirent sur le mode chuchoté. D'un geste inconscient, elle passa nerveusement la ceinture de son peignoir autour de son poignet droit. Une grosse bague de fiançailles, émeraude et diamants, étincelait à son annulaire.

— Vous me jurez que c'est vrai ?

Tara lut un immense espoir dans son regard. Elle hocha la tête.

— Tout est ma faute, répéta-t-elle. Je ne sais pas ce qui m'a pris, j'ai perdu la tête. Et je suis sincèrement désolée. Il tient vraiment à vous, vous savez.

Une autre larme glissa sur le visage impeccablement maquillé d'Annabel. Tara s'empressa d'aller chercher des mouchoirs en papier sur la table de chevet et les lui tendit.

— Tenez. Vous allez gâcher votre maquillage.

— Merci. Pour les mouchoirs, je veux dire ! Je ne vais tout de même pas vous remercier de vous être jetée au cou de mon fiancé !

« Mais c'était ce que tu voulais entendre, pensa Tara. Parce que, au fond de toi, tu sais très bien qu'un jour ou l'autre il te trompera. Tu n'as pas confiance en lui. »

Avait-elle raison de mentir ? Pourquoi pousser cette fille dans les bras d'un homme dont elle savait pertinemment qu'il n'était pas fidèle ?

Elle jeta un coup d'œil par la fenêtre et aperçut une silhouette familière qui remontait l'allée.

— Le prêtre arrive. Qu'avez-vous l'intention de faire ?

— Je croyais que ce serait le plus beau jour de ma vie... lâcha Annabel d'une voix blanche.

— Il faut que vous preniez une décision. On ne peut pas laisser le prêtre attendre pour rien. Voulez-vous, oui ou non, épouser Dominic ? lui demanda fermement Tara.

— Bien sûr que oui ! Oui, je veux l'épouser ! répondit spontanément Annabel, la voix tremblante d'émotion. Je l'aime. Tout le monde affirme que nous formons un couple merveilleux. Et lui aussi m'aime.

Osant à peine respirer, Tara hasarda :

— La cérémonie aura donc lieu comme prévu ?

— Oui. Mais certainement pas grâce à vous, ajouta Annabel. Je ne veux plus vous voir de la journée !

— Vous ne me verrez plus, j'ai terminé mon service. Je vous remercie cependant d'avoir accepté de me recevoir. Je descends prévenir tout le monde que le mariage est maintenu.

Soulagée, elle se dirigea vers la porte.

— Et que ce soit bien entendu : après, vous disparaissez de la circulation ! insista Annabel.

— Soyez sans crainte, vous ne me verrez plus.

— On vous a renvoyée ?

— Pas encore, mais c'est probablement ce qui m'attend, mentit Tara.

— Tant mieux. Les gens comme vous ne méritent aucune indulgence !

— C'est reparti ! annonça Tara à Daisy avant de lui résumer succinctement son entrevue avec Annabel.

Daisy secoua la tête.

— Tu n'avais pas à faire ça.

— Mais je l'ai fait quand même. Imagine qu'ils aient décidé d'intenter un procès à l'établissement. Ma parole contre la leur, c'était perdu d'avance.

— Pas forcément... Enfin, si elle choisit d'épouser un sale menteur, c'est son affaire, conclut Daisy. Quant à toi, tu mérites une médaille ! déclara-t-elle en la serrant dans ses bras. C'est fini, maintenant, tu peux sourire !

— Ils vont exiger mon renvoi...

— Alors là, ils peuvent toujours courir ! Grosse nouille, va !

— Comment ça s'est terminé avec le témoin de Dominic, tout à l'heure ? questionna Tara en essuyant furtivement une larme de soulagement. Quand je suis entrée ici, je m'attendais presque à le trouver crucifié au mur !

— Ça a bien failli lui arriver ! Il est allé rejoindre son cher Dominic au bar.

Daisy réalisa soudain qu'elle allait se retrouver dans une situation désagréable. Les « aveux » de Tara la contraindraient à admettre face à Dev Tyzack qu'il avait eu raison. Elle voyait déjà son petit sourire suffisant.

Tara quitta l'hôtel en pleine effervescence. La pluie avait cessé mais le ciel était toujours bas, ce qui n'était pas fait pour lui remonter le moral. Elle aurait dû écouter Daisy lorsque celle-ci lui avait proposé de changer ses horaires de travail pour ne pas avoir à rencontrer Dominic. Comment avait-elle pu imaginer une seconde que cette rencontre le jour de ses noces constituerait un événement plein de charme et de drôlerie ? Le coup de pied qu'elle donna dans un tas de feuilles mortes ne changea rien à la désagréable constatation qui lui venait à l'esprit : en choisissant de ne pas changer ses horaires, elle s'était rendue tout aussi coupable que si elle s'était effectivement jetée au cou de Dominic. Qu'elle le veuille ou non, la situation se résumait à cela.

Souriant béatement, Maggie Donovan se tenait à la fenêtre de sa cuisine. Quand son amant atteignit le petit portail de bois au fond du jardin, il se retourna, comme à l'accoutumée, et agita la main à son intention. Maggie lui rendit son salut en songeant qu'il était vraiment bel homme. Il avait un sourire divin ! Quelle chance elle avait d'avoir un homme tel que lui dans sa vie, surtout maintenant qu'elle...

« Arrête, Maggie, se tança-t-elle. Tu rêves éveillée, ma pauvre fille. Regarde un peu les choses en face. S'il s'en va par la porte du jardin, c'est parce qu'il ne veut pas qu'on le voie sortir de chez toi. S'il sourit en agitant la main, c'est uniquement parce qu'il a trouvé son compte dans l'échange que vous venez d'effectuer. Et ce n'est pas ton amant, c'est ton *client.* »

Le sourire de Maggie se décomposa lentement tandis qu'elle suivait des yeux l'homme qui disparaissait dans le petit bois. Bien pratique, ce petit bois. Il permettait à son client de venir chez elle et de repartir sans être vu des habitants du village. Maggie ne se faisait pas d'illusions. Sans ce bouquet d'arbres, leur petit arrangement n'aurait jamais existé.

Ce n'était rien de plus, se souvint-elle. Un petit arrangement.

Histoire de se le prouver, elle s'éloigna de la fenêtre et se dirigea vers le vaisselier de chêne surchargé d'objets divers. Sur l'étagère du haut, elle attrapa une théière de porcelaine bleue et blanche, souleva le couvercle et en sortit un rouleau de billets de banque. Inutile de les compter, elle savait qu'il lui avait laissé cent livres. Il laissait toujours la même somme.

Elle aurait aimé pouvoir se dire qu'elle était la femme d'un seul homme. La vérité, c'est qu'elle était la prostituée d'un seul client.

Elle soupira. Cette définition d'elle-même ne lui plaisait guère, mais il n'y en avait pas d'autre. Si elle avait refusé son argent, il ne serait plus venu la voir. Et l'idée de le perdre lui était insupportable. En aurait-elle eu les moyens qu'elle aurait volontiers payé pour coucher avec lui.

Mais elle n'en avait pas les moyens. Et il le savait. C'était pour cette raison qu'il lui laissait de l'argent chaque semaine.

Tara avait laissé traîner un de ses bracelets sur le buffet. Maggie s'en saisit et se dirigea vers l'escalier.

Le fait qu'elle soit la prostituée d'un seul client ne l'empêchait pas d'avoir du pain sur la planche. À commencer par un lit à refaire.

Après avoir déposé le bracelet dans la chambre de Tara, elle jeta machinalement un coup d'œil par la fenêtre et laissa échapper un couinement de panique : Tara remontait la rue principale en direction du cottage.

Pourquoi diable rentrait-elle si tôt ?

Rapide comme l'éclair, elle regagna sa chambre, se dépouilla de son peignoir, enfila un sweat-shirt et sauta dans son jean. En vingt secondes chrono, elle retapa le lit défait, ouvrit les doubles rideaux et remit de l'ordre dans sa coiffure. Elle attrapa ensuite le panier de linge sale et se précipita au rez-de-chaussée. Quand la porte d'entrée s'ouvrit, elle était à genoux devant la machine à laver en train de charger le linge.

Il s'en était fallu d'un cheveu que Tara ne découvre le pot aux roses ! Si elle était arrivée dix minutes ou, pire encore, vingt minutes plus tôt… Maggie frissonna de terreur à cette pensée.

— Tara ! Mais quelle heure est-il donc ? demanda-t-elle, feignant la surprise. Je croyais que tu devais rentrer à 18 heures !

— Daisy m'a renvoyée chez moi, grommela Tara en se laissant tomber sur une chaise. Tu ne croiras jamais ce qui m'est arrivé ! La méga catastrophe ! Pourquoi les hommes sont-ils tous plus décevants les uns que les autres, Maggie ? Pourquoi s'intéresse-t-on à eux ? Enfin, pas toi, je sais, se corrigea-t-elle. Tu as bien raison au fond… À partir d'aujourd'hui, je déclare solennellement que je suivrai ton exemple. Aucun homme ne pourra plus jamais me mentir, me tromper ou me traiter comme une moins que rien. Pas de mec, pas de problème ! Voilà, la solution !

Les yeux fixés sur sa tante – quarante-cinq ans, divorcée depuis sept ans et qui menait à présent une existence idyllique, puisque totalement dépourvue d'hommes –, Tara proclama d'un ton véhément :

— À partir d'aujourd'hui, je suivrai ton exemple !

La cérémonie de mariage s'était déroulée sans le moindre incident. La mariée était jolie comme un cœur et le marié avait prononcé des vœux de fidélité éternelle d'un ton très convaincu. La décoration de l'hôtel était parfaite, les garçons d'honneur avaient régalé l'auditoire de discours pleins d'humour et de finesse et le repas avait fait un triomphe.

Du moins était-ce ainsi que Sheila, l'une des serveuses, voyait les choses quand elle vint trouver Daisy pour lui faire son rapport.

— Tout est donc pour le mieux dans le meilleur des mondes, conclut Daisy, qui n'avait pratiquement pas quitté son bureau de l'après-midi.

— Ça n'aurait pas pu être plus réussi, lui assura Sheila. Pourquoi n'allez-vous pas vous en rendre compte par vous-même ?

« Parce que je risque de poignarder le marié et son témoin avec le grand couteau d'argent qui sert à découper le gâteau », répondit Daisy silencieusement.

Mais bon, elle était responsable du bon déroulement de la réception. D'un strict point de vue professionnel, elle était tenue de faire une apparition.

8

Quand Daisy franchit la porte, la fête battait son plein. Dehors il faisait nuit noire, mais la salle de réception était si brillamment éclairée qu'on se serait cru en plein jour. Des bougies palpitaient sur les tables disposées tout autour de la piste de danse que les invités avaient prise d'assaut.

Daisy reconnut sans surprise Hector, son père, parmi les danseurs ; il faisait tournoyer la mariée, visiblement radieuse. Elle les contempla un instant et finit par admettre que Tara avait eu raison de mentir. Si tout le monde se mettait à annuler son mariage sous prétexte que le futur époux risquait d'être infidèle, il ne s'en célébrerait plus beaucoup.

L'orchestre entama *In The Mood* et un vieux monsieur à moustache enleva Annabel à Hector qui se précipita vers la mère de la mariée. Dans son ample tailleur violet, elle ressemblait à une grosse montgolfière, ce qui n'empêcha pas Hector de lui susurrer des propos qui la firent glousser comme une gamine.

— Nous pourrions danser ensemble, si vous le désirez, glissa une voix à l'oreille de Daisy. Ainsi, vous en profiteriez pour me faire de plates excuses...

Dev Tyzack venait de prononcer ces paroles sur le ton de la conversation, une lueur légèrement ironique dans le regard. Il avait délaissé jean et polo au profit d'un habit sombre à la coupe irréprochable. Sa cravate était desserrée et il y avait une trace de rouge à lèvres sur le col de sa chemise.

— Je suis désolée, lui répondit Daisy qui s'était préparée à cette rencontre. Comment ai-je jamais pu mettre votre parole en doute ? Votre ami n'avait absolument rien à se reprocher, la faute incombait entièrement à ma femme de chambre. Je vous prie d'accepter mes plus sincères excuses, mentit-elle tout sourire.

— Mon Dieu ! s'esclaffa-t-il. Voilà qui n'est guère convaincant. Je suis sûr que vous pouvez faire mieux.

« Exact, pensa Daisy. Mais je ne me donnerai pas cette peine. »

Elle le gratifia d'un sourire encore plus hypocrite que le précédent et riposta :

— J'en ai pourtant pensé chaque mot.

— J'ai l'impression qu'un verre ne vous ferait pas de mal.

Il n'eut pas grand effort à faire pour attirer l'attention d'une serveuse et présenta une flûte de champagne à Daisy d'un geste moqueur destiné à lui signifier qu'elle pouvait relâcher la pression.

— Non merci, refusa-t-elle en secouant la tête. Je suis ici pour travailler.

— Cela va de soi, mais je suis certain que votre employeur ne verra aucune objection à ce que vous dansiez.

— Certes, mais moi, j'y vois une objection, rétorqua-t-elle. Au fait, il y a une trace de rouge à lèvres sur le col de votre chemise.

Dev haussa les sourcils.

— Une chance que nous ne soyons pas mariés !

— En effet, concéda-t-elle volontiers.

— L'êtes-vous ? s'enquit-il en jetant un coup d'œil à sa main gauche.

— Mariée ? Non.

— Incroyable ! Qui l'eût cru ? Si vous vous détendiez un peu, suggéra Dev, je suis sûr que vous trouveriez un mari !

Le couteau à gâteau se trouvait fort heureusement hors de portée de Daisy.

— Un mari ? répéta-t-elle en écarquillant les yeux. Un mari rien qu'à moi ? Ou bien celui d'une autre ?

— Ne vous en inquiétez pas, je comprends très bien votre situation, s'obstina-t-il à persifler. Vous êtes une gentille fille à papa qui fait tout son possible pour mériter son poste de responsable. Difficile, dans ces conditions, d'admettre qu'on a commis une grave erreur...

— Difficile, en effet.

Du coin de l'œil, Daisy venait d'apercevoir la mariée et sa mère qui les observaient.

— Vous avez parfaitement raison, monsieur Tyzack. Je ne peux que réitérer mes excuses. L'essentiel étant, cependant, que cette affaire se soit terminée pour le mieux. Tout le monde a l'air de s'amuser, ce soir. Je suis certaine que les jeunes mariés seront très heureux.

— Vous n'en pensez pas un mot, répliqua Dev Tyzack en riant. Vous êtes probablement convaincue que Dominic n'épouse Annabel que pour son argent.

Daisy afficha une expression innocente.

— Pourquoi, elle est riche ?

— Son père était très riche. Il a laissé quarante millions de livres en héritage à sa mort. Et sa famille se résume à sa veuve, à Annabel et à Jeannie.

— Nous assistons donc aujourd'hui à un véritable mariage d'amour ! conclut Daisy, avant d'ajouter d'un ton suave : Si je puis me permettre, je me demande pourquoi vous perdez votre temps à me faire la conversation. Vous feriez mieux d'inviter Jeannie à danser...

— Entre vite ! Mon Dieu, mais tu es trempée, s'écria Maggie en ouvrant la porte à Daisy. Bouge un peu tes fesses, Tara, que cette pauvre petite puisse s'asseoir devant le feu.

Se tournant vers Daisy, elle ajouta d'un ton d'excuse :

— Pardonne-lui, elle nous fait une crise de cafard...

— Ça ne m'étonne pas, dit Daisy d'un ton moqueur.

— Je n'ai pas du tout le cafard, se défendit Tara. Je suis folle de rage, c'est différent. Les hommes me dégoûtent ! Tout particulièrement un dénommé Dominic...

J'ai décidé de rester vieille fille, comme Maggie. Vieille fille au sens métaphorique du terme, s'empressa-t-elle d'ajouter avant que celle-ci ne proteste. Je sais que tu as été mariée, mais je parle de ta situation actuelle. Quand je pense que je te plaignais ! lui avoua-t-elle dans un élan de sincérité. Je me disais que tu devais t'ennuyer à mourir de mener une existence aussi morne. Maintenant, je me rends compte que tu as fait le bon choix. C'est décidé, à partir d'aujourd'hui, je fais vœu de chasteté !

— Elle a beaucoup bu ? s'informa Daisy en attrapant la bouteille de montepulciano qui se trouvait là pour en vérifier le niveau. Je ferais bien d'avaler le reste pour me mettre au diapason !

— Ne parle pas de moi comme si je n'étais pas là, maugréa Tara. Je ne suis pas encore complètement ivre. Je suis juste un peu... un peu pompette !

— Mais tu en as tout à fait le droit, la rassura Daisy. Je me permettrais cependant un conseil : si j'avais l'intention de continuer à vivre sous ce toit, j'éviterais de traiter ma tante de vieille fille rabougrie, à ta place.

— Je n'ai pas dit « rabougrie » ! Et pour moi, une vieille fille s'apparente désormais à quelque chose de positif. Maggie mène une vie de rêve et je n'aspire qu'à l'imiter. À partir d'aujourd'hui, je vais faire des confitures et de la pâtisserie en écoutant des émissions radiophoniques.

— Génial ! commenta Daisy.

— Et au lieu d'aller en boîte, je resterai devant la cheminée à faire du point de croix !

— Mon Dieu ! Cette fois, c'est moi qui ai besoin d'un remontant ! s'exclama Maggie.

Elle disparut dans la cuisine et revint quelques secondes plus tard avec une bouteille de frascati bien frappée et deux verres.

— Le mariage s'est déroulé sans incident ? s'enquit-elle.

Daisy fit la grimace.

— Disons qu'ils ont fini par se marier...

— Je ne comprends pas pourquoi Dominic se donne tant de mal, renifla Tara. Il ne fera que la tromper.

— Je crois que j'ai ma petite idée à ce sujet, déclara Daisy. Il se trouve qu'Annabel est une riche héritière. Sa fortune s'élève à plusieurs millions de livres, à ce qu'il paraît.

— Tout s'explique, ricana Tara. Voilà au moins un danger qui ne me guette pas : personne ne s'avisera jamais de m'épouser pour mon argent !

— Dis-moi, Daisy, intervint Maggie pour détourner la conversation de Dominic, comment se porte ton père ?

— À merveille ! Quand j'ai quitté la réception, les femmes faisaient la queue pour avoir le privilège de danser avec lui ! Il avait entraîné la mère de la mariée dans un fox-trot endiablé ; elle ressemblait à une baleine enveloppée d'un rideau de douche violet ! Mon Dieu, mais j'y pense ! Cette riche veuve doit être en quête d'un second mari ! Pauvre papa, il ne sait pas dans quel guêpier il s'est fourré !

Maggie trinqua avec elle en riant.

— Ne t'en fais pas pour lui, ton père est un grand garçon !

— Vous dites ça parce que vous n'avez pas vu cette grosse dondon à l'œuvre. Elle m'a paru redoutablement déterminée. Elle avait de vrais ongles de sorcière, vernis en violet !

— En parlant d'ongles, intervint Tara pour ne pas être en reste, pourquoi ai-je l'impression d'avoir déjà vu le témoin de Dominic quelque part ?

— Dev Tyzack, précisa Daisy à l'intention de Maggie. Il jouait au rugby dans l'équipe de Bath et l'équipe d'Angleterre. Il a arrêté l'année dernière. Mais je ne vois pas le rapport avec les ongles, Tara.

— Il est aussi dangereux que des ongles acérés ! J'ai l'impression qu'une paire de gifles bien sentie ne lui ferait pas de mal.

— Dev Tyzack ! s'exclama Maggie, visiblement impressionnée. Il est plutôt beau garçon.

— Tu t'es excusée auprès de lui ? demanda Tara à Daisy.

— J'ai prononcé les formules d'usage en veillant à ce qu'il sache que je n'en pensais pas un mot.

— Et il l'a bien pris ?

Daisy réfléchit un instant.

— Comment dire ? lâcha-t-elle finalement. Euh... *Non*.

Une heure plus tard, Daisy rentrait à l'hôtel. La réception touchait visiblement à sa fin ; deux taxis l'avaient dépassée dans la rue principale. La pluie s'était calmée, mais la route était mouillée et la température avait sérieusement chuté. Heureux jeunes mariés qui allaient passer trois semaines de lune de miel à Sainte-Lucie !

Mais bon, rectifia Daisy mentalement, si épouser un Dominic Croix du Calvaire était le prix à payer, elle préférait encore se geler les fesses au fin fond du Gloucestershire !

Alors qu'elle atteignait le portail de l'hôtel, un troisième taxi la dépassa, projetant sur elle un jet de boue glacée. Daisy resta figée sur place, le visage et les cheveux couverts de boue, son beau manteau de laine crème soudain transformé en une vieille serpillière dégoulinante.

Mais elle n'était pas arrivée au bout de ses malheurs. Tandis qu'elle tentait vainement d'essuyer son visage de ses mains tout aussi sales, elle vit approcher les phares d'une voiture qui quittait l'hôtel. Arrivé au portail, un coupé sport Mercedes s'arrêta et la vitre se baissa silencieusement, révélant un Dev Tyzack tout sourire. Jeannie, tout aussi radieuse, occupait le siège du passager.

— Quand j'étais petit, déclara Dev comme s'il reprenait le fil d'une conversation interrompue quelques minutes auparavant, je rêvais de devenir un superhéros et de porter secours aux demoiselles en détresse.

« Visiblement, tu viens d'en faire grimper une dans ta voiture », pensa Daisy.

— Vraiment ? C'est absolument fascinant, dit-elle froidement.

— Le seul problème, c'est qu'ensuite, j'ai découvert le rugby, acheva-t-il.

— Mon Dieu, comme c'est dommage !

— Dev, geignit Jeannie qui se délectait visiblement de cette situation, remonte la vitre, j'ai froid !

— Tenez, fit Dev en lui tendant une boîte de Kleenex. Grâce à vous, je peux concrétiser un vieux fantasme !

Il lui décocha un clin d'œil et repartit en trombe.

9

Barney Usher était en avance. Très en avance, même. Le train au départ de Manchester était arrivé à Bristol à 11 heures pile et il avait sauté dans un taxi sans attendre. Consultant sa montre en arrivant à Colworth, il constata qu'elle indiquait 11 h 23. Il lui restait donc une heure et demie à tuer.

Barney se sentait aussi désœuvré qu'un enfant qui se lève à 5 heures le matin de Noël alors que ses parents l'ont menacé des pires châtiments s'il s'avisait de les réveiller avant 7 heures. Le trajet en taxi l'avait laissé légèrement nauséeux, car il s'était retrouvé prisonnier de l'odeur de son after-shave. Il était si nerveux qu'il avait eu la main un peu lourde sur le Kouros. Sortir du taxi et se remplir les poumons d'air frais lui fut un soulagement.

Frissonnant de froid et d'appréhension, il paya la course au chauffeur de taxi, et y ajouta un généreux pourboire.

— Vous, je parie que vous avez rendez-vous avec une femme ! déclara celui-ci avec un sourire.

Barney, qui attendait ce jour depuis plus d'un an, lui répondit joyeusement :

— Gagné !

Il réalisa enfin qu'il était bel et bien arrivé et s'efforça de se détendre. Colworth ne ressemblait à aucun village de sa connaissance et il avait hâte de l'explorer. Il s'engagea dans la rue principale bordée de charmants cottages de pierre, et prit la direction de la rivière qui traversait ce pittoresque village encaissé entre deux collines. Barney, qui était né et avait grandi en ville, avait l'impression d'évoluer dans un décor de dessin animé. Il avait du mal à croire que des gens puissent vraiment vivre dans un tel endroit. Et pourtant si. À cet instant précis, un véritable être humain émergea d'un cottage situé un peu plus loin. Une vieille dame, équipée d'une charrette à roulettes, partait faire son marché.

Barney s'émerveilla de constater qu'elle avait l'air parfaitement détendue. Quand un retraité sortait faire ses courses à Manchester, il marchait le plus vite possible, de peur de se faire agresser par un psychopathe en goguette ou un drogué en manque. La petite vieille qu'il observait prit même le temps de s'arrêter pour caresser un chat au pelage écaille de tortue.

Visiblement, il faisait bon vivre à Colworth. Du coup, Barney adopta le même rythme qu'elle et poursuivit sa visite d'un pas nonchalant. Il découvrit ainsi les trois boutiques de souvenirs et l'épicerie qui faisait également office de bureau de poste. Une église. Un seul pub. Et un nombre hallucinant de touristes en ce vendredi matin.

Et puis, il y avait évidemment l'hôtel.

Barney avait soigneusement préparé sa venue. Colworth avait la réputation d'être l'un des plus jolis villages d'Angleterre. Il ne s'était cependant pas attendu à y croiser autant de monde par cette glaciale matinée de janvier.

Il espérait que cette balade en plein air réussirait à disperser son excès d'after-shave. Il tenait absolument à faire bonne impression.

Pour la centième fois depuis son arrivée, il consulta sa montre et décida d'aller faire un tour à l'épicerie du village. Il achèterait des chewing-gums et des cartes postales pour sa mère.

Comme il arrivait devant la porte de la boutique, celle-ci s'ouvrit pour livrer passage à une jeune fille manœuvrant péniblement une poussette. Barney vit qu'elle bataillait pour redresser les roues, mais quelque chose les bloquait.

— Désolée de boucher le passage, haleta-t-elle en vérifiant que le frein était défait. Les roues sont bloquées, je ne comprends pas ce qui se passe.

La fille était jeune et jolie. Elle avait de grands yeux gris et ses cheveux bruns étaient coupés à hauteur des épaules. Par comparaison, son bébé offrait un saisissant contraste : il était blond et ses immenses yeux bleus étaient exactement assortis à sa combinaison ouatinée. Les mouvements saccadés de la poussette, loin de lui déplaire, le faisaient gazouiller de contentement et secouer en rythme la briquette de jus de fruits qu'il tenait à la main.

— Ne bougez pas, j'ai compris ce qui gêne, déclara Barney en s'accroupissant à côté de la poussette.

Le fil de laine servant à relier les moufles du bébé s'était pris dans une des roues avant.

— Relevez l'avant de la poussette…

Alors qu'il faisait passer le cordon maculé de boue plusieurs fois autour de la roue, Barney sentit soudain un liquide froid lui couler dans le cou.

— Mon Dieu, Freddie, arrête ! Donne-moi ça, ordonna la fille tandis que le bébé laissait échapper un braillement outragé.

Ils bataillèrent un moment au-dessus de la tête de Barney qui ferma les yeux quand un jet de liquide atterrit sur sa joue.

— Voilà, j'ai fini ! annonça-t-il triomphalement en se redressant, les moufles sales à la main.

Le bébé tendit la main vers elles et lâcha son jus de fruits du même coup. En voyant la coulée de liquide violet qui se répandait dans le caniveau, il se mit à hurler de plus belle.

— Mon Dieu ! s'exclama la fille. Vous êtes couvert de jus de cassis ! Je suis vraiment désolée.

Elle farfouilla dans le sac accroché aux poignées de la poussette et en sortit un paquet de lingettes. Barney s'essuya soigneusement les joues et le cou. Le bébé, hurlant de plus en plus fort, entreprit de flanquer de grands coups de pied dans le marchepied de la poussette.

— Je suis désolée, vraiment. Quand Freddie pique une crise, il n'y a plus moyen de l'arrêter, s'excusa la fille. Regardez dans quel état vous êtes ! Je ne sais plus où me mettre...

— Il n'y a pas de mal, lui assura Barney. Ce n'est rien. Il s'énerve parce qu'il a laissé tomber son jus de fruits. Je vais lui en acheter un autre, ça le calmera.

Tout en parlant, il agita les doigts à l'adresse de Freddie. Barney aimait les enfants. Quand son regard croisa le sien, il fit une grimace si désopilante que le petit cessa aussitôt de pleurer... pour redémarrer une seconde plus tard. Barney éclata de rire.

— Vous êtes vraiment gentil, s'extasia la fille.

— J'ai trois neveux et quatre nièces, expliqua-t-il. J'ai l'habitude des enfants. Attendez-moi ici, je reviens tout de suite.

Il ressortit de l'épicerie deux minutes plus tard avec deux briquettes de jus de cassis, une barre chocolatée, une boîte de chocolats *Black Magic*, des cartes postales de Colworth et trois paquets de chewing-gums.

— Vous plaisantez ! protesta la fille en voyant la boîte de chocolats. Je ne peux pas accepter !

— Pas de panique, je ne les ai pas achetés pour vous, la rassura-t-il.

La fille s'empourpra et il lui sourit.

— Tiens, dit-il à Freddie en lui tendant un jus de fruits. Et ne bois pas tout d'un coup ! Il a les mains gelées, remarqua-t-il en se redressant.

— Je sais bien, répondit-elle en levant les yeux au ciel. Il refuse de garder ses moufles plus de deux minutes.

— Je mets ça dans votre sac, ça pourra vous être utile en cas de crise, fit-il en glissant la barre chocolatée et le second jus de fruits dans le sac accroché à la poussette.

— Oh, votre chemise est toute tachée ! annonça-t-elle d'un ton alarmé.

Barney ne pouvait voir les taches, mais il sentait que son col était humide.

— Vous croyez qu'on peut réparer les dégâts ? s'inquiéta-t-il.

C'était sa plus belle chemise. Il l'avait achetée tout spécialement pour ce rendez-vous. Il songea soudain que cette charmante jeune femme devait vivre au village. Elle allait peut-être lui proposer de venir chez elle pour nettoyer ce qui pouvait l'être.

— Je dois rencontrer quelqu'un d'important à l'hôtel, enchaîna-t-il. Je tenais à faire bonne impression.

— J'ai une idée ! s'écria-t-elle. Le pub doit être ouvert à cette heure-ci. On pourra laver le col de votre chemise dans les toilettes et le faire sécher sous le séchoir à mains.

Barney s'efforça de masquer sa déception. C'était normal, au fond. Une femme ne pouvait laisser pénétrer n'importe qui chez elle. Et puis, elle était peut-être mariée. Le fait que la majorité des jeunes mères de Manchester soient célibataires n'impliquait pas forcément que celle-ci le soit aussi. Il jeta un coup d'œil à sa main gauche. Pas d'alliance. Mais elle vivait peut-être avec quelqu'un, et ce quelqu'un n'aurait sans doute pas apprécié qu'elle ramène un inconnu chez elle pour nettoyer le col de sa chemise.

Le pub, le ridiculement pittoresque *Hollybush Inn*, ouvrait tôt pour servir café et croissants hors de prix aux touristes de passage. Fort heureusement pour Barney, aucune femme n'eut besoin d'aller aux toilettes tandis qu'il attendait, torse nu, que la fille brune ait fini de laver le col de sa chemise. Toujours assis dans sa poussette, Freddie découvrit avec ravissement qu'il pouvait déclencher le séchoir fixé au mur en agitant ses petits doigts potelés dessous. La fille imprégna le col de savon liquide et frotta de bon cœur pour faire disparaître les taches. Un quart d'heure plus tard, la chemise était sèche.

— On va leur coûter une fortune en air chaud, observa Barney. Le moins qu'on puisse faire, c'est de prendre un café.

La mère de Freddie consulta sa montre d'un air désolé.

— Impossible, il faut que je file. Rendez-vous chez le dentiste.

Elle arrangea le col de la chemise que Barney venait d'enfiler.

— Voilà, vous êtes tiré d'embarras. Je vous garantis que vous ferez bonne impression.

Elle avait raison. Bien sûr. Pendant quelques minutes, Barney avait oublié pourquoi il se trouvait là.

— Merci, dit-il.

— De rien, lui répondit-elle avec un grand sourire.

Pilotage automatique enclenché, Tara s'appliquait à faire briller le carrelage d'une salle de bains. Son corps effectuait cette tâche, mais son esprit disséquait sans relâche son épouvantable découverte de la veille.

Elle avait décidé de passer une soirée tranquille devant sa série télé préférée, et quand la godiche de la série avait gémi : « Mais pourquoi c'est toujours moi qui me fais larguer, hein ? Qu'est-ce qui cloche chez moi ? Je voudrais bien le savoir ! », la réponse lui avait semblé évidente, de même que pour des millions de téléspectateurs. Une fille gnangnan, affublée de cheveux raides et ternes, possédant autant de personnalité qu'une sauce blanche et qui passe son temps à geindre, mérite d'être traitée comme une serpillière et ne doit pas s'attendre à garder un petit ami plus de trois minutes. Mais la seconde d'après, une sensation désagréable s'était insinuée en elle.

Et dans un sursaut d'horreur, elle avait réalisé que cette sensation lui était familière.

Délaissant sa série télé, elle avait entrepris de dresser la liste des garçons avec qui elle était sortie. Mais même en remontant à ses années de collège, elle n'avait trouvé aucun exemple rassurant.

Tout en astiquant le carrelage avec l'énergie du désespoir, Tara entreprit de recommencer, au cas où elle en aurait oublié un. Il y avait d'abord eu Trevor, dont la voix muait ; et puis Dave, celui qui avait les oreilles en feuille de chou ; après, il y avait eu Andy Buckingham et sa verrue sur la joue. Mais bon, c'était le champion de l'équipe de foot… Après Andy…

— Coucou, c'est moi !

La tête de Daisy surgit dans l'entrebâillement de la porte.

— Ça te dirait une petite virée entre filles, ce soir ? On pourrait faire la tournée des boîtes de Bristol.

— Tous les mecs avec qui je suis sortie m'ont plaquée ! déclara Tara d'un air sinistre. Tous ! Tu te rends compte de ce que ça signifie ? Aux yeux des mecs, je ne suis qu'une vieille chaussette puante, voilà ce que je suis !

— Arrête, je suis certaine que tu exagères, lui dit Daisy pour la rassurer.

— Pas du tout !

— Et ceux avec qui tu es sortie au collège, alors ? Tu les as comptés ?

— Tous, je te dis. Même ceux-là. Surtout ceux-là !

— OK, j'ai compris. Eh bien, on va te sortir de là, répliqua Daisy avec conviction. Ce soir, on va à Bristol et tu donneras ton numéro de téléphone à tous les mecs qui viendront te draguer. Et quand ils t'appelleront pour t'inviter à boire un verre, tu les enverras sur les roses. Je suis sûre que ça te remontera le moral !

— Pff ! Ça ne compte pas si c'est bidon.

— Ça sera déjà un début.

— Mais je n'ai pas envie de filer mon numéro de téléphone à n'importe qui !

— Ce ne sera pas n'importe qui, ce sera ceux à qui tu auras tapé dans l'œil ! Allez, dis oui ! Tu verras, on va bien rigoler toutes les deux.

— D'accord. Mais c'est bien pour te faire plaisir !

10

Le soleil émergea de derrière les nuages à l'instant précis où Daisy sortait de l'hôtel. Elle avait donné rendez-vous à Barney Usher devant le portail à 13 heures pile. Quelque chose dans le ton de ses lettres lui laissait penser qu'il serait ponctuel.

Elle ne s'était pas trompée. Il était déjà là, appuyé contre un des piliers de pierre recouverts de mousse. Elle le détailla tandis qu'elle s'avançait vers lui. Il portait un pull bleu marine ras du cou sur une chemise blanche et un pantalon bleu marine.

Et à l'intérieur de son corps, l'un des reins de Steven, son défunt mari, continuait à remplir ses fonctions purificatrices.

Il ne faisait pas ses vingt-six ans. Le soleil faisait ressortir la blondeur de ses cheveux, ses traits avaient quelque chose de doux et de juvénile accentué par l'expression interrogative de ses sourcils bruns, et ses yeux noisette étaient ourlés de cils aussi longs que ceux d'un épagneul.

Daisy le trouva tellement mignon qu'elle ne put s'empêcher de le suspecter d'être gay. Ce macho de Steven n'aurait pas particulièrement apprécié d'apprendre qu'il avait sauvé la vie d'un homosexuel…

— Madame Standish ? risqua anxieusement Barney.

L'espace d'une seconde, Daisy faillit regarder par-dessus son épaule. Même du temps de son mariage, se présenter sous son nom d'épouse lui donnait l'impression d'être une usurpatrice. C'est avec un vif soulagement qu'elle avait repris son nom de jeune fille, MacLean.

— Appelez-moi Daisy.

Elle lui sourit en se demandant s'il était aussi nerveux qu'elle-même. Après tout, leur rencontre était assez peu banale. Mais, apparemment, Barney semblait parfaitement à l'aise. Il lui tendit la main.

— Et moi, c'est Barney. Mais vous le savez déjà ! Je vous remercie d'avoir accepté cette rencontre… Vous ne pouvez pas savoir ce que ça signifie pour moi… Avoir la possibilité de vous remercier personnellement… C'est très gentil à vous, je vous en suis infiniment reconnaissant…

— OK, ça suffit, l'interrompit Daisy. Écoutez, vous m'avez déjà adressé vos remerciements dans votre première lettre, et vous les avez réitérés dans les trois suivantes. Je pense avoir globalement compris le message, inutile de vous répéter.

— Mais je tiens à…

— Stop ! Je sais à quel point vous m'êtes reconnaissant, mais je ne pense pas avoir accompli quoi que ce soit d'héroïque et la situation commence à devenir un tantinet embarrassante. Si nous en restions là, voulez-vous ? S'il vous plaît ?

— Message reçu, fit Barney. Je suis désolé. Oh ! j'ai apporté cela pour vous.

Il sortit de son sac la boîte de chocolats *Black Magic*.

— J'aurais préféré vous offrir des fleurs, mais j'ai eu peur qu'elles fanent ou que quelqu'un s'asseye dessus pendant le voyage et je n'ai pas trouvé de fleuriste à l'arrivée. J'espère que ces modestes chocolats de l'épicerie du village vous plairont. J'aurais aimé trouver quelque chose de plus prestigieux, mais…

— J'adore les *Back Magic*, mentit Daisy avec aplomb. Merci. Merci. Merci merci merci, c'est parfait, je ne sais comment vous exprimer ma reconnaissance, merci, vraiment, merci.

Barney laissa fuser un rire qui le fit ressembler au prince William.

— OK ! Message reçu cinq sur cinq, je ne dirai plus jamais rien qui puisse s'apparenter à un remerciement.

Une lueur amusée dansa dans son regard.

— J'y penserai peut-être, mais je ne le formulerai plus à voix haute, je vous le promets.

Ils allèrent d'abord au cimetière. Barney contempla silencieusement la tombe de Steven, lui adressant sans doute à lui aussi des remerciements silencieux. Daisy avait craint qu'il ne fonde en larmes, mais ce ne fut heureusement pas le cas.

— Vous deviez beaucoup l'aimer, finit-il par lâcher d'une voix émue.

Le moment était mal choisi pour lui répondre : « Pas tellement. En fait, je le haïssais. »

— Ces fleurs sont très jolies, reprit-il, certainement persuadé que c'était Daisy qui les avaient apportées.

— Oui, approuva-t-elle laconiquement.

— Il doit beaucoup vous manquer.

— Vous savez ce que c'est, la vie continue...

Elle n'eut pas le cœur de lui avouer la vérité. Elle faisait ce pèlerinage pour le bien de Barney, pas pour le sien. Lui ôter ses illusions aurait été aussi cruel que de raconter à un enfant que Cendrillon allait se réfugier dans un foyer pour femmes battues après son mariage avec le prince.

Elle enfonça les mains dans ses poches en frissonnant.

— Vous avez froid, observa Barney.

— Rentrons à l'hôtel, voulez-vous ? proposa-t-elle. On pourra boire un verre et discuter au chaud.

Ils remontèrent lentement l'allée qui conduisait à l'hôtel.

— C'est vraiment magnifique, s'exclama-t-il à la vue du manoir. Je n'avais jamais rien vu d'aussi beau.

Daisy eut l'impression de laisser pénétrer un enfant de trois ans dans l'atelier du Père Noël. Les yeux écarquillés, Barney contempla le hall et le bar lambrissés de chêne, la gigantesque cheminée et les lustres.

— Un café ou un alcool ? s'enquit Daisy.

— Un café. Je ne bois pas d'alcool.

Évidemment. L'alcool devait lui être interdit pour des raisons médicales.

— Je pourrais vous faire visiter l'hôtel ensuite, si vous le désirez.

— Si vous estimez en avoir le temps, rien ne pourrait me faire plus plaisir, répondit-il, visiblement enchanté.

— Vous avez peut-être faim ? Souhaitez-vous que nous commandions quelque chose à manger ?

— C'est très aimable à vous, mais je ne voudrais surtout pas vous déranger.

Daisy se sentit coupable. Elle venait de proposer cela non par gentillesse mais pour tuer le temps. Si quelqu'un venait vous voir depuis Manchester, il lui semblait incorrect de lui faire la conversation dix minutes autour d'un café et d'un gâteau sec avant de le renvoyer chez lui.

Elle commanda les cafés au bar, puis s'assit en face de Barney sur un des canapés flanquant la cheminée.

— Voilà ! On est bien, ici, non ? lança-t-elle d'un ton enjoué.

« Mon Dieu, se dit-elle, qu'est-ce qui me prend de parler comme une petite vieille ? »

— Cette rencontre n'est pas facile pour vous, j'imagine, hasarda Barney d'un ton compréhensif.

— Pas du tout ! mentit-elle effrontément. Pourquoi dites-vous cela ?

— La situation doit vous paraître un peu bizarre, non ? Plus encore qu'à moi.

— Un peu, en effet, concéda-t-elle. Mais sans plus, s'empressa-t-elle d'ajouter par crainte de le froisser.

— Vous voulez que je vous parle de moi ? proposa-t-il.

Les rôles semblaient s'être inversés, tout à coup. Il avait pris les rênes de la conversation.

— Je vais commencer par vous parler un peu de moi et après, ce sera votre tour, mais vous ne me parlerez de votre mari que si vous en avez envie. Après quoi je m'en irai. Ça vous va ?

Daisy se rendit compte qu'il avait dû passer des heures à préparer ce petit discours. Cette rencontre avait une telle importance à ses yeux. Elle en éprouva un vif soulagement et hocha la tête.

— Cela me semble parfait.

Ils examinèrent ensemble les photos qu'il avait apportées.

— Ça, c'est moi quand j'avais sept ans, expliqua-t-il. Et ça, c'est maman. Elle m'a demandé de vous transmettre ses amitiés, au fait. Là, c'est moi il y a trois ans. La photo a été prise sur le balcon, un jour de grand vent, c'est pour ça que maman est toute décoiffée.

— Sur le balcon, rien que ça ! le taquina Daisy. Quelle vue magnifique !

Le jeune homme sourit.

— C'est au vingt-septième étage d'une tour. On a une vue exceptionnelle. Mais ça n'a rien de luxueux, croyez-moi ! C'est chez moi. *C'était* serait plus correct. Regardez, là, ce sont les collègues avec qui je partage un appartement.

Daisy étudia la photo qu'il lui présentait. On le voyait assis sur un canapé en compagnie de trois copains dans un décor typique d'étudiants : cendriers pleins à ras bord, cannettes de bière, tapis usé jusqu'à la trame, canapé avachi et taché.

— Vous ne devez pas vous ennuyer, risqua Daisy.

— Si on veut, répondit Barney. La première fois que ma mère est venue, elle a failli avoir une attaque, mais mes copains sont vraiment chouettes. Jusqu'à l'année dernière, je pensais que je ne pourrais jamais mener une vie normale : sortir en boîte, rencontrer des filles… J'avais passé tellement de temps à l'hôpital à envier ceux qui pouvaient le faire que j'ai eu l'impression d'être un miraculé après mon opération.

Daisy sentit une boule se former dans sa gorge. Elle augmenta de volume quand Barney lui montra la photo suivante.

— Ça c'est moi le jour de mon dix-huitième anniversaire. J'ai l'air mal en point parce qu'on venait de me faire une greffe qui n'avait pas pris.

La photo avait été prise dans une chambre d'hôpital. Barney, pâle et les joues creuses, était allongé sur son lit et relié à une énorme machine, mais il souriait, un gobelet en plastique à la main. Des cartes d'anniversaire étaient punaisées au-dessus de son lit et il était entouré d'amis.

— Ce n'était pas la fête la plus délirante de l'univers, commenta-t-il gaiement. J'étais sous dialyse, bourré de médicaments, ma tante fondait en larmes toutes les cinq minutes parce qu'elle était persuadée que j'allais mourir et mes neveux ne supportaient pas l'odeur de l'hôpital.

Daisy eut envie de le serrer dans ses bras.

— Vous avez bien des choses à rattraper.

— À qui le dites-vous ! murmura-t-il le regard brillant. Je croyais que je n'aurais jamais une vie normale, alors je vous garantis que je n'en gâcherai pas une minute !

Au cours du déjeuner qui suivit, il l'interrogea sur Steven et Daisy répondit à toutes ses questions. Il voulut connaître les plats préférés de Steven, ses sports favoris, son style de musique et comment il avait fait la connaissance de Daisy. Celle-ci sortit de son sac les photos de Steven qu'elle y avait placées en vue de cette éventualité et laissa Barney les étudier à son aise. Terrifiée à l'idée qu'il remette ça avec ses « Mon Dieu ! Comme il doit vous manquer ! », elle s'empressa de déclarer :

— À votre tour : parlez-moi de votre travail !

Barney travaillait dans la fonction publique. Il était employé de bureau au ministère des transports. Son travail était assez ennuyeux, mais il s'estimait heureux d'avoir un emploi et il s'entendait bien avec ses collègues. Daisy l'interrogea sans relâche et finit par découvrir qu'une des secrétaires avait le béguin pour lui, mais qu'il n'avait pas de petite amie attitrée. Il attendait de rencontrer la femme de sa vie.

— Mes copains me traitent de dingue, lui confia-t-il avec un sourire timide. Ils prétendent que je devrais bais... euh... fréquenter un maximum de filles pour rattraper le temps perdu. Mais ça ne me dit rien. Je sais qu'il existe quelque part une femme qui est faite pour moi. Je préfère l'attendre pour ne pas galvauder un événement précieux.

« Mon Dieu ! songea Daisy. Le cher ange. Je suis probablement en train de faire la causette au dernier puceau de Manchester. Sa mère doit être fière de lui. »

Brenda, la secrétaire de Daisy, s'approcha de leur table à cet instant.

— Daisy ? Excuse-moi de t'interrompre mais je dois partir. Tu veux bien vérifier l'annonce qu'on doit passer dans le journal local, que je la faxe tout de suite ?

Daisy s'empara de la feuille qu'elle lui tendait.

— Tu peux y aller, je m'occuperai du fax.

— Merci, tu es un ange ! fit Brenda, qui craignait de rater son bus pour Bath.

— Je sais, je sais... répondit Daisy en souriant.

Après le déjeuner, elle fit visiter l'hôtel à Barney qui en adora chaque recoin.

— N'oubliez pas d'envoyer votre fax, lui rappela-t-il tandis qu'ils sortaient de la salle de réception.

— Vous avez raison, je vais m'en occuper tout de suite. Vous m'accompagnez ? Nous terminerons ainsi la visite par le lieu où tout se décide : mon bureau !

Daisy ne croyait pas si bien dire...

11

Par la suite, Barney allait se souvenir de cet instant comme d'un instant magique. Celui qui avait bouleversé le cours de sa vie.

Sans se douter de rien, il était entré dans le bureau de Daisy et s'était appuyé contre la fenêtre, les mains dans les poches, tandis qu'elle consultait les messages téléphoniques consignés par Brenda. Perchée sur son bureau, un pied négligemment posé sur sa chaise pivotante, elle tendit le bras pour attraper un stylo et la lettre à faxer au journal tomba par terre.

Soucieux de lui rendre service, Barney s'empressa de la ramasser et proposa :

— Voulez-vous que je m'en occupe à votre place ?

Ravie, Daisy leva les yeux sur lui.

— Vous savez faire ça ? Ça m'aiderait, je vous remercie.

Il n'avait pas l'intention de se montrer curieux, mais quand il inséra la feuille dans le fax, il ne put éviter d'en lire le contenu. Il s'agissait d'une annonce à insérer sous la rubrique « Offres d'emploi » du journal local. L'hôtel recherchait un portier.

C'est à cet instant précis que tout bascula pour Barney.

Il retint son souffle tandis que l'idée s'insinuait dans son esprit. Il interrompit son geste et son regard se perdit de l'autre côté de la fenêtre, englobant les cèdres, les vastes pelouses, la rivière argentée et les collines qui disparaissaient derrière un voile de brume. Son regard se porta ensuite sur Daisy qui inscrivait quelque chose sur son agenda.

— Un problème ? demanda-t-elle. Voulez-vous que je vous montre comment ça fonctionne ?

Barney prit une profonde inspiration et se jeta à l'eau :

— Ce... cet emploi que vous proposez... Vous n'avez pas indiqué les qualifications requises.

Daisy sourit.

— C'est d'un portier qu'on a besoin, pas d'un neurochirurgien !

— Le fait est que... que diriez-vous si... ça va sans doute vous paraître étrange, bredouilla-t-il, mais bon, je voudrais savoir si vous accepteriez ma candidature, le cas échéant.

Les mots avaient jailli spontanément de sa bouche. Ce n'était certainement pas la meilleure technique pour décrocher un job, mais vingt secondes plus tôt, il ignorait encore qu'il postulerait pour un emploi de portier. Il avait agi sous l'impulsion du moment.

Daisy eut l'air passablement interloqué.

— Quoi ? Vous voulez devenir portier ? Mais vous travaillez dans la fonction publique !

Barney lui fut reconnaissant d'avoir présenté cela comme un poste important alors qu'il n'effectuait qu'un modeste travail de gratte-papier.

— Écoutez, je ne voudrais pas que vous me preniez pour un type bizarre. J'ai parfaitement conscience d'être venu ici pour un tout autre motif. Mais je vous jure que ma demande n'a rien à voir avec Steven.

— Bon, vous faites bien de le dire. Parce que autrement, cela me mettrait effectivement très mal à l'aise.

Barney secoua vigoureusement la tête.

— Le fait est que, dès que je suis descendu du taxi, ce matin, j'ai pensé qu'il devait vraiment faire bon vivre par ici. Le village semble hors du temps ! Et les habitants sont si accueillants ! Ensuite, je vous ai retrouvée et vous m'avez fait visiter cet hôtel qui ne ressemble à rien de ce que je connais. Là où je vis, tout est beaucoup plus... beaucoup plus sordide, à dire vrai. Les drogués, la violence, les cambriolages perpétuels, les agressions... C'est le stress permanent. Il faut vivre à Manchester pour comprendre. Ici, c'est tout le contraire. Vous ne vous rendez pas compte du privilège que cela constitue de se réveiller le matin devant une vue pareille, dit-il en désignant la fenêtre. À Manchester, le paysage se borne à des voitures incendiées et à des dealers qui ne se gênent pas pour revendre leur cochonnerie en pleine rue. Vivre ici, pour moi, ce serait le paradis !

Daisy avait baissé les yeux vers la feuille que Barney tenait toujours à la main.

— Et votre travail ?

— Je déteste mon travail. Vraiment ! Je ne le supporte plus ! Je ne supporte plus d'être enfermé dans un bureau où on ne peut même pas ouvrir la fenêtre. J'ai l'impression d'être toujours à l'hôpital, ça me rend dingue. Je préférerais mille fois travailler comme portier, j'en suis sûr et certain.

— Vous seriez loin de chez vous, de votre famille. Comment votre mère prendrait-elle la chose ?

Daisy était ennuyée.

— Elle sait que je n'aime pas ce que je fais. Ma mère n'a qu'un seul souhait en ce qui me concerne : elle veut que je sois heureux, répondit Barney avec conviction. Elle serait ravie. Elle adorerait cet endroit si elle le voyait.

— Cet emploi de portier n'est pas très rémunérateur, l'avertit Daisy.

— Je m'en fiche.

— Les horaires sont pénibles. Il y a des services de nuit.

— Aucun problème.

— Savez-vous exactement quelles sont les fonctions d'un portier ?

— Ils portent les bagages des clients ? hasarda-t-il. Je suis costaud, ça ne me fait pas peur !

— Porter les bagages, acquiesça Daisy. Cirer les chaussures des clients. Leur apporter le journal... En gros, c'est un emploi de garçon de courses. Vous devez fournir aux clients tout ce qu'ils vous demandent. S'ils veulent faire monter une prostituée dans leur chambre à 3 heures du matin, à vous de leur en trouver une !

Barney écarquilla les yeux.

— Je plaisante, le rassura Daisy.

— Ah ! tant mieux !

— Les chambres réservées à nos employés sont d'un confort sommaire, poursuivit-elle. Rien à voir avec les suites que je vous ai montrées.

— Je m'en doute, fit-il d'un ton patient. Je ne suis pas stupide.

Daisy sourit.

— Je m'en étais rendu compte. Vous permettez ?

Elle tendit la main vers l'annonce. Barney la lui tendit, s'attendant qu'elle la déchire en déclarant joyeusement : « Il semblerait que ce ne soit plus nécessaire ! » Mais il constata avec horreur qu'elle l'insérait dans le fax.

— Oh, mais...

— Non, je n'ai pas l'intention de vous dire oui sur-le-champ, déclara-t-elle fermement. Je tiens à ce que vous rentriez chez vous pour réfléchir. La nuit porte conseil. Cette annonce paraîtra, car nous avons grand besoin d'un portier et vous risquez de changer d'avis. Parlez-en avec votre famille. Pensez aux amis que vous laisseriez derrière vous... Dans une semaine, vous m'appellerez pour me faire part de votre décision. Si vous voulez toujours ce travail, il sera à vous. Souhaitez-vous visiter les chambres du personnel avant de partir ?

— Non. J'ai déjà pris ma décision et peu importe à quoi ressemblera ma chambre. Vous pourriez me montrer un clapier à lapins au fond du jardin que je ne changerais pas d'avis.

Il le pensait vraiment. Pour la toute première fois de sa vie, Barney était sûr de son choix. Dans un instant de folie, il faillit lui demander si elle connaissait le nom de la fille aux cheveux bruns qui avait un bébé blond.

Elle la connaissait certainement. Elle devait savoir si elle vivait seule, comme le laissait supposer sa main dépourvue d'alliance.

Mais non. Il ne pouvait lui poser une question pareille. Elle l'aurait pris pour un obsédé sexuel, un fou à qui il ne fallait pas plus de cinq minutes pour dénicher une nouvelle victime.

— Rentrez chez vous et parlez-en à vos proches, répéta Daisy. Appelez-moi vendredi prochain pour me dire où vous en êtes.

— D'accord, dit Barney avec un sourire. C'est vous la patronne !

Un peu avant 9 heures, ce soir-là, Daisy et Tara pénétrèrent dans le *Clifton Wine Bar* de Bristol. Tara frétillait d'impatience à l'idée de donner son numéro de téléphone à des tas de mecs pour le seul plaisir de les snober quand ils l'appelleraient.

— Alors, il était comment ce Barney ? demanda-t-elle à Daisy une fois qu'on les eut servies au bar.

— Charmant, jeune et terriblement naïf, lui répondit Daisy. Tu lui ferais l'effet d'une sorcière !

— Je ne vois pas pourquoi, se plaignit Tara en trinquant avec elle. Je suis loin d'être repoussante !

Trois garçons accoudés un peu plus loin surprirent ces derniers mots et firent mine de se dissimuler le visage derrière les mains en poussant des cris de terreur.

— Ah, ah, ah ! Très drôle, leur lança Tara. Dites-moi la vérité : vous trouvez que je fais peur ?

Le plus grand des trois eut un léger mouvement de retrait et fit mine de l'étudier de la tête aux pieds.

— Franchement ?

— Franchement.

— Alors, les détails qui tuent : le maquillage, la poitrine et la veste. Surtout la veste.

— Je viens de l'acheter ! se défendit Tara en baissant les yeux sur sa veste moulante en jean délavé avec col brodé et coutures recouvertes de satin.

— Elle fait plouc, l'informa-t-il aimablement.

— Ah, non ! sûrement pas ! se défendit Tara. Jennifer Lopez a la même et c'est une bombe sexuelle ! Je l'ai achetée pour qu'on me prenne pour elle, expliqua-t-elle avec une désarmante naïveté.

— Mais tu ne lui ressembles pas ! s'exclama le garçon.

S'efforçant d'être honnête, il détailla ses courts cheveux blond platine, son opulente poitrine, son jean hyper moulant et ses bottes à bouts pointus.

— Je trouve plutôt que tu ressembles à Dolly Parton, la perruque en moins !

Daisy se sentit désolée pour Tara. La tenue qu'elle avait choisie ce soir-là n'arrangeait certes pas les choses, mais il fallait bien reconnaître que, quoi qu'elle porte, Tara avait toujours un côté... aguicheur. Même dans son uniforme de femme de chambre, une impression de disponibilité se dégageait d'elle. Quand un homme la voyait pour la première fois, il ne pouvait s'empêcher de l'assimiler à une fille facile.

— Pas la peine de faire cette tête, la rassura le garçon en lui donnant un coup de coude. Je n'ai pas dit que tu étais moche ! Tu sais quoi ? ajouta-t-il généreusement. Je suis obligé de filer, là, tout de suite. Mais on pourrait peut-être se revoir pour boire un verre un de ces quatre ?

C'était un détail que Tara avait fini par remarquer, au fil des ans. Quand un homme a des intentions respectables vis-à-vis d'une fille, il l'invite à dîner. Elle, on lui proposait systématiquement de lui payer un verre.

Qu'est-ce que ça pouvait faire, de toute façon ? Ce garçon ne l'intéressait pas plus qu'elle ne lui plaisait. Ni lui ni ses deux copains.

— Ça serait sympa, oui. Appelle-moi.

Toute contente, elle griffonna son nom et son numéro de téléphone sur un sous-bock.

— Je t'appellerai demain, promit-il. Je m'appelle Jerry, au fait.

Un peu plus tard, Tara et Daisy regagnèrent leur voiture. Très satisfaite, Tara tourna sur elle-même et faillit percuter un lampadaire. Elle avait donné son numéro de téléphone à quatre autres garçons et un faux numéro à un sombre idiot.

— Et voilà le travail ! déclara-t-elle. Demain, cinq mecs vont me téléphoner et je les enverrai tous se faire cuire un œuf !

— Ils ne t'appelleront peut-être pas tous les cinq, la prévint Daisy.

— Jalouse, va ! Tu ne supportes pas que je sois à ce point irrésistible. En tout cas, je me suis bien amusée ! J'ai passé une soirée géniale !

Tara fit une nouvelle pirouette et heurta cette fois-ci un lampadaire. Sans se démonter pour autant, elle s'y agrippa d'une main et tournoya autour façon Gene Kelly.

— Et je vais encore plus m'amuser quand ils m'appelleront !

Daisy aurait bien aimé ressentir les effets des six verres de vin qu'avait bus Tara, mais comme c'était elle qui conduisait, elle avait dû se contenter de Coca-Cola.

— Tu ne devais pas passer le permis, toi ? lui demanda-t-elle. Je croyais que Maggie était censée te donner des cours.

— Non mais tu l'as déjà vue conduire ? Merci bien, sans façon, déclara Tara entre deux hoquets. Dès qu'elle a un volant entre les mains, elle se prend pour Schumacher ! Elle passerait son temps à me crier dessus pour que j'accélère. Mais n'essaye pas de changer de sujet. Je viens de passer une super soirée, demain je ne travaille pas et je vais me payer le luxe de repousser des tas de mecs ! Enfin bon, au moins trois.

Tara se réveilla le lendemain matin à 10 heures, pleine d'une extraordinaire sensation de toute-puissance. Quand elle croisa son reflet dans le miroir de la salle de bains, elle se trouva merveilleusement belle et séduisante. Son horoscope du *Daily Mail* lui apprit que cette journée s'inscrirait sous le signe du changement et donnerait à voir au monde qu'elle n'était pas une laissée-pour-compte.

Tara brûlait d'impatience de voir la machine se mettre en branle.

Le seul problème, c'est que le téléphone ne sonna pas. Pas une seule fois.

12

Il s'appelait Otto. Bon, ce n'était pas sa faute, après tout. Il avait six ans et il pleurait tellement qu'il n'arrivait plus à parler.

On ne pouvait malheureusement pas en dire autant de sa mère. Un flot ininterrompu de paroles s'écoulait de sa bouche et il n'y avait pas de robinet d'arrêt.

Des New-Yorkais. Il aurait fallu les bâillonner. Tous ! La voix aiguë et nasillarde de cette femme vrillait le cerveau de Daisy comme la fraise d'un dentiste.

— Madame Wilder, je vois bien qu'Otto est bouleversé, mais je vous assure qu'on ne peut pas appeler les pompiers pour ça. Ils se déplacent pour venir en aide à des êtres humains ou à des animaux, mais ils n'apprécieraient pas qu'on les dérange pour récupérer un avion en plastique dans un arbre !

— Mais le pauvre petit est en larmes ! Regardez-le ! hurla Mme Wilder tandis que les larmes de son fils redoublaient. Il ne s'agit pas d'un jouet quelconque, vous savez. Je l'ai acheté chez *Harrod's* et je l'ai payé très cher. Otto, mon chéri, calme-toi un peu. Les tympans de maman vont exploser si tu continues ce vacarme !

La journée commençait bien.

— Croyez bien que je suis désolée, répéta patiemment Daisy. Mais on ne peut vraiment pas téléphoner aux pompiers pour ça.

— Je les payerai !

Mme Wilder ouvrit son sac et exhiba son portefeuille rempli de cartes de crédit étincelantes.

— Ils viendront, pour de l'argent, non ? Promettez-leur, disons deux cents de vos livres anglaises !

— S'il v-v-vous p-p-laît, sanglota Otto, de grosses larmes roulant sur ses joues semées de taches de rousseur.

Daisy sentit son cœur fondre. Mme Wilder était un cauchemar ambulant, mais son fils était vraiment adorable.

— Bon, lui dit-elle, on va voir ce qu'on peut faire. Viens me montrer dans quel arbre il est coincé.

Les yeux brillants d'espoir, Otto glissa sa petite main dans celle de Daisy.

— Tu vas m'aider, hein ?

La lèvre tremblotante, il cligna des paupières derrière ses lunettes rondes à la Harry Potter.

Le cèdre mesurait bien vingt mètres de haut. Bert et Kelvin, les hommes à tout faire de l'hôtel, avaient posé une échelle d'aluminium en appui sur l'une des branches basses. Le petit avion rouge et blanc d'Otto était coincé à plus de dix mètres au-dessus du sommet de l'échelle.

— On a fait de notre mieux, m'dame, annonça Bert d'un ton d'excuse. Kelvin est grimpé jusqu'à la troisième branche, mais il a eu le vertige et il est redescendu.

— C'est hyper glissant, là-haut, se défendit Kelvin. Joe et Barry ont essayé, mais ils n'ont pas réussi non plus. On a tout tenté.

Le visage d'Otto se plissa de dépit. Il n'avait pas lâché la main de Daisy.

— Très bien ! déclara-t-elle.

Elle se devait d'essayer à son tour. Elle était plutôt douée pour grimper aux arbres quand elle était petite.

— Ne pleure pas, Otto. Bert, passez-moi votre combinaison !

— Génial ! s'exclama Otto en bondissant de joie. Comme Wonderwoman !

C'était vite dit. La combinaison couleur caca d'oie de Bert n'avait pas grand-chose à voir avec le costume de

Wonderwoman... Mais elle lui éviterait d'abîmer son pantalon de cuir crème et son pull en cachemire bordeaux.

Trois minutes plus tard, Daisy entreprit d'escalader les branches basses du cèdre. Elle avait enlevé ses chaussures pour avoir une meilleure prise. À chacun de ses mouvements, de grosses gouttes d'eau lui tombaient dessus, alors qu'il n'avait pas plu depuis plus d'une semaine.

— Pourquoi cet arbre est-il trempé ? demanda-t-elle au petit groupe resté en bas.

— Une idée de Kelvin, lui répondit Bert. Il a essayé de déloger l'avion avec le Karcher !

Daisy ferma les yeux pour éviter une nouvelle averse. Elle avait les pieds gelés et les cheveux trempés, mais elle progressait. Au moment où elle tendait le bras pour attraper la branche supérieure, une voiture remonta l'allée, puis bifurqua pour aller se garer derrière l'hôtel.

— Ça y est presque, ça y est presque ! s'écria Otto, surexcité.

Un instant, Daisy vacilla dangereusement et une bouffée de frayeur la submergea. Soucieuse de rester entière, elle se cramponna à la branche la plus proche, respira un bon coup et chercha du regard un endroit sûr où poser le pied. L'avion n'était plus très loin, elle ne pouvait pas abandonner si près du but. Redescendre serait une autre paire de manches...

Une voix incrédule s'éleva soudain du sol.

— Pour récupérer quoi ? Un avion en plastique ! Quel imbécile se risquerait à escalader un arbre de cette taille pour récupérer un jouet ?

Daisy fit une pause et entendit Otto répliquer avec passion :

— C'est pas une imbécile ! Vous n'avez pas le droit de l'appeler comme ça. C'est Wonderwoman !

Daisy baissa les yeux et fut stupéfaite de croiser le regard de Dev Tyzack.

— Daisy, vous êtes folle !

Il avait les mains sur les hanches, et son visage reflétait le plus profond sérieux.

— Descendez immédiatement ! Vous allez vous rompre le cou !

Était-ce le ton de commandement qu'il employait sur le terrain pour donner des ordres à ses coéquipiers ? Daisy secoua la branche à laquelle elle s'accrochait, dans l'espoir qu'il reçoive une bonne douche glacée. Mais Dev avait de bons réflexes.

— Daisy, ce que vous faites est dangereux !

— J'y suis presque ! répliqua-t-elle d'un ton guilleret, plus déterminée que jamais à aller jusqu'au bout.

Calant ses pieds solidement, Daisy escalada les dernières branches et l'avion fut enfin à sa portée.

— Hourra ! cria Otto en battant des mains. Ne le cassez pas, surtout !

Daisy délogea le jouet de la branche dont il était prisonnier et l'envoya voler vers le sol.

Dev Tyzack ! Il avait bien choisi son moment pour débarquer, celui-là !

Redescendre se révéla nettement plus périlleux. Daisy aurait préféré que personne n'assiste au spectacle de son postérieur augmentant de volume à mesure qu'elle se rapprochait de la terre ferme. Elle était d'autant plus gênée qu'elle allait devoir affronter Dev dans la combinaison de Bert, particulièrement peu seyante. Quand elle atteignit enfin l'échelle, elle baissa les yeux et constata que Dev la maintenait en place.

— C'est inutile, fit-elle sèchement.

— Ce serait dommage de se casser la jambe si près du sol, Wonderwoman, riposta-t-il ironiquement.

Daisy avait les pieds engourdis par le froid. Ses cheveux trempés ruisselaient sur son visage et lui brouillaient la vue. Si Dev Tyzack s'avisait de poser les mains sur ses hanches sous prétexte de guider ses derniers pas, elle le classerait sans autre forme de procès dans la catégorie « mains baladeuses » et serait tenue de lui administrer une bonne ruade dans l'entrejambe.

Il n'en fit rien. Tout en réalisant qu'elle avait retenu sa respiration dans l'attente d'un contact physique, Daisy fut bien obligée de reconnaître qu'il marquait un point.

— Excellent travail, Wonderwoman ! Vous vous en êtes superbement tirée, railla-t-il.

Otto se précipita vers elle et lui encercla les jambes de ses bras en s'écriant :

— Merci, Daisy ! C'était génial ! Je savais que vous pouviez le faire ! Je vais aller le dire à mon papa !

— Vous avez risqué votre vie, commenta Dev d'un ton neutre, tandis qu'Otto s'élançait à travers la pelouse. Tout ça pour un jouet !

— Un jouet qui venait de chez *Harrod's*, précisa-t-elle.

Dev hocha gravement la tête, comme pour signifier qu'effectivement, la nuance justifiait qu'on risquât sa vie.

— Je n'aurais jamais cru que vous escaladiez aussi bien les arbres, lâcha-t-il.

— C'est un de mes nombreux talents. Mais que faites-vous ici, si je puis me permettre ? ajouta-t-elle en tirant sur la fermeture Éclair de sa combinaison pour s'en débarrasser au plus vite.

— Vous évoquez irrésistiblement Wonderwoman quand elle change de tenue, fit-il remarquer. En fait, j'étais venu vous voir.

Il observa délibérément un instant de silence, puis reprit :

— Je voudrais réserver une salle de conférences.

— Vraiment ? Et vous comptez sur moi pour vous conseiller un hôtel ? Eh bien, ma foi, il s'en trouve d'excellents à Bath et à Bristol...

— Je pensais plutôt à Colworth Manor, l'interrompit-il.

L'air amusé, il regarda Bert récupérer sa combinaison et tendre ses chaussures à Daisy. Ses chaussettes roulées en boule dépassaient de ses boots en cuir fauve, nota-t-elle.

Oh ! et puis zut ! Qu'est-ce que ça pouvait bien faire ? Le plus urgent, c'était de rentrer à l'hôtel.

Une fois dans son bureau, Daisy s'assit et feuilleta le registre des réservations.

— Aucun problème. La salle de conférences est disponible ce jour-là. Si vous êtes certain de vouloir organiser cela ici, vous pouvez la réserver.

— J'aime cet hôtel, répondit Dev. Il est facilement accessible par l'autoroute. J'espère cependant que votre femme de chambre n'essayera pas de séduire mes hôtes.

— J'y veillerai personnellement. *Pas... de... drague*, articula-t-elle à voix haute en inscrivant la phrase sur son registre. Comment va votre ami Dominic, à ce propos ? demanda-t-elle avec un intérêt feint. Toujours marié ?

Quelqu'un frappa à la porte à cet instant. Pam, la réceptionniste, glissa la tête dans l'entrebâillement.

— J'ai l'électricien au téléphone. Il voudrait passer demain pour la visite de contrôle. Je lui dis que c'est d'accord ?

— Je suis de repos, demain. Vous voulez bien voir ça avec Vince ?

Vince était son assistant. Daisy regarda Pam détailler Dev de la tête aux pieds pour conclure par un haussement de sourcils appréciateur derrière son dos. Pam avait beau avoir quarante-trois ans et être déjà grand-mère, elle se comportait toujours comme une gamine de vingt ans.

— Je vous sers un café ? proposa-t-elle, histoire de faire durer un peu le plaisir.

— Non, merci.

Déçue, Pam retourna à l'accueil. Daisy posa à Dev les questions nécessaires à l'organisation de la réunion de sa société de management, modestement intitulée *Tyzack's*. Elle apprit qu'il était également propriétaire d'une société de production vidéo qui éditait des cassettes d'entraînement sportif.

— Bien, je crois que nous avons fait le tour des questions.

Elle porta la main à ses cheveux, soudain consciente de leur état lamentable.

— Vous aviez déjà cette coiffure la dernière fois qu'on s'est vus, observa Dev finement. Encore qu'il me semble que vous ayez mis un peu moins de boue, aujourd'hui. Qu'est-ce que vous faites de beau, demain ?.

Prise au dépourvu, Daisy ne comprit pas le sens de sa question.

— Pardon ?

— Demain. C'est votre jour de repos, non ?

Elle sentit un filet d'eau couler sur sa tempe.

— Je ne sais pas encore. Me perfectionner en escalade, peut-être ? Les gros chênes à côté de la rivière me tentent bien. Pourquoi ?

— Je me suis dit que vous pourriez peut-être m'aider...

Daisy décida de le laisser aller au bout de son idée. Elle attrapa les boots qu'elle avait laissés sous son bureau, et, tranquillement, histoire de bien lui montrer qu'elle n'était pas le moins du monde gênée, elle enfila ses chaussettes.

— Vous aider à quoi ?

— À quelque chose d'important. Une décision qu'il faut que je prenne. Je pourrais passer vous chercher vers 10 heures. On file à Bristol, on fait ce qu'on a à faire et je vous invite à déjeuner. Ça vous va ?

Quel toupet ! Il prenait pour acquis qu'elle dirait oui. Sous prétexte qu'il s'appelait Dev Tyzack et qu'il avait été le capitaine de l'équipe d'Angleterre de rugby, il s'imaginait qu'elle allait se tordre les mains comme une collégienne et se pâmer : « Moi ? C'est à moi que vous proposez ça ? Mon Dieu ! Je vais m'évanouir ! »

— Si vous ne me dites pas ce que nous allons faire, je ne peux pas vous donner de réponse.

Dev sourit.

— Où est passé votre goût de l'aventure ?

— Je l'ai oublié en haut d'un arbre.

Elle attrapa sa chaussure gauche et enfonça le pied dedans à l'aveuglette. Hélas, c'était le pied droit. Le sourire de Dev s'élargit.

— Je suis persuadé que ça vous plaira... C'est votre dernier mot ? Vous refusez ?

Daisy mit sa chaussure droite au pied qui convenait avant de le dévisager froidement.

— Si vous ne me dites pas où nous allons, je ne viens pas.

Dev Tyzack haussa les épaules.

— Tant pis.

Daisy attendit.

Attendit encore.

Et attendit encore un peu.

— Dans ce cas, au revoir, dit-il.

— Au revoir, répondit Daisy tandis qu'il se dirigeait vers la porte.

Il allait quitter la pièce. Il allait bel et bien la laisser sur sa faim.

Le mufle !

— C'est d'accord, lâcha-t-elle, ses ongles s'enfonçant dans ses paumes.

Il devait jubiler, l'animal !

Dev Tyzack fit une pause sur le seuil, comme s'il avait toujours su qu'elle ne résisterait pas. Cette petite astuce avait dû lui réussir des milliers de fois.

— À la bonne heure ! À demain, alors. Je passerai vous prendre à 10 h 30.

— Un instant ! s'exclama Daisy.

Il se retourna, les sourcils relevés.

— Nous sommes bien d'accord : il ne s'agit pas d'un rendez-vous galant, n'est-ce pas ? Je préfère m'assurer au moins de ce point.

— Pareille idée ne saurait m'effleurer ! se défendit Dev, le regard triomphant. Soyez sans crainte, Wonder-woman, je sais à qui j'ai affaire !

13

Maggie et Hector se rencontraient secrètement depuis un peu plus d'un an et demi, et ces rendez-vous à la sauvette illuminaient le quotidien de Maggie. Elle les attendait avec une fébrilité tout adolescente, l'estomac noué et malade d'excitation. Grâce à la magie des téléphones portables et des textos, personne ne se doutait de rien.

Elle avait fait en sorte qu'Hector ne soupçonne pas les sentiments qu'elle éprouvait pour lui. Celui-ci était persuadé qu'il s'agissait d'un arrangement qui leur profitait à tous les deux. Grâce à elle, il pouvait entretenir une liaison suivie, sans les tracasseries inhérentes à toute relation sentimentale. Il la payait en retour, ce qui permettait à Maggie de jouir d'un train de vie qu'elle n'aurait pu se permettre autrement.

Cette histoire d'argent l'avait monstrueusement tracassée les premiers temps. Elle aurait préféré qu'il n'en soit jamais question entre eux. Chaque fois qu'elle avait tenté d'aborder le sujet, la réponse d'Hector avait été catégorique. Refuser son argent mettrait définitivement un terme à leur arrangement. Cela n'aurait pas été honnête vis-à-vis d'elle, lui avait-il expliqué. Il ne pouvait pas espérer qu'une femme accepte de coucher avec lui en dehors du cadre d'une relation sentimentale. Et c'était précisément ce qu'il cherchait à éviter à tout prix : une relation sentimentale. Depuis le décès de son épouse bien-aimée, Hector était devenu l'un des veufs les plus convoités du Gloucestershire. Toutes sortes de femmes, célibataires ou non, s'étaient mises à lui courir après sans vergogne.

Tout avait démarré entre eux un soir d'été, au cours d'une fête dans les jardins de l'hôtel.

— Je n'ai pas envie d'avoir une femme dans ma vie, lui avait confié Hector. Dieu m'en préserve ! L'idée d'en courtiser une me hérisse le poil ! Non, au fond, la seule chose qui me manque, c'est le sexe.

Ils avaient beaucoup bu l'un et l'autre. Autrement, Maggie n'aurait jamais trouvé le courage de lui répondre :

— Ce qu'il vous faudrait, c'est une femme de confiance qui sache rester discrète...

Elle avait alors observé un silence éloquent et leurs regards s'étaient croisés. Pourquoi pas, après tout ? Hector avait beaucoup de charme et il lui plaisait depuis longtemps.

Hector était resté interdit quelques secondes, puis il avait lâché :

— Venez-vous vraiment de prononcer les mots que je viens d'entendre ?

Émue par le doute qui transparaissait dans sa voix, Maggie avait hoché la tête en souriant.

Tout avait commencé ce soir-là. Ils s'étaient discrètement éclipsés de la fête et faire l'amour avec Hector avait été une révélation.

Dès ce premier soir, il avait insisté pour lui donner de l'argent. À ce moment-là, Maggie était déjà presque amoureuse de lui et elle s'était dit que cela vaudrait mieux, en effet. Aujourd'hui, des mois après cette première fois, cela valait mieux que jamais. Si elle s'était avisée de refuser son argent, il aurait cessé de venir la voir. À cela une seule raison : Hector était un gentleman.

Un gentleman bourré de principes.

Elle savait ce qu'elle aurait dû faire. Elle aurait dû se trouver quelqu'un d'autre. Mais elle n'en avait pas envie. C'était Hector qui lui plaisait.

Tel était le dilemme de la pauvre Maggie. Que choisir ? De délicieux rendez-vous secrets avec un homme qu'elle aimait *et* qui la payait pour cela ? Ou bien pas de rendez-vous et pas d'argent ?

— Bon sang, qui est-ce ? soupira Hector.

Ils venaient à peine d'atteindre la chambre de Maggie quand le carillon de la porte d'entrée avait retenti.

— Je ne sais pas. Je n'attends personne.

La seule personne qu'elle attendait était déjà là. Ils se concertèrent du regard un instant, souhaitant tous deux que l'intrus se lasse et les laisse en paix.

Drrrring !

— J'ai horreur de ce genre de situation, chuchota Maggie. J'ai l'impression d'être dans un vaudeville ! Faut-il que je fasse la morte ou que je te cache dans un placard ?

— La solution du placard ne me sourit guère.

— Bon. Attends-moi ici.

Maggie sortit de la chambre et traversa le palier en évitant les lattes qui grinçaient. À quatre pattes, elle pénétra dans la chambre en désordre de Tara et s'approcha de la fenêtre qui donnait sur la rue.

Elle reconnut la camionnette rouge et blanche garée devant le cottage et s'agrippa rageusement au rebord de la fenêtre.

C'était trop injuste ! Quand elle avait téléphoné au magasin d'électroménager Carver pour leur expliquer que sa machine à laver était tombée en panne, ils avaient commencé par lui répondre très évasivement qu'ils verraient ce qu'ils pourraient faire, avant de consentir du bout des lèvres à lui envoyer un réparateur le lundi après-midi. Ils n'avaient bien évidemment pas pu lui préciser à quelle heure, mais il avait été entendu qu'il passerait entre 14 et 18 heures.

Maggie consulta sa montre. Il était 11 h 53. C'était typique de leur façon de procéder !

Eh bien, tant pis pour eux ! Il était trop tôt et ça ne l'arrangeait pas. Ça ne l'arrangeait même pas du tout et elle n'avait pas la moindre intention de lui ouvrir la porte.

Mais si elle s'avisait de le lui dire en face, le réparateur risquait de mal le prendre. Mieux valait s'éloigner de la fenêtre et faire semblant de ne pas être là.

C'était oublier dans quelle pièce elle se trouvait. Alors qu'elle amorçait un discret mouvement de retraite, son pied nu rencontra un objet qui lui arracha un hurlement de douleur : une boucle d'oreille de Tara s'y était fichée, tel un hameçon. Maggie s'accrocha à l'étagère la plus proche – la douleur était fulgurante – et les livres qui s'y trouvaient empilés dégringolèrent dans un vacarme assourdissant.

Serrant les dents, Maggie retira la boucle d'oreille de son pied et claudiqua jusqu'à la fenêtre.

Quelle bonne surprise ! Le réparateur avait reculé de quelques pas pour observer les fenêtres de l'étage. Débordant d'enthousiasme, il lui fit signe de la main, puis désigna du doigt le badge épinglé sur sa poitrine. Comme si la camionnette rouge et blanche ne suffisait pas à l'identifier.

Maggie poussa un long soupir et ouvrit la fenêtre.

— Madame Donovan ? Je suis bien content que vous soyez là ! Je m'apprêtais à repartir. Gerald Porter, l'informa-t-il en tapotant fièrement son badge. Je viens jeter un coup d'œil à votre lave-linge.

— Vous arrivez trop tôt, lança Maggie. On m'avait dit que vous passeriez cet après-midi entre deux et six.

— Mais non, mais non. Sur ma fiche, vous faites partie des rendez-vous du matin. Créneau huit-douze.

Les doigts de Maggie se crispèrent sur l'appui de la fenêtre.

— La fille à qui j'ai parlé m'a dit entre deux et six. J'en suis certaine.

— Ah bon ? Ça m'étonne. Enfin, l'essentiel, c'est que je sois là, conclut joyeusement Gerald. Et que vous soyez chez vous. Vous descendez m'ouvrir ?

— Écoutez, je suis vraiment désolée, mais ça ne m'arrange pas, répondit Maggie. Ça ne m'arrange même pas du tout.

— Oh ! Bon, eh bien, tant pis, alors !

Gerald haussa les épaules, visiblement déçu. Il tourna les talons et se dirigea vers la camionnette.

Ravie de sa victoire, Maggie lui lança gaiement :

— Merci beaucoup ! À cet après-midi, alors !

— Pardon ? fit Gerald en se retournant.

— À cet après-midi ! Entre deux et six !

— Ah, non, madame Donovan ! Vous m'avez mal compris. Vous n'êtes pas sur ma fiche, cet après-midi. Il faut que vous téléphoniez chez Carver pour prendre un nouveau rendez-vous.

— Ah bon ! Vous pourriez peut-être passer demain matin, dans ce cas ?

Maggie pensa à sa pile de linge sale. Sa machine était en panne depuis plus de deux semaines. Elle comptait lui faire reprendre du service le jour même.

— Désolé, madame Donovan. Il faut passer par Carver. C'est eux qui s'occupent de ça...

« Comme des incompétents notoires », songea aigrement Maggie.

— ... mais je préfère vous prévenir : tout est pris jusqu'à la semaine prochaine.

— Vous plaisantez, j'espère ? Je ne peux pas attendre jusque-là !

— Tout est pris, répéta Gerald en haussant les épaules. Le mieux, ça serait que j'y jette un œil tout de suite.

Maggie entendit Hector se racler discrètement la gorge.

— Je ferais peut-être mieux de partir...

— Non !

Elle se retourna en secouant la tête. Prise d'une idée subite, elle se pencha à la fenêtre.

— Combien de temps ça va prendre, selon vous ?

Un large sourire fendit le visage de Gerald.

— Si c'est pas trop compliqué, il y en a pour cinq minutes.

— Descends et fais-le entrer, chuchota Hector. J'attendrai ici.

Est-il besoin de préciser que le mot-clé était *si* ? *Si* c'est pas trop compliqué. Ça l'était, bien évidemment. C'était même *très* compliqué.

Tout en consultant régulièrement sa montre, Maggie trépignait d'impatience dans sa cuisine. Mais Gerald appartenait à cette catégorie d'ouvriers lents et méthodiques qui s'enorgueillissent d'éprouver un intérêt véritable pour leur travail. Il prenait même le temps de lui faire part des différents diagnostics possibles et s'interrompait régulièrement pour désigner les pièces susceptibles de poser problème.

« Taisez-vous donc ! avait envie de hurler Maggie. Contentez-vous de réparer cette machine. Je n'ai pas besoin d'un cours sur son fonctionnement ! »

Vingt minutes s'écoulèrent. Puis trente. Gerald était toujours agenouillé devant la machine à s'extasier sur un circuit intégré, quand Maggie entendit des pas discrets dans l'escalier.

Elle se faufila hors de la cuisine, et prit soin de fermer la porte derrière elle avant de rejoindre Hector dans l'entrée.

— Ce type a entièrement démonté ma machine, j'ai l'impression qu'il va y passer la journée !

— J'ai un rendez-vous à Bath à 14 heures. Il faut que je file.

— Je suis tellement désolée !

— Tu n'y es pour rien, la rassura-t-il avant de déposer un baiser sur sa joue. On se verra un autre jour.

Hector semblait bien prendre les choses, mais il était certainement déçu.

« Peut-être presque autant que moi », pensa Maggie qui s'était languie de cette rencontre toute la semaine.

Hector n'eut fort heureusement aucun mal à quitter discrètement la maison. Gerald était tellement absorbé par son travail, qu'il ne le vit même pas traverser la cuisine pour sortir par la porte de derrière et s'enfoncer dans le petit bois.

— Oh ! vous êtes revenue ! s'exclama-t-il en émergeant du petit monde merveilleux des machines à laver. C'est vraiment fascinant, vous savez. Complètement fascinant ! Je pourrais peut-être vous demander un café, si ça ne vous dérange pas ?

Sans s'en douter, Maggie était tombée dans deux pièges à la fois. Elle avait eu la naïveté de croire que la réparation ne prendrait pas plus de cinq minutes, mais elle avait aussi pris pour acquis que cette réparation s'effectuerait le jour même. Si elle avait écouté Gerald avec attention, elle aurait noté qu'il venait juste « jeter un coup d'œil ». Il y avait même jeté un *bon* coup d'œil. Trois heures après son arrivée, il avait entièrement démonté la machine, l'avait remontée et l'avait proprement remise à sa place entre le four et le frigo.

— Voilà ce que je vous propose, madame Donovan. Je commande un nouveau circuit intégré, je le change, et on voit si ça marche.

Maggie n'arrivait pas à y croire. Cinq tasses de café, un sandwich au poulet, six biscuits au chocolat et trois heures plus tard, sa machine à laver n'était toujours pas réparée.

— Il arrivera dans combien de temps, ce circuit ?

— Hmm... Laissez-moi réfléchir... D'ici cinq à six jours, environ.

— Mais...

— Pas moyen de faire autrement, je suis désolé. Si vous voulez bien me signer ma fiche, madame Donovan, et je débarrasse le plancher.

Quand elle referma la porte sur lui, Maggie était au bord de la crise de nerfs.

14

Quarante-huit heures plus tard, le téléphone n'avait toujours *pas* sonné. Piquée au vif par ces rejets silencieux, Tara avait été incapable de se concentrer sur quoi que ce soit d'autre. Ce qui était d'autant plus irritant qu'elle ne s'était jamais considérée comme particulièrement obsédée par les hommes.

Ce n'était pas après un homme qu'elle courait. Ce qu'elle voulait, c'était avoir le plaisir d'en larguer un. Mais pour en larguer un, il fallait commencer par en attraper un. Elle se demanda si le sombre idiot à qui elle avait refilé un faux numéro avait essayé de l'appeler. Entendre sa voix de crécelle au bout du fil aurait été mieux que rien.

Furieuse contre elle-même de se retrouver dans un état aussi lamentable, Tara s'affala sur le canapé et attrapa le *Daily Mail*. Elle le feuilletait d'un index négligent quand son attention fut attirée par un article sur une fille qui avait de grandes chances de remporter une médaille aux Jeux Olympiques. Le pentathlon moderne, rien que ça ! Course à pied, natation, équitation, et Dieu sait quoi encore. Tara s'émerveilla de l'engagement de cette fille. Elle s'entraînait six à sept heures par jour, six jours par semaine.

Le pentathlon moderne, c'est toute ma vie, expliquait cette jolie brune au journaliste qui l'interviewait. *Gagner, c'est ma priorité. Je n'ai pas de petit ami pour le moment, mais ça n'a pas d'importance à mes yeux. Si on me donnait le choix entre une médaille d'or et un garçon, je choisirais la médaille sans hésiter !*

En plus, elle était vraiment mignonne. Tara se sentit tout à la fois impressionnée et envieuse. Elle aurait bien voulu être aussi détachée que cette fille. Peut-être aurait-elle intérêt à pratiquer un sport de façon tellement intensive que les garçons n'auraient plus leur place dans le décor ? Elle pourrait peut-être s'entraîner pour le marathon ? Ou bien se mettre au golf ou au tennis ou...

Le téléphone retentit à cet instant.

D'un bond, Tara se leva du canapé, envoyant valdinguer les feuilles du journal aux quatre coins de la pièce.

— Allô ?

— Allô, Tara ? C'est Jerry. On s'est croisés l'autre soir, tu me remets ?

Youpi ! Un premier appel !

— Oui, oui, je me souviens de toi. Comment ça va ?

— Super bien. Alors, tu es toujours d'accord pour prendre un pot ? Qu'est-ce que tu fais demain soir ?

Le cœur de Tara se mit à battre plus vite. Le moment qu'elle avait tant attendu était enfin arrivé. Il lui proposait de sortir avec elle et elle pouvait se payer le luxe de l'envoyer bouler. Ça lui ferait énormément de bien, ça allait lui booster le moral. Elle allait se prouver qu'elle était capable de dire non.

D'un autre côté, c'était sympa de la part de Jerry de l'appeler, ça prouvait qu'il l'aimait bien. C'était plutôt flatteur, en soi. Et puis, réalisa Tara, il avait une belle voix au téléphone. Sympa, amicale et même un rien sexy, maintenant qu'elle y pensait. Les autres l'avaient laissée tomber, mais pas Jerry. Il lui proposait d'aller boire un verre et de faire connaissance.

C'était peut-être lui, l'homme de sa vie, qu'est-ce qu'elle en savait après tout ? Et si c'était celui qu'elle attendait depuis toujours ? En l'envoyant se faire cuire un œuf, sous prétexte d'estime de soi, elle risquait de se condamner définitivement à une vie de vieille fille maniaque des confitures.

— Allô ? fit Jerry. Tu es toujours là ?

— Oui, je suis là ! s'exclama Tara. Et ça me ferait vraiment plaisir de sortir avec toi demain soir ! C'est une excellente idée. Le seul problème, c'est que je n'ai pas le permis. Il faudra que tu passes me prendre.

— Pas de problème. C'est bon, j'ai un stylo. C'est quoi, ton adresse ?

Une fois que Tara la lui eut dictée, il y eut un silence au bout de la ligne.

— Colworth ? finit par lâcher Jerry. Ah, la vache ! Je n'avais pas réalisé que tu habitais si loin.

Son numéro de téléphone commençait par un indicatif s'appliquant à une région assez vaste qui allait de Bristol à... Colworth, se souvint Tara. Mais un tel détail n'allait certainement pas l'arrêter.

— C'est pas grave, s'empressa-t-elle de lui assurer. C'est à moins d'un quart d'heure de Bristol par l'autoroute.

— Écoute, je suis pas trop sûr, là...

Tara l'entendit soupirer.

— C'est un peu gênant, tu vois. Autant laisser tomber. C'est carrément à perpette, ton bled !

— En gros, tu essayes de me dire que je ne suis pas dans ton secteur ? demanda Tara d'une voix tremblante.

Elle n'en revenait pas. C'était trop humiliant. Ce type ne se rendait-il pas compte qu'il passait à côté de la femme de sa vie ? Le destin, ça ne lui disait rien ?

— Désolé, ça sera peut-être pour une autre fois. Salut !

Sur quoi il raccrocha et Tara se retrouva avec le combiné sonnant occupé à la main. Jerry ne serait jamais l'homme de sa vie.

Tara se consola en songeant qu'il devait certainement avoir un tout petit zizi.

Un tout petit zizi qui allait bleuir, se flétrir et tomber !

Mais qu'est-ce que je fiche là ? Cette situation est complètement grotesque, se dit Daisy tandis que la voiture atteignait Bristol. Je ne sais même pas où on est censés aller !

Elle coula un regard vers les mains de Dev Tyzack posées sur le volant, les manches de son pull gris légèrement remontées révélaient des avant-bras musclés et une montre Breitling. Il semblait parfaitement savoir où il allait. Mais Daisy le suspectait de toujours donner cette impression. Il incarnait à la perfection le mâle sûr de lui.

Il était hors de question qu'elle s'abaisse à lui demander une fois de plus quelle était leur destination. Et elle était ravie de s'être habillée sans recherche. Elle avait délibérément opté pour un jean noir et un T-shirt à manches longues tout aussi noir. Histoire de bien montrer à Dev qu'il n'était pas question de l'emmener dans un restaurant chichiteux.

De toute façon, elle était bien décidée à annuler ce déjeuner. Une fois qu'ils auraient terminé ce qu'ils avaient à faire, elle lui demanderait de la ramener chez elle en prétextant qu'elle avait un tas de choses de prévues.

Le quartier de Bristol qu'ils traversaient à présent était plutôt mal famé. Pourvu que Dev Tyzack ne se soit pas porté volontaire pour en épurer les canaux. C'était son jour de repos, quand même !

— Je ne sais pas ce que vous avez avec l'eau, déclara Dev Tyzack d'un ton résigné. Mais à chacune de nos rencontres, vous avez le visage mouillé.

Il n'y avait cependant nulle trace d'ironie dans sa voix et quand Daisy eut terminé de se moucher, il lui tapota amicalement l'épaule.

« Je dois avoir l'air fin », pensa-t-elle en s'essuyant les yeux, luttant pour retrouver l'usage de la parole malgré ses sanglots. Elle ne s'attendait pas du tout que la journée prenne cette tournure.

— Vous saviez que j'allais réagir ainsi, n'est-ce pas ? C'est pour ça que vous m'avez amenée ici ! Pour me ridiculiser !

Elle essuya ses joues inondées de larmes, trop gênée pour oser affronter son regard.

— Mais pas du tout ! Comment aurais-je pu savoir que vous étiez à ce point émotive ?

— J'appelle ça une mauvaise farce !

— Ce n'était pas mon intention.

Les coins de sa bouche se relevèrent légèrement, trahissant son amusement.

— Vous dirigez un hôtel, vous criez après les clients, vous escaladez les arbres comme...

— Je ne crie pas après les clients !

— Vous avez crié après moi, lui rappela Dev. Et laissez-moi vous dire que vous m'avez vraiment fait peur.

— Ah, ah ! Très drôle.

— Toujours est-il que je me suis complètement trompé sur votre compte. J'ai cru que vous étiez la personne idéale pour un travail de ce genre.

— Merci, votre compliment me touche beaucoup. En gros, vous êtes en train de dire que vous m'aviez jugée suffisamment froide et sans cœur pour noyer des bébés chats et piquer l'argent des orphelins aveugles pendant mes loisirs, conclut-elle. Vous avez l'art de tourner un compliment !

— Ce n'est pas ce que je voulais dire. Je n'ai pas imaginé une seconde que vous alliez réagir comme ça, c'est tout. Est-ce que je pleure, moi ? ajouta Dev en désignant son propre visage.

Bon, d'accord, il ne pleurait pas. Mais Daisy était certaine d'avoir vu ses yeux s'embuer à un moment donné. Il n'était pas aussi insensible qu'il le prétendait.

Elle cligna des yeux et respira un grand coup.

— OK, c'est passé, maintenant. On y retourne ?

— Vous êtes sûre ? Rien ne vous y oblige, vous savez.

— Finissons-en. Ça va aller, cette fois.

Daisy glissa son mouchoir trempé dans sa manche, redressa les épaules et fit face à la porte peinte en bleu.

Des cages s'alignaient de part et d'autre du couloir cimenté. Un chien était enfermé dans chacune d'entre elles.

Il y en avait de toutes les races et de toutes les tailles. Si certains demeuraient allongés sur le sol, l'œil aux aguets, la plupart se redressaient dès qu'on approchait de leurs cages. Il y en avait qui aboyaient bruyamment, tandis que d'autres gémissaient d'impatience à l'idée de faire connaissance. Ils remuaient la queue et griffaient frénétiquement les barreaux, le regard brillant.

Daisy sentit les larmes lui monter à nouveau aux yeux. Comment rester froid devant un tel spectacle ? Comment ne pas être ému par ces victimes innocentes ?

— Bon, tâchons d'être efficaces, déclara Dev d'un ton un peu trop brusque. Je vous ai demandé de m'accompagner pour guider raisonnablement mon choix. Je cherche un chien de taille respectable, genre labrador ou setter. Un chien déjà dressé et intelligent. Pas un de ces roquets braillards qui ne font que des bêtises et surtout pas un… Daisy ? Vous m'écoutez ? Qu'est-ce que vous dites de ce danois, là-bas ? J'aime beaucoup les danois… Où allez-vous, Daisy ?

— Celui-là ! cria-t-elle du fond du couloir. C'est celui-là qu'il vous faut.

— Lequel ?

Dev la rejoignit, jeta un coup d'œil à l'intérieur de la cage et pouffa de rire.

— Vous plaisantez, je suppose.

— Pas du tout, rétorqua Daisy en s'agenouillant, les mains plaquées contre les barreaux.

— C'est absolument hors de question, lâcha Dev. Venez plutôt voir le danois.

— Ça ne m'intéresse pas.

Le chien se mit à lécher les mains de Daisy qui en tomba immédiatement amoureuse. Son choix était irréversible.

— Daisy, ce n'est pas pour ça que je vous ai demandé de m'accompagner. Vous n'avez pas écouté un mot de ce que j'ai dit, en fait.

— Taisez-vous donc ! Vous lui faites peur… Regardez-la. Vous ne la trouvez pas mignonne ?

Les yeux de Daisy étincelaient de bonheur. Elle tapota le sol près d'elle.

— Venez, Dev. Asseyez-vous pour lui dire bonjour.

Dev refusa de dire bonjour. Il regrettait vivement d'avoir demandé à Daisy de l'accompagner. Le chien sur lequel elle avait jeté son dévolu était trop petit. Une espèce de bâtard difforme, pas plus haut qu'un terrier. Et pour couronner le tout, c'était une femelle. Tout le contraire de ce qu'il était venu chercher. La créature léchait le visage de Daisy – pour recueillir le sel de ses larmes, sans doute – et agitait son moignon de queue avec une telle frénésie qu'elle semblait sur le point de décoller.

Daisy écarta son visage du grillage et sourit au chien qui, comble du comble, parut répondre à son sourire.

— Lui, c'est Dev, les présenta-t-elle solennellement. Je sais qu'il a l'air un peu effrayant à première vue, mais je te promets que ça ne durera pas. Et tu sais quoi ? ajouta-t-elle à voix basse. Il va devenir ton nouveau papa !

Dev les observa, physiquement séparées l'une de l'autre par les barreaux de la cage et cependant irrémédiablement liées. Elles venaient de se choisir mutuellement.

Il se sentait dans la peau de celui qui a passé une petite annonce pour rencontrer une femme ressemblant à Jerry Hall et qui se retrouve avec Mick Jagger à la place.

Son regard tomba alors sur l'étiquette fixée en haut de la cage. La cerise sur le gâteau !

— Oooh non ! Je suis désolé, mais je ne veux pas d'un animal qui s'appelle...

— Ne soyez pas ridicule ! Elle est belle comme tout, déclara Daisy. Vous ne pouvez plus lutter, Dev. C'est exactement le chien qu'il vous faut. Arrêtez de chercher des prétextes et venez saluer Clarissa.

15

Ils allèrent déjeuner au *San Carlo*, dans le centre de Bristol. Daisy était bien trop surexcitée pour refuser l'invitation de Dev, d'autant qu'elle avait une faim de loup. Le *San Carlo* était un de ces restaurants branchés qui n'attachent pas grande importance à la tenue de ses clients. Un jean, s'il était branché, faisait parfaitement l'affaire.

Daisy commanda une escalope grillée et des fettucine Alfredo, tandis que Dev optait pour des moules suivies d'un carré d'agneau.

— Vous avez menti, l'accusa-t-il une fois que le serveur eut apporté une bouteille de barolo. Vous avez dit qu'elle était belle.

— Elle est plus que belle, soutint Daisy. Elle est adorable, affectueuse et drôle. Clarissa a beaucoup de personnalité et c'est le plus important. Je vous promets que vous ne le regretterez pas.

— Regardez-moi.

Dev s'appuya contre le dossier de sa chaise en pointant le doigt sur lui-même d'un air désespéré.

— Je mesure un mètre quatre-vingt-dix, j'ai joué au rugby au niveau international, j'ai une image à préserver. Les gens s'attendent à me voir avec un chien qui corresponde à cette image. Un animal racé et puissant qui s'appelle Brutus ou Jet. Si on me voit circuler avec un corniaud de la taille d'un sac à main répondant au nom de *Clarissa*, on va se moquer de moi. Je n'y survivrai pas…

Daisy ne s'inquiétait nullement. Elle savait qu'il n'en pensait pas un mot. Incapable de retenir un sourire, il se mit en devoir d'énumérer les nombreux défauts de Clarissa. Mais il avait déjà rempli les formulaires d'adoption. Il était prévu qu'ils retournent la chercher à 14 heures, heure à laquelle les derniers papiers seraient prêts.

— Vous lui avez sauvé la vie. Vous imaginez ce qu'on doit ressentir quand on se retrouve derrière les barreaux alors qu'on n'a rien fait de mal ? Elle était là-bas depuis une éternité. Une semaine de plus et ils la piquaient...

— Ce chantage émotionnel me semble superflu. Je n'ai pas l'intention de changer d'avis et de la renvoyer dans le couloir de la mort.

Dev réfléchit un instant.

— À vrai dire, je ne crois pas qu'ils les piquent, vous savez.

Daisy ne le pensait pas non plus, mais elle n'avait pas hésité à mentionner cette perspective effrayante pour arriver à ses fins.

— Changeons de sujet. Parlez-moi donc de votre société.

On leur servit les entrées et Dev lui expliqua comment il avait créé son entreprise. C'était tout récent, mais les débuts étaient très prometteurs. Son image de star du rugby grâce à qui l'équipe d'Angleterre avait remporté le Tournoi des six nations et la Coupe du monde était très porteuse.

— N'allez surtout pas croire que ça s'est fait tout seul, précisa-t-il. Monter une société exige un labeur acharné.

— D'autant que vous menez une carrière de mannequin en parallèle, glissa malicieusement Daisy, incapable de résister à la tentation.

Dev posait pour une ligne de vêtements de sport. Daisy se le représenta, piquant une crise de nerfs au cours d'une séance de prises de vue, sous prétexte que le coiffeur l'avait massacré ou que son *caffé latte* était froid.

— Vous avez tort de vous moquer, protesta Dev. Ce contrat de modèle m'a permis de réunir les fonds nécessaires au lancement de ma société. Si certains estiment que le fait d'apposer mon nom sur des vêtements mérite rétribution, c'est eux que ça regarde. Tenez, goûtez-moi plutôt ces moules.

Tandis qu'elle s'exécutait, Daisy surprit son reflet dans un des miroirs qui recouvraient les murs du restaurant. Se découvrir ainsi, penchée en avant, les coudes sur la table, riant tandis que Dev sortait une moule de sa coquille pour la porter à sa bouche, lui fit un choc. Quiconque les aurait surpris à cet instant les aurait assimilés à un couple. Peut-être même à des jeunes mariés.

Troublée, elle se dépêcha d'avaler la moule, s'adossa à sa chaise et but une longue gorgée de vin.

— Et cette escalope, elle est comment ? demanda Dev, tout sourire.

S'attendait-il qu'elle lui rende la pareille ? À quoi jouait-il ? C'était hors de question. Il ne restait plus qu'une bouchée sur l'assiette. Elle s'empressa d'y piquer sa fourchette et la fourra dans sa bouche. Elle s'appliqua à la mâcher lentement, déglutit, puis déclara d'un air satisfait :

— Excellente !

S'il tenait tant que cela à y goûter, il n'avait qu'à en commander.

Un souvenir l'assaillit soudain et un frisson irrépressible lui parcourut l'échine. Chez elle, au fond de son armoire, elle avait conservé l'album de son mariage. Sur l'une des photos, on la voyait, riant à gorge déployée tandis que Steven essayait de lui faire avaler une langoustine. Le plus beau jour de sa vie ! Elle était amoureuse de Steven à cette époque-là et croyait naïvement qu'il partageait ses sentiments. Elle savait à présent qu'il devait, quant à lui, se féliciter secrètement d'être parvenu à s'immiscer dans sa famille.

N'y pense plus.
Arrête.
— Vous avez des nouvelles de Dominic et d'Annabel ? s'enquit-elle abruptement.
— J'ai reçu une carte postale hier. Ils passent une merveilleuse lune de miel et doivent rentrer à la fin de la semaine. Leur hôtel donne directement sur la plage et le service est impeccable, semble-t-il.
— Femmes de chambre chaudes et froides à tous les étages, c'est ça ? Je tiens à ce que vous sachiez que c'est Dominic qui s'est mal conduit le jour de son mariage. Tara a accepté de tout prendre sur elle alors qu'elle n'avait rien fait.
— Vous avez probablement raison, concéda Dev, un rien amusé.
— J'ai parfaitement raison !
— C'est entendu, je vous l'accorde. Mais c'est de l'histoire ancienne, à présent. C'est oublié.
— Vous saviez depuis le début que Dominic était coupable ? s'exclama Daisy, éberluée.
Dev haussa les épaules.
— Je n'en étais pas absolument certain, mais ça ne m'aurait pas surpris. Je l'en savais parfaitement capable.
— Mais vous avez accusé Tara ! Vous êtes venu défendre Dominic jusque dans mon bureau et vous l'avez accusée d'avoir essayé de séduire votre cher ami ! J'avoue que je tombe des nues.
— Mettez-vous à ma place, raisonna Dev. Que pouvais-je faire d'autre ? Quand on accepte d'être le témoin de quelqu'un, on se doit de prendre sa défense.
— Même si c'est un fieffé menteur ?
— Même dans ce cas-là, oui. Vous avez bien pris la défense de Tara, non ?
— Tara n'avait rien à se reprocher !
— Il se trouve que c'est vrai, mais vous avez pris sa défense pour une tout autre raison. Vous l'avez fait par amitié pour elle.
Dev l'acculait dans une impasse. Elle avait l'impression de se retrouver dans un tribunal entre les griffes

d'un as du barreau. Elle savait qu'il avait raison. Elle avait défendu Tara parce qu'elle l'aimait bien.

Mais elle détestait qu'on la prenne en défaut.

— Il n'empêche que c'était injuste. Tara a été jusqu'à présenter des excuses à Annabel.

— J'espère pour elle que la leçon lui aura été profitable. Avec un peu de chance, elle se montrera moins naïve la prochaine fois.

Ces mots éveillèrent un écho familier dans l'esprit de Daisy. Elle aussi avait dû apprendre cette douloureuse leçon.

— Comment se fait-il que vous soyez ami avec Dominic ? lança-t-elle d'un ton de défi.

— On s'est connus à l'université. On a partagé un appartement pendant deux ans, puis nos chemins ont divergé et on ne s'est revus qu'occasionnellement. Dominic reprenait régulièrement contact avec moi malgré mes nombreux changements d'adresse.

Ils n'étaient donc pas si proches que ça, découvrit Daisy. L'amitié qui les unissait n'était que le fait du hasard, elle n'était pas fondée sur une solide complicité. Dominic s'était très certainement appliqué à entretenir cette relation pour épater la galerie. Tout le monde ne peut pas se vanter d'avoir une star de l'équipe nationale de rugby pour ami.

— Lui proposerez-vous d'être votre témoin, le jour où vous vous marierez ?

Dev comprit parfaitement ce que sa question impliquait. Il sourit.

— Probablement pas. Mais qui dit que je me marierai un jour ? ajouta-t-il avant de marquer une pause. À moins que vous ne soyez en train de me faire une offre...

Mon Dieu, ce regard ! Il flirtait avec elle, à présent. Une telle suggestion ne pouvait signifier autre chose.

— J'ai déjà donné, répondit-elle d'un ton léger. Non merci, sans façon.

Dev eut l'air très intéressé.

— Vous avez déjà été mariée ? Que s'est-il passé ?

— Que dire ? J'ai très mauvais goût en matière d'hommes. Ce mariage était un désastre. Ça n'a pas duré très longtemps.

Elle n'avait pas l'intention de lui révéler les détails de cette lamentable histoire. Il n'avait pas besoin de les connaître. Elle ne tenait pas à susciter sa pitié et elle ne voulait surtout pas qu'il la prenne pour l'une de ces pathétiques épouses bafouées qui sont les dernières à apprendre que leur mari les trompe. De toute façon, ça ne le regardait pas.

— Vous vous êtes donc débarrassée de lui, dit Dev.

Elle préférait nettement cette version des faits. Elle rejeta ses cheveux en arrière, geste volontaire de la femme à laquelle il valait mieux ne pas se frotter.

— Si on veut. Il ne fait plus partie du décor, éluda-t-elle.

— Vous vous retrouvez donc maîtresse du terrain, conclut-il avec un fin sourire au moment où le serveur apportait la suite.

Daisy attendit qu'il soit reparti pour répondre :

— Je pensais que c'était plutôt votre spécialité, non ?

La presse à scandales faisait ses choux gras des multiples conquêtes de Dev Tyzack. Daisy avait l'impression de lui découvrir une nouvelle petite amie chaque fois qu'elle ouvrait un journal.

— Je ne fais rien de contraire à la loi : je suis célibataire, lui rappela-t-il d'un ton posé.

— J'ai comme l'impression que vos copines ne font pas long feu à votre bras...

— Qu'est-ce qui m'oblige à les garder plus longtemps ?

— Rien, en effet. Mais cette existence ne finit-elle pas par vous sembler un peu superficielle ?

C'était assez cruel de sa part. Mais elle préférait s'aventurer sur le terrain coloré de la vie sentimentale de Dev, plutôt que de le voir farfouiller dans les recoins sombres de la sienne.

— Je pense faire preuve de discernement, répondit-il tranquillement. Si une fille me plaît, je sors avec elle parce que c'est la seule façon de mieux la connaître. Si au bout d'une ou deux semaines je me rends compte qu'elle n'est pas faite pour moi, je romps. Si j'ai la certitude que ça ne marchera pas, pourquoi continuer à la voir ? Faire preuve de bon sens ne me paraît pas superficiel, pour répondre à votre attaque.

Daisy en fut pour ses frais. Dev était visiblement peu enclin aux confidences sur sa vie sentimentale. Encore un point pour lui.

— Vous avez la trentaine, si je ne m'abuse, et vous n'avez jamais entretenu de relation dans la durée. Vous ne vous êtes jamais dit que, peut-être, vous passiez à côté de quelque chose ?

— Vous cherchez à savoir si je m'inquiète de mener une existence triste et vide ? demanda Dev, le regard espiègle. Mon Dieu, je sais, c'est tragique ! Pauvre de moi, obligé de sortir avec toutes ces créatures de rêve ! Mais je vais vous faire un aveu : je crois que ça va changer.

Il se pencha vers elle et poursuivit à voix basse :

— J'en suis même sûr, en fait. Je viens tout juste de rencontrer quelqu'un... de complètement différent. Rien à voir avec toutes celles que j'ai connues jusqu'à présent. J'ai l'impression qu'une relation durable se profile à l'horizon. Je ne suis pas sûr que ça marche, mais ça fait partie des possibles. Croisons les doigts et voyons où le vent nous porte...

Il savait y faire. Et il ne perdait pas de temps. Un rien troublée, Daisy se demanda s'il s'agissait d'une réplique classique de son répertoire de séduction. Elle n'allait évidemment pas succomber à une offensive de charme aussi grossière, mais elle était forcée d'admettre qu'il avait beaucoup de talent.

Elle réalisa la seconde d'après qu'elle venait d'échapper de peu au ridicule. Dieu merci, elle ne s'était pas laissée aller à rougir et à répondre en bégayant : « Oh ! Dev ! Vous ne parlez pas de moi, j'espère ? »

De toute façon, elle ne bégayait jamais. Mais un léger rougissement aurait suffi à la faire passer pour une idiote.

Soudain rappelée à la réalité, elle leva son verre et déclara joyeusement :

— C'est une grande nouvelle ! Je souhaite de tout mon cœur que l'avenir vous sourie. Portons un toast, voulez-vous ?

Souriant de toutes ses dents, elle fit tinter son verre contre celui de Dev.

— À l'heureux couple ! Longue vie à Dev et à Clarissa !

16

Avant de retourner chercher Clarissa, ils s'arrêtèrent dans une animalerie.

— J'ai l'impression d'être papa ! À votre avis, je prends une laisse rouge ou noire ? demanda Dev qui venait de sélectionner le plus joli des paniers et les plus bruyants des jouets en caoutchouc.

— Une verte, répondit Daisy sans hésiter. Oh ! et il lui faudrait aussi une balle !

Elle s'amusait comme une folle à le suivre dans les rayons, attrapant tout ce qui lui plaisait.

— Et des trucs à mâchouiller. Et une couverture – oh ! et une écuelle ! Avec son nom écrit dessus, au cas où elle oublierait comment elle s'appelle !

— Avec un nom pareil, il y a peu de chances que ça arrive ! Je pourrais peut-être la rebaptiser Tyson, hasarda Dev.

— Non ! ça lui filerait des complexes. Qu'est-ce que vous diriez, vous, si je me mettais à vous appeler Doris ?

Dev débarrassa Daisy de la couverture écossaise. Sa main toucha accidentellement celle de Daisy qui eut l'impression qu'une décharge électrique lui traversait le bras.

— Passons à la caisse et allons-y, autrement elle va s'inquiéter de ne pas nous voir revenir.

La secousse qu'elle venait de ressentir n'avait pas plu à Daisy. Elle n'avait pas besoin de ça. Elle se frotta le bras pour faire disparaître la sensation énervante et suivit Dev à la caisse en marmonnant :

— Comme il vous plaira, *Doris*.

Clarissa les accueillit comme s'ils étaient partis depuis dix ans. Daisy, les larmes aux yeux à l'idée de laisser les autres chiens derrière eux, se dépêcha d'emmener Clarissa à la voiture, tandis que Dev signait les derniers papiers. Quand il réapparut, il les trouva installées sur la banquette arrière en train d'essayer les jouets en caoutchouc et de fouiner dans un paquet de chocolats pour chiens.

— Allez, en route !

Dev mit le contact, puis jeta un coup d'œil à Daisy dans le rétroviseur.

— Ça vous dirait de visiter le nouveau foyer de Clarissa ?

Pour se prendre d'autres secousses électriques ? Pour qu'il lui fasse faire le tour du propriétaire de sa résidence de Bath, qu'ils aillent balader Clarissa et qu'il l'invite ensuite à dîner ? Après quoi, ils prendraient quelques verres devant la cheminée et il lui proposerait de rester pour la nuit...

Était-ce ainsi qu'il procédait d'habitude ? Séduction rondement menée, quelques rendez-vous, et puis l'inévitable perte d'intérêt ?

Il faudra qu'il se fasse une raison, cette fois-ci, décida Daisy tout en se demandant combien de cœurs il avait ainsi brisés. De toute façon, Dev Tyzack n'était pas du tout son genre. S'était-il déjà fait plaquer ?

— C'est malheureusement impossible. Si vous pouviez juste me déposer à l'hôtel, ce serait super.

Le regard de Dev trahit fugitivement sa déception.

— Sûre ?

Ha, ha ! Il l'avait prise pour une proie facile, hein ? Il n'imaginait sans doute pas qu'elle puisse refuser. L'espace d'une seconde, elle fut tentée de rétorquer : « Oui, absolument sûre. Voyez-vous, je n'ai pas du tout envie de coucher avec vous. » Le problème, c'était 1) que ce n'était pas vrai ; coucher avec lui ne devait pas être désagréable, ce qui la retenait, c'était l'idée qu'il se débarrasse d'elle ensuite... 2) que si elle se permettait pareille sortie, Dev afficherait un air surpris et répliquerait : « Doucement, ma belle. Je vous ai simplement proposé de voir la nouvelle demeure de Clarissa. » Ce qui 1) serait gênant, et 2) lui ferait les pieds.

— J'ai beaucoup de travail en retard.

Daisy ne prit pas la peine de simuler la sincérité.

— Ça ne peut pas attendre ?

— Et je dois voir quelqu'un ce soir.

Probablement Tara, mais il n'avait pas besoin de le savoir.

— Ah oui ? Un petit ami ?

Est-ce qu'il se moquait d'elle ? Difficile à dire ; dans le rétroviseur, elle n'apercevait que ses yeux.

— Je ne vois pas en quoi ça vous regarde. Est-ce que je vous bombarde de questions sur votre vie privée, moi ?

— Vous ne vous êtes pas gênée, tout à l'heure, s'esclaffa-t-il. Vous m'avez non seulement soumis à la question, mais vous vous êtes même permis de me faire la morale !

— Je me suis contentée d'entretenir une conversation polie. Histoire d'éviter un silence pour le moins embarrassant.

Clarissa choisit ce moment pour fourrager dans sa couverture écossaise flambant neuve. Sa vessie réagit à cette soudaine bouffée de joie délirante et le bruit d'un puissant jet d'urine rebondissant contre le siège en cuir de la banquette arrière emplit la voiture.

— À tout prendre, soupira Dev, je crois que j'aurais préféré un silence embarrassant.

Mon Dieu, les sièges de sa Mercedes hors de prix ! À présent les gouttes d'urine s'écoulaient sous le siège.

Bourrelée de remords à l'idée de l'avoir forcé à adopter un chien incontinent, Daisy souffla :

— Je suis désolée.

— Ce n'est pas grave.

Cette fois, pas de doute, il souriait. La façon dont ses yeux se plissaient en était la preuve.

— À dire vrai, quand j'ai entendu quelqu'un se soulager sur la banquette arrière, j'ai d'abord cru que c'était Clarissa.

— Qu'est-ce que tu as donc, Tara Donovan ? Tu as l'air aussi aimable qu'un bouledogue à qui on vient de retirer des dents de sagesse !

Tara prenait sa pause-café dans la salle de repos. Elle jeta un coup d'œil à Rocky et grommela :

— Merci beaucoup.

D'un naturel jovial, Rocky ne se formalisa pas. Rien ne parvenait à l'abattre, pas même les conséquences de ses multiples gaffes.

— Ne le prends pas mal, fit-il en hâte. Je ne voulais pas dire que tu ressemblais à un bouledogue, mais simplement que ton expression se rapproche de celle qu'aurait un bouledogue si on venait de lui arracher les dents, c'est tout. Tu as l'air de faire la tête, quoi !

— Rien ne t'échappe. Eh bien, tu as raison. Je fais la tête. Je suis même d'une humeur massacrante, si tu veux savoir.

Elle tourna rageusement les pages d'un vieux numéro de *Cosmopolitan* et chacune d'elles lui renvoya un visage radieux aux dents d'une blancheur éclatante.

Rocky s'empara de la bouilloire, versa de l'eau chaude dans sa tasse et ajouta une généreuse rasade de Nescafé. Il s'installa ensuite sur le canapé, à côté de Tara, lui ébouriffa les cheveux et dit :

— Allez, va. Raconte-moi ce qui te tracasse. Je veux tous les détails.

Il fit une pause puis précisa :

— Mais tu peux sauter les explications gynécologiques.

— Ne t'inquiète pas, mon histoire n'en comporte malheureusement aucune.

Ragaillardie par la perspective de pouvoir se lamenter, Tara posa son magazine et cala ses pieds sous ses fesses.

— Rocky, pourquoi ma vie sentimentale est-elle aussi nulle ? Pourquoi les mecs me traitent-ils comme la dernière des dernières ?

— Arrête de dire des bêtises ! Ta vie sentimentale est loin d'être nulle. Tu as eu des tas de copains.

Il alluma une cigarette et recracha un rond de fumée.

— Enfin, plusieurs, quoi…

— Je suis au courant, figure-toi. Et ce que je sais aussi, c'est qu'ils m'ont tous larguée. J'en avais tellement l'habitude que je ne m'en rendais même pas compte, gémit-elle. Je trouvais ça normal, parce qu'on ne m'avait jamais traitée autrement. Mais à présent que j'en ai pris conscience, je me sens irrémédiablement nulle. Je suis un cas désespéré.

Vince, l'assistant de Daisy, glissa la tête dans l'entrebâillement de la porte.

— Rocky ? On a besoin de toi au bar.

Ce dernier laissa échapper un soupir résigné.

— Mesdames et messieurs, admirez la performance : la pause-café la plus rapide du monde ! Quatre-vingt-dix secondes !

Il écrasa sa cigarette, avala d'un trait son concentré de café, puis se tourna vers Tara, qui arborait une expression plus sinistre que jamais.

Rocky était un gentil garçon. La voir dans cet état lui fit de la peine.

— Écoute, tu sais quoi ? Je termine à 19 heures. Pourquoi on n'irait pas au pub, tous les deux ? On se descend quelques bières, on joue aux fléchettes et on discute le coup. Ça te dit ?

Tara fut émue. Bon, d'accord, ce n'était pas un vrai rendez-vous, mais ça valait mieux que de rester chez soi à se morfondre. Rocky était un bon copain, à sa façon. Et elle pourrait toujours enregistrer sa série télé préférée.

Elle ébaucha un sourire. C'était agréable de rencontrer quelqu'un qui vivait à moins de trois cents mètres de chez soi. Il ne pourrait pas lui reprocher d'habiter trop loin de son secteur.

— Ça me va parfaitement, répondit-elle, déjà réconfortée. On se retrouve au pub, d'accord ?

Tara était dans sa chambre, occupée à choisir parmi ses nombreuses paires de boucles d'oreilles, quand elle entendit le téléphone sonner au rez-de-chaussée. Ce n'était pas parce qu'il ne s'agissait pas d'un vrai rendez-vous qu'elle ne devait pas faire un petit effort de présentation. Elle n'allait quand même pas se pointer au pub en tenue New Age. Les pendants noir et or ou les boutons d'opale ?

— Tara ? C'est pour toi ! cria Maggie.

— Qui est-ce ?

— Je ne sais pas. Un garçon.

Un garçon ? Eh, mais c'est qu'elle était très demandée, tout à coup ! Va pour les noir et or, décida-t-elle en s'admirant dans le miroir de la coiffeuse avant de lisser son bustier de velours noir. Elle s'aspergea rapidement de parfum – pas pour impressionner Rocky mais pour se booster le moral – et dégringola l'escalier, chaussée de ses bottines en daim préférées.

Voyons, voyons. Qui cela pouvait-il être ? La chance avait peut-être tourné ? Hou, la ! Sa série télé était sur le point de commencer, il ne fallait pas qu'elle oublie d'enclencher le magnétoscope.

— Tara ? Salut, c'est moi.

Rocky. M. Jamais-à-l'heure.

— Attends, laisse-moi deviner : tu seras en retard, est-ce que ça ne me dérange pas de passer les premières commandes ? Je me trompe ?

— Complètement. J'ai un imprévu. La fille que j'avais rencontrée à Chippenham, la semaine dernière, vient de m'appeler pour m'inviter à passer chez elle. J'avais complètement oublié qu'on devait se voir, alors j'ai plus ou moins dit oui.

Tara, qui s'était approchée de la table basse pour attraper la télécommande, suspendit son geste.

— Comment ça *plus ou moins* ?

— Eh ben, je crois bien que j'ai dit oui. Tu ne m'en veux pas trop ? Au fond, c'était juste en bouche-trou qu'on devait se voir. Je savais que tu comprendrais. Tu la verrais, elle est super mignonne ! Un beau petit lot.

Rocky était peut-être un gentil garçon, mais il n'était absolument pas fiable et il manquait cruellement de tact. Il ne faisait pas même un effort pour paraître penaud. Tara pouvait presque l'entendre rouler des yeux à l'idée de rencontrer cette fille.

— D'accord. Pas de problème.

Elle ne se donna pas la peine de l'insulter. À quoi bon ? Il n'aurait pas changé d'avis, de toute façon. Du reste n'avait-elle pas l'habitude d'être considérée comme la cinquième roue du carrosse ?

Ce qui l'ennuyait le plus, c'était de s'être aspergée de parfum. Quel intérêt y avait-il à sentir bon si c'était pour rester cloîtrée chez soi ?

— Tu es une vraie princesse, déclara gaiement Rocky. Bon, il faut que je te laisse. Je ne voudrais pas qu'elle s'imagine que je lui pose un lapin.

— Non, surtout pas, répondit Tara sur le même ton. Ça ne se fait pas !

Maggie avait passé deux heures à laver du linge dans l'évier de la cuisine. En entrant dans le salon pour l'étendre sur les radiateurs, elle s'étonna :

— Je croyais que tu devais retrouver Rocky au pub.

— C'était lui, au téléphone. Il a eu un empêchement.

Tara s'efforça d'adopter un ton dégagé, comme si cela n'avait aucune espèce d'importance.

— Oh ! quel dommage ! Enfin, d'un autre côté, on va pouvoir regarder le feuilleton ensemble !

« J'ai vingt-sept ans, songea Tara. Ma vie ne devrait pas se limiter aux séries télé. »

Il semblait pourtant bien que ce fût son lot.

— Il faut que je mette le reste du linge à sécher, poursuivit Maggie. Tu veux bien être un ange et aller me chercher les séchoirs pliants au grenier ?

17

— C'est vraiment petit, je vous avais prévenu, déclara Daisy.

Barney se tourna vers elle et la gratifia d'un sourire éclatant. La pièce était dépouillée mais propre. Murs blancs, moquette bleu cobalt, un lit d'une personne, une petite commode, une table, deux chaises et une étroite penderie. Avec ses poutres apparentes et ses fenêtres à petits carreaux, cette chambre mansardée lui plaisait énormément.

— C'est parfait, assura-t-il. J'ai du mal à croire que tout ceci est réel.

Il l'avait rappelée le vendredi, n'ayant pu penser à rien d'autre de toute la semaine. Quand il lui avait annoncé : « Je n'ai pas changé d'avis », Daisy avait répondu : « Je m'en doutais. » Et Barney avait su qu'elle souriait. Elle avait ensuite ajouté : « Quand pouvez-vous commencer ? »

Trois jours plus tard, il était là. Grâce aux congés qu'il n'avait pas encore pris, il avait pu partir le jour même de sa démission. La moitié de ses collègues l'avaient traité de fou, l'autre moitié l'avait jalousé. S'échapper de la fonction publique était un rêve qu'ils caressaient tous, mais qu'ils étaient incapables de concrétiser. Gerald, un employé de bureau d'âge mûr qui vivait toujours avec sa mère *et* qui portait les chandails qu'elle lui tricotait, était parti dans un véritable délire, s'écriant que la démission de Barney lui faisait penser à Steve McQueen dans *Papillon*, quand il parvient à s'évader du bagne.

— Sauf que toi, il te reste encore toutes tes dents, avait-il conclu d'un ton qui se voulait rassurant.

Gerald étant ce qu'il était, difficile de savoir s'il avait cherché à faire de l'humour.

— Merci, avait répondu Barney, supputant que ce n'était pas le cas.

— Prends bien soin de toi. Tu vas nous manquer, tu sais.

À ces mots, le regard de Gerald s'était comme voilé, et Barney s'était demandé s'il n'était pas gay. Refoulé, bien sûr.

— Vous me manquerez aussi, avait-il menti.

— Ça me rappelle un autre film avec Steve McQueen, avait insisté Gerald qui ne sortait pas souvent. *La Grande Évasion*, tu te souviens ? Le moment où tous les prisonniers de guerre rampent dans le tunnel du métro ?

Surexcité par cette comparaison, Gerald avait agité ses petits bras pour signifier qu'il assimilait le bâtiment sinistre abritant leurs bureaux à une prison.

— Oui, lui avait patiemment fait remarquer Barney. Mais ils se font tous tuer à la fin du film...

Daisy jeta un coup d'œil à sa montre.

— Installez-vous tranquillement. Vous ferez connaissance avec vos collègues cet après-midi.

Barney avait aligné ses valises le long de son lit. Il avait hâte de commencer son travail.

— Merci pour tout, répondit-il chaleureusement. Vous ne le regretterez pas. Je serai le meilleur portier que vous ayez jamais embauché !

Il s'empressa de défaire ses valises pour donner une touche personnelle à sa chambre. Elle n'avait pas grand-chose à voir avec son logement précédent, mais il se sentait déjà chez lui. Il accrocha ses posters et disposa les photos de sa famille sur la commode. Il avait également apporté quelques livres et sa précieuse collection de CD. Le rebord de la fenêtre à côté de son lit semblait avoir été conçu sur mesure pour accueillir sa microchaîne. Il n'avait pas apporté sa télé portative, mais Daisy l'avait informé qu'il y en avait une dans la salle commune.

Barney se planta devant la fenêtre pour admirer la vue. Sa chambre donnait à l'arrière de l'hôtel et le paysage n'était pas aussi spectaculaire que depuis le bureau de Daisy, mais quelle importance ? La rangée de dépendances, le parking réservé au personnel et la colline boisée à l'arrière-plan constituaient un décor autrement plus agréable que celui auquel il était habitué. Il vivait à Colworth, à présent. Le bruit d'une tronçonneuse dans le lointain, le chant des oiseaux et des éclats de rire en provenance des cuisines lui parvinrent.

Que demander d'autre ?

Ah, oui ! Il lui fallait du déodorant. Son flacon s'était brisé sur le carrelage de la salle de bains quand il avait emballé ses affaires.

Avec un paquet de bonbons aux fruits en sus, son bonheur serait complet.

Le soleil, jusqu'alors dissimulé par les nuages, fit une apparition à l'instant où Barney sortait de l'hôtel. Même la météo était de son côté, décida-t-il. La rue principale lui parut noire de touristes. Tous étaient bardés d'appareils photo et s'agglutinaient devant les vitrines des boutiques de souvenirs. Le *Hollybush Inn* venait d'ouvrir ses portes, libérant un délicieux arôme de café fraîchement moulu. Barney réalisa qu'une semaine auparavant, jour pour jour et à la même heure, il avait pour la première fois de sa vie foulé le sol de Colworth. Une semaine plus tard, il en faisait partie.

Il y avait de quoi être plutôt fier, non ?

En arrivant devant la porte de l'épicerie-bureau de poste, il se surprit à espérer en voir sortir une charmante jeune personne avec une poussette dont la roue avant aurait été coincée…

Mais l'événement ne se reproduisit pas. Barney se sentit un peu ridicule de s'être attendu à un tel miracle. Il poussa la porte de l'épicerie et pénétra dans le magasin désert.

Il dénicha sans peine du déodorant, ainsi que des bonbons aux fruits et des piles pour son Walkman.

— Bonjour ! lança-t-il d'un ton guilleret en déposant ses emplettes devant l'homme qui se trouvait à la caisse. Je viens d'emménager au village – à l'hôtel, en fait. C'est là que je vais travailler. Je m'appelle Barney. Barney Usher.

Christopher, qui venait d'avoir une violente dispute avec son petit ami Colin, n'était pas d'humeur à faire la conversation aux clients. Il leva les yeux de son magazine et commenta ironiquement :

— Vous êtes nouveau au village, hein ? Alors on va organiser une fête pour vous souhaiter la bienvenue.

— Vraiment ? fit Barney, ravi.

Christopher écarquilla les yeux, incrédule.

— *Non*.

Quand il ressortit de l'épicerie avec ses achats, Barney décida d'aller faire un tour au *Hollybush Inn*. « Pourvu que le personnel soit un peu plus sympathique que cet épicier », se dit-il tandis qu'il s'immobilisait sur le trottoir et regardait à droite puis à gauche...

C'est alors qu'il la vit.

Il eut soudain l'impression de ne plus savoir comment on faisait pour respirer. C'était bien la fille de la semaine dernière. Elle s'engageait sur le pont, son bébé calé sur la hanche. Elle s'arrêta, se pencha au-dessus du parapet et montra quelque chose à son fils. Freddie regarda l'endroit indiqué et se mit à rire en battant des mains.

Barney se dirigea vers eux.

Freddie fut le premier à l'apercevoir. En reconnaissant celui qu'il avait arrosé de jus de fruits la semaine précédente, il laissa échapper un glapissement de plaisir.

— Toi, fit mine de le gronder Barney, tu devrais mettre tes gants !

Il attrapa les moufles reliées par un cordon qui dépassaient des manches de son manteau, puis se tourna vers sa mère et lui sourit.

— Bonjour, fit-elle, visiblement ravie de le revoir. Alors, tout s'est bien passé la semaine dernière ?

Barney comprit qu'elle avait supposé qu'il s'était présenté à un entretien d'embauche. Son sourire s'élargit.

— Très bien. Je viens d'emménager ce matin et je commence à travailler demain. C'est juste un job de portier, mais je suis très content. Les gens sont vraiment amicaux par ici. J'ai fait quelques courses à l'épicerie, enchaîna-t-il en levant son sac. Un bonbon aux fruits, ça vous tente ?

Il préféra ne pas révéler le véritable motif de son entretien avec Daisy. Rien de tel que d'avouer qu'il avait bénéficié d'une greffe d'organe pour faire fuir les filles.

— Je veux bien un bonbon, mais je n'aime que les rouges. On regardait les canards, ajouta Mel en désignant la rivière.

— Je ne connais même pas votre prénom, dit Barney.

— Melanie. Mais on m'appelle Mel.

— Moi, c'est Barney.

— Je sais. Vous me l'aviez dit la semaine dernière.

— Oh ! fit-il en rougissant, je pensais que vous aviez oublié !

— Mais non...

— Et où habitez-vous ? Là-bas ? s'enquit-il en indiquant la rangée de cottages dans son dos.

Mel secoua la tête.

— Oh non, je ne suis pas d'ici ! Je viens... rendre visite à quelqu'un. Ma voiture est garée un peu plus loin. La petite Fiat verte. Elle n'a rien d'extraordinaire, mais elle roule, c'est le principal. Il faut qu'on y aille, d'ailleurs.

Elle avait les yeux gris. Mais d'un gris chaleureux, décida Barney. Des yeux rieurs. De très beaux yeux.

— Mais où habitez-vous, alors ? répéta-t-il.

— À Bristol. À Kingswood, pour être exacte. C'est à côté, mais ce n'est pas très connu.

Mel pivota, remonta Freddie sur sa hanche et se dirigea vers sa voiture.

Elle partait ! Une bouffée de panique propulsa la question suivante hors des lèvres de Barney.

— Vous vivez avec votre mari ?

— Non, répondit Mel. Je ne suis pas mariée.

Elle leva sa main gauche dépourvue d'alliance et l'agita un instant.

— Un petit ami ?

— Non plus. Il n'y a que Freddie et moi.

Elle hésita un instant, puis ajouta :

— Le père de Freddie nous a quittés avant sa naissance.

— Écoutez, vous avez le droit de dire non, lâcha Barney, encouragé par cette réponse, mais j'aimerais bien vous revoir. On pourrait peut-être aller boire un verre quelque part ou manger un morceau... ou bien aller au cinéma ? Ce qui vous plaît, c'est vous qui choisissez.

Ils étaient de l'autre côté de la rue à présent. Mel cherchait ses clés de voiture dans la poche de sa veste.

— Pourquoi pas ? C'est une bonne idée. J'aimerais bien, mais...

Pourquoi hésitait-elle ? Barney sentit ses espoirs s'effondrer. Freddie éternua.

— À tes souhaits, lâcha Barney machinalement. Mais quoi ?

— C'est Freddie qui risque de poser problème, expliqua Mel d'un air gêné. Ça coûte assez cher de le faire garder. Je ne roule pas sur l'or et...

— Mais ça ne pose aucun problème ! On peut très bien rester chez vous. J'amènerai une vidéo et des plats à emporter... ça sera aussi bien.

— Vous êtes sûr ?

— Sûr et certain ! affirma Barney en hochant vigoureusement la tête. À dire vrai, je préfère, même.

Le visage de Mel se détendit. Elle ouvrit la portière arrière de sa voiture, installa Freddie dans son siège, puis se redressa et demanda :

— Et vous ? Vous n'êtes pas marié ?

— À votre avis ? fit Barney en riant. Vous trouvez que j'ai l'air marié ?

— Ce ne sont pas des choses qui se voient.

— Eh bien, non, je ne le suis pas. Promis. Vous voulez bien me donner votre numéro de téléphone ?

Fort heureusement, il avait un stylo sur lui. Il le décapuchonna d'un geste ample et annonça :

— Je ne connais pas encore mes horaires, mais je vous passerai un coup de fil dès qu'on me les aura communiqués.

Mel lui dicta son numéro qu'il inscrivit sur le dos de sa main.

— J'attends votre appel, alors ? reprit-elle après s'être installée au volant.

— Je vous appelle sans faute, assura Barney.

Il agita les doigts à l'intention de Freddie, sanglé dans son siège tel un bébé cosmonaute.

Mel n'avait toujours pas refermé sa portière. Elle haussa les sourcils et lança d'un ton enjoué :

— Vous n'oubliez pas quelque chose ?

Barney hésita. Qu'avait-il bien pu oublier de dire ou de faire ? Mince alors, elle n'était quand même pas en train de lui réclamer un baiser ?

Au risque de passer pour l'idiot du village, il demanda :

— Quoi donc ?

— J'attends toujours le bonbon promis, répondit Mel.

18

Quand Tara pénétra dans le cottage, le téléphone sonnait. Pour la première fois depuis plusieurs jours, elle ne se sentit pas instantanément submergée de bonheur. Maggie, qu'elle avait croisée devant l'épicerie, l'avait prévenue que le réparateur de machines à laver risquait d'appeler. Il n'était toujours pas revenu changer la pièce défectueuse.

Peu pressée de répondre, elle prit le temps d'enlever son manteau et ses chaussures.

— Allô ?

— Tara ? fit une voix d'homme. C'est toi ?

Elle se figea. Elle avait identifié la voix.

— Tara ? Tu es là ?

Elle raccrocha.

Pourquoi ? Pourquoi lui téléphonait-il ? Ou plutôt, comment *osait-il* lui téléphoner ? À quel jeu pensait-il pouvoir jouer avec elle ?

Maintenant qu'elle avait raccroché, il était trop tard pour le lui demander.

Dix minutes plus tard, pleine de mépris pour elle-même, Tara composa le 1471.

Une voix numérique l'informa que le numéro de son dernier correspondant était sur liste rouge.

Énervant, certes, mais c'était probablement mieux ainsi.

Les nerfs en pelote, Tara ouvrit une boîte de soupe à la tomate et glissa deux tranches de pain dans le toaster. Elle mit la soupe à réchauffer et engloutit sept biscuits au chocolat en attendant que ce soit prêt. Elle en profita aussi pour imaginer à quoi aurait ressemblé sa conversation téléphonique si elle n'avait pas raccroché. Superbe d'éloquence et de sarcasme, elle lui aurait dit sa façon de penser.

Les dialogues imaginaires ont ceci de parfait qu'on ne se ridiculise jamais et qu'on en sort toujours victorieux. On est assuré d'avoir le dernier mot. Un mot cinglant, qui laisse l'autre humilié, vaincu, repentant.

Le téléphone retentit à nouveau au moment où Tara portait sa cuiller à sa bouche. Elle sursauta et une giclée de soupe se répandit sur son uniforme.

« Ne sois pas ridicule, se morigéna-t-elle. C'est sûrement le type des machines à laver. Inutile de se précipiter. Décroche et réponds d'une voix naturelle. »

— A-allô ?

Zut ! Pourquoi sa voix chevrotait-elle ainsi ? Pourquoi ne parvenait-elle jamais à être aussi détendue et posée dans la réalité que dans ses dialogues imaginaires ?

— Tara, c'est moi. Ne raccroche pas, je t'en supplie. Donne-moi juste deux minutes.

« Raccroche ! », ordonna la conscience de Tara d'une voix tranchante.

La bouche sèche, Tara s'entendit répondre :

— Pourquoi ?

« Arrête ! hurla sa conscience, qui avait dû brancher un mégaphone, cette fois-ci. Arrête le massacre, tout de suite ! »

— Il faut que je te parle, s'empressa de répondre Dominic. Je t'en prie, Tara. Je sais que tu dois me haïr, mais je n'arrive pas à te chasser de mon esprit… Je n'en dors plus, je n'arrive plus à rien… C'est le destin qui a voulu qu'on se rencontre à nouveau !

— Le destin, tu parles ! parvint-elle à articuler. Si j'avais fait mon chemin jusqu'à Hollywood, je ne me serais pas retrouvée femme de chambre dans l'hôtel où tu t'es marié.

Elle parlait pour ne rien dire. C'était toujours comme ça quand elle était en état de choc. Quand elle ne savait plus où elle en était, elle se mettait à bavasser comme une idiote pour empêcher l'autre d'aligner deux mots.

C'était aussi le moyen idéal de faire taire la voix de sa conscience qui continuait à lui vriller le cerveau.

— Il faut que je te voie, déclara posément Dominic, qui n'était pas du genre à se perdre en bavardages inutiles. Je t'en prie, Tara. Je ne peux pas te dire ce que j'ai à te dire par téléphone. Laisse-moi une chance de m'expliquer.

— Dominic, je te rappelle que tu es marié.

— Je sais, je sais. Mais je ne te propose pas de coucher avec moi. Je veux seulement te parler. Qu'est-ce que tu fais ce soir ?

Ce soir ? Tara sentit ses cheveux se hérisser sur sa nuque.

— Tu es sérieux ? dit-elle.

— Plus que jamais.

— Mais... où es-tu ?

— Chez moi.

— Dans le *Berkshire* ? s'exclama-t-elle, éberluée.

— Ce n'est pas le Tibet, commenta Dominic d'un ton amusé. À peine cent kilomètres de porte à porte. Un mot de toi et je suis là dans moins d'une heure.

À ce stade de la conversation, la conscience de Tara avait déclaré forfait. On aurait pu la représenter assise sur un mur, en train de fumer une cigarette. Au lieu d'écouter ce qu'elle lui dictait, Tara se repassait le film de ses déceptions. La version concernant les deux dernières semaines lui suffisait amplement. Les multiples rejets qu'elle avait essuyés lui laissaient à penser qu'elle était inutile, moche et aussi intéressante qu'un champ de navets.

Or, non seulement Dominic la suppliait d'accepter de le rencontrer, mais il se disait prêt à parcourir deux cents kilomètres aller-retour pour ce faire.

Tara, qui avait le moral dans les chaussettes depuis plusieurs jours, ne put s'empêcher de se sentir flattée. Tout en sachant que c'était pure faiblesse de sa part, elle lui en fut même reconnaissante. De toute façon, comme Dominic l'avait dit lui-même, il ne lui proposait pas de coucher avec lui. Il voulait simplement discuter.

— Comment as-tu trouvé mon numéro de téléphone ?

Pourvu qu'il n'ait pas essayé de l'appeler à l'hôtel !

— Tu m'avais dit que tu vivais chez ta tante, à Colworth. Je me suis contenté d'appeler les renseignements.

— Bien, bien.

Tara inspira un grand coup.

— Disons 19 heures. Devant le pub.

— Il gèle à pierre fendre, fit-il remarquer. Tu vas prendre froid. Tu ne préfères pas que je passe te chercher chez toi ?

Tara sentit sa gorge se nouer d'émotion. Il craignait qu'elle prenne froid ! D'un autre côté, elle n'avait pas envie que Maggie lui fasse la morale. Sa tante n'approuverait pas qu'elle ait accepté de revoir Dominic.

— Je te remercie de te soucier de ma santé, mais je préfère qu'on se retrouve devant le pub.

Il était là, pile à l'heure, à l'attendre. Tout en ayant l'impression de se comporter comme une espionne, Tara regarda furtivement autour d'elle et vérifia à deux reprises que la voie était libre avant de monter dans sa voiture.

Dix minutes plus tard, ils s'installaient à la table d'un pub tranquille de Lower Hinton, un village situé à plusieurs kilomètres de Colworth. Très bronzé, Dominic portait un pull à col roulé et un jean Armani.

— Comment s'est passée ta lune de miel ?

Terrifiée à l'idée qu'on puisse l'entendre, Tara posa cette question sans desserrer les dents, telle Mata Hari en mission ultrasecrète.

— Bien, je suppose. Enfin, non, en fait. Pas bien du tout, avoua-t-il.

Il croisa les mains et secoua la tête.

— Un vrai désastre, à dire vrai.

— Pourquoi ?

Dominic planta son regard dans le sien.

— Tu ne devines pas ? Je ne pensais qu'à toi. Je me suis même surpris à *rêver* de toi, Tara. Je sais que je n'ai pas été à la hauteur, la dernière fois. J'ai paniqué quand la sœur d'Annabel nous a surpris dans le pavillon d'été. J'ai eu tort de ne pas intervenir quand tu as tout pris sur toi. Mais les événements se sont enchaînés trop vite, je n'ai pas eu le temps de réagir, s'empressa-t-il d'ajouter. Et puis, je me sentais coupable vis-à-vis d'Annabel. Tu imagines sa réaction si j'avais annulé le mariage ? Je suis sûr que tu peux comprendre ça. C'est pour elle que je suis allé jusqu'au bout. Qui sait ce qu'elle aurait fait, autrement ?

— Tu m'as dit que tu l'aimais, fit remarquer Tara.

Dominic se passa la main dans les cheveux. Son regard exprimait la souffrance et le repentir.

— C'est peut-être vrai. D'une certaine façon. C'est une chic fille. Je n'ai rien à lui reprocher. J'ai l'impression que c'est mon devoir de la protéger. À la façon d'un grand frère qui veille sur sa petite sœur.

— Une petite sœur avec une grosse dot, lui rappela Tara.

— Tu crois vraiment que c'est pour ça que je l'ai épousée ? Tu as tort, tu sais.

Il secoua tristement la tête.

— C'est tout le contraire. Si je l'ai épousée, c'est en dépit de son argent, pas pour lui. On s'entendait plutôt bien. J'ai sincèrement cru qu'on pourrait être heureux ensemble. Mais mes sentiments pour elle ne sont pas comparables à ce que je ressens pour toi.

Impressionnée par son sérieux, Tara ne put s'empêcher d'éprouver une certaine fierté et sentit ses genoux trembler sous la table.

— Mais je ne suis rien ! Je ne suis qu'une femme de chambre et je...

— Faux ! Absolument faux ! l'interrompit Dominic. Tu es *toi*. Ça se passait vraiment bien, toi et moi, tu te souviens ? Je te l'ai dit, la seule chose que je ne supportais pas, c'était tes ambitions d'actrice. Ça me tuait de voir le mal que tu te faisais à toi-même. C'est la seule raison qui m'a poussé à rompre, déclara-t-il gravement. Imagine ce que j'ai ressenti quand tu m'as appris que ça ne comptait plus pour toi... Je t'assure que ça m'a ébranlé. Si seulement je l'avais su avant !

— Mais tu ne savais pas, argumenta Tara qui se sentait comme prise de vertige. Et c'est trop tard, à présent. Tu es *marié*.

Elle se fit l'impression d'un disque rayé, mais il n'y avait pas trente-six façons de le dire.

— Comme si j'avais besoin qu'on me le rappelle, lâcha Dominic avant de faire la grimace. Eh oui ! Je suis bel et bien marié. Mais pas avec celle que j'aime.

Il était dix heures et demie quand ils regagnèrent Colworth. Dominic se gara devant le *Hollybush* et laissa le moteur tourner. Annabel passait la soirée chez sa mère, avait-il expliqué à Tara, et ne rentrerait pas avant minuit.

— J'ai envie de t'embrasser, murmura-t-il. Mais je sais que je ne dois pas.

Les lumières du pub qui éclairaient l'intérieur de la voiture permirent à Tara d'apercevoir son demi-sourire navré. L'espace d'un instant – à peine une nanoseconde –, elle souhaita qu'il n'ait rien dit. S'il s'était contenté de l'embrasser – rien d'extraordinaire, un chaste baiser sur la joue –, elle aurait pu prétendre qu'il l'avait eue par surprise.

Maintenant qu'il lui avait demandé la permission, elle ne pouvait décemment accepter. Il était marié et, de ce fait, intouchable. Seule une garce dépourvue de tout sens moral aurait permis une telle horreur.

Il devait y avoir encore des confettis dans sa valise...

— Non. Mieux vaut s'abstenir.

Tara sentit son cœur tambouriner dans sa poitrine. Elle venait de se prouver à elle-même qu'elle était une « fille bien ».

— Ça m'a vraiment fait plaisir de te voir ce soir, dit-il d'une voix douce. Je n'avais pas passé une aussi bonne soirée depuis une éternité.

Tara sursauta en réalisant que c'était également vrai en ce qui la concernait. Il avait raison : ils venaient de passer une soirée merveilleuse à échanger des souvenirs du bon vieux temps dans une atmosphère complice. Ils n'avaient rien fait de mal.

— Si ça se trouve, tu en as détesté chaque seconde, ajouta-t-il d'un ton enjoué.

Tara sourit, haussa les sourcils et répondit sur le même ton :

— Qu'est-ce que tu cherches à me faire dire ?

— Je voudrais que tu dises que tu as envie de me revoir.

Mon Dieu.

— Euh...

— S'il te plaît...

Dominic posa sa main sur celle de Tara. Ses doigts tièdes se refermèrent autour des siens.

— Tu n'imagines pas à quel point c'est important pour moi.

— Mais Dominic, tu es...

— Tara, tu veux bien arrêter de me le répéter sans cesse ? Je *sais* que je suis marié. Mais on peut rester amis, non ? Des amis qui se retrouvent une fois de temps en temps pour boire un verre et bavarder. Où est le mal ?

Elle poussa un long soupir, plus du tout sûre de rien.

— Je ne sais pas, avoua-t-elle, bouleversée. Ce n'est peut-être pas une bonne idée.

— D'accord. Oublions cela.

Cette réponse inattendue la prit de cours. Il semblait triste et résigné, mais prêt à accepter sa décision.

Tara regretta aussitôt ses paroles.

— Tu comprends, reprit-elle, les gens pourraient se faire des idées.

— Je sais. Et ce serait injuste, n'est-ce pas ? Tout ce qu'on souhaite, c'est discuter. Si tu étais un homme ou si j'étais une femme, la question ne se poserait pas. On se retrouverait pour boire un verre aussi souvent que ça nous chanterait. Mais comme on est du sexe opposé, on ne pourra plus se revoir. Ton attitude est sexiste, au fond. Je devrais te poursuivre en justice au nom des droits de l'homme !

Il la taquinait, histoire de détendre l'atmosphère. Tara sourit, mais il avait raison : c'était injuste.

— J'y vais. Il faut que tu rentres.

— Chez ma femme, grimaça Dominic. Je suis marié depuis moins d'un mois et mon cœur se serre déjà à l'idée de la retrouver et de faire comme si tout allait bien. Tu te rends compte ? Il n'y a qu'à toi que j'ai réussi à me confier. Je ne peux en parler à personne d'autre.

Tara le plaignit sincèrement. C'était ça le problème avec les hommes. Ils étaient capables de lire une carte routière ou de changer un pneu, mais ils étaient incapables de partager leurs véritables sentiments avec d'autres hommes. Ça ne faisait pas partie de leur patrimoine génétique. Ils pouvaient parler de sport avec passion, mais le domaine des émotions restait tabou. Tara réalisa que le fait de cancaner et de se confier à des copines restait un privilège exclusivement féminin. Avec le mascara.

— Écoute. Tu as mon numéro de téléphone. Si tu as vraiment besoin de parler, tu sais où me joindre.

Elle avait débité cela à toute vitesse, comme si le fait de dire les choses à cette allure ne comptait pas vraiment. Tout aussi précipitamment, elle ouvrit sa portière et sortit.

— Tu sais que tu es géniale ? déclara Dominic avec un grand sourire. Tu es la plus merveilleuse des femmes ! Tu ne peux pas savoir ce que cette soirée a représenté pour moi.

Les joues rosies par le froid, mais brûlante de satisfaction, Tara poussa la porte du cottage. À genoux sur le parquet du salon, Maggie était plongée dans la confection de coussins. Le sol autour d'elle était jonché de morceaux de tissus chatoyants et de formes en papier qui lui servaient de modèles pour ses motifs. Ses coussins, qu'elle revendait par l'intermédiaire des magasins de souvenirs du village, avaient beaucoup de succès auprès des touristes.

— Comment tu trouves ? demanda Maggie en exhibant sa dernière création – un couple accoudé au parapet, sur le pont de Colworth.

Maggie était un as de la machine à coudre et une styliste autodidacte inspirée. Autour de ce tableau naïf, elle avait brodé les mots : *Hank et Emmylou, Angleterre 2002*.

— N'est-ce pas adorable ? singea-t-elle.

Elle résistait parfois difficilement à la tentation de se moquer du mauvais goût de ses clients.

— Bon, dans la vie réelle, Hank et Emmylou sont nettement plus gros. S'ils se risquaient à franchir le pont, il s'écroulerait. Mais c'était ce qu'ils voulaient et ils seront contents !

Elle reposa le coussin, le tapota avec satisfaction, puis ajouta :

— Tu m'as l'air sacrément contente, toi aussi. D'où viens-tu ?

— Oh ! je suis juste allée boire un verre ! Avec un des types que j'avais rencontrés à Bristol, la semaine dernière.

Maggie haussa les sourcils.

— Alors ? Y a-t-il des chances pour que tu le revoies ?

— Pas sûr. On verra.

Tara sentit ses joues s'empourprer et elle se débarrassa de son manteau.

— Veux-tu que je mette la bouilloire en route ?

— Oh, oui ! Une tasse de thé me ferait le plus grand bien. Tu as l'air de t'être bien amusée, en tout cas.

Maggie entreprit de ranger son attirail de couture tandis que Tara filait à la cuisine. Elle ne pouvait pas avouer la vérité à sa tante. Celle-ci n'aurait pas compris. Elle aurait été choquée, voire horrifiée. Elle ne pourrait pas non plus en parler à Daisy.

Sa théorie sur les filles qui pouvaient se confier leurs petits secrets s'en trouva sérieusement ébranlée. Voilà qu'elle se retrouvait aussi isolée que Dominic.

Cette soirée resterait leur secret à tous les deux.

N'empêche. Elle s'était vraiment bien amusée. Dominic n'avait eu d'yeux que pour elle et il l'avait inondée de compliments. Après sa longue traversée du désert, elle venait de tomber sur l'entrée de la fabrique de Coca-Cola.

De toute façon, ils s'étaient contentés de parler.

Qui pourrait trouver à y redire ?

19

Daisy était au téléphone quand la tête de Pam, la réceptionniste, apparut dans l'entrebâillement de la porte de son bureau.

— Daisy ? Il y a quelqu'un pour vous à la réception.

— Qui est-ce ? demanda Daisy sans prendre la peine de la regarder.

— Une certaine Mlle Tyzack.

Le double menton de Pam tressauta sous l'effet d'un fou rire contenu. Daisy releva la tête.

— *Qui ça* ?

— Mlle Clarissa Tyzack.

— Seule ?

— Non. Un monsieur l'accompagne.

Daisy exhala lentement une bouffée d'air pour se donner le temps d'encaisser la nouvelle.

— Je suis très occupée, Pam. J'ai d'importants coups de fil à passer. Vous voulez bien leur demander de patienter ? Je m'occupe d'eux dans cinq minutes.

Sitôt Pam ressortie, Daisy raccrocha vivement le téléphone, fouilla frénétiquement dans son sac à main, y dénicha un tube de rouge à lèvres et un chouchou et se mit à l'ouvrage sans attendre. Elle était tellement surexcitée qu'elle faillit attacher ses cheveux avec le rouge à lèvres et se passer le chouchou sur les lèvres.

Elle s'appliqua à respirer lentement. Qu'est-ce qui lui prenait ? Se mettre dans un état pareil sous prétexte que Dev Tyzack surgissait inopinément ! De toute façon, il l'avait déjà vue dans des états bien pires… Mais elle eut beau s'efforcer de raisonner, son cœur persista à battre la chamade et ses mains s'activèrent indépendamment de sa volonté pour améliorer son apparence. Elle n'avait pas eu le temps de se laver les cheveux, ce matin-là, et ils manquaient de volume. Si elle les attachait, ça se remarquerait moins. Quant au rouge à lèvres, pourquoi s'en serait-elle passée ? Il n'y avait rien de mal à faire un petit effort de présentation.

Mon Dieu ! Elle avait mangé des spaghettis à l'ail, hier soir ! Elle attrapa son sac et reprit sa fouille frénétique pour mettre la main sur un paquet de chewing-gums à la menthe. Quand elle l'eut enfin trouvé, elle en fourra trois dans sa bouche et les mâcha avec une telle énergie qu'elle en eut mal aux mâchoires.

Elle aurait fait cela pour n'importe quel client de l'hôtel. C'était la moindre des politesses.

À la réception, Pam était aux petits soins pour Clarissa qui ne pensait, quant à elle, qu'à lui sauter sur les genoux. Ce qui prouvait bien qu'elle n'était pas encore prête pour le championnat de *Mastermind* : le ventre de Pam occupait déjà tout l'espace disponible.

Dev avait apparemment mieux cerné le problème que son chien et s'efforçait de conserver un visage impassible tandis que Pam couinait avec délice :

— C'est qui le plus beau chien-chien, hein ? C'est qui ? C'est toi ? Oh, oui ! C'est toi ! C'est toi le plus beau chien-chien !

— Je suis victime d'un complot national, soupira Dev en secouant la tête. Ce chien va développer un monstrueux complexe de supériorité. Si ça continue comme ça, elle va me demander de l'inscrire à l'élection de Miss Monde.

— Elle serait mignonne en bikini…

Daisy nota le coup d'œil scrutateur de Pam tandis qu'elle prononçait ces mots. Le chouchou et le rouge à lèvres n'avaient visiblement pas échappé à son œil de commère aguerrie.

— Que me vaut l'honneur de cette visite ? La réservation de la salle pose un problème ?

— Pas le moins du monde. Je passais vous remettre le plan de table du déjeuner, répondit Dev.

— Je vous remercie, dit Daisy en prenant le plan qu'il aurait aussi bien pu lui transmettre par fax.

— Mais je pensais surtout que ça vous ferait plaisir de voir Clarissa. Elle est en pleine forme, comme vous pouvez le constater !

Clarissa, la queue tourniquant furieusement, avait à présent reporté toute son attention sur Daisy. Elle lui léchait les mains en jappant de plaisir et faisait de tels bonds de joie qu'on l'eût crue montée sur ressorts.

— En effet ! Elle en est où côté incontinence ?

Dev lui décocha un clin d'œil complice.

— Ça va, je vous remercie. Et vous ?

— Je ne voudrais pas qu'elle s'oublie sur les tapis du hall. Il vaudrait peut-être mieux la faire sortir, qu'elle puisse se dégourdir les pattes.

Daisy souhaitait surtout s'éloigner de Pam qui avait le don de propager les rumeurs à la vitesse d'une épidémie de typhoïde. À l'heure du déjeuner, tout le personnel et bon nombre des clients de l'hôtel sauraient déjà que Daisy entretenait une liaison passionnée avec cette star du rugby qu'on voyait dans tous les journaux...

— Je peux vous garantir qu'elle ne salira pas vos précieux tapis. Clarissa est une vraie lady, assura Dev en se dirigeant cependant vers la sortie.

Daisy lui emboîta le pas.

— Oh, Daisy ! Quelqu'un d'autre a demandé après vous, se souvint soudain Pam. Je lui ai dit d'attendre au bar.

Mais Daisy prenait trop de plaisir à regarder Clarissa effectuer des pirouettes arrière pour s'en soucier.

— Cette personne n'a pas pris rendez-vous. Je m'occuperai d'elle dans dix minutes.

Une fois dehors, Clarissa traversa l'allée gravillonnée à fond de train pour aller inspecter la fontaine. Daisy et Dev restèrent sur le perron à l'observer.

— Je tenais également à vous remercier, reprit Dev en se tournant vers Daisy. Votre choix était excellent. Clarissa n'a rien à voir avec le chien que je cherchais, mais je ne peux déjà plus imaginer ma vie sans elle.

— Il n'y a pas de quoi, fit Daisy sans parvenir à réprimer un sourire satisfait. Alors, vous faites la paire, tous les deux ?

— Vous pouvez le dire ! Elle dort même sur mon lit. Ma vie sociale risque d'en pâtir.

— Clarissa vaut bien quelques sacrifices.

Daisy couva la chienne d'un regard reconnaissant. Tel un funambule, celle-ci s'appliquait à présent à marcher sur le muret de pierre entourant la fontaine.

— Comment ne pas l'aimer ?

— Je m'interroge sur un point, avoua Dev. Si vous aimez à ce point les chiens, comment se fait-il que vous n'en ayez pas ?

— J'aimerais beaucoup en avoir un, mais ce serait égoïste de ma part : je travaille trop pour m'en occuper convenablement. L'hôtel accepte les chiens, expliqua-t-elle, mais je ne pourrais pas en traîner un derrière moi toute la journée. Et je n'ai pas envie de m'en remettre à d'autres pour l'emmener faire un tour quand je n'aurai pas le temps.

— Vous avez raison, acquiesça Dev.

— Je me contenterai d'être la marraine de Clarissa, ajouta-t-elle gaiement. De temps à autre, je l'emmènerai dans des endroits prestigieux pour lui faire goûter des mets exotiques.

— Elle s'y connaît déjà pas mal en matière de nourriture, l'informa Dev. L'autre soir, elle a réussi à ouvrir le frigo et elle a englouti deux steaks dans le filet et un double cheesecake au chocolat de chez Marks & Spencer.

Deux steaks dans le filet ? Qui donc Dev avait-il invité à dîner ? Les tops models avec qui il se faisait photographier étaient maigres comme des coucous ; la seule idée qu'on puisse retrouver leur cadavre dans une pièce contenant un double cheesecake au chocolat les eût probablement épouvantées. Mais il était possible qu'il fréquentât toujours la sœur d'Annabel Croix du Calvaire. Cette fille aurait pu avaler la moitié d'un bœuf à elle seule.

— Je tiens à préciser que les deux steaks m'étaient destinés, enchaîna Dev comme s'il avait lu dans ses pensées.

Daisy souhaita que ce ne soit que pur hasard.

— Alors, c'est bien fait pour vous ! Vos joyeuses années de célibat sont révolues, à présent. Il est temps que vous appreniez à partager.

— Vous réveillez là de pénibles souvenirs, répondit Dev d'un ton peiné. Ma mère me disait la même chose quand je refusais de prêter mes *Action Men* à mes cousins.

— Croyez que je compatis à vos tourments d'enfant, Dev. Mais ne pensez-vous pas qu'il est temps de délaisser ses *Action Men*, passé vingt-cinq ans ?

Dev rit et Daisy se rendit compte avec un petit frisson de plaisir qu'elle appréciait vraiment de discuter avec lui. Ils en étaient presque – presque – au stade du flirt.

— Et que pensez-vous du double cheesecake au chocolat ? Est-on autorisé à en engloutir un, passé cette limite d'âge ?

— Je serais incapable d'en manger un à moi toute seule. Enfin, pas en moins de trois minutes ! rectifia-t-elle.

Dev garda le regard fixé sur Clarissa. Elle s'était risquée dans le peu d'eau qui entourait la fontaine, avait découvert qu'elle était glacée et s'en écartait précipitamment, dégoûtée.

— Votre prochaine soirée libre est pour bientôt ?

Les muscles du ventre de Daisy se contractèrent de surprise. Il allait vite en besogne ! Elle ne s'était pas attendue que la conversation prenne si vite ce tournant.

— Pourquoi ? Ne me dites pas que vous cherchez quelqu'un pour garder votre chien vos soirs de sortie ?

— Non, répondit Dev en souriant. À dire vrai, je pensais plutôt à...

— Attendez un instant, le coupa Daisy, soudain consciente de la présence d'un tiers.

Liza, une des nouvelles serveuses, se tenait derrière eux.

— Que se passe-t-il, Liza ?

— Euh... désolée de vous interrompre, mais il y a quelqu'un qui vous attend au bar.

— Je sais. J'ai déjà dit à Pam que j'arrivais dans une minute.

Liza eut l'air embarrassé.

— Le problème, c'est qu'il dit que c'est urgent. Il demande à vous voir immédiatement.

Daisy soupira. Certains clients avaient vraiment le chic pour tomber au mauvais moment.

— De qui s'agit-il ? Vous a-t-il donné son nom ?

— Eh bien, non, répondit Liza en se frottant les pieds l'un contre l'autre. Enfin pas exactement. Il a juste dit qu'il était... euh... votre mari.

Daisy ne s'attendait pas sérieusement à trouver Steven en train de l'attendre au bar. Mais l'espace d'une seconde, elle avait ressenti l'équivalent mental d'un coup de poing au plexus solaire. Quand elle avait recouvré ses esprits, elle s'était demandé qui pouvait bien avoir le culot de se faire passer pour son mari. C'était soit un monstre d'insensibilité, soit un dangereux psychopathe, soit les deux à la fois.

Ou alors quelqu'un qu'elle n'avait pas revu depuis très longtemps.

Quand l'homme qui se tenait devant la fenêtre du bar se retourna, Daisy demeura bouche bée.

— *Josh ?*

L'homme, qui n'était certes pas son mari, lui sourit.

— Salut, ma belle.

— Josh !

Sur cette exclamation suraiguë, Daisy s'élança à travers le bar désert pour se jeter à son cou.

— Je n'en reviens pas ! Qu'est-ce que tu fais là ? Eh ! Attention à la fenêtre ! Repose-moi par terre !

Les hauts talons de Daisy manquèrent de peu la vitre tandis que Josh Butler, du haut de son mètre quatre-vingts, s'avisait de la faire tournoyer dans les airs. Il la reposa sur le sol en riant et lui planta un baiser sonore sur chaque joue. Alors que Daisy s'accrochait à son bras pour retrouver l'équilibre, elle vit la voiture de Dev Tyzack passer lentement devant la fenêtre en direction du portail, Clarissa bondissant comme un diable sur la banquette arrière.

Daisy balança un bon coup de poing dans l'avant-bras de Josh Butler.

— Aïe ! Mais pourquoi ?

— Pour avoir dit à la serveuse que tu étais mon mari ! Qu'est-ce qui t'a pris de raconter un truc pareil ?

Josh prit un air satisfait.

— Je t'observais en train de bavarder avec ce type. Pardon, *flirter* avec lui. Il n'avait pas l'air de trouver ça déplaisant... Tu n'es toujours pas mariée.

Tout en disant cela, il prit dans la sienne la main dépourvue d'alliance de Daisy et lui décocha un sourire machiavélique.

— Je me suis dit que ça pourrait être rigolo de jeter un peu d'huile sur le feu, histoire de voir sa réaction.

Daisy leva les yeux au ciel.

— Tu vois ce nuage de poussière, là-bas ?

Elle désigna le portail tout au bout de l'allée.

— Voilà sa réaction !

— Je vois. Il est parti sans demander son reste, commenta Josh sans une once de repentir. J'étais certain que tu méritais mieux. J'ai l'impression que c'est ton jour de chance, ajouta-t-il sur le ton de la plaisanterie, car me voilà !

— Toujours aussi modeste et timide, observa Daisy.

— Écoute, mets-toi à ma place. J'étais là, à la fenêtre, et regarde un peu la vue que j'avais...

La fenêtre offrait une vue dégagée sur le perron où Dev et Daisy bavardaient un instant plus tôt.

— Je te voyais lui faire les yeux doux. Tu avais pour lui le même regard que tu avais pour moi autrefois. Je n'ai pas hésité une seconde avant d'appeler cette charmante petite serveuse. Tu aurais vu ta tête quand elle t'a annoncé que ton mari te faisait appeler !

Josh n'avait jamais su résister à la possibilité de faire une farce.

— Cela n'a rien de surprenant, répliqua Daisy, étant donné que mon mari est mort il y a un an.

Sa réplique avait quelque chose de cruel, mais l'expression de profond désarroi qui se peignit sur le visage constellé de taches de rousseur de Josh en valait la peine.

20

Daisy avait connu Josh à l'université, dix ans plus tôt. Il lui arrivait de faire une apparition en cours, mais il passait quatre-vingt-quinze pour cent de son temps à manier l'aviron, jouer au rugby, boire, jouer au cricket, faire la fête, escalader des montagnes et jouer au golf.

Un emploi du temps aussi varié ne laissait guère de place à l'étude. Josh n'avait pas été le dernier surpris quand il avait décroché sa licence avec mention.

Daisy n'oublierait jamais leur première rencontre. Elle déjeunait avec des amis au pub quand il avait fait irruption dans la salle, vêtu en tout et pour tout de boucles d'oreilles en strass et d'une perruque à la Tina Turner.

Spectacle inoubliable s'il en fut !

— Qu'est-ce qui t'arrive ? lui avait demandé Josh sans se démonter. Tu n'as jamais vu un homme à poil ?

— Viens voir un peu par ici, lui avait répondu Daisy. Tes machins qui pendouillent sont tout entortillés… Je vais te les remettre en place !

Quand elle eut dégagé ses pendants d'oreilles du filet de nylon de la perruque, Josh avait décidé que c'était cette fille-là qu'il voulait.

— Je m'appelle Josh Butler. Tu serais d'accord pour sortir avec moi demain soir ?

Il avait un corps d'athlète à la musculature impressionnante, des yeux noisette étincelants, les cheveux qui s'échappaient de sa perruque étaient roux et son visage était constellé de taches de rousseur. Fort heureusement pour lui, il avait pratiqué assez de sports de plein air pour arborer un bronzage plutôt seyant. Daisy n'aurait jamais accepté de sortir avec un rouquin qui vire au rouge écrevisse sitôt qu'il voit le soleil.

— J'ai bien cru que tu ne te déciderais jamais à me le proposer, lui avait-elle répondu en souriant. Qu'est-ce qui t'a fait hésiter ?

Josh lui avait décoché un clin d'œil.

— Ma timidité maladive !

L'exhibition publique de Josh lui permit de recueillir deux cent trente livres au profit d'une œuvre de charité, et dès le soir suivant, Daisy et lui formèrent un couple. Leur histoire dura six ou sept mois, puis ils se séparèrent. Pour tout un tas de raisons estudiantines stupides, mais aussi et surtout parce que Daisy s'était rendu compte qu'elle souhaitait autre chose. Ils s'entendaient bien, ils s'amusaient bien, mais ce n'était pas suffisant.

Un beau dimanche, alors que Josh faisait de l'aviron, Daisy en avait clairement pris conscience. Elle prenait un bain de soleil au bord de la rivière en compagnie de Megan, la copine d'un des rameurs, et feuilletait négligemment un magazine.

— Hou ! Martin Kemp ! s'était exclamée Megan en regardant par-dessus son épaule. Lui, je lui mets neuf sur dix. Berk ! Frank Skinner : deux et demi !

— Oh ! mais il est drôle ! l'avait défendu Daisy.

— C'est vrai. Alors trois et demi. Mais bon, ce n'est pas ce que j'appelle une bombe sexuelle... Pas comme lui, roucoula-t-elle en caressant une photo de Bon Jovi. Voilà mon style de mec ! Neuf et demi.

— Moi, c'est à Cary Grant que je mettrais dix sur dix, déclara Daisy d'un ton rêveur.

— Mais tu dates, ma pauvre fille ! Attends, tu vas donner une note à ceux qui sont dans ce magazine. Je te dirai ce qui cloche chez toi. Alors : Hugh Grant ?

— Huit, répondit aussitôt Daisy.

— Julio Iglesias ?

— Moins huit !

— Jonathan Ross ?

— Sept et demi.

— Adam Ant ?

— Neuf.

Daisy n'était pas encore complètement sortie de sa période Adam Ant.

— Josh Butler ?

— Sept.

La note était sortie spontanément de sa bouche. L'embarcation de Josh passa justement devant elles à ce moment-là.

— Oups ! fit Megan. Pas terrible, comme score, pour un petit ami attitré !

Daisy suivit Josh du regard tandis qu'il s'éloignait sur la rivière et réalisa que c'était pourtant vrai. Elle ne lui attribuait pas plus de sept.

— Voilà ce qui cloche chez toi, lui avait expliqué Megan. Le type avec qui tu sors doit forcément avoir dix. Sinon à quoi ça rime d'être avec lui ?

Daisy prit sa décision sur-le-champ. Un type qui valait sept n'était pas assez bien pour elle. Rester avec lui serait une perte de temps.

Le soir même, elle informa Josh de sa décision. S'il en fut blessé, il sut parfaitement le dissimuler. D'un commun accord, ils décidèrent de rester amis et Daisy espéra que cela éviterait à Josh de se saouler et de la supplier de lui donner une dernière chance.

Trois jours plus tard, elle apprit qu'il était allé à une fête aussitôt après et qu'il s'était fait lever par une belle plante exotique prénommée Mira qui préparait un doctorat de physique. Ils avaient passé la nuit ensemble, ainsi que la suivante et celle d'après. Daisy l'avait su, car Mira s'était empressée de révéler à ses copines que Josh était un amant exceptionnellement doué. Daisy avait eu beau se dire qu'elle n'avait rien à envier à Mira, puisque c'était quelque chose qu'elle savait déjà. N'empêche qu'elle en fut malade de jalousie.

L'épreuve fut douloureuse, mais elle s'en tint à sa décision initiale. Elle parvint même à demeurer amie avec Josh. Son histoire avec Mira s'effilocha au bout de deux mois et il entama alors une longue série d'aventures sans lendemain. Plus du tout jalouse, Daisy le taquina sur son comportement donjuanesque et Josh ne se gêna pas pour se gausser en retour de sa quête illusoire de perfection.

— Quand je pense que tu m'as eu et que tu m'as laissé filer ! ironisait-il. Dans cinquante ans, tu seras une vieille fille en pantoufles et chapeau cloche, et tu attendras toujours que Pierce Brosnan vienne t'enlever !

— N'empêche que tu feras une drôle de tête, le jour où ça arrivera ! ripostait malicieusement Daisy. Tu l'apprendras en lisant le journal et tu ne seras même pas invité au mariage !

Le jour où elle avait effectivement épousé Steven, elle n'avait pas pu inviter Josh. Il était parti aux États-Unis et ils s'étaient perdus de vue.

Daisy demanda à Vince, son assistant, de la remplacer et elle conduisit Josh à son appartement qui occupait la moitié du premier étage. Égal à lui-même, Josh ne tarda pas à mettre la main sur une boîte de biscuits dans laquelle il puisa largement. Il avait toujours eu un appétit d'ogre.

Ils avaient du temps à rattraper et bien des choses à se raconter depuis cinq ans qu'ils ne s'étaient pas vus.

— Comment m'as-tu retrouvée ? demanda Daisy après avoir enlevé ses chaussures et branché la bouilloire.

— Pur hasard. Je suis revenu des États-Unis il y a quinze jours et Tom Pride m'a offert l'hospitalité. Tu te souviens de Tom ? Un godilleur de première. Il jouait le rôle de la veuve Twankey dans le spectacle de dernière année. Il travaille dans une banque d'investissement, à présent.

À ce stade de son récit, Josh étant venu à bout des biscuits, entreprit d'inspecter le frigo.

— Toujours est-il qu'il avait gardé contact avec deux autres copains de fac et qu'on est allés boire un verre tous les quatre. On a évoqué le bon vieux temps et j'ai demandé ce que tu étais devenue. Marcus Cartwright a dit qu'il avait lu un article sur ton père dans le supplément du *Times* qui racontait comment il avait acheté cet hôtel. Il ne se souvenait pas du nom exact, mais il savait que c'était dans les Costwolds. La magie d'Internet a fait le reste… Deux minutes plus tard, le site web de l'hôtel apparaissait à l'écran et on a pu admirer une photo de toi posant au milieu du personnel, sur le perron. J'ai pensé qu'une visite-surprise serait amusante. J'avais vraiment envie de te revoir. Dis-moi, ma belle, tu as l'intention de faire quelque chose avec ces œufs ?

S'il y avait eu une justice en ce bas monde, Josh aurait dû peser plus lourd qu'un éléphant. Daisy lui tendit une poêle à frire.

— Ne te gêne pas ! Alors, qu'est-ce que tu as fait de beau aux États-Unis ?

— Du golf professionnel. Depuis un an et demi, je travaillais dans un club de golf au Texas. Un boulot épuisant !

Il lui adressa un clin d'œil et cassa un œuf au-dessus de la poêle.

— Toute la journée sur le terrain à jouer au golf. Aider des Texans handicapés des mains à améliorer leur swing… et puis, les rencontres, évidemment. Tu n'imagines pas le nombre de jeunes filles riches qui veulent apprendre à jouer au golf, histoire de rencontrer rapidement un beau parti…

— Mon pauvre lapin ! Comme tu as dû souffrir, fit mine de compatir Daisy. Tu n'es que de passage en Angleterre, j'imagine ?

— Non. Figure-toi que j'ai été recruté par un club chic de Miami dont le terrain n'est pas encore terminé. Je serai payé le double pour apprendre aux habitants de la Floride à améliorer leur swing. Mais le club n'ouvrira qu'en juin, alors j'ai décidé de faire un break et de retrouver mes racines britanniques pour quelques mois. Je pensais habiter chez ma mère, mais elle s'est dégotté un nouveau jules. Ils ne se quittent pas une seconde, tu jurerais un couple d'adolescents boutonneux ! Un week-end chez eux m'a suffi. Je me sentais de trop. De les voir collés en permanence, ça a fini par me couper l'appétit !

— Ça, j'en doute ! commenta Daisy tandis qu'il secouait la poêle d'un mouvement de poignet expert. Il y a du bacon et des tomates au frigo, si tu veux.

— Je m'attendais à tout sauf à te retrouver directrice d'hôtel, tu sais. Au fait, qui était ce type avec qui tu flirtais ? Un client ?

Daisy dut prendre une décision rapide. Dev Tyzack était-il un client ?

— En quelque sorte, répondit-elle.

— Tu ne sais pas vraiment où le situer ? s'étonna Josh. Enfin, tu lui diras que je ne suis pas ton mari, quand tu le reverras. Tu lui expliqueras que c'était une blague.

— Ne t'en fais pas, je lui transmettrai le message, lui assura Daisy.

Sans faute !

— C'est sérieux ? risqua Josh en lui jetant un coup d'œil en coin. Je veux dire : il te plaît vraiment ?

Daisy sentit son estomac se nouer. Oui, Dev lui plaisait. Il lui plaisait tellement que ça lui faisait peur.

— Bien sûr que non, répondit-elle, intérieurement paniquée.

— Ouf ! Heureusement ! Je n'aurais pas aimé apprendre que je m'étais mis en travers d'un truc sérieux. Tu m'as bien eu, en tout cas, avec ton histoire de mari mort, tout à l'heure ! J'y ai vraiment cru, sur le coup.

C'était bon de retrouver Josh après tout ce temps. De le retrouver aussi gaffeur et grande gueule qu'au bon vieux temps. Par égard pour son appétit d'oiseau, Daisy s'assit en face de lui à la table de la cuisine et attendit qu'il ait terminé son omelette géante pour préciser.

— Ce n'était pas une plaisanterie.

Josh resta figé sur place, son couteau et sa fourchette suspendus en l'air. Après quoi, il secoua la tête, comme au ralenti.

— Juré ?

— Juré.

— Il est vraiment mort ?

— Vraiment mort.

— Oh, merde !

— Ce n'est pas plus mal, dit Daisy. J'étais sur le point de divorcer. Tout était fini entre nous.

Lentement, Josh reposa ses couverts de chaque côté de son assiette.

— Comment est-ce arrivé ?

— Accident de voiture. Sa maîtresse était avec lui, mais elle n'a rien eu. C'était un menteur, il me trompait et se livrait à un odieux chantage sentimental pour repousser notre divorce, soupira Daisy. Ce qui suffit à prouver à quel point j'ai bon goût en matière d'hommes !

Josh s'autorisa un demi-sourire.

— Je ne suis pas d'accord. Tu as parfois fait preuve d'un goût excellent dans ce domaine.

— Quant à toi, tu t'es rabattu sur la quantité plutôt que sur la qualité, ne pût s'empêcher de riposter Daisy. Enfin bref, c'est du passé tout ça. Tu comptes rester ici combien de temps ?

Josh haussa les épaules.

— Je n'ai pas de plan bien arrêté. Je comptais profiter de mes vacances pour remonter le moral de ma vieille mère solitaire et j'ai découvert que sa vie n'avait rien de solitaire. L'appartement de Tom est tout juste assez grand pour un homme adulte, tu imagines ce que ça donne quand on essaie d'en caser deux. Marcus m'a proposé de vivre chez lui, mais il est l'heureux père de jumelles de deux ans et d'un nouveau-né de six semaines… Cela dit, je peux toujours me dégoter un carton et m'installer sur une bouche de métro !

Daisy conserva un visage impassible.

Un an après sa rupture avec Josh, le propriétaire de l'appartement qu'elle partageait avec des copines les avait jetées à la rue sans préavis, sans doute excédé par les fêtes tumultueuses qu'elles organisaient un peu trop souvent. Josh n'avait pas hésité à lui proposer de dormir gratuitement sur son canapé, le temps qu'elle réunisse assez d'argent pour payer la caution d'une autre location.

— Alors, tu ferais mieux de monter tes valises ici.

Josh feignit de paraître éberlué.

— Mes valises ?

— Tu sais bien : ces grands machins rectangulaires dans lesquels on entasse ses affaires, lui expliqua patiemment Daisy. Avec une poignée pour le transport. Je suis certaine que le coffre de ta voiture en est rempli.

21

Daisy avait mis un point d'honneur à laisser Barney prendre tranquillement ses repères. Vince lui avait rapporté qu'il faisait preuve de motivation et de compétence dans son nouvel emploi de portier. Son entrain et son joli minois lui avaient même valu les éloges de la clientèle – féminine tout particulièrement.

Il devait cependant trouver sa vie bien différente de celle qu'il avait eue à Manchester. Craignant qu'il ne souffre de la solitude, Daisy alla interroger Rocky.

— Comment Barney s'adapte-t-il ?

— Bien, je suppose.

— Tu supposes ? répéta Daisy en fronçant les sourcils. Tu ne sais donc pas ?

— Il a l'air d'aller bien, fit Rocky, perplexe. Je ne le vois pas beaucoup en dehors des heures de travail.

— Ce n'est pas très sympa. Vous pourriez lui proposer de se joindre à vous quand vous allez en bande au *Hollybush*, tu ne crois pas ?

Daisy était indignée qu'on ait pu tenir Barney à l'écart. Elle l'imaginait, seul dans sa petite chambre mansardée, se sentant exclu et se demandant pourquoi personne ne voulait être son ami.

— On l'a invité, protesta Rocky. Tu sais qu'on fait toujours en sorte d'intégrer les nouveaux venus dans l'équipe. Mais Barney a toujours refusé de nous accompagner.

Ils n'avaient pas dû beaucoup insister, décida Daisy, fâchée.

— Alors il reste ici tout seul ?

— Tu plaisantes ! s'exclama Rocky. Il a une copine ! Il avait tapé dans l'œil de deux serveuses qui ont tiré une drôle de tête quand elles ont su qu'il était pris.

Daisy n'en croyait pas ses oreilles. Une copine ? Ici ? *Déjà ?*

— C'est toujours des plus discrets qu'il faut se méfier, lui lança Rocky, trop heureux que le malentendu soit dissipé. Il disparaît sitôt qu'il a fini son service. Il monte dans sa voiture et zou ! direction l'autoroute. Elle habite Bristol.

Eh bien, ma foi, qui l'eût cru ? C'était peut-être à cause de cette fille qu'il tenait tant à travailler dans la région ? Tout s'expliquait.

— Tu te trompes, déclara Daisy.

— Mais non ! Il me l'a dit lui-même : sa copine vit à Bristol !

— Non. Quand tu disais que c'est des plus discrets qu'il faut se méfier, rectifia Daisy. J'ai entendu dire qu'il fallait se méfier de toi. Et tu n'es pas particulièrement discret !

Barney appréciait chaque minute de son travail et il adorait chaque minute de sa vie. Quand son service finissait à 17 heures, il remontait dans sa chambre, se débarrassait de son uniforme, fonçait sous la douche, sautait dans un jean, enfilait un sweat-shirt et arrivait à Bristol à 18 heures. La voiture qu'il avait achetée quelques centaines de livres à Manchester – une vieille Rover d'un mauve déprimant – avait bien supporté les trajets jusqu'à présent. Elle crachait parfois de gros nuages de fumée noire mais elle ne l'avait pas encore lâché sur l'autoroute. Elle ne durerait pas éternellement, mais en attendant, elle lui rendait bien service.

Le moment préféré de Barney, c'était quand il se garait dans la rue de Mel. Deux secondes plus tard, elle lui ouvrait la porte, Freddie calé sur la hanche, et lui adressait un sourire radieux.

C'était un instant magique. Barney se sentait vraiment bien auprès d'eux. Bien malgré lui, il avait passé sa vie à être celui dont on s'occupait. Pour la toute première fois, il parvenait à rétablir l'équilibre. Il savait que Mel attendait son arrivée avec autant d'impatience que lui.

La première fois qu'ils s'étaient retrouvés, Barney avait, comme promis, acheté des plats à emporter chez le Chinois du coin de la rue. Le lendemain soir, Mel avait préparé des lasagnes, et le soir d'après des petites saucisses de porc fraîches, poêlées, recouvertes de pâte à crêpes épaisse et passées au four. On appelait ça un « crapaud-dans-son-trou », une recette typique de la région, qui se servait accompagnée d'oignons frits et de sauce, et que Mel avait fait suivre d'une mousse au chocolat maison.

— Il ne faut pas que tu cuisines comme ça chaque fois que je viens te voir, avait protesté Barney. Tu te donnes trop de mal.

— Du mal ? avait-elle répliqué, le regard brillant. Mais pas du tout ! C'est un plaisir de faire la cuisine pour toi. J'aime te recevoir.

Mais la conscience de Barney s'était révoltée. La nourriture coûtait cher. Adoptant un ton très macho (Moi Tarzan, toi Mel), il avait déclaré :

— Demain soir, on ira faire les courses ensemble à l'hypermarché d'Emerson. Il reste ouvert jusqu'à 20 heures.

Cette scène avait eu lieu la veille, et Barney était à présent devant chez elle.

Mel referma la porte derrière elle. Elle portait une veste polaire rouge sur un jean et Freddie était emmailloté dans sa combinaison bleu marine. Barney s'empressa de sortir de voiture pour installer Freddie sur le siège arrière et se rendit compte qu'il était aussi excité que s'ils allaient à Disneyland, Paris.

Il ne l'avait jamais pressée de question pour en savoir plus sur le père de Freddie. Il s'était contenté, une seule fois, de demander s'il ne risquait pas de réapparaître, un jour ou l'autre. Secouant la tête, Mel avait répondu d'un ton ferme :

— Aucun risque. Il est définitivement parti.

Ce qui convenait parfaitement à Barney.

Tandis qu'il parcourait les allées encombrées de l'hypermarché en compagnie de Mel, Freddie gazouillant gaiement sur le siège du chariot, Barney se sentit soudain merveilleusement heureux.

« Les gens doivent penser qu'on forme une famille », se dit-il en se rengorgeant de fierté tandis qu'une vieille dame s'arrêtait pour le complimenter sur la bonne mine de Freddie.

— Il va briser les cœurs quand il sera grand, celui-là, prédit-elle.

— Il s'en sort déjà bien pour son âge, lui répondit Barney tout sourire.

— Je tiens à régler la moitié, l'avertit Mel tandis que le chariot se remplissait. Tu ne vas quand même pas payer les couches de Freddie !

— Mais j'en ai envie. Laisse-moi faire, d'accord ? dit Barney d'un ton ferme. Je n'avais encore jamais été dans un hypermarché comme ça. En famille, je veux dire, s'empressa-t-il d'ajouter.

Mel lui pinça légèrement le bras.

— Moi non plus.

Ils regagnèrent le rez-de-chaussée glacial de Mel vers 19 h 30. Tout en déballant les courses, elle observa du coin de l'œil Barney allumer le radiateur à gaz, refermer soigneusement le pare-feu, puis débarrasser Freddie de sa combinaison. Son cœur se serra quand elle les vit rire. Il avait suffi de quelques jours pour que Barney bouleverse totalement leur petite vie.

Pour la première fois depuis un an, elle se sentait normale. Ça pouvait sembler pathétique, mais le simple fait d'être ensemble au supermarché lui avait donné l'illusion de former une vraie famille. Depuis la naissance de Freddie, elle endurait un supplice chaque fois qu'elle allait faire les courses, incapable qu'elle était de réprimer un sursaut d'envie quand elle croisait une vraie famille, avec un papa qui était là pour pousser le chariot et charger les gros paquets dans le coffre de la voiture.

Épuisé par cette soirée exceptionnelle, Freddie ne tarda pas à s'endormir. Quand Mel le déposa dans son lit, Barney vint la retrouver pour lui demander à voix basse :

— Vin rouge ou vin blanc ?

— Blanc, chuchota Mel en réponse, avant de sursauter en le sentant passer le bras autour de ses épaules.

Penchés au-dessus du lit, ils contemplèrent Freddie endormi, les bras relevés dans une position d'abandon total.

— Il est adorable, murmura Barney.

« Toi aussi », répondit Mel en silence.

Ils regagnèrent le salon où elle découvrit la surprise que lui avait préparée Barney. Il avait mis le couvert, disposé des bougies sur la table, servi le poulet fumé, préparé et assaisonné la salade, fait réchauffer les petits pains tandis que leurs crumbles à la rhubarbe attendaient sagement sur le frigo qu'ils aient fini leur dînette.

Mel sentit des larmes de gratitude lui monter aux yeux. Elle n'était certes pas une petite chose incapable de s'occuper d'elle-même, mais... c'était tellement bon de se sentir choyée, pour une fois ! Barney avait allumé les grosses bougies sculptées qui étaient bien trop belles et trop chères pour qu'on s'en serve vraiment, mais c'était sans importance.

Après le dîner, ils jouèrent au Scrabble, un CD de Macy Gray en fond sonore discret, pour ne pas risquer de réveiller Freddie. Il faisait bon à présent dans la pièce et Barney avait retiré son pull. Mel bouillonnait d'impatience. Allait-il se décider à faire le premier pas ce soir ? Si Freddie ne se réveillait pas et si elle réussissait à le convaincre de boire un second verre de vin, ce n'était pas impossible. Elle aurait pu prendre les devants, mais elle préférait que ce soit lui qui se lance. Elle ne voulait pas qu'il s'imagine qu'elle était une de ces filles qui se jettent au cou du premier venu.

Du reste, elle sentait instinctivement qu'il tenait à mener le jeu de bout en bout. Le premier mouvement lui revenait. Pas question de l'effrayer et de risquer de le perdre. Il représentait déjà tant pour elle...

DRRRIIIIINNNNG, retentit la sonnette de la porte d'entrée. Ils sursautèrent tous deux.

— Qui est-ce ? demanda Barney.

— Pas la moindre idée, répondit Mel en s'extirpant du canapé. À moins que ce ne soit la vieille râleuse du premier qui vient encore se plaindre du bruit.

Barney fixa le plafond, éberlué.

— Quel bruit ?

— Tous les bruits ! Le bruit des jetons de Scrabble, le bruit qu'on fait quand on se lave les mains ou quand on se brosse les cheveux, tout la dérange ! expliqua Mel en levant les yeux au ciel. Cette maudite bonne femme entend tout !

Par précaution, elle préféra éteindre la chaîne avant d'aller ouvrir.

La voisine du premier était certes la visiteuse que Mel aimait le moins recevoir, mais elle détestait à peu près autant les visites de la femme qui se tenait devant la porte. Mme Jefferson était la propriétaire de l'immeuble. Elle avait une quarantaine d'années, un visage en lame de couteau et des manières à l'avenant.

Elle ne perdit pas de temps en discours préliminaires.

— Voici votre avis d'expulsion, fit-elle en tendant une enveloppe à Mel. Vous avez un mois pour quitter les lieux.

Barney apparut derrière Mel. Mme Jefferson le dévisagea d'un œil glacial.

Mel crut qu'elle allait se trouver mal. Se faire expulser faisait partie de ces peurs irrationnelles qui flottaient parfois aux confins de son esprit. Mais elle n'avait jamais pensé que ça puisse réellement se produire.

— Mais pourquoi ?

— Je vends l'immeuble.

C'était un mensonge flagrant.

— Je ne fais pas de bruit, insista Mel.

— Vous, non. Mais votre fils si. Les locataires s'en plaignent perpétuellement, répliqua Mme Jefferson.

— C'est faux ! Freddie est tout simplement heureux de vivre. On ne peut tout de même pas le lui reprocher !

— Ravie de l'apprendre. S'il est tellement parfait, vous n'aurez aucun mal à vous loger ailleurs.

— C'est injuste ! s'écria Mel si fort que Freddie se réveilla et se mit à pleurer. C'est la vieille sorcière du premier qui est derrière tout ça, hein ? Je vous préviens : elle est complètement cinglée !

— Vraiment ? riposta Mme Jefferson d'une voix aigre. Comme c'est intéressant. Il se trouve que c'est ma mère.

— Je m'en fiche. Je m'en fiche complètement. Qu'elle se le garde son trou à rats !

La voix de Mel chevrota et, d'un geste rageur, elle se versa un verre de vin. Elle n'avait pas pour habitude de pleurnicher et elle ne verserait pas une larme sur cet appartement.

— Non mais c'est vrai ! Regarde-moi ça ! Des réfugiés bosniaques n'en voudraient pas, de son taudis ! Je n'aurai aucun mal à trouver mieux.

Le cœur de Barney se serra. Il aurait tout donné pour que Mel éclate en sanglots afin de la réconforter. Cela dit, qu'elle se retienne si fort de pleurer ne faisait que renforcer les sentiments qu'il éprouvait pour elle.

Était-il amoureux ? Il ne se posait pas la question. Tout ce qu'il savait, c'est qu'il était prêt à tout pour lui venir en aide.

De toute façon, elle avait raison. En dépit de ses efforts pour l'arranger, cet appartement était sordide. Le papier peint se décollait, l'encadrement de la fenêtre était pourri et la moquette usée jusqu'à la corde.

— Je t'aiderai à chercher un appartement, fit-il doucement. Tu verras, je suis sûr qu'on va en trouver un génial.

— Ça ne sert à rien de se raconter des histoires, répondit-elle d'un ton las. On ne trouvera pas d'appartement génial. Dans le meilleur des cas, je dégoterai une piaule un tout petit peu moins humide et un tout petit peu moins sordide, occupée par des cafards un tout petit peu plus gras.

Barney lui entoura les épaules du bras.

— Tu ne peux pas demander de l'aide à la mairie ?

— Pour passer six mois dans une chambre d'hôtel à attendre qu'un logement social se libère au seizième étage d'une tour remplie de camés ? Merci bien ! Ce n'est pas ton problème, de toute façon, déclara-t-elle en se levant. Parlons d'autre chose... Sers-toi un verre, lança-t-elle par-dessus son épaule. Je vais aux toilettes.

Mel revint deux minutes plus tard, et se laissa tomber sur le canapé.

— On en était où ? demanda-t-elle. C'était à toi de jouer ou à moi ?

Son regard se posa alors sur le plateau de Scrabble. Il y avait à présent huit lettres, formant les mots : JE T'AIME.

Elle fut tellement surprise qu'elle en perdit momentanément l'usage de la parole.

— J'aurais juré que j'avais un J et un X, tout à l'heure, finit-elle par lâcher d'une toute petite voix. Mais je préfère de beaucoup ces lettres-là.

— Je voudrais te rendre heureuse, dit Barney.

— Tu le fais déjà.

Elle se pencha pour déposer un baiser timide au coin de sa bouche, puis un deuxième, ses cils caressant la joue de Barney. Elle préféra ensuite en rester là. Deux baisers furtifs suffisaient pour lui donner le feu vert.

Barney comprit le message. Il s'inclina sur Mel et leurs lèvres se rencontrèrent. Une vague d'émotion le submergea tandis qu'il l'attirait contre lui. Il sentit les battements précipités de son cœur à travers l'étoffe de son sweat-shirt.

Prenant son fin visage entre ses mains, il se demanda s'il était possible de ressentir un plus grand bonheur.

Puis les mains de Mel se risquèrent sur le devant de son jean et Barney découvrit que *c'était* possible.

— Moi aussi, je t'aime, lui souffla-t-elle à l'oreille.

Voilà pourquoi, réalisa Barney, il n'avait jamais cédé à la facilité d'une nuit d'amour sans lendemain. Pour préserver l'intensité de cet instant magique.

Freddie dormit paisiblement dans son berceau. D'un commun accord, et sans avoir besoin de le formuler à voix haute, ils décidèrent de faire l'amour dans le salon, sur le tapis.

— Je craignais de le réveiller, expliqua ensuite Mel d'une voix alanguie.

Barney sourit, lui caressa les cheveux et couva d'un œil admiratif son corps nu sur lequel jouait la lueur orangée du poêle. Son absence de pudeur lui plaisait énormément, de même que le contact de ses mains sur son torse. Il aurait voulu rester là éternellement.

— Qu'est-ce que c'est ? demanda-t-elle soudain.

Délicatement, elle caressa du bout des doigts la fine cicatrice, longue d'une dizaine de centimètres, qui lui barrait le bas du dos.

— C'est une cicatrice, répondit-il évasivement.

— Ça, je m'en doutais ! Qu'est-ce qui t'est arrivé ?

— Un coup de couteau.

Couteau, scalpel, quelle différence au fond ?

— Quelqu'un t'a attaqué avec un couteau ? s'exclama Mel, horrifiée.

Un chirurgien, oui.

Mais Barney ne put se résoudre à lui en parler. Il ne se sentait pas prêt. Il craignait que cette histoire de transplantation ne la dégoûte et qu'elle ne se mette à le considérer d'un autre œil. Le fait qu'il soit actuellement en bonne santé ne signifiait pas qu'il le serait toujours. Un rein transplanté pouvait soudain cesser de fonctionner, telle une pile usagée.

— J'ai grandi dans un quartier chaud de Manchester, que veux-tu, lâcha-t-il d'un ton blasé. Tu vois ça ? ajouta-t-il en lui montrant l'auriculaire tordu de sa main gauche. Je me suis coincé le doigt dans une chaise pliante quand j'avais cinq ans. Même les chaises sont dangereuses, à Manchester !

Il était parvenu à détourner son attention de sa cicatrice. Elle n'insista pas. Elle-même appréciait beaucoup qu'il ne la bombarde pas de questions à propos de son passé.

— Il est 11 heures, fit-elle en jetant un coup d'œil vers la porte de la chambre. Tu veux rester dormir ici ?

— Tu es sûre ? Il faudra que tu mettes ton réveil à sonner pour 6 heures...

— Ce ne sera pas nécessaire, Freddie se réveille à 5 heures, l'informa Mel. Zut ! Je n'aurais pas dû te le dire. Maintenant, tu vas te sauver en courant.

— Ne dis pas de bêtises ! s'exclama joyeusement Barney. Rien ne pourrait me faire plus plaisir que de passer la nuit avec toi.

22

Quand le téléphone sonna, à 23 h 05, Maggie haussa les sourcils.

— Si c'est le réparateur, dis-lui de ma part qu'il peut se mettre sa pièce de rechange où je pense ! Ce corniaud m'avait promis de passer cet après-midi ! S'il se croit autorisé à téléphoner à 11 heures du soir pour...

— Allô ?

Tara bondit sur l'appareil et pressa le combiné contre son oreille. Un sourire idiot se peignit sur son visage quand elle identifia la voix de son interlocuteur.

— Ce n'est pas pour toi, articula-t-elle silencieusement à l'intention de Maggie.

C'est pour moi, tralala...

— Je ne peux pas m'empêcher de penser à toi.

La voix grave de Dominic lui procura un frisson de plaisir.

— Moi non plus, chuchota-t-elle en retour.

— Qu'est-ce que tu dirais d'un dîner tous les deux, demain soir ? J'irais bien faire un tour au *Lettonie*.

Tara fut bouleversée. Elle qui avait l'impression de décrocher le gros lot quand ses conquêtes du *Hollybush* se fendaient d'un paquet de chips au bacon. Le *Lettonie* jouissait d'une excellente réputation. Et de deux étoiles au Michelin. Dominic lui offrait là une preuve concrète des sentiments qu'elle lui inspirait.

Des sentiments très profonds.

— Pourquoi pas ? répondit-elle d'un ton qui laissait entendre qu'on l'invitait tous les jours dans des restaurants chics.

— Je passerai te prendre à 20 heures, au même endroit que la dernière fois.

— D'accord. À demain.

Tara se demanda s'il parlait à voix basse parce qu'il appelait de chez lui et décida de ne pas se sentir coupable. Ce n'était pas sa faute si Dominic s'était laissé piéger par une femme qui ne lui convenait pas.

— Qui était-ce ? s'enquit Maggie.

— Robbie Williams. Il n'arrête pas d'appeler pour me supplier de sortir avec lui. Le pauvre, aucune fille ne veut de lui. Il m'a fait pitié, j'ai accepté de le voir demain soir.

— Comme tu es bonne ! s'exclama Maggie. Empiéter ainsi sur ton temps libre pour tenir compagnie à un garçon aussi laid... Où t'emmène-t-il ?

— Probablement au Burger King. Il n'a pas beaucoup de sous, tu sais.

— Tu es tout simplement admirable, conclut Maggie. Robbie Williams a bien de la chance de te connaître.

— Je sais, admit modestement Tara. Je suis une sainte.

Daisy n'avait pas passé une soirée aussi agréable et détendue depuis bien longtemps. Allongée sur le canapé, ses pieds nus reposant sur les genoux de Josh, une tasse de café – préparé par Josh – à la main, elle déclara :

— Il est temps que je me mette au lit. Tu as une mauvaise influence sur mon hygiène de vie.

— *Moi*, j'ai une mauvaise influence ? s'exclama Josh, incrédule. Qui est-ce qui m'a forcé à chanter *Boire un petit coup, c'est agréable*, tout à l'heure ? Qui est-ce qui m'a incité à reprendre en chœur *Il est des nôtres* ? Moi qui pensais trouver ici le calme d'un hôtel de province et partager des parties de canasta avec de charmantes vieilles dames !

— Tu te plaindras auprès de mon père, rétorqua Daisy. Tout client susceptible de correspondre à l'appellation « vieux et charmant » est aussitôt bouté hors de son territoire, et s'il tente de s'y introduire subrepticement, il donne l'ordre de tirer à vue !

— Ton père n'a pas changé d'un poil, déclara Josh.

Hector l'avait accueilli comme un fils prodigue, prenant les clients du bar à témoin pour claironner que Josh était, et de loin, le plus sympathique de tous les amis d'université de Daisy, et le seul qu'il ait jamais apprécié.

— Vous êtes-vous avisé de révéler cela à Daisy, à l'époque ? avait aussitôt enchaîné Josh en se frappant le front du plat de la main. Mon Dieu ! Je comprends à présent pourquoi elle m'a plaqué ! Quand un garçon a le malheur de plaire aux parents de sa copine, il peut être certain qu'elle va tout à coup le trouver inintéressant !

Daisy avait levé les yeux au ciel.

— C'est complètement faux !

Hector et Josh avaient alors entonné en chœur : *Dis-moi oui, Daisy !* et personne n'avait pu les faire taire.

— Bon, dis-moi tout maintenant, reprit Josh. Parle-moi de ton mari. S'il était pourri à ce point, comment se fait-il que tu l'aies épousé ?

— Pour une raison toute bête. En homme qu'il était, il a complètement oublié de me prévenir qu'il était pourri. Quand on s'est rencontrés, il m'a donné l'impression d'être absolument parfait et je suis tombée dans le panneau.

— Essayerais-tu de me faire croire que tu as cru avoir déniché le fameux dix sur dix après qui tu courais ? demanda Josh, narquois.

— Tant pis si ça te fait rire, répliqua Daisy qui commençait sincèrement à regretter de s'être laissée aller à de telles confidences des années auparavant. Mais oui, si tu veux le savoir, j'ai vraiment cru que j'avais trouvé monsieur dix sur dix. Steven était drôle, charmant… Aïe !

Josh venait de lui pincer le gros orteil.

— Moi aussi, je suis drôle et charmant ! protesta-t-il.

— Steven était aussi très, très beau... Aïe ! Aïe ! hurla Daisy tandis que Josh lui pinçait l'autre orteil.

— Tu m'accuses de délit de faciès ! C'est très vilain, ça, mademoiselle ! Figure-toi que les gens laids éprouvent aussi des sentiments !

— Je sais, je sais, c'était futile de ma part et j'ai honte de moi, mais j'essaye d'être honnête. Et puis d'abord, tu n'es pas laid, lui assura-t-elle. Enfin, peu importe, j'ai cru que Steven était parfait, et je me suis complètement plantée. Non ! Stop ! Je t'en supplie, arrête ! s'écria-t-elle quand Josh commença à lui chatouiller la plante des pieds. Arrête ! J'ai été assez punie comme ça, je te jure que je n'incriminerai plus personne de délit de faciès !

— Tu es bien sûre d'avoir compris la leçon ?

— Oui, juré !

— Taratata ! fit-il. Je t'ai surprise en flagrant délit, cet après-midi, tu ne te souviens pas ? Tu flirtais avec ce type devant l'hôtel. Et ne me dis pas qu'il était laid.

— Il ne l'était pas ? demanda Daisy d'un air innocent. Je n'ai pas remarqué.

— Parle-moi de lui, ordonna Josh.

Elle s'exécuta à contrecœur. Comme prévu, Josh ne tarda guère à exploser de rire.

— Ah ! Daisy MacLean ! Tu n'as vraiment pas changé, toi non plus. Tu ne te rends pas compte que tu reproduis toujours le même genre d'erreur ?

— Je ne reproduis pas mes erreurs, répliqua Daisy, vexée. Il n'y a rien entre Dev Tyzack et moi !

— À d'autres !

— Je te jure qu'il n'y a rien.

Josh agita l'index.

— N'oublie pas que je vous ai vus.

— Je me suis jetée à son cou, peut-être ?

— Tu semblais à deux doigts de le faire.

« Mon Dieu ! songea Daisy, horrifiée. Dev a-t-il eu aussi cette impression ? »

— Ces Don Juan sont tous les mêmes, poursuivit Josh. C'est typique. Ils peuvent séduire toutes les femmes qu'ils veulent et ils sont incapables de résister à la tentation. Une fois qu'ils en ont séduit une, l'affaire perd tout intérêt et ils passent à la suivante. C'est l'excitation de la conquête qui leur plaît. C'est très amusant pour eux, conclut-il, mais ça l'est nettement moins pour leurs proies. Elles se réveillent tous les matins en s'attendant à entendre sonner l'hallali.

— Quand je pense que c'est moi qui t'ai permis de rester ici, gémit Daisy en lui flanquant une tape sur le genou. N'écoutant que mon grand cœur, je t'ai offert l'hospitalité, et maintenant il va falloir que j'endure tes discours moralisateurs !

— Je ne te fais pas la morale, je te donne un conseil. Libre à toi de le suivre ou pas, conclut-il d'un ton léger. Je me contente de te rappeler comment ça se passe quand les choses tournent mal.

Après lui avoir planté un baiser sur la joue, Josh avait regagné la chambre d'amis. Allongée sur son lit, les yeux rivés au plafond, Daisy ne tarda pas à percevoir ses ronflements à travers la cloison.

Les paroles de Josh ne cessaient de lui trotter dans la tête, même s'il ne lui avait rien appris qu'elle ne sache déjà.

Les hommes à haut risque – tel que Dev Tyzack – rendaient les femmes malheureuses.

Le plus sage consistait à garder ses distances.

23

Le panneau des petites annonces de l'épicerie du village était entièrement recouvert. On y trouvait des bébés lapins à adopter. Une baby-sitter proposait ses services. Quelqu'un recherchait d'urgence une femme de ménage disponible trois matinées par semaine. Quelqu'un d'autre vendait une guitare classique et un congélateur. Un cottage était à louer à la semaine pendant les congés scolaires. Si quelqu'un avait aperçu un chat noir avec une tache blanche sur le museau, qu'il ait la gentillesse de le signaler à Fred et à Eileen, Brocket's Lane.

Barney poussa la porte de l'épicerie et le carillon retentit. Christopher et Colin se chamaillaient tout en s'occupant du réassortiment. Ils portaient tous deux une chemise à carreaux gris et rose, un pantalon gris et un gilet rose.

— Mais c'est ce cher Barney !

Colin adorait taquiner Barney. Il ne cessait de lui répéter qu'un garçon aussi beau que lui ne pouvait pas être hétérosexuel ! Même Christopher, rassuré que Barney ne soit pas gay, s'était décidé à adopter un comportement amical à son égard.

— Je viens de jeter un coup d'œil aux annonces, attaqua Barney.

— Et la guitare classique t'intéresse ! Alléluia ! s'exclama Colin. Je pensais que cette annonce était condamnée à rester là à jamais.

— Non, en fait, je...

— Ne me dis pas que tu as retrouvé le chat de Fred et d'Eileen ? le coupa Christopher, plein d'espoir.

— Non. C'est le cottage à louer qui m'intéresse, s'empressa d'annoncer Barney.

Christopher et Colin le dévisagèrent, stupéfaits.

— Hill View Cottage ? La location d'été ? Ils en demandent quatre cents livres par semaine !

— Je sais, dit Barney, et je n'ai pas les moyens de le louer. Mais je me suis dit que vous aviez peut-être entendu parler d'autres maisons à louer dans le coin. Quelque chose de plus petit et surtout de beaucoup moins cher.

Christopher fit une grimace dubitative.

— Les locations de vacances sont hors de prix. Tu ne trouveras rien à moins de deux cents livres par semaine.

Barney se sentit gagné par le désespoir. Persuadé que Christopher et Colin sauraient l'aiguiller vers une location, il avait impatiemment attendu sa pause-déjeuner pour venir les trouver.

— L'hôtel ne te plaît plus ? s'enquit Colin. Ils t'ont fichu à la porte ? On t'a surpris en train de faire des bêtises ?

Toujours avide de ragots, il interrompit son travail pour le scruter. La réponse de Barney le déçut.

— Je cherche quelque chose de plus grand. Pour ma copine et moi, ajouta-t-il timidement.

— Comme c'est mignon, soupira Colin.

— Je te ferai signe, si on entend parler de quelque chose, lui assura Christopher. Mais ne compte pas trop dessus.

Le téléphone arabe du village fonctionnait à merveille. À 16 heures, Bert Connelly, un des hommes à tout faire de l'hôtel, vint trouver Barney.

— Il paraît que tu cherches une location ? lui demanda-t-il d'emblée.

Barney espéra que Bert ne s'était pas mis en tête de le loger dans son propre cottage qui était déjà plein à craquer avec ses trois grands gaillards de fils et sa femme bâtie comme une jument.

— Oh ! c'était juste une idée en l'air, en fait !

— Parce que j'ai pensé à quelque chose, insista Bert.

— Ah bon ?

— Je crois bien que je pourrais t'aider, fiston.

— C'est-à-dire qu'au niveau financier... commença Barney.

— T'inquiète donc pas de ça. Je sais combien gagnent les portiers, ici. Et c'est justement pour ça que j'ai eu cette idée. Je suis sûr qu'il y aura moyen de s'entendre...

Rassemblant tout son courage, Barney lâcha :

— En fait, j'ai changé d'avis. Je crois que je vais rester ici, mais c'est très gentil d'avoir pensé à moi.

Ouf ! Il l'avait dit. Il ne serait pas obligé de dormir dans la chambre d'un des fils de Bert.

— Oh !

Visiblement déçu, Bert glissa sa grosse paluche dans la poche de sa combinaison de travail. Il en sortit une feuille de papier qu'il froissa dans son poing et haussa les épaules.

— C'était juste une idée. Je trouve que c'est dommage de laisser un endroit comme ça inhabité. Enfin, tant pis.

Désarçonné, Barney répéta :

— Inhabité ?

— Eh, Bert ! appela Kelvin depuis le camion qui venait de surgir. On va la réparer, cette clôture, oui ou non ?

— Le Cottage Brock, expliqua Bert en se détournant. C'était la maison de Rose Timpson, au bout de Brocket Lane. Elle n'a rien d'extraordinaire, mais je m'étais dit que ça t'intéresserait peut-être. J'arrive, j'arrive ! cria-t-il à Kelvin.

— Ça m'intéresse ! s'empressa de lui assurer Barney, soudain plein d'espoir. Qui est Rose Timpson ? C'est son numéro de téléphone sur ce papier ?

Il réprima à grand-peine l'envie d'arracher la feuille de la main de Bert.

— Ça me paraît difficile, fiston. Rose Timpson est morte. Voilà deux mois qu'elle a cassé sa pipe. À quatre-vingt-sept ans, on peut dire qu'elle avait fait son temps.

— Tu te magnes un peu le train, Bert ? s'impatienta Kelvin.

Fort heureusement, Bert n'était pas aussi pressé que Kelvin de se mettre à l'ouvrage.

— La maison est vide depuis qu'elle est morte. Le problème, c'est que c'est une vraie porcherie. Il faut prévoir de gros travaux. Le fils de Rose a l'intention de la retaper pour la louer mais il a signé un contrat de douze mois à Dubaï. Alors, pour le moment, il ne peut pas s'en occuper. Et il ne peut pas espérer la louer dans cet état-là. Pas à des vacanciers, en tout cas.

— Dis donc, Bert, tu vas bavarder encore longtemps, comme ça ?

— Et je me suis dit que Bobby Timpson ne cracherait pas sur un petit revenu supplémentaire. Je peux lui faire savoir que le cottage t'intéresse d'ici son retour.

— C'est une excellente idée ! s'enthousiasma Barney.

— Bon, je te donne la clé, alors.

Bert plongea la main dans sa poche.

— Tu n'auras qu'à aller y jeter un coup d'œil après le boulot, pour me dire ce que tu en penses. Et si ça te convient, on passera un coup de fil à Bobby. Je me porterai garant pour toi.

Rose Timpson n'avait pas jugé utile de gaspiller l'argent de sa retraite en s'abonnant à un magazine de décoration. Mais c'était apparemment une collectionneuse acharnée. Les deux pièces du minuscule cottage étaient bourrées à craquer de vieux journaux. Elle avait scotché aux murs du salon des images de chats découpées dans des magazines. Des plantes mortes s'alignaient sur tous les rebords de fenêtres et les murs étaient tachés d'humidité. Le papier peint était affreusement laid, il régnait une forte odeur de moisi et un énorme lustre en plastique couvert de crasse et de poussière mangeait tout l'espace dans la salle de bains miniature.

— Tu vois le tableau, fiston ?

Quand il avait vu Barney passer devant chez lui en direction de Brocket Lane, Bert avait interrompu sa pantagruélique collation pour lui courir après.

— Je t'avais prévenu que c'était dans un sale état. C'est même carrément pourri, ajouta-t-il en soulevant du bout du pied un coin du tapis du salon. Maintenant que tu as vu comment c'est, à toi de décider…

Mais Barney avait les yeux brillants. Si le cottage sentait le moisi, c'était parce qu'il n'avait pas été chauffé depuis décembre. Une fois débarrassé des vieilleries entassées par Rose, on pouvait en faire quelque chose de très bien. Au cours de ses longs séjours à l'hôpital, Barney avait regardé assez d'émissions de décoration à la télévision pour savoir qu'il suffisait de quelques pots de peinture et d'une perceuse électrique pour faire des miracles. Il faudrait retirer les tapis, poncer le parquet, poser de nouveaux rideaux…

Il n'avait jamais posé de rideaux de sa vie, mais Mel saurait sûrement.

Mel et Freddie…

— Je le prends, déclara-t-il.

— J'appelle Bobby, alors ?

— Oui.

Barney s'était plus ou moins attendu à l'accompagner à la cabine téléphonique du village, mais Bert eut tôt fait d'exhiber un téléphone mobile flambant neuf sur lequel il composa le numéro de Bobby à Dubaï. Quelques secondes plus tard, il le saluait avec autant d'aisance que s'il l'avait croisé au pub.

En quelques minutes, l'affaire fut conclue. Pour trente livres par semaine, Barney devenait le nouvel occupant de Brock Cottage.

— Merci, merci beaucoup, bredouilla-t-il quand Bert lui passa le portable.

— Il n'y a pas de quoi, dit Bobby Timpson. Ça m'évitera d'avoir à nettoyer tout ça quand je reviendrai.

— Je vais refaire toute la décoration, lui assura Barney avec ferveur.

— N'en faites pas trop quand même. Il faudra refaire l'électricité avant de le mettre en vente, alors ne vous embêtez pas à poser du papier peint.

— Seulement de la peinture, répondit gaiement Barney. La prochaine fois que vous la verrez, vous ne reconnaîtrez pas la maison.

— Vous remettrez l'argent du loyer à Bert chaque semaine. Il le gardera pour moi. Et si vous oubliez de payer, les fils de Bert se chargeront de vous frotter les oreilles !

Bobby avait dit ça sur le ton de la plaisanterie, mais l'avertissement était bien réel.

— Je vous promets qu'il n'y aura pas de problème, fit Barney avec conviction. Vous ne pouvez pas savoir ce que ça représente pour moi. Soyez certain que je ne trahirai pas votre confiance.

24

Le *Lettonie* était fabuleux. Tara, qui se sentait également fabuleuse, contempla le hall d'entrée richement décoré avec un frisson d'extase. *Colworth Manor* était tout aussi somptueux, mais, là-bas, elle n'était qu'une femme de chambre et on ne s'adressait à elle que pour aller chercher des serviettes de toilette ou nettoyer la cheminée.

Captant son reflet dans l'un des immenses miroirs, elle s'appliqua à gommer son sourire béat et savoura son statut de cliente anonyme. Le maître d'hôtel qui les conduisit dans le salon où ils dégusteraient un cocktail avant d'accéder à la salle à manger l'avait appelée « Madame ».

« Il est vrai que je suis absolument éblouissante, ce soir, songea-t-elle. Et le couple que je forme avec Dominic l'est tout autant. Les gens doivent nous prendre pour l'un de ces couples fortunés, habitués à ne fréquenter que les meilleurs restaurants. J'ai vraiment eu raison de me tirer les cheveux en arrière, ça fait très chic ! »

— J'adore cet endroit, chuchota-t-elle, tout excitée, tandis qu'ils consultaient la carte en savourant un cocktail. Oups ! Désolée, s'excusa-t-elle en posant la main sur son ventre qui venait de produire un effroyable gargouillis.

— Tu n'as pas à t'excuser, Tara. Tu es splendide, souffla Dominic avant de lui baiser cérémonieusement la main. Toute la semaine, j'ai attendu cet instant.

Tara sentit son cœur déborder de reconnaissance. Elle aimait qu'un homme fasse preuve de galanterie. Elle était bouleversée de découvrir qu'il en existait au moins un sur terre capable de l'inviter dans un restaurant huppé et de lui faire les yeux doux en lui débitant d'adorables compliments.

Prise d'une impulsion, elle se pencha et l'embrassa – brièvement, mais très tendrement, sur la joue. Ce n'était peut-être pas un comportement digne d'un couple chic et fortuné (manifester ses sentiments en public ! Mon Dieu, quelle horreur !), mais c'était le cadet de ses soucis.

Et cela n'eut pas l'air de déplaire à Dominic.

— Tu n'imagines pas le prix que j'accorde à ce baiser, murmura-t-il en approchant ses lèvres tout près de celles de Tara. On devrait te tatouer la lettre X sur le front, Tara ! Tu es tellement... *Merde !*

— Merci beaucoup ! s'esclaffa-t-elle.

Mais Dominic ne l'écoutait déjà plus. Il s'écarta brusquement d'elle, se leva, rajusta son nœud de cravate, reposa son verre et se précipita à l'autre bout de la pièce.

Quelle mouche le piquait donc ?

Tara l'observa en se demandant s'il était en train de lui faire une blague. En l'entendant jurer, elle avait tout d'abord cru qu'il avait été saisi d'une crampe soudaine. Mais à présent, il se comportait exactement comme si elle n'avait pas été là.

Intriguée, elle chercha des yeux ce qui avait pu provoquer une telle panique. Le maître d'hôtel débarrassait de leurs manteaux un couple qui venait d'entrer. Quand la femme entre deux âges se retourna, cherchant où s'asseoir, son regard tomba sur Dominic et elle laissa échapper un petit cri ravi.

— Quelle surprise ! Je n'en crois pas mes yeux ! Gerald ! regarde qui est là !

Tara était aussi éberluée que la femme. Dominic, soudain tout sourire, traversait la salle pour les saluer, apparemment enchanté.

— Marion ! Gerald ! Comment allez-vous ? Quelle merveilleuse coïncidence, Annabel et moi parlions justement de vous, ce matin. Nous nous lamentions de ne pas avoir eu l'occasion de vous revoir depuis notre mariage.

Son mariage. Et merde ! Tara se ratatina sur son siège et attrapa un magazine sur la table basse, pour dissimuler son visage.

— Mais c'est tout à fait naturel, mon cher ! Vous êtes revenus de votre lune de miel il y a si peu de temps, roucoula Marion. Votre mariage était splendide, vraiment. Très beau, très émouvant... J'ai versé des litres de larmes, n'est-ce pas, Gerald ?

« Tu n'as pas été la seule », pensa Tara.

— Nous comptons sur vous pour dîner prochainement à la maison, annonça Gerald d'un ton jovial. Vous nous raconterez comment vous vous accommodez de la vie de jeunes mariés.

— Nous célébrons ce soir notre vingt-deuxième anniversaire de mariage, enchaîna Marion. Et vous, que faites-vous ici, Dominic ?

Tara sentit le regard de la femme glisser sur elle et se concentra puissamment sur le magazine qu'elle tenait devant elle.

— Rendez-vous d'affaires, mentit Dominic avec aplomb. J'ai dîné avec deux clients. Ils viennent tout juste de partir. Ils devaient regagner Taunton, quant à moi, j'attends le taxi qui doit me ramener à la maison.

Tara sentit ses orteils se recroqueviller dans ses escarpins. La vue brouillée par les larmes, elle entendit Dominic complimenter Marion et Gerald sur leur tenue, leur assurer qu'il était ravi de les avoir rencontrés et se répandre en commentaires dithyrambiques sur les joies du mariage. Il finit par déclarer que son taxi avait dû arriver, prit congé d'eux et se dirigea vers la sortie.

Tara se retrouva devant son verre vide, l'estomac dans le même état, et certaine que son mascara avait coulé.

Assis devant la cheminée, Marion et Gerald bavardèrent gaiement, savourèrent un cocktail et choisirent avec un soin minutieux – épouvantablement minutieux – les plats dont ils allaient se régaler.

— La pauvre petite, entendit-elle Marion chuchoter à son époux sur ce ton attendri qu'affectionnent les femmes d'âge mûr. Tu la vois là-bas, toute seule, Gerald ? Son amoureux a dû lui poser un lapin, on voit qu'elle a pleuré...

Héroïque, Tara ne réagit pas, se contentant d'imaginer les répliques cinglantes qu'elle aurait pu leur balancer. Tout en feuilletant sans les voir les pages de son magazine, elle supplia mentalement Marion et Gerald de se dépêcher de passer dans la salle à manger pour lui permettre de quitter enfin cet endroit.

Tandis qu'elle traversait le parking sombre et désert, Tara craignit un instant que Dominic n'ait effectivement filé en taxi.

Mais non, il l'avait attendue dans sa voiture. Elle le découvrit, recroquevillé sur le siège avant, tel un routier qui prend sa pause.

— On l'a échappé belle, siffla-t-il en jetant des regards furtifs autour de lui au moment où ils franchissaient le portail.

— Où va-t-on ? s'enquit Tara qui se demandait pourquoi il s'était engagé sur la route qui conduisait à l'opposé de Bath.

— Comment ça ?

— Le *Red Rose* n'est pas très loin d'ici. Il paraît que c'est très bien.

Dominic gonfla ses joues et expira bruyamment.

— Ah, non ! Excuse-moi, mon cœur, mais je n'ai pas envie de vivre le même cauchemar deux fois de suite. J'ai compris la leçon : on ne peut pas se risquer dans des endroits de ce genre.

— Tu as peur de tomber sur ta femme ? marmonna Tara.

C'était vraiment injuste. Elle n'était même pas la maîtresse de Dominic, mais elle en subissait les inconvénients. Elle avait même été obligée de régler les cocktails pour pouvoir sortir du *Lettonie*.

— Je suis aussi déçu que toi, mon ange.

Dominic lui pressa brièvement la main.

— On a vraiment eu de la chance, tu sais. Mais, pour tout te dire, cette histoire m'a coupé l'appétit...

Tara fut à deux doigts de hurler. De toute évidence, un souper fin de plus ou de moins ne représentait pas grand-chose aux yeux de Dominic. Mais son estomac à elle se souciait peu des impératifs conjugaux de ce monsieur. Tara venait de lire la carte du *Lettonie*, elle avait entendu les couverts tinter contre les assiettes et elle avait humé de délicats fumets en provenance des cuisines. Son estomac avait reçu tous les signaux indiquant qu'elle allait passer à table et il entendait que tout se passe comme prévu.

— Moi, j'ai faim. Je meurs de faim, déclara-t-elle d'une voix forte. Je veux qu'on aille manger *tout de suite*.

Elle essaya de se persuader que ce n'était pas grave que Dominic ait choisi le pub le plus immonde de toute l'Angleterre. Pas grave du tout.

Mais elle n'y parvint pas.

Le *Brown Cow* était un de ces établissements sans âme, datant des années soixante. Excepté une grappe de poivrots agglutinés au bar, l'endroit était désert.

Dominic, qui n'avait apparemment pas retrouvé l'appétit, commanda un plat auquel il ne toucha même pas. Tara s'efforça de mastiquer ses saucisses-frites, sans nul doute le plus élaboré des plats du menu du soir du *Brown Cow*. Les frites avaient été réchauffées au micro-ondes et les saucisses étaient dures comme du bois, mais elle termina vaillamment son assiette.

Elle ne savait pas si c'était à Dominic ou à elle-même qu'elle infligeait une punition.

— Je suis désolé, répéta-t-il pour la vingtième fois de la soirée.

— Mais non, tout va très bien. Le ketchup était exquis, répondit lugubrement Tara.

Elle avala une gorgée de vin blanc tiède – s'agissait-il vraiment de vin ? –, puis déclara :

— Je trouve cet endroit parfaitement assorti à ma robe.

Elle portait – est-il besoin de le dire ? – sa plus jolie robe. Un fourreau de velours frappé écarlate au décolleté plongeant, mais cependant élégant. Rien de provocant ni de vulgaire. Une robe idéale pour le *Lettonie*. Au *Brown Cow*, bizarrement, le vulgaire l'emportait. Surtout au milieu de cette clientèle de bouseux avinés.

— Je préfère mille fois être ici avec toi, que dans un quatre étoiles avec Annabel, fit Dominic en lui prenant la main.

Tara en demeura sans voix. Quelque instinct juvénile lui soufflait de rétorquer à Dominic que c'était sans doute parce qu'il avait souvent eu l'occasion de séjourner dans des quatre étoiles, alors qu'elle passait ses journées à nettoyer les toilettes d'un palace.

— J'ai tout gâché, n'est-ce pas ? reprit-il tristement. Tu ne voudras plus jamais me revoir après ça ?

Tara sentit les larmes lui picoter les yeux. Comment pouvait-il penser cela ? Ce n'était pas sa faute.

— Tu peux me le dire, insista-t-il. Vas-y, je comprends que tu m'en veuilles. Dis-le-moi, c'est tout.

— Et qu'est-ce que tu feras ensuite ? chuchota-t-elle.

— Moi ?

Le regret envahit son visage.

— Je te laisserai poursuivre ta vie sans moi, voilà tout.

Sa vie. Une existence morne et dépourvue d'homme, voilà ce que serait sa vie. Celle qu'elle menait depuis deux ans, quelques silhouettes masculines en moins.

Depuis plusieurs minutes, le silence s'était fait devant le comptoir. Les piliers de bar écoutaient-ils leur conversation ?

— Toutes ces histoires alors qu'on ne couche même pas ensemble, se lamenta Tara avec un sourire triste.

C'est vraiment trop bête. Bien sûr, que je veux toujours te voir. En ami, s'empressa-t-elle de préciser.

Les poivrots partirent d'un grand éclat de rire. L'un d'entre eux, chaussé de bottes en caoutchouc particulièrement boueuses, s'esclaffa à voix haute :

— Ouais ! Et pour le reste aussi !

25

Quand elle avait six ou sept ans, Maggie Donovan s'était endormie un soir après avoir glissé une de ses dents de lait sous son oreiller et avait rêvé de la petite souris.

Le lendemain matin, quand elle s'était réveillée, la dent se trouvait toujours à la même place.

Maggie réalisa qu'elle se sentait aussi dépitée que ce matin-là. Mais cette fois, ce n'était pas la petite souris qui avait trop de travail pour venir la voir. Et à quarante-cinq ans, elle n'avait plus le recours de lancer son nounours à travers la pièce, de trépigner de rage ou d'éclater en sanglots bruyants.

— Je suis désolé de te faire faux bond. C'est ma faute. Je croyais avoir rendez-vous avec le comptable la semaine prochaine et je viens de réaliser que c'est demain. Je ne peux vraiment pas annuler la veille...

À l'autre bout du fil, Hector lui présentait ses plus sincères excuses. Il avait fait son choix. Qu'est-ce qui comptait le plus à ses yeux : son expert-comptable dans ses luxueux bureaux de Clifton ou sa vieille maîtresse dans son cottage pouilleux de Colworth ?

— Bien sûr que tu ne peux pas annuler !

— Tu ne m'en veux pas trop ? demanda Hector, manifestement soulagé.

— Moi ? Pas du tout ! Pourquoi t'en voudrais-je ? Ça m'arrange même plutôt, j'avais tout un tas de choses à faire demain.

— On se verra une autre fois, fit Hector.
« Dis un jour », le supplia Maggie en silence. Mais il n'en fit rien.
— Je te passerai un coup de fil dans un jour ou deux, quand je saurai où j'en suis. Au fait, le réparateur s'en est sorti, l'autre fois, avec ta machine ?
— Non.
La saga de sa machine à laver rendait Maggie folle de rage.
— Cet imbécile était censé apporter la pièce de rechange aujourd'hui. Il vient de téléphoner pour m'annoncer qu'il avait la grippe.
— J'aimerais que tu me permettes de t'en offrir une autre, risqua Hector. Ça serait plus simple, tu ne crois pas ?
Ce n'était pas la première fois qu'il le lui proposait, mais Maggie n'en démordait pas.
— Non. C'est une machine à laver toute neuve. Je l'ai achetée il y a six mois et elle est toujours sous garantie. Je tiens à ce que les gens qui se sont engagés à la réparer fassent leur travail. Ce serait trop facile, autrement !
— Mais...
— C'est une question de principe, l'interrompit Maggie d'une voix ferme.
Hector gloussa.
— Écoute, quelle heure est-il ? 20 h 30. Si tu es seule, je peux passer une vingtaine de minutes.
Un prix de consolation, songea Maggie. Le problème, c'était que Tara ne lui avait pas précisé à quelle heure elle rentrait. C'était trop risqué. En temps normal, elle aurait avoué la vérité à Hector. Mais là, elle s'entendit lui répondre :
— Non, ce n'est pas une bonne idée. Je préfère être prévenue à l'avance. Je suis en train de terminer des coussins.
— Ah, bon ! Eh bien, je t'appelle, alors.
Hector était-il vexé ? Rien qu'un petit peu ? « Ça lui fera les pieds, pensa Maggie. Il avait qu'à ne pas commencer. »

— Parfait, acquiesça-t-elle d'un ton désinvolte. Au revoir.

Vers minuit, Barney dormait à poings fermés et n'entendit pas Mel se glisser hors du lit.

L'esprit en ébullition, elle s'enveloppa dans son vieux peignoir bleu pour affronter le froid de la cuisine et mit la bouilloire à chauffer.

Oserait-elle aller vivre à Colworth ?

Comme il faisait décidément trop froid dans la cuisine, elle regagna le salon une fois que le thé fut prêt. Elle se pelotonna à un bout du canapé et tâcha d'imaginer comment les choses se passeraient. Barney était tellement heureux de lui apprendre la nouvelle quand il était rentré du travail qu'elle n'avait pas eu le courage de lui gâcher sa joie. Il avait l'impression d'avoir trouvé la solution à tous ses problèmes et aurait mal pris un refus. Il aurait fallu lui expliquer...

Les yeux brillants, il lui avait décrit le cottage. Freddie l'avait interrompu pour qu'il le prenne sur ses genoux et Barney lui avait aussitôt donné satisfaction. En les voyant ainsi ensemble, Mel avait senti son cœur se serrer d'effroi. Barney croyait être amoureux d'elle. Mais comment réagirait-il en apprenant la vérité ? Il lui avait déjà parlé de Daisy MacLean à plusieurs reprises. Il était évident qu'il l'aimait beaucoup.

— Elle est veuve. Son mari est mort dans un accident de voiture l'année dernière, lui avait-il raconté d'une voix émue. Ils étaient très heureux et cet accident a mis fin à leur bonheur. Elle a dû être bouleversée. Mais elle n'en parle jamais. C'est une femme extrêmement courageuse.

Mel était aisément parvenue à détourner la conversation, cette fois-là.

Ils étaient très heureux. Tu parles !

Cette histoire de cottage l'obligerait à tout lui avouer, un jour ou l'autre. Sachant que cela risquait de tout détruire entre eux.

Mel serra sa tasse de thé pour réchauffer ses doigts gelés. Barney était un garçon à principes. L'idée qu'elle ait eu une liaison avec un homme marié risquait fort de le rebuter. Elle n'osait pas imaginer comment il réagirait s'il apprenait par-dessus le marché que l'homme marié en question n'était autre que le défunt époux de sa chère patronne.

Et Daisy ? Quelle serait sa réaction ? Elle pouvait mettre Barney à la porte.

Et puis, bien sûr, il y avait Freddie...

— Qu'est-ce que tu fais ?

Mel sursauta. Barney se tenait sur le seuil de la chambre, l'air inquiet.

— Rien, répondit-elle, malade de culpabilité. Je n'arrivais pas à dormir, c'est tout.

— Je ne peux pas dormir si tu n'es pas à côté de moi, déclara Barney. Tu crois que ça signifie que je suis amoureux ?

Son sourire fit fondre Mel.

— Tu veux une tasse de thé ?

— Non, merci. Je veux juste que tu reviennes près de moi.

Il s'approcha d'elle et la prit dans ses bras. Mel enfouit son visage au creux de son épaule.

Il fallait qu'elle lui dise.

Elle lui dirait.

Un jour.

Josh était en train de l'embrasser et Daisy se demandait comment c'était arrivé.

Ils étaient en train de regarder la télé, tâchant de faire entendre raison à la stupide ménagère qui participait à *Qui veut gagner des millions ?* et puis Josh s'était soudain tourné vers elle, avait pris son visage entre ses mains et l'avait embrassée.

Elle, Daisy. Pas la ménagère stupide de Beckenham qui ne connaissait pas la différence entre des haricots verts et des flageolets.

Il était 1 heure du matin. Daisy enregistrait *Qui veut gagner des millions ?* pour le regarder avant de se mettre au lit. L'idée de regarder une émission de ce genre avec Josh lui était apparue comme confortable et rassurante. De la même façon qu'elle avait été émue de voir son père et Josh rentrer ensemble d'une partie de golf, en milieu d'après-midi.

Josh plaisait à tout le monde. Il était drôle, généreux, bon vivant. Daisy savait que son père avait déployé beaucoup d'efforts pour qu'elle croie qu'il s'entendait bien avec Steven, mais elle n'avait jamais été dupe : Hector n'appréciait pas son gendre. Il avait cherché à le cacher pour ne pas la peiner.

La bonne nouvelle de la journée, c'est qu'elle avait oublié à quel point Josh était doué pour les baisers.

— Eh bien ! déclara-t-elle, le souffle court. Voilà une saillie à laquelle je ne m'attendais guère !

— Tu imites toujours aussi bien les vieilles dames tartignolles, commenta Josh.

— Qu'est-ce que tu peux être moqueur ! Comment aurais-je pu me douter que tu ferais ça ?

— Ce n'est pas ta faute. C'est à cause d'elle, expliqua-t-il en désignant le poste. Quand j'ai compris qu'elle allait perdre quinze mille livres, ça m'est venu, comme ça. Ne t'inquiète pas, je me maîtriserai à l'avenir. Ça ne se reproduira plus.

Daisy eut aussitôt envie que ça se reproduise.

— Pourquoi ?

— Parce qu'on a déjà essayé une fois, tu te souviens ? Et ça n'a pas marché. Je ne suis pas assez parfait pour toi. J'ai sept, peut-être huit sur dix selon toi, et tu veux un dix sur dix.

Était-ce vrai ? Était-ce *toujours* vrai ? Ou bien était-ce justement l'erreur qu'elle commettait depuis des années ?

— Il est peut-être temps de réévaluer ta note…

— Je n'ai toujours pas dix. Je n'aurai jamais dix. Et le pire, c'est que ça ne m'intéresse pas.

C'était bien ce qui lui plaisait chez Josh. Il était et avait toujours été parfaitement bien dans sa peau. Il était lui-même en toutes circonstances et n'avait rien à cacher.

— D'accord, concéda Daisy. Il est peut-être temps que je révise mes critères de sélection. Que je fasse le point sur ce que je recherche vraiment.

— Tu me fais rire avec ta quête de perfection ! Ce qu'il te faut c'est un homme, un vrai !

— Avec des verrues et tout ?

— Je n'ai pas de verrues ! protesta Josh.

— Tu as tout de même quelques petits défauts. Exemple : tu laisses toujours traîner tes sachets de thé dans l'évier.

— Tu n'es pas parfaite, toi non plus, riposta-t-il. Je suis nettement moins bordélique que toi !

Tout en parlant, il se pencha vers elle et caressa du bout du doigt le contour de ses lèvres.

Daisy sentit des éclairs de désir lui traverser le corps. Elle fronça les sourcils et remarqua :

— Tu laisses des traces de pas mouillés sur le tapis de bain quand tu sors de la douche.

— J'avoue que c'est impardonnable. Mais, quant à toi, tu n'as jamais su refermer le couvercle du bocal de café convenablement *et* tu fais des choses répugnantes avec les couteaux. Il y avait du beurre de cacahuètes dans la confiture, hier, et de la moutarde dans le beurre ce matin.

Insensiblement, Josh se rapprocha d'elle et ne s'arrêta que lorsque ses lèvres furent sur le point d'effleurer les siennes.

— Tu ronfles, souffla Daisy.

— Seulement quand je dors seul. Si quelqu'un est à côté de moi, je ne ronfle pas.

— C'est faux !

— Tu ne me crois pas ? Tu me traites de menteur ? Très bien, je vais te le prouver !

Il lui prit la main et la fit se lever, puis il donna un coup de pied dans les chaussures de Daisy qui traînaient par terre pour dégager le passage.

— Tiens ! Qu'est-ce que je disais ? Tu laisses traîner tes chaussures n'importe où.

Daisy attrapa la télécommande et éteignit le téléviseur.

— Et toi, tu laisses toujours la télé allumée.

— Encore heureux que je fasse certaines choses divinement bien, tu ne crois pas ?

L'œil malicieux, Josh lui planta un bref baiser sur les lèvres.

— Alors : ta chambre ou la mienne ?

26

Agenouillée sur les marches, Tara frottait les barres de cuivre, quand elle aperçut Barney Usher qui faisait les cent pas devant le bureau de Daisy.

Barney était adorable et les clients ne tarissaient pas d'éloges à son sujet, mais le fait de savoir qu'un des reins de Steven était greffé à l'intérieur de son corps mettait Tara mal à l'aise.

Elle le vit consulter sa montre et lança :

— Il y a un problème ?

— Il est 9 heures, répondit Barney, l'air soucieux. Je voulais parler à Daisy, mais ça ne répond pas. D'habitude, elle est là dès 8 h 30.

— Je vais monter chez elle, proposa Tara en se relevant lentement pour ménager ses genoux douloureux. Son réveil n'a peut-être pas sonné. Tu veux que je lui transmette un message ?

— C'est-à-dire que c'est assez… euh… personnel, expliqua Barney en rougissant.

— Ce genre de réponse est interdit par le règlement de l'hôtel, le taquina Tara qui adorait voir un garçon rougir.

Barney leva les mains en signe de reddition.

— Je vais louer un cottage en ville et quitter l'hôtel. Je voulais m'assurer que Daisy n'y voyait pas d'inconvénient.

— Eh ben, dis donc ! Tu as gagné à la loterie ou quoi ? s'exclama Tara, sidérée. Quel cottage ?

— Brock Cottage, au bout de Brocket Lane.

Il n'était donc pas soudain devenu millionnaire. Tara fit la grimace.

— La maison de Rose Timpson ? C'est un peu délabré, non ? La pauvre vieille était complètement toquée ! Elle se fabriquait des colliers avec des marrons et des capsules de bouteille de lait. Pourquoi veux-tu habiter là-bas, au fait ?

— Pour être avec ma copine, fit Barney, fier comme Artaban.

— Tu lui as fait visiter le cottage ?

— Je préfère le retaper d'abord. Je vais en faire un vrai petit nid.

« Il est vraiment gentil, pensa Tara. Sa copine a de la chance. »

— Bon, je vais voir ce qui est arrivé à Daisy. Je lui dirai que tu l'attends. Ne t'inquiète pas, je suis sûre qu'elle sera d'accord, ajouta-t-elle par-dessus son épaule.

Elle allait atteindre le palier, quand Barney la rappela.

— J'ai failli oublier ! Il faut aussi que tu la préviennes que Mme Penhaligon arrivera ce matin et non cet après-midi. Son chauffeur vient d'appeler pour annoncer qu'ils seraient là vers 11 heures. D'après Pam, Daisy voudrait le savoir.

— Mme Penhaligon, 11 heures. C'est noté !

Barney baissa la voix et Tara fut obligée de se pencher par-dessus la rampe pour l'entendre.

— C'est bien Paula Penhaligon ? La chanteuse ? demanda-t-il d'un ton plein de respect.

— Elle-même. C'est Hector qui va être content !

Elle avait eu l'intention de tambouriner à la porte de Daisy en criant : « Dépêche-toi ! Le prince Charles et Camilla viennent d'arriver ! », mais elle découvrit que ce ne serait pas nécessaire. La clé de Daisy était restée sur sa porte.

Elle avait dû se coucher dans un drôle d'état ! Ce qui expliquait qu'elle ait oublié de remonter son réveil... Elle allait avoir une gueule de bois de tous les diables.

Cherchant quelle bonne blague lui faire, Tara traversa le salon sur la pointe des pieds. Qu'est-ce qui serait le mieux ? Défoncer la porte de sa chambre ? Lui chatouiller la plante des pieds ? Se cacher dans son armoire et pousser des gémissements de fantôme ? Ou bien prendre de l'eau glacée dans le frigo pour la laisser tomber goutte à goutte sur sa tête ?

Ce n'était peut-être pas une bonne idée. Elle avait l'intention de demander à Daisy de la conduire à Bristol, prochainement. Un réveil trop violent ne la disposerait pas très favorablement à son égard.

Elle opta pour une approche plus subtile, ouvrit la porte avec précaution et se mit à quatre pattes. La chambre était plongée dans la pénombre, mais elle distingua les contours du corps de Daisy sur le lit.

Avançant prudemment sur le tapis, elle atteignit le pied du lit et glissa la main sous la couette. Ses doigts entrèrent en contact avec de la chair nue. Le pied de Daisy. Tout doucement, elle en caressa les orteils jusqu'à ce qu'ils se recroquevillent.

C'était trop drôle. Retenant un gloussement, Tara attendit quelques secondes, puis fit remonter sa main à la façon d'une araignée jusqu'à la cheville. Le pied remua un peu plus vigoureusement. S'amusant de plus en plus, Tara continua sa progression jusqu'au mollet et fut surprise – et même choquée – de constater à quel point Daisy était velue. Elle ne s'était pas attendue à trouver autant de poils. La jambe qu'elle touchait n'avait pas vu le rasoir depuis plusieurs mois. Bon, d'accord, certaines femmes ne prennent pas la peine de s'épiler en hiver, mais elle n'aurait jamais pensé que ça puisse être le cas de Daisy. Elle était carrément velue comme un mammouth ! Il faudrait qu'elle lui conseille de faire un effort...

Daisy se mit à remuer. Tara sursauta en voyant le haut de la couette bouger et regretta son initiative. Ce qu'elle venait de découvrir à propos de ses jambes était plutôt gênant, au fond. Bah ! Elle pourrait toujours faire comme si elle ne s'était rendu compte de rien.

Oups ! Le mouvement se précisait à la tête du lit. Résistant à l'envie de rebrousser chemin, Tara resta bravement où elle était. Elle se composa un sourire radieux, leva la tête…

Et croisa le regard d'un parfait inconnu.

— Oooh ! glapit-elle.

Toujours à genoux, elle faillit tomber à la renverse. Elle ne discernait que le contour de la tête qui venait d'émerger de sous la couette, mais il n'y avait aucun doute possible : ces cheveux – et ces épaules – n'appartenaient pas à Daisy.

Pétrifiée d'horreur, elle vit une main jaillir. L'inconnu qui se trouvait dans le lit de Daisy posa l'index sur ses lèvres, puis désigna la porte.

— Elle dort encore, chuchota-t-il. Mettez la bouilloire à chauffer, voulez-vous ? Je vous rejoins dans deux secondes.

Tara se remit gauchement sur ses pieds et murmura :

— D'accord.

— Café serré. Noir. Deux sucres, précisa l'inconnu alors qu'elle atteignait la porte.

Tara perçut son sourire quand il ajouta :

— Et je ne dirais pas non à quelques toasts…

Quand il entra dans la cuisine, deux minutes plus tard, Tara avait recouvré ses esprits.

— Mmmm ! Parfait ! déclara le propriétaire des jambes poilues après avoir goûté son café. Et deux toasts tout prêts ! Je suis impressionné. J'aurais cependant préféré de la confiture de cassis, poursuivit-il sur le ton de la conversation. Je ne raffole pas de la marmelade.

— Vous n'avez qu'à vous les préparer vous-même, monsieur Tatillon.

Perchée sur un tabouret, Tara poussa la miche de pain vers lui et entreprit de manger un toast à la marmelade.

— Avez-vous l'intention de me dire qui vous êtes ?

— Moi ? Je suis l'homme dont vous venez de chatouiller les pieds, fit-il en lui tendant la main. Mon nom est Josh. Josh... Tatillon.

Tara commençait à le trouver sympathique. Elle avala une bouchée de toast et lui serra la main.

— Où Daisy vous a-t-elle rencontré ?

— Daisy ? Ah ! C'est son prénom !

Il lui décocha un clin d'œil.

— Je plaisante. Pour répondre à votre question : ici même.

Tara écarquilla les yeux et déglutit.

— Vous voulez dire que vous êtes un *client* ?

Daisy mettait pourtant un point d'honneur à garder ses distances vis-à-vis des clients. Elle n'avait jamais dérogé à cette règle. De deux choses l'une, soit elle avait tenu la cuite du siècle, la veille, soit l'homme qu'elle avait sous les yeux était d'une race à part. Mais alors, vraiment à part. Un extraterrestre, peut-être...

— Était-elle ivre ? ne put s'empêcher de demander Tara.

— Je vous remercie. Vous avez l'art du compliment.

— Ne le prenez pas mal ! C'est seulement que vous êtes un client de l'hôtel. Or, Daisy a toujours affirmé qu'elle n'aurait jamais d'aventure avec un client. Elle trouve que ça ne serait pas professionnel.

Et puis, franchement, songea Tara, ce type n'avait rien d'un Apollon. Sans être affreux, il avait quand même le nez cassé, une tignasse poil de carotte, des poches sous les yeux et un bon millier de taches de rousseur. Bon d'accord, il avait de beaux yeux, s'empressa-t-elle de corriger mentalement. Verts et intelligents. Et puis il avait aussi un joli sourire. Mais il avait au moins deux dents mal plantées et ses oreilles étaient vraiment grandes. De plus, sa chemise bleue et son pantalon noir étaient froissés ; mais c'était sans doute parce qu'ils avaient passé la nuit roulés en boule au pied du lit de Daisy. Quand il l'avait abordée, la veille, il devait paraître un peu plus élégant.

— C'est surtout ma personnalité qui séduit les femmes, lui expliqua Josh à qui son inspection critique n'avait pas échappé. Que voulez-vous ? On ne peut pas tous ressembler à James Bond !

— Je ne pensais rien de tel ! se défendit Tara.

— Oh que si !

Il attrapa le pot de confiture de cassis et en étala tranquillement une cuillerée sur son toast.

— Les apparences ne sont pas tout dans la vie, ma chère Tara. Je m'en tire très bien, vous savez. Quant à Daisy, je peux vous assurer qu'elle n'était absolument pas ivre, hier soir. Elle a tout simplement été séduite par mon esprit, mon charme et, comme je l'ai déjà dit, ma personnalité hors du commun.

— Comment savez-vous que je m'appelle Tara ?

— Pardon ?

Feignant la surprise, Josh porta son toast à sa bouche.

— Oh ! c'est un don que j'ai ! Il suffit que je parle à quelqu'un cinq minutes pour que je devine son prénom. C'est un truc qui plaît beaucoup aux filles. C'est d'ailleurs ainsi que j'ai séduit Daisy, hier soir, ajouta-t-il avec un sourire complice.

Tara haussa les sourcils.

— J'ai vraiment l'air gourde à ce point ?

L'espace d'une épouvantable seconde, elle craignit qu'il ne répondît oui. Quand on était blonde, pourvue d'une poitrine généreuse et qu'on portait un uniforme de femme de chambre, la plupart des gens supposaient que c'était le cas.

Mais Josh lui sourit.

— Ça vaut toujours le coup d'essayer, non ? Vous vous appelez Tara, vous êtes la meilleure amie de Daisy et vous travaillez à l'hôtel. Elle m'a longuement parlé de vous. J'ai deviné qui vous étiez quand j'ai surpris une femme de chambre en train de me chatouiller les pieds...

— Ça fait partie du service, vous savez, rétorqua Tara en haussant les épaules. On réveille tous les clients comme ça.

— Excellente idée. Bien plus efficace qu'un coup de téléphone. Je suis cependant surpris que Daisy ne vous ait jamais parlé de moi. On s'est connus il y a dix ans. J'étais passé la voir lundi et elle m'a proposé de rester.

Tara avait effectivement quelques métros de retard. Elle avait tellement culpabilisé d'avoir revu Dominic, qu'elle avait soigneusement évité Daisy la veille.

— C'est bien joli, tout ça, mais Daisy devrait être à son bureau, déclara Tara pour noyer le poisson.

— C'est si urgent ? Elle n'a pas beaucoup dormi cette nuit. Vous ne pensez pas qu'on pourrait lui accorder une heure de plus ?

À cet instant, la porte de la chambre s'ouvrit à la volée et Daisy apparut, les cheveux en bataille et les yeux dégoulinants de mascara. La vision de Josh et de Tara en train de prendre leur petit-déjeuner la cloua sur place.

— Il est 9 h 20 ! Pourquoi le réveil n'a pas sonné ? Et qu'est-ce que tu fais là ? lança-t-elle à Tara.

— J'étais venue te réveiller.

Un éclair de culpabilité traversa le regard de Daisy. Elle posa les yeux sur Josh.

— Et tu l'as persuadée de partager ton petit-déjeuner ! Franchement, Josh, tu aurais pu venir frapper à ma porte. Tu sais que j'ai horreur de dormir trop tard.

Tara réalisa que Daisy essayait de lui faire croire qu'elle avait dormi seule.

— Mon réveil n'a pas sonné, Josh ? Sinon, tu aurais dû l'entendre à travers la cloison, insista-t-elle en écarquillant les yeux pour qu'il perçoive le message subliminal contenu dans ses propos.

Josh se racla la gorge.

— Tara est déjà au courant, dit-il gentiment. Elle voulait te réveiller en te chatouillant les pieds, mais elle s'est trompée de pieds.

— Oh, non ! gémit Daisy. C'est trop injuste.

— Hé ! Attention à ce que tu dis. J'espère que tu n'avais pas l'intention de dissimuler notre histoire aux yeux du monde, s'indigna Josh. Je le prendrais très mal.

— Gros bêta ! Ce n'est pas du tout ce que je voulais dire, s'exclama Daisy en s'approchant de lui pour glisser affectueusement le bras autour de sa taille. Tara est ma meilleure amie. Nous n'avons pas de secrets l'une pour l'autre. Elle sait que ça fait plus d'un an que je n'ai pas de vie sexuelle. Mais j'aurais voulu le lui raconter moi-même.

Tara se sentit coupable en l'entendant mentionner le fait qu'elles n'avaient pas de secrets l'une pour l'autre. La veille au soir, elle avait été incapable de chasser Dominic de ses pensées avant de s'endormir.

— Ne t'en fais pas, tu me raconteras tout plus tard, assura-t-elle. En version intégrale, bien sûr. Je veux tous les détails croustillants !

— Pourquoi les filles ont-elles le droit de dire des trucs comme ça ? protesta Josh. Ça vous rendrait folles de rage si deux types s'avisaient de dire devant vous qu'ils vont décortiquer votre cas !

— Je sais. Mais c'est drôle. Et je te promets que je ne dirai que des choses gentilles, le rassura Daisy. Bon, je file sous la douche ! Ai-je raté quoi que ce soit d'important au rez-de-chaussée ?

Tara descendit de son tabouret. Il était temps de retourner travailler.

— Paula Penhaligon arrivera à 11 heures, commença-t-elle en comptant sur ses doigts. Je me demandais si tu avais toujours l'intention d'aller à Bristol demain parce que je voudrais t'accompagner…

— Je n'y vais malheureusement plus, s'excusa Daisy. La réunion a été annulée.

Le visage de Tara s'affaissa. Vendredi, c'était l'anniversaire de Maggie, et elle ne lui avait toujours pas acheté de cadeau.

— Bon. Tant pis.

— Mais Josh peut t'emmener ! réalisa Daisy. N'est-ce pas Josh ?

— Sans problème. Ta voiture est en panne ? demanda-t-il à Tara.

— Elle n'en a pas, corrigea Daisy.

Choqué par cette révélation, Josh s'exclama :
— Mais ce n'est pas possible ! Comment peut-on survivre ici sans voiture ?
— Je suis bien forcée : je n'ai pas le permis.
— Mais c'est de la folie ! Pourquoi ne le passes-tu pas ?
Tara soupira. Elle avait si souvent répondu à cette question.
— Je n'ai jamais appris à conduire. Pas dans les règles, en tout cas. Quand je vivais à Londres, c'était plus commode de circuler en bus ou en métro. Et quand je suis venue habiter ici, ma tante a bien essayé de m'apprendre, mais elle n'est pas pédagogue pour deux sous.
— Tu pourrais prendre des leçons avec un vrai moniteur d'auto-école, insista Josh.
— Ça coûte les yeux de la tête et mon ignoble patronne me verse un salaire de misère, expliqua Tara d'un ton morne.
Son ignoble patronne prit le temps d'avaler une gorgée de café avant de répondre :
— J'ai proposé de lui donner des leçons, mais elle s'est dégonflée.
— Mais comment tu te débrouilles, alors ? persista Josh.
Tara eut un sourire gêné. Elle se sentait aussi mal à l'aise qu'un analphabète contraint d'admettre son handicap.
— Elle demande à ceux qui ont leur permis de l'emmener. Demain, par exemple, c'est toi qui la conduiras à Bristol, résuma Daisy avant de se diriger vers la salle de bains.
— Oh ! Et Barney voudrait te voir, lança Tara, se souvenant soudain de la troisième chose qu'elle devait lui dire. Il y a du nouveau dans sa vie…

27

— Tara m'a dit que vous vouliez me parler ?

Quand elle atteignit enfin le rez-de-chaussée, Barney l'attendait toujours devant la porte de son bureau.

— J'espère que vous n'avez pas l'intention de m'annoncer que vous ne supportez plus de travailler ici ?

— Vous savez bien que je ne ferais jamais une chose pareille, s'écria-t-il.

— Alors, que se passe-t-il donc ? demanda-t-elle en attrapant la pile de messages que Brenda lui avait laissés.

— Eh bien, j'ai rencontré une fille. On se plaît beaucoup, mais elle est obligée de quitter son appartement de Bristol et on aimerait bien vivre ensemble…

— Je ne sais pas trop, fit Daisy que Tara avait plus ou moins mise au courant. Vous souhaiteriez qu'elle emménage dans votre chambre, c'est cela ? Vous ne craignez pas d'y être un peu à l'étroit ?

— Non, non ! Ce n'est pas du tout ça ! s'exclama Barney avant de réaliser qu'elle le taquinait. C'est bon, j'ai compris. Tara vous a déjà tout raconté, n'est-ce pas ?

— Disons qu'elle m'a fourni quelques indices. Je crois l'avoir entendue mentionner quelque chose comme « le cottage de Rose Timpson ».

— Alors vous êtes d'accord ? demanda Barney, visiblement soulagé. Ça ne vous dérange pas ?

— Bien sûr que non, Barney. En quoi cela pourrait-il me déranger ? Non, la seule chose qui m'inquiète, c'est que votre amie risque de trouver Brock Cottage un peu triste.

Daisy disait « triste », mais elle pensait bien pire. Elle ne put s'empêcher de s'émerveiller de l'optimisme de Barney et songea qu'au fond, elle n'avait jamais été amoureuse au point de souhaiter vivre dans une masure délabrée avec l'élu de son cœur.

— Ça n'aura plus rien de triste, une fois que je l'aurai retapé. Le frère de Bert Connelly doit venir ce soir avec une benne pour vider la maison. Et comme je ne travaille pas demain, je pourrai finir de nettoyer avec l'aide d'un des fils de Bert.

Barney ne craignait plus du tout Bert. Il avait découvert que sous son apparence rustaude, ce gros bonhomme dissimulait un cœur d'or.

— Je suis contente que vous ayez trouvé quelqu'un Barney. Je suis certaine que vous serez très heureux, tous les deux, déclara Daisy en souriant.

— Ce sera tous les trois, en fait, l'informa-t-il fièrement. Elle a un bébé. Un petit garçon adorable.

Ouh ! Une mère célibataire. Voilà qui contenterait les amateurs de ragots du village. Daisy s'apprêtait à demander comment s'appelaient la mère et l'enfant, mais la sonnerie du téléphone l'en empêcha.

C'était un Américain qui projetait d'organiser une fête en l'honneur de sa femme à l'hôtel. Une foule de détails compliqués restait à mettre au point. Daisy couvrit le combiné de sa main, fit la grimace et dit à Barney :

— Désolée, le devoir m'appelle…

— Pas de problème, il faut que je retourne travailler, moi aussi. Merci pour tout.

— Bonne chance pour le cottage, chuchota Daisy. Je viendrai voir le résultat quand vous aurez terminé.

— Avec plaisir. Vous n'en reviendrez pas, je vous le garantis.

Barney s'efforça de rester impassible, mais le spectacle de Paula Penhaligon descendant de voiture valait le détour. Il se sentit d'abord comme envoûté par son parfum. Jamais il n'avait vu de chaussures à talons aiguilles aussi élégantes. Le haut de ses jambes gainées de soie pâle était dissimulé par une jupe moulante en daim couleur miel et une vaporeuse étole blanche réchauffait son chemisier chocolat. Le carré formé par ses cheveux d'un roux flamboyant était absolument parfait, son maquillage était digne d'une star de cinéma et elle portait des lunettes de soleil.

Barney n'était pas idiot. Il savait qu'il ne devait pas lui faire remarquer que le ciel d'un gris plombé ne risquait pas de laisser passer le moindre rayon de soleil. Les célébrités portent des lunettes de soleil quel que soit le temps, pour préserver leur anonymat.

Paula Penhaligon ne risquait cependant pas de passer inaperçue. Elle n'était plus toute jeune à présent – elle devait friser la cinquantaine –, mais elle était encore merveilleusement belle.

Daisy avait été retenue au téléphone et ce fut donc à Barney qu'il revint de dire :

— Bienvenue à Colworth Manor, mademoiselle Penhaligon.

— Je vous remercie.

Paula Penhaligon agita ses doigts fuselés en direction du coffre de sa voiture.

— Si vous voulez bien vous occuper de mes... Oups !

L'étole vaporeuse venait de glisser malencontreusement de ses épaules. Vif comme l'éclair, Barney se précipita et la rattrapa avant qu'elle ne touche le sol.

— Excellents réflexes.

Paula Penhaligon releva ses lunettes de soleil et le gratifia d'un regard admiratif.

Ses yeux étaient très maquillés, mais des ecchymoses jaunissantes transparaissaient sous le fond de teint au niveau des paupières inférieures. Barney se souvint avoir lu dans la presse qu'elle était en plein divorce. Elle avait visiblement été victime d'une agression. Ou bien battue par son mari, se dit-il, choqué.

— Comment vous appelez-vous ?

— Euh… Barney. Barney Usher.

— Félicitations, Barney.

Barney cherchait quoi répondre quand Daisy surgit pour prendre la relève, il en profita pour sortir les valises du coffre. Leur nombre l'impressionna. D'un autre côté, si elle fuyait un mari violent, ses valises contenaient peut-être tous ses biens.

— Ce cher Lionel m'a recommandé votre établissement, l'entendit-il dire à Daisy. Je ne désire pas de traitement de faveur. Je suis simplement venue me reposer et recharger mes batteries. Si la presse vous pose la moindre question, je vous saurais gré de leur dire de s'adresser à mon agent.

Barney compatit au triste sort de cette femme. Elle ne tenait pas à ce que la presse apprenne que son mari la battait.

— Ne vous inquiétez pas, lui assura Daisy, si vous ne souhaitez pas de traitement de faveur, vous avez choisi l'endroit idéal. Nous sommes également infects avec tous nos clients.

28

— Vite ! Descends au rez-de-chaussée ! s'écria Tara en passant la tête dans la salle de repos du personnel.

Barney bondit aussitôt de son siège.

— Le mari de Paula Penhaligon vient de faire irruption avec un fusil à pompe. Il est à la réception et menace de faire exploser la tête de sa femme !

Barney écarquilla les yeux d'horreur.

— Quoi ?

Ahuri, il contempla Tara qui restait devant la porte, lui barrant le passage. Comment avait-elle le cœur à rire dans un moment pareil ?

Oh !

— Barney, tu es vraiment mignon ! s'esclaffa Tara, pliée en deux de rire. Tu étais prêt à voler à son secours, pas vrai ?

Il s'était fait avoir. Il serait la risée de tous quand ça se saurait.

— La prochaine fois que tu viendras m'annoncer qu'un maniaque a fait irruption dans le hall de l'hôtel, je resterai bien tranquillement assis à manger mon sandwich. Tu rigoleras peut-être un peu moins quand il te tirera dessus.

— Je sais, je sais. Mais Rocky m'a répété ce que tu lui avais raconté et je n'ai pas pu résister à l'envie de te faire une blague, expliqua-t-elle en s'essuyant les yeux. Je viens de monter dans la suite de Paula Penhaligon. Elle n'a pas été battue, gros malin !

— Si, s'entêta Barney. Je l'ai vue en plein jour. Elle avait des bleus sous les yeux et ses paupières étaient enflées.

— Mais, curieusement, elle n'avait pas une ride, termina Tara pour lui. Elle vient de se faire faire un lifting. C'est pour ça qu'elle est ici, patate. Pour récupérer.

— Un lifting ?

Barney en fut tout à la fois choqué et soulagé. Du moins cela signifiait-il que son mari ne l'avait pas frappée. Mais il trouvait bizarre de passer entre les mains d'un chirurgien pour améliorer son apparence.

— Elle fait un come-back à quarante-huit ans. Ça va lui redonner confiance en elle. Il paraît qu'elle cherche un nouveau compagnon... Son chemin va peut-être croiser celui d'un charmant jeune homme dans ton genre, lâcha-t-elle en gratifiant Barney d'un clin d'œil.

— Désolé, mais tu ne me feras plus marcher, répliqua Barney. J'espère que tu ne répéteras pas cette histoire de fusil à pompe à Daisy. Je ne voudrais pas qu'elle me prenne pour un abruti.

Tara l'observa tandis qu'il l'implorait silencieusement du regard. Il était vraiment adorable.

— Pourquoi ? Tu étais prêt à voler au secours d'une cliente pour la protéger d'un fou armé. Je suis sûre que Daisy sera très impressionnée.

— Je t'en supplie, Tara ! Ne le lui répète pas !

— C'est d'accord, concéda-t-elle, attendrie. Mais à une condition...

— Laquelle ? demanda-t-il, méfiant.

— Miam, miam ! s'exclama-t-elle en lorgnant son sandwich. Thon-mayonnaise ! C'est ce que je préfère !

Elle s'en empara et en prit une grosse bouchée.

Barney désigna les flacons de pilules anti-rejet posés sur la table.

— J'ai écrasé mes médicaments et je les ai mélangés au thon. Ils ont trop mauvais goût, autrement.

Quelle horreur ! Tara fut prise d'une violente quinte de toux et recracha le sandwich à demi mâché dans sa main.

— C'était une blague, avoua Barney avec un sourire angélique.

Hector aimait se promener sur le sentier boisé qui longeait la rivière. Les perce-neige et les crocus commençaient à sortir. Les noisetiers seraient bientôt couverts de chatons et les campanules ne tarderaient guère à apparaître. Il poussa un long soupir de satisfaction et se dit qu'il avait vraiment bien fait d'acheter cet endroit.

La sonnerie de son portable retentit dans la poche de sa veste. Une seule fois.

Il consulta l'écran et sourit. C'était un système qu'il avait mis au point avec Maggie. S'il se trouvait dans l'incapacité de la rappeler, il en restait là et Maggie comprenait. Si la voie était libre, il la rappelait.

La voie était on ne peut plus libre, aussi composa-t-il son numéro. Par sécurité, il ne l'avait pas mis en mémoire.

— Bonjour, répondit Maggie d'un ton tout à la fois harassé et soulagé. Tu ne me croiras pas si je te raconte la matinée pourrie que je viens de vivre.

— Que s'est-il passé ?

— Si tu apprends ce soir aux informations qu'une bombe a explosé chez Carver, tu sauras qui est l'auteur de l'attentat.

— Mais je t'ai déjà proposé de…

— Et je t'ai déjà répondu que je ne voulais pas d'une nouvelle machine à laver. Je suis venue à bout de ma montagne de lessive, de toute façon. J'ai tout lavé à la main. Tara ne rentre pas avant 17 heures et je me demandais ce que tu faisais de beau.

Hector hésita. Maggie avait visiblement besoin de réconfort et il aurait bien voulu la voir, mais il s'était fait une espèce de tour de reins au cours de sa partie de golf avec Josh, le matin même, et ne se sentait pas d'attaque pour une relation sexuelle. Leur arrangement étant ce qu'il était, il n'aurait pas jugé correct de passer voir Maggie sans coucher avec elle. Elle aurait pu se vexer. Une fois qu'une relation d'affaires était établie, il lui semblait normal d'en respecter les règles.

— Je suis assez pris aujourd'hui, répondit-il d'une voix contrite. Demain après-midi, si tu veux, ajouta-t-il en espérant que son dos serait remis d'ici là.

— Demain ?

La déception de Maggie ne lui échappa pas et il en fut un instant bouleversé. « Quel idiot je fais, se tança-t-il aussitôt. Je ne suis pas dans le cadre d'une relation sentimentale. » Il s'éclaircit la voix.

— Vers 14 heures ?

— Le problème, c'est qu'un couple d'Australiens doit passer dans l'après-midi pour prendre livraison de coussins. Ils ne m'ont pas donné d'heure précise. S'ils arrivent à 13 heures, ce serait parfait, mais ils peuvent aussi bien débarquer à 16 heures.

— D'accord, d'accord, répondit Hector d'un ton conciliant. Ne t'inquiète pas. En croisant bien fort les doigts ils viendront de bonne heure. Et tu me téléphones sitôt que la voie est libre.

À cet instant précis, il entendit des buissons remuer un peu plus loin.

— Il faut que je te laisse. À demain.

Il éteignit son portable et le fourra dans sa poche en moins d'une seconde. On n'était jamais trop prudent dans un petit village comme Colworth. Un seul faux pas, et c'en serait fini de leur secret.

Les buissons remuèrent encore au passage de celui qui avançait dans sa direction sur l'étroit sentier. Il entendit un cri étouffé. Un silence. Puis une voix féminine s'exclama :

— Mais dégage, saleté ! Espèce de sale *truc* !

Une fois qu'il eut dépassé le tournant, Hector découvrit une élégante rousse en train de se battre avec un buisson de ronces. Une longue branche s'était enroulée autour de sa jambe gauche et quand elle s'était penchée pour la dégager, son écharpe blanche s'était accrochée plus haut. En voyant Hector surgir au détour du sentier, elle sursauta, le dévisagea, puis laissa échapper un soupir de défaite.

— J'espère que vous n'êtes pas un paparazzo. Si vous me prenez en photo, ma carrière est fichue !

— Vous avez de la chance, lui répondit Hector avec un large sourire, je suis absolument nul en photo ! Tenez, prenez appui sur mon épaule, ajouta-t-il en se penchant pour attraper son pied retenu prisonnier. Plus vous luttez, pire c'est.

— J'ai l'impression d'être un cheval auquel on change un fer, à présent, se plaignit la femme avec bonne humeur. Aïe ! Ma cheville !

L'affaire prit un moment, mais il parvint à la libérer des ronces.

— Ouf !

Paula Penhaligon secoua la tête.

— Quand je pense que j'étais venue ici pour me reposer !

Ses chaussures étaient particulièrement peu adaptées pour une promenade dans les bois et ses collants étaient à présent en lambeaux.

— La prochaine fois, pensez à enfiler un jean et des bottes, lui conseilla Hector.

— Vous pouvez être certain qu'il n'y aura pas de prochaine fois !

— C'est une réponse de lâche, observa-t-il. Quand on tombe de cheval, la première chose qu'on fait dès qu'on s'est relevé, c'est de remonter en selle.

— Je ne crois pas que je sois faite pour la campagne. Je vous remercie de votre aide, en tout cas. Je vais retourner à l'hôtel, à présent.

— Vous ne vous serez pas aventurée bien loin, la taquina-t-il. Allez voir un peu plus loin, c'est très joli.

— Votre enthousiasme m'incite à penser que vous faites partie de ces gens qui communiquent avec la nature, répondit-elle d'un ton sec.

Elle inspecta du regard sa veste en velours côtelé usée et ses bottes de chasse en caoutchouc, puis ajouta :

— Vous êtes un client de l'hôtel ?

— En fait, non. Mais j'adore cet endroit. C'est pourquoi l'idée que vous retourniez à Londres pour raconter à vos amis à quel point la campagne est hostile m'est insupportable. Avez-vous apporté une seule paire de chaussures à talons plats pour votre séjour ?

Paula hésita. Il semblait charmant et était plutôt bel homme, mais elle ne savait toujours pas qui il était.

— Pourquoi ?

— Parce que si c'est le cas, vous feriez mieux d'aller les chercher. Je vous accompagnerais dans votre promenade et ensuite, nous pourrions prendre le thé ensemble.

Que décider ? Était-ce un habitant du village ? Pouvait-elle lui faire confiance ? Elle était plus que prête à se lier avec un client de l'hôtel sympathique, mais la question n'était pas là. Comment être sûre qu'il ne s'agissait pas d'un de ces fans qui ne vous lâchent plus d'une semelle sitôt que vous les laissez approcher un peu trop près ?

— Je vous remercie, mais je préfère rentrer.

— Comme vous voudrez. Je vous accompagne si ça ne vous dérange pas.

— Ce n'est pas nécessaire, répondit Paula.

— Je ne vous fais pas une faveur, précisa-t-il. Je projetais d'aller boire quelques verres au bar.

C'était peut-être le poivrot du village, charmant mais incapable de sérieux. Un alcoolique qui passait son temps à vagabonder à travers champs entre deux beuveries. Elle en avait connu plus d'un à l'époque où elle était actrice.

Quand ils traversèrent le petit pont de pierre, Paula demanda :

— Vous savez qui je suis ?

— En dehors du fait que vous détestez la nature, vous voulez dire ? demanda-t-il avec un sourire en coin. J'ai peut-être l'allure d'un bouseux, mais ma tête n'est pas garnie de paille, vous savez !

Quand ils atteignirent l'entrée de l'hôtel, elle avait appris qu'il était à la retraite, qu'il aimait le golf et qu'il adorait jouer du piano.

— Eh bien, c'est ici que nos routes se séparent, déclara-t-il en désignant le bar. Ravi de vous avoir connue. Si vous avez envie de me rejoindre un peu plus tard, n'hésitez pas.

Paula le gratifia de son sourire le plus professionnel. Il allait visiblement passer tout l'après-midi à écluser des bières. L'idée de le rejoindre une fois qu'il serait bien éméché lui souriait autant que de plonger la tête la première dans un buisson de ronces.

À son grand soulagement, le hall était désert quand ils avaient franchi les portes. Personne ne l'avait vue entrer en compagnie de cet hurluberlu chaussé de bottes en caoutchouc.

La porte du bureau de la direction s'ouvrit à cet instant et Daisy MacLean apparut.

— Mon Dieu ! s'exclama-t-elle à la vue des collants ensanglantés de Paula. Je ne peux vraiment pas te laisser seul cinq minutes, papa ! Qu'as-tu donc fait à notre plus importante cliente ?

À l'étage, Paula se débarrassa de son accoutrement citadin. Quand elle avait décidé de partir en promenade, un peu plus tôt, elle n'avait pas réalisé à quel point sa tenue était ridicule et inappropriée. Il faut dire qu'elle était persuadée de trouver de sages allées goudronnées tout autour de l'hôtel.

Vêtue d'un pantalon de cuir, d'un pull angora et le maquillage savamment rectifié, elle pénétra dans le bar.

Hector MacLean avait mis moins de temps qu'elle à échanger sa tenue de campagnard contre une élégante chemise à fines rayures, un pantalon noir et des chaussures sur mesure au poli impeccable. Il était assis à une table près de la fenêtre, deux tasses de café et une cafetière posées sur un plateau devant lui.

— Vous m'avez menti, déclara Paula quand il se leva pour l'accueillir.

— Non. Vous m'avez demandé si j'étais un client.

— D'accord, alors, vous m'avez dissimulé la vérité. Pourquoi ne m'avez-vous pas dit que vous étiez le propriétaire de cet hôtel ?

Hector servit le café.

— Vous alliez bien finir par l'apprendre d'une façon ou d'une autre. L'idée de faire votre connaissance incognito m'a plu. J'étais curieux de voir si je pouvais m'en tirer en ne comptant que sur ma personnalité.

Il leva les yeux et lui adressa un sourire contrit.

— Il semblerait malheureusement que ça ne soit pas le cas.

— Vous êtes injuste. Je vous avais pris pour un poivrot, mais je vous ai aussi trouvé charmant, s'empressa-t-elle d'ajouter.

— Et vous me trouvez d'autant plus charmant maintenant que vous avez découvert que je suis le propriétaire des lieux. En tout cas, suffisamment pour accepter de me rejoindre au bar, dit Hector. Je suis peut-être un poivrot invétéré, après tout. Vous ne me connaissez pas assez pour affirmer le contraire.

— Vous êtes le créateur de Tiki le teckel et ça me suffit amplement, sourit Paula. Je lisais les aventures de Tiki à mon neveu quand il était petit.

— J'aimerais savoir si vous seriez prête à faire une vraie promenade en ma compagnie, aujourd'hui ?

Après un coup d'œil à ses bottes à talons, il ajouta :

— Je suis toujours déterminé à vous initier aux beautés de la nature.

— Vous parlez sérieusement ? Savez-vous seulement combien coûtent ces bottes ? Ce sont des Ferragamos, expliqua-t-elle patiemment. Ce n'est pas conçu pour la marche.

— Entendu, conclut-il en haussant les épaules. J'abandonne.

Paula réalisa qu'elle ne voulait pas qu'il abandonne et reposa sa tasse sur la table.

— Je suis plutôt habituée au bitume et je projetais d'aller faire un peu de shopping à Bath, demain. Si vous êtes libre, votre compagnie me ferait le plus grand plaisir.

— Du shopping ? répéta Hector sans grand enthousiasme.

— Ce ne sera pas très long, je vous promets. Nous pourrions déjeuner ensemble, ajouta-t-elle d'un ton détaché.

Elle avait soudain très envie de passer une journée en compagnie de cet homme. Il avait parfaitement raison. Découvrir qui il était l'avait rendu infiniment plus attirant. La vie était ainsi faite. Et la réciproque était tout aussi vraie. Si elle avait été lingère, il ne se serait pas autant intéressé à elle.

Elle l'intéressait. De cela, elle était absolument certaine.

— Parfait, fit Hector. Un tout petit peu de shopping suivi d'un très long déjeuner, je suis partant. Qui sait ? ajouta-t-il avec un sourire malicieux. J'arriverai peut-être à vous offrir une paire de chaussures de randonnée.

29

Maggie avait voulu laver trop de linge. Résultat : le ballon d'eau chaude était vide quand elle avait décidé de se laver les cheveux. Jurant entre ses dents tout en se frottant vigoureusement le cuir chevelu, elle réalisa que la sonnerie du téléphone retentissait au rez-de-chaussée.

Elle se précipita dans l'escalier, rata une marche, descendit les deux dernières sur les fesses et se cogna violemment le coude contre le mur. La douleur lui fit l'effet d'une nuée d'aiguilles chauffées à blanc lui transperçant la chair. Elle serra les dents, se précipita jusqu'au salon et…

La sonnerie s'interrompit.

Sans desserrer les dents, Maggie souffla comme un chat en colère. Elle composa le 1471. Comme de bien entendu, le numéro du correspondant était sur liste rouge. L'appel pouvait aussi bien provenir d'Hector que de n'importe qui d'autre.

Des filets d'eau glacée ruisselant sur sa nuque, elle en était toujours à hésiter à l'appeler, quand elle entendit la serrure de la porte d'entrée cliqueter. Cinq secondes plus tard, Tara fit irruption dans la pièce.

Voilà qui réglait le problème. Impossible de téléphoner à Hector, à présent.

— Je vois qu'on se bichonne ! Tu t'es prélassée dans un bon bain chaud ? demanda Tara en découvrant sa tante en peignoir.

— Non.

Maggie fit un énorme effort pour ne pas riposter sèchement. Tara n'était pas responsable de sa journée désastreuse.

— Le réparateur n'a pas réussi à réparer la machine. J'ai vidé le ballon d'eau chaude en lavant le linge à la main. Résultat : je me suis lavé les cheveux à l'eau glacée. Puis le téléphone s'est mis à sonner. J'ai trébuché en descendant, je me suis cogné le coude et...

— Le téléphone ? C'était qui ? la coupa Tara, l'œil soudain brillant. C'était pour moi ?

— C'était personne pour personne.

— Tu as essayé de faire le...

— *Oui*. J'ai fait le 1471. Liste rouge. Mon coude va mieux, je te remercie de t'en soucier, et si tu veux savoir ce qu'il y a de bon pour le thé, c'est très simple, il n'y a rien. Si tu as faim, tu n'auras qu'à te faire une omelette ou... *hmmff !*

Submergée par le remords, Tara avait pris sa tante dans ses bras. Maggie faisait tout son possible pour le dissimuler, mais elle était déprimée. Bouleversement hormonal, décida Tara. Les premiers signes de la ménopause. Pauvre Maggie, seule à quarante-cinq ans. Normal qu'elle se sente abandonnée... Et puis, la perspective de son anniversaire n'arrangeait sûrement pas les choses.

— Est-ce que tu sais seulement que je t'aime très fort ?

Tara la serra contre elle et une mèche de cheveux mouillée se plaqua sur sa joue.

— Allez, viens t'asseoir devant la cheminée et détends-toi. Je vais te préparer une tasse de thé et, ce soir, c'est moi qui ferai la cuisine. Tu vas être pourrie-gâtée !

— Mais ce n'est pas la peine, protesta Maggie, tout émue. Je vais très bien, je t'assure.

— On ne discute pas. C'est moi qui commande. On va manger des pâtes, boire du vin et je te raconterai les derniers ragots. Il s'en passe de belles à l'hôtel, en ce moment ! On pourrait d'ailleurs aller y faire un tour après le dîner.

Oui, c'était une bonne idée ! Elle allait sécher les cheveux de Maggie, l'arranger un peu. Peut-être pourrait-elle même l'initier aux joies du maquillage... Pour l'appâter, elle ajouta d'un ton taquin :

— Et si tu es bien sage, je te présenterai le nouvel amant de Daisy !

Honteuse de son éclat, Maggie laissa docilement Tara lui appliquer mascara et rouge à lèvres. Après s'être séché les cheveux, elle enfila un chemisier lilas et un pantalon de velours marine – élégant selon ses critères *à elle* –, puis redescendit au rez-de-chaussée, irrésistiblement attirée par l'odeur de la *pasta puttanesca* et le non moins irrésistible bruit d'une bouteille qu'on débouche.

Littéralement traduit de l'italien, *puttanesca* signifiait *de la putain*. Un hasard malheureux, songea Maggie. Tara ne pouvait pas savoir à quel point c'était de circonstance.

Elle retrouva le sourire en découvrant des bougies allumées sur la table recouverte d'une jolie nappe. Tara avait même pris la peine de mettre de l'ordre dans la pièce.

— Tu es superbe ! déclara-t-elle en apportant le plat de pâtes fumantes.

— Où est passé le linge ? s'étonna Maggie en désignant les radiateurs.

— Assieds-toi et bois un verre de vin. Le linge est dans le coffre de ta voiture. On l'emporte à l'hôtel, déclara fermement Tara. Tu te crèves avec toutes ces lessives. Je t'ai déjà dit que Daisy est d'accord pour que tu utilises sa machine. Ça ne la dérange pas du tout. Pendant qu'on sera au bar, le linge tourbillonnera joyeusement dans son séchoir.

Obéissante, Maggie s'assit. Tara lui tendit un verre. Elle avait raison. Une soirée à l'hôtel lui ferait le plus grand bien.

— Allez, raconte-moi ce qui s'est passé aujourd'hui. Je n'en reviens pas que Daisy se soit enfin aperçue que les hommes existaient toujours !

Tandis que Tara lui racontait en détail son incursion matinale dans la chambre de Daisy, Maggie se délecta de sa cuisine. En guise de dessert, elle alla chercher la boîte de truffes que sa nièce lui avait offerte pour Noël.

— Je ne sais pas comment tu fais pour conserver une boîte de chocolats pendant deux mois ! s'émerveilla Tara. Moi, je suis tellement goinfre que je les descends en une seule séance.

— C'est parfois agréable de savoir attendre. On savoure d'autant plus les choses...

Maggie réalisa que ce n'était pas seulement vrai pour les chocolats. Ainsi, elle ne pouvait pas voir Hector chaque fois qu'elle souhaitait. C'était frustrant, certes, mais cela donnait plus de saveur à leurs rencontres. Ce soir, par exemple, s'il se trouvait au bar – et il y avait de fortes chances pour qu'il y soit –, un seul échange de regards complices suffirait à la faire patienter jusqu'au lendemain après-midi.

Elle frissonna de plaisir à cette perspective. Demain, elle verrait Hector. Elle en était sûre. Si ces maudits touristes australiens ne s'étaient toujours pas montrés à 14 heures, elle laisserait leurs coussins devant la porte.

— Moi, je préfère les manger, déclara Tara.

L'espace d'un instant, Maggie crut qu'elle parlait des coussins.

— Impossible de m'arrêter avant que la boîte soit vide, reprit-elle en lorgnant les truffes.

— Sers-toi. Je préfère me réserver pour une autre fois... Oh ! je suis tellement contente pour Daisy ! ajouta Maggie avec sincérité. Il était temps qu'elle recommence à s'amuser.

— Ce n'est pas la seule MacLean à s'amuser...

Tara croqua avec voracité une truffe au cappuccino et leva béatement les yeux au ciel.

— Tu ne sais pas la dernière ? poursuivit-elle. Je t'avais dit que Paula Penhaligon devait arriver aujourd'hui ? Eh bien, figure-toi qu'elle s'en donne à cœur joie avec Hector !

Maggie sentit son estomac se rétracter. Elle avait beau être passée maîtresse dans l'art de dissimuler ses sentiments quand on mentionnait Hector en sa présence, elle vivait dans la crainte perpétuelle de se trahir.

— Vraiment ? Hector est amoureux, alors ? fit-elle d'un ton détaché.

— Je dirais même qu'ils sont fous l'un de l'autre. Ils ont passé des *heures* ensemble au bar, cet après-midi. Ils ne se quittaient pas des yeux. Daisy prétend qu'elle n'a jamais vu son père ainsi. Tu pourras en juger par toi-même tout à l'heure, ils vont probablement passer la soirée au bar. Il est tellement mordu qu'il pourrait bien se mettre à lui chanter la sérénade ! Tu imagines la scène ?

Maggie n'avait pas du tout envie de s'imaginer la scène. Elle se concentrait au contraire de toutes ses forces pour chasser cette vision de son esprit.

Voilà à quoi aboutissait son arrangement avec Hector. Elle afficha un sourire de circonstance et observa d'un ton guilleret :

— La pauvre ! J'espère pour elle qu'il ne sortira pas sa cornemuse !

— Oh, zut ! s'exclama Maggie à mi-voix, cinq minutes plus tard, assez fort cependant pour que Tara l'entende.

— Qu'est-ce qui se passe ?

— Hein ? Oh, rien !

Elle secoua bravement la tête, puis grimaça et appuya la main contre sa tempe gauche.

— Il reste du paracétamol dans l'armoire à pharmacie ?

— Tu as mal à la tête ? s'inquiéta Tara.

— Migraine. Flûte ! ça ne m'était pas arrivé depuis des années. C'est sûrement le vin et les chocolats, expliqua-t-elle en se massant le front. Si je prends un antidouleur tout de suite, j'arriverai peut-être à la stopper. Sinon, je suis bonne pour plusieurs jours de supplice.

— Oh ! ma pauvre !

Tara se précipita à l'étage et fut de retour en un éclair, une boîte de comprimés à la main.

— Je ne savais pas que tu souffrais de migraines. Attends, je t'apporte un verre d'eau.

— Il faut que je m'allonge, s'excusa Maggie en se levant avec précaution. Il faut que je m'allonge dans l'obscurité. C'est le seul remède. Ma pauvre chérie, je suis désolée. Je te gâche ta soirée.

— Ne dis pas de bêtises. Ce n'est pas ta faute si tu es malade. Monte te coucher et appelle-moi si tu as besoin de quoi que ce soit.

— Mais tu n'as pas besoin de rester ici. Ça va aller.

— Il est hors de question que je te laisse seule. J'adore jouer les infirmières, de toute façon, ajouta-t-elle avec un grand sourire.

Maggie se sentait mal. Vraiment. Et monstrueusement coupable. Tara venait vérifier toutes les dix minutes comment elle allait.

Elle était en outre légèrement agacée. Comme elle avait prétendu avoir besoin de silence et d'obscurité, elle ne pouvait même pas regarder la télé, écouter la radio ou feuilleter un magazine.

Faire bonne figure dans l'intimité de son salon, c'était une chose. Mais endurer le spectacle d'Hector flirtant avec une autre, c'était au-dessus de ses forces.

30

Le lendemain matin, Maggie avait toujours les tripes nouées par l'angoisse et le linge avait repris sa place sur les radiateurs. Il était archisec. Tara n'avait pas pris la peine de l'étendre correctement et elle allait s'amuser pour le repassage.

Hector l'appela sur le coup de 11 heures.

— Ma pauvre, la plaignit-il. Tara vient de m'apprendre que tu avais été terrassée par la migraine, hier soir. Tu te sens un peu mieux ?

Maggie ferma les yeux. Il ne se doutait de rien. Comment aurait-il pu se douter de quoi que ce soit, du reste ?

— Beaucoup mieux, je te remercie.

— Tant mieux, tant mieux. Mais ne crie pas victoire trop tôt. Ménage-toi, lui conseilla-t-il d'un ton jovial.

— Je t'assure que je vais bien.

— En fait, j'appelais parce qu'il y a un contretemps pour cet après-midi.

Un contretemps. Maggie comprit parfaitement ce que signifiait ce terme. Un terme flou qui désignait une personne précise. Elle prit une profonde inspiration et répondit :

— Pas de problème, ça arrive. Les Australiens risquent de ne pas passer avant 17 heures, de toute façon. On se verra une autre fois.

— C'est ça, une autre fois, approuva Hector. Au fait, je me demandais... Si tu es à court d'argent, je peux m'arranger pour...

— Je ne suis pas à court d'argent !

Mortifiée, Maggie réalisa qu'il avait dû penser que c'était pour cette raison qu'elle l'avait appelé, la veille. Besoin d'argent ? Pas de problème, on fait venir Hector et on couche avec !

— Tu es sûre ?

— Certaine ! Il faut que je te laisse, ajouta-t-elle à mi-voix, on vient de sonner à la porte. À plus tard.

Un petit mensonge qui ne faisait que s'ajouter à tous les autres.

— Je l'aime bien, déclara Tara qui regardait Josh par la fenêtre du bureau de Daisy. Je le trouve vraiment sympa.

— Merci beaucoup. Ton approbation me va droit au cœur ! Moi aussi, je l'aime bien, figure-toi.

— Tu l'aimes bien ou tu l'aimes tout court ?

— Le fait que je couche avec Josh répond à ta question, il me semble ! Pour qui me prends-tu ? riposta Daisy.

— Je n'ai rien dit. Je trouve juste qu'il ne ressemble pas au genre de mec avec qui je m'attendais à te voir sortir, c'est tout.

— Josh est gentil et il me fait rire, expliqua Daisy. Ça me suffit amplement.

Tara ne fit aucun commentaire, mais Daisy interpréta ce silence au quart de tour : l'humour, la gentillesse, c'est bien, mais ne regrettait-elle pas secrètement qu'il ne soit pas plus beau ? Daisy avait déjà répondu mentalement à cette question. Sans hésiter, la réponse était non. Si Josh avait été beau à tomber à la renverse, il n'aurait pas été aussi gentil. Elle avait acquis assez de maturité pour apprécier cet état de fait à sa juste valeur.

— Il est tellement gentil qu'il va t'apprendre à conduire, aujourd'hui même, annonça-t-elle à Tara.

— M'apprendre à conduire ? Mais on devait aller à Bristol ! gémit Tara. Je dois acheter le cadeau d'anniversaire de Maggie.

— Vous pouvez très bien faire les deux.

— Mais je ne suis pas assurée ! Je risque d'abîmer sa voiture !

— Je lui ai donné les informations nécessaires et il a réglé le problème avec sa compagnie d'assurances.

— Vraiment ? *Vraiment ?* Mais c'est génial !

— Quand je te dis qu'il est gentil... conclut Daisy.

— Maintenant, tu relèves le pied gauche et tu appuies doucement sur la pédale de droite... Voilà... Bon, après tu passes en seconde et tu signales à gauche... C'est ça. Tu t'en sors comme une pro !

Tara était toute contente d'elle. La plupart des manœuvres qu'elle connaissait déjà étaient revenues sans effort, et l'attitude calme et encourageante de Josh lui faisait faire des progrès spectaculaires.

Contrairement à Maggie, il n'avait pas élevé la voix une seule fois. Pas même quand elle avait calé à deux reprises sur Colworth Hill.

— Qui t'a appris à conduire ? l'interrogea-t-elle, profitant d'une longue portion de route bien droite.

— J'ai appris à dix-sept ans. J'étais travaillé par des poussées hormonales, à l'époque, et j'avais vu un film qui m'avait fait une très forte impression. Ça s'appelait *Confessions d'une monitrice d'auto-école*.

— Ah, oui ! opina Tara. Un film merveilleux. Il a remporté un tas d'Oscars, si je me souviens bien ?

— Celui-là même, oui. Passe la quatrième, maintenant. Bref, j'ai appelé l'auto-école et j'ai spécifié que je souhaitais une monitrice. Blonde, de préférence, et ayant moins de trente-cinq ans. Le type au bout du fil m'a répondu : « Nous avons exactement la monitrice que vous cherchez, jeune homme. Douze leçons avec elle et vous réussirez *n'importe* quel examen haut la main. »

— Sur qui tu es tombé ? Tabatha Cash ?

— Ils m'ont refilé Eunice, répondit Josh d'un ton lugubre. Une vieille fille de soixante ans, les cheveux gris attachés en chignon. C'était la femme la plus repoussante que j'aie jamais vue, mais elle connaissait son boulot. Six semaines plus tard, j'avais mon permis en poche. Ce qui prouve que l'apparence n'est pas tout, ajouta-t-il d'un ton ironique.

Tara sentit qu'elle rougissait et se concentra sur la route. Se moquait-il d'elle ? Daisy lui avait-elle répété leur conversation ?

Au bout d'une heure de leçon, elle était capable d'effectuer un demi-tour en trois manœuvres. Pas parfaitement, mais elle était aussi fière de ses demi-tours que la mère d'un nouveau-né tout fripé.

— Tu vas apprendre très vite, lui assura Josh. Dans huit semaines maximum, tu auras ton permis.

— Tu seras encore ici, dans huit semaines ? demanda-t-elle après lui avoir repassé le volant.

Il compta sur ses doigts.

— Mars, avril, mai. Je ne commence pas mon nouveau job avant juin.

Juin. Tara fronça les sourcils.

— Et en juin, qu'est-ce qui se passera ?

— Tu plaisantes ? Tu seras libre d'aller et venir où bon te semblera, d'ici là.

— Je voulais dire, pour Daisy et toi… Ton nouveau travail est à Miami, c'est ça ? Ça ne va pas être un peu compliqué pour vous ?

— Je ne suis ici que depuis quelques jours. C'est encore un peu tôt pour se prendre la tête à ce sujet.

Réponse typiquement masculine. Réfléchir à l'avenir d'une relation sentimentale équivalait à une prise de tête.

— Peut-être. Mais tu ne viens pas de la rencontrer. Vous vous entendiez bien il y a quelques années. *Très bien*, même. Et Daisy ne couche pas avec n'importe qui. Maintenant que vous vous êtes remis ensemble, il y a des chances pour que ça dure. Ce qui me réjouit, s'empressa-t-elle d'ajouter. Mais le fait que tu doives repartir aux États-Unis me préoccupe…

— À quoi tu joues, là ? demanda Josh en riant. C'est un interrogatoire ou quoi ? Tu veux savoir si mes intentions vis-à-vis de Daisy sont honorables ?

— Arrête de te moquer de moi, rétorqua Tara, imperturbable. J'ai du mal à imaginer comment ça peut continuer entre vous si elle reste ici et que tu pars à Miami, c'est tout.

— Bon, alors écoute-moi bien. J'aime beaucoup Daisy et je n'ai pas l'intention de la faire souffrir, tu devrais déjà le savoir. J'espère que ça marchera entre elle et moi. Vraiment. Si c'est le cas, mon travail aux États-Unis ne sera pas un problème.

— Tu veux dire que tu t'arrangeras pour travailler ici ?

Josh haussa les épaules.

— Peut-être. Mais il fait quand même meilleur en Floride. Le mieux, ce serait que Daisy parte avec moi et trouve du boulot là-bas.

31

En relevant le nez de son écran d'ordinateur, Daisy eut l'œil attiré par une famille de touristes qui se promenait dans le jardin de l'hôtel. La vision des enfants en train de manger des glaces lui rappela son rêve de la veille.

Elle l'avait complètement oublié, mais il se trouva comme projeté d'un seul coup au niveau conscient. Dans son rêve, elle était assise avec Dev Tyzack sur les marches de l'hôtel. Ils parlaient... de quelque chose, probablement de rugby. Et il mangeait une glace. Il faisait chaud et cette glace lui faisait envie. Impossible d'en détacher le regard. L'instant d'après, Dev s'était interrompu au milieu d'une phrase pour lui en proposer.

— Tu en veux ?

Oh, oui, elle en voulait ! Elle s'était penchée et avait léché la glace. Dev avait souri avant de la lécher à son tour et elle avait trouvé cela merveilleusement intime. Quelques secondes plus tôt, sa langue s'était trouvée à l'endroit qu'il était en train de lécher. Un baiser par procuration, en quelque sorte.

Et puis il avait repris le fil de son propos, s'arrêtant de temps à autre pour lui tendre la glace. Ils l'avaient entièrement partagée. Cornet compris.

Et c'était tout. Le rêve n'était pas allé plus loin. Daisy eut soudain l'impression d'avoir très chaud. Elle attrapa le gobelet d'eau qui se trouvait devant elle et en avala le contenu d'un trait. Se remémorer un rêve produisait parfois des effets surprenants !

Le téléphone se mit à sonner et elle décrocha, ravie de cette diversion. Dire que Josh dormait à ses côtés quand elle avait fait ce rêve ! Partager le lit d'un homme et rêver d'un autre, cela revenait presque à le tromper. Qu'est-ce qui lui avait pris de rêver de Dev Tyzack, pour commencer ? Elle était parfaitement heureuse avec Josh.

Ces considérations l'accaparaient tellement qu'elle en avait oublié de parler. Elle s'éclaircit la voix et débita d'un ton professionnel :

— Hôtel Colworth Manor, bonjour. Daisy MacLean à l'appareil.

— Bonjour, Daisy MacLean. Je cherche justement à parler à Daisy MacLean, répondit une voix d'homme.

L'espace d'un instant, Daisy crut qu'il s'agissait de Dev Tyzack.

Pour réaliser l'instant suivant qu'il s'agissait bel et bien de Dev Tyzack.

— C'est elle-même. Que puis-je pour vous ?

— J'appelle pour mettre à jour le nombre de participants à la conférence. Il y aura huit personnes supplémentaires. Cela pose-t-il un problème ?

— Aucun, lui assura-t-elle. Resteront-ils également pour déjeuner ?

— Oui, s'ils parviennent à endurer la conférence du matin jusqu'au bout !

— C'est noté. Autre chose ?

— Non, c'est tout. À vendredi.

— Vendredi ?

— Pour la conférence, expliqua Dev.

— Ah, oui… oui, bien sûr.

— Oh, autre chose ! Comment s'est passée votre entrevue, la semaine dernière ?

Il ménagea quelques secondes de silence.

— Avec votre mari.

— Oh ! je n'y étais plus du tout !

Daisy sourit. Ainsi donc les femmes n'étaient pas les seules à se montrer curieuses.

— Ce n'était pas mon mari.

— Oui, enfin, votre ex. Vous avez eu l'air sérieusement décontenancée quand on vous a annoncé son arrivée...

— Nous n'avons jamais été mariés. Josh est un ancien camarade d'université que je n'avais pas revu depuis des années. Il a voulu me faire une blague.

— Une blague... Bon.

Dev parut sur le point d'ajouter quelque chose, mais il se contenta d'un bref : « Bon, alors, à vendredi », avant de raccrocher.

Daisy reposa lentement le combiné. La porte s'ouvrit brusquement sur Brenda, sa secrétaire.

— Ça ne t'embête pas si je prends ma pause-déjeuner maintenant ? Mais qu'est-ce qui t'arrive ? On dirait que tu viens de voir un fantôme !

— Non, non, tout va bien, lui assura Daisy.

— Tu es sûre ? insista Brenda.

Le téléphone se remit à sonner et Daisy sut immédiatement que c'était Dev qui rappelait pour dire enfin ce qu'il avait eu sur le bout de la langue.

Elle était certaine que c'était lui, mais elle ne pouvait pas lui parler devant Brenda.

— Pause-déjeuner, pas de problème ! File ! déclara-t-elle en désignant la porte tandis que le téléphone continuait de sonner.

Brenda obéit.

Ouf ! Maintenant, à Dev...

Inspire à fond. Encore une fois.

— Bonjour, hôtel Colworth Manor, Daisy MacLean à l'appareil, modula-t-elle dans le combiné pour bien montrer à Dev qu'elle ne s'attendait pas que ce soit lui.

— La vache ! Carrément classe, ta façon de répondre, s'esclaffa Tara. Bon, il faut absolument que tu m'aides, là. Ou plutôt, il faut absolument que tu te viennes en aide à toi-même. Je t'explique : je suis au centre commercial avec Josh. Il s'est mis en tête de t'offrir de la lingerie sexy – ce qui est très sympa, comme idée, en théorie – mais là, on est chez *La Senza* et il a choisi un ensemble soutien-gorge, culotte et porte-jarretelles assorti, s'il vous plaît, carrément immonde. En satin rouge flashy avec des tonnes de dentelle violette ! Même moi, je n'oserais jamais porter une horreur pareille ! Aïe ! Mais ça va pas la tête ?

Daisy perçut des chuchotements frénétiques.

— D'accord, désolée ! La vendeuse était juste derrière moi, reprit Tara à voix basse. Josh trouve que je parle trop fort. Bon, écoute, je trouve que ce truc rouge et violet n'est du tout ton style. Il y a des tas de trucs mignons ici qui te plairaient certainement beaucoup plus. J'ai essayé de convaincre Josh, mais il refuse de m'écouter. Il est persuadé qu'il te connaît mieux que moi.

— Passe-le-moi, fit Daisy.

— Elle est lourde, ta copine, grommela Josh. Je voulais juste te faire plaisir. Si je l'achète, tu le porteras, non ? plaida-t-il.

Daisy n'avait pas l'intention de prendre son parti. Heureusement que Tara avait eu la bonne idée de téléphoner. Elle savait à quoi s'en tenir quant aux cadeaux de Josh.

— C'est une charmante intention, mon trésor. Tu as la culotte et le soutien-gorge à la main ?

— Oui, répondit fièrement Josh. Et le porte-jarretelles aussi.

— Bien. Alors va les reposer là où tu les as pris et éloigne-toi du rayon. Choisis quelque chose d'autre, d'une seule couleur, pas du rouge de préférence, et ne gaspille pas ton argent pour un porte-jarretelles. Parce que je n'en ai jamais porté de ma vie.

Daisy entendit presque l'onde de choc se réverbérer le long de la ligne téléphonique.

— Mais…

— Tu te souviens des dessous que tu m'as offerts pour mon anniversaire, un jour ?

— Évidemment que je m'en souviens ! Un ensemble jaune et orange avec de la dentelle turquoise, fit Josh, très sûr de lui. Tu l'adorais. Tu le mettais tout le temps.

— Je ne l'adorais pas, expliqua patiemment Daisy. J'ai fait semblant pour ne pas te vexer. Je ne l'ai porté qu'une fois, et j'étais terrorisée à l'idée de me faire renverser par une voiture. Il était affreux, mon trésor. Soyons honnêtes, le bon goût en matière de lingerie n'est pas ton fort. Pourquoi ne laisses-tu pas Tara te conseiller ?

Les goûts de Tara étaient très discutables, mais entre deux maux...

— Tu m'avais menti, lâcha Josh, choqué.

— Pour ne pas te vexer.

— Et me vexer, aujourd'hui, tu t'en fiches ?

— Tu es un grand garçon, à présent.

— Pas du tout, répliqua-t-il. J'en pleure si tu veux savoir. Tara, passe-moi un Kleenex, Daisy est méchante avec moi. Elle me fait pleurer.

— Grâce à moi, tu n'offriras plus jamais de lingerie immettable, le consola Daisy.

— Je prendrai ce qu'il y a de moins cher, pour te punir. Une grande culotte de mémé en coton, voilà ce que tu auras, riposta Josh. C'est quoi déjà, ta taille ? Quarante-quatre ou quarante-six ?

32

Le soleil se décida à sortir des nuages au moment même où Maggie hésitait à flâner dans les rues de Bath. Elle avait terminé ses achats de mercerie. Un peu de lèche-vitrines lui changerait les idées. Elle trouverait peut-être un nouveau pull ou bien une gravure encadrée ou même un joli bijou. Rien de bien cher. Quelque chose de raisonnable, juste pour se regonfler le moral. Ça valait peut-être le coup d'essayer. Tara prétendait que le shopping était la meilleure des thérapies en cas de déprime.

Contre toute attente, la magie sembla opérer. Vers 15 heures, Maggie avait déjà fait tout plein d'achats. Une jupe en soie vert olive et un chandelier en argent chez Oxfam – six livres les deux, c'était vraiment une affaire –, un carton à chapeau victorien chez un brocanteur de Walcott Street, un nouveau jean chez Gap et un gros sac de livres de poche chez le libraire d'occasion situé derrière l'Octogone.

Avec ses sacs de mercerie en plus, elle était carrément surchargée. En apercevant son reflet dans une vitrine, Maggie fut saisie par sa ressemblance avec un baudet. Quand le soleil était apparu, elle s'était dépouillée de son gilet et de son pull et les avait noués autour de sa taille. Elle ne portait plus que son jean et un T-shirt noir à manches longues, mais elle avait toujours chaud. Sa frange collait à son front moite et elle avait les joues en feu. Autant regagner sa voiture, elle ne sentait déjà plus ses bras.

En tournant le coin de la rue, elle aperçut un Burger King. Son estomac se mit à rugir et elle se rendit compte qu'elle avait faim. Elle était même affamée, en fait. Et puis, cela faisait des mois qu'elle n'avait pas mangé de hamburger.

Grâce soit rendue au miracle du fast-food, deux minutes plus tard, Maggie se promenait sur Milsom Street en croquant à belles dents un double Rodeo Burger au bacon. Ce n'était peut-être pas de la grande cuisine, mais quand l'envie vous en prenait, rien ne pouvait égaler un Rodeo Burger.

Tante Élise, l'un des restaurants les plus chics de Bath, se trouvait un peu plus haut dans Milsom Street. C'était un de ces établissements tellement chics que leur nom ne s'étale pas en toutes lettres sur la devanture. Une petite plaque de cuivre ovale fixée sur la porte suffit à confirmer à une clientèle avisée qu'ils se trouvent bel et bien devant chez *Tante Élise*.

Maggie se demanda comment les clients réagiraient si elle essayait de discerner leurs visages à travers la vitrine de verre fumé tout en mâchant son Rodeo Burger. Ils seraient probablement horrifiés et un serveur aurait tôt fait de sortir pour la chasser.

De toute façon, elle avait trop mal aux bras pour avoir envie de traîner. Elle fit une pause pour ajuster l'anse du sac de livres plus confortablement dans sa main et estima qu'elle se trouvait à moins de cinq cents mètres de sa voiture. Encore trois ou quatre minutes de marche et son calvaire prendrait fin.

Elle allait passer devant la porte du restaurant, quand celle-ci s'ouvrit, livrant passage à Hector… Accompagné de Paula Penhaligon.

Maggie en eut le souffle coupé. Hector ne l'avait pas encore vue, mais ça n'allait pas tarder. Elle ne pouvait plus ni s'enfuir ni se cacher. La rencontre était inévitable.

Une étole en cashmere bronze artistiquement drapée sur sa robe de lainage crème, une chevelure brun roux chatoyante, des escarpins bronze à talons hauts, une montre de prix, des bijoux assortis, Paula Penhaligon était l'élégance incarnée. Hector, quant à lui, avait revêtu un costume sombre très urbain.

— Maggie ! Quelle surprise ! s'exclama-t-il. Que fais-tu ici ?

Que croyait-il donc qu'elle faisait là ? S'imaginait-il qu'elle venait déjeuner chez *Tante Élise* ? À moins que… Mon Dieu ! Quelle horreur ! La soupçonnait-il de l'épier ?

Elle resta figée sur place, s'efforçant péniblement d'avaler sa bouchée de Rodeo Burger. À quoi devait-elle ressembler avec ses sacs Oxfam, son cabas Tesco rempli de vieux bouquins et tous les autres sacs qu'elle avait accumulés au cours des deux dernières heures.

— Je fais… *gloup*, un peu de shopping.

Elle était enfin parvenue à avaler sa bouchée de hamburger. Ce qu'il en restait dépassait de l'emballage qu'elle tenait toujours dans la main gauche.

— Du shopping ? Formidable ! déclara Hector avec un peu trop d'enthousiasme. Comment va ta migraine ?

Se sentait-il coupable ? Mentir à sa femme, lui faire faux bond et se faire pincer en compagnie d'une autre pouvait générer un sentiment de culpabilité. Mais annuler un rendez-vous avec la bonne vieille voisine qui vous rendait un petit service sexuel une fois par semaine, quelle importance ?

— Ça va beaucoup mieux, marmonna Maggie.

— C'est Maggie, elle habite au village, expliqua Hector en se tournant vers Paula Penhaligon. Sa nièce est femme de chambre à l'hôtel.

Paula gratifia Maggie d'un sourire de pure forme. Ouvrir son sac à main en cuir pour y chercher ses lunettes de soleil l'intéressait manifestement beaucoup plus. Des lunettes Christian Dior, nota Maggie avec un pincement d'envie.

— Nous avons déjeuné chez *Tante Élise*, poursuivit Hector, déterminé à faire preuve d'amabilité.

— C'était bon ?

Quelle réplique pitoyable ! Mais que dire d'autre ?

— Très bon, oui, répondit Hector en frottant ses mains l'une contre l'autre comme s'il avait froid.

— On y va ? demanda Paula Penhaligon.

Hector adressa une grimace ironique à Maggie.

— On va faire du shopping...

Maggie envisagea un instant de leur conseiller d'aller faire un tour chez Oxfam, mais se ravisa aussitôt.

— Et moi, il faut que je retourne à ma voiture. Amusez-vous bien !

La main sur le bras d'Hector, Paula lui sourit avec condescendance.

— C'est promis !

Ne me souris pas comme ça, fut sur le point de rugir Maggie. Je n'ai pas toujours cette allure, tu sais. Tu m'aurais vue hier soir quand je me suis pomponnée pour aller voir Hector ! Je n'avais pas la bouche pleine de Rodeo Burger, à ce moment-là !

Elle fit glisser la poignée de son cabas jusqu'au creux de son coude pour qu'elle cesse de lui cisailler les doigts. Elle l'avait trop chargé : le tissu lâcha d'un seul coup et une avalanche de vieux livres de poche se répandit sur le trottoir.

Hector se pencha aussitôt pour l'aider à les ramasser. Paula Penhaligon, elle, s'écarta vivement, jeta un bref coup d'œil aux livres puis un autre, chargé de pitié, à Maggie.

— Ce n'est pas pour moi. Je les ai achetés pour ma voisine.

Bien que ce soit la vérité, Maggie devint cramoisie de honte.

— Elle a quatre-vingt-trois ans et elle ne sort pas souvent de chez elle. Elle adore ce genre de romans. Celui-là, je l'ai pris pour moi, ajouta-t-elle au comble du désespoir en désignant un John Grisham très défraîchi. Les thrillers, voilà ce que j'aime.

Hector l'aida à entasser les livres dans le sac Oxfam contenant la jupe vert olive et le chandelier. Après quoi, bras dessus bras dessous avec Paula, il s'éloigna en direction des magasins chics. En retournant à sa voiture, Maggie se demanda pourquoi elle avait pris la peine de leur expliquer qu'elle ne passait pas ses journées à dévorer des Barbara Cartland, ni à rêvasser sur des héros à l'œil sardonique uniquement soucieux de faire le malheur de jeunes filles virginales.

Barbara Cartland avait-elle jamais écrit un livre intitulé *Le Propriétaire de l'hôtel et sa putain* ?

Non, probablement pas.

Josh lui remit solennellement le paquet-cadeau agrémenté de ballons argentés remplis d'hélium.

— Ils sont très beaux. C'est exactement ce que je voulais.

Une fois qu'elle eut déballé le paquet et déplié le caleçon en maille thermique beige, Daisy s'exclama :

— C'est tellement romantique ! Et en taille extralarge, rien que ça !

Elle l'embrassa.

— Que d'attentions, mon chéri !

— C'est pour aller avec ton popotin extralarge, ma douce, répondit Josh en lui tapotant affectueusement le derrière. Ce qui me fait penser que je meurs de faim. Il reste des beignets ?

— Il t'a aussi acheté un vrai cadeau, chuchota Tara une fois que Josh se fut éloigné. C'est moi qui l'ai choisi. Une nuisette en soie bleu foncé avec le string assorti. Tu vas adorer.

— Mais je l'adore, moi, ce caleçon ! déclara Daisy en l'agitant sous le nez de Tara. C'est tout Josh, ça… Steven n'aurait jamais pensé à m'offrir un truc comme ça pour me faire une blague.

Tara se rendit compte que Daisy était sincère. Josh lui faisait du bien. Il la faisait rire. Il savait faire briller ses yeux.

— Vous faites un super couple, tous les deux, déclara-t-elle. Ça ne m'a pas tout de suite sauté aux yeux, mais maintenant, je m'en rends compte. Il est génial.

Elle n'avait pas tellement envie de voir sa meilleure amie s'envoler pour la Floride, mais si quelqu'un avait droit au bonheur, c'était bien Daisy.

— Il est tout, absolument *tout* ce dont j'ai besoin. Et il semblerait que papa ait également trouvé son bonheur, ajouta-t-elle en désignant la fenêtre.

Paula Penhaligon occupait le siège passager de la voiture d'Hector qui venait de se garer devant l'hôtel. Daisy se retourna pour faire face à Tara.

— Il ne reste plus que toi à caser. Que dirais-tu de George Clooney ? Ou alors Johnny Depp ? Dis-moi celui que tu veux, je m'en occupe !

Tara se sentit chanceler intérieurement. Daisy était sa meilleure amie, mais elle ne pouvait pas lui avouer la vérité.

— L'un ou l'autre, ça m'est égal. Je ne suis pas difficile, répondit-elle en feignant de bâiller.

Le seul homme qui l'intéressait s'appelait Dominic, et celui-là, personne ne pouvait le lui apporter sur un plateau.

Daisy aurait même traversé le plafond, si Tara s'était avisée de lui révéler son nom.

33

Le lendemain matin, des hommes vêtus de costumes stricts arrivèrent de bonne heure pour assister à la conférence de Dev Tyzack. Daisy les accueillit sur le perron et les conduisit jusqu'à la salle prévue à cet effet. Dev n'allait pas tarder à arriver. La première partie commençait à 9 h 30. Il y aurait une pause-café à 11 heures, le déjeuner serait servi à 13 heures au restaurant de l'hôtel, une autre pause à 15 heures et ceux qui seraient encore là à la fin de la deuxième partie pourraient aller se détendre au bar.

Daisy tenait à ce que tout se passe sans le moindre incident. Après le quasi-fiasco du mariage Croix du Calvaire, elle voulait prouver à Dev qu'elle était à la hauteur de son poste de directrice. Cette journée devait être parfaite.

Et surtout, aucun membre du personnel ne flirterait avec aucun des clients de Dev, qu'il soit mâle ou femelle. Cet hôtel était d'ores et déjà déclaré zone de non-séduction.

Excepté en ce qui concernait son père et Paula Penhaligon, rectifia-t-elle en voyant apparaître Hector dans l'escalier.

Celui-ci dansait sur les marches plus qu'il ne les descendait. Il arborait une expression d'intense satisfaction. Sa rencontre avec Paula Penhaligon avait transformé son gros nounours de père en un elfe primesautier.

— Excusez-moi, mais j'ai un petit problème.

Daisy se retourna et se trouva nez à nez avec une jeune femme qui venait d'arriver pour assister à la conférence – à en juger par sa tenue irréprochable. Elle semblait très contrariée.

— Je vous écoute, répondit aussitôt Daisy, prête à relever tous les défis.

— Je me suis fait ça en descendant de voiture…

Elle se pencha pour désigner l'échelle qui barrait son collant noir.

— C'est vraiment affreux, il s'est pris dans le fermoir de ma serviette.

— Aucun problème.

Daisy regarda autour d'elle et aperçut Barney.

— Il y a un petit magasin au village. Je vais envoyer un de nos portiers vous acheter un collant.

Et voilà le travail ! Problème numéro un résolu.

— J'en reviens, expliqua la fille en faisant la grimace. Ils n'avaient que des collants chocolat quarante deniers. L'horreur, chuchota-t-elle. Autant dire des bas de contention !

— Bon. Attendez-moi ici, je reviens dans deux minutes, lui assura Daisy.

Elle courut au premier étage, farfouilla dans les tiroirs de sa commode et exhuma finalement une boîte contenant un collant neuf. Dix deniers. Noir uni.

Redescendant précipitamment au rez-de-chaussée, elle eut le temps d'apercevoir le dos de Dev Tyzack avant qu'il disparaisse dans la salle de conférences.

— Vous me sauvez la vie, souffla la fille en lui prenant le collant d'une main et en lui glissant un billet de dix livres de l'autre. Vous êtes fantastique ! Merci beaucoup.

— C'est inutile, protesta Daisy en secouant la tête à la vue du billet.

Mais la fille la força à le garder en main.

— Si, si. J'y tiens. Je ne peux pas vous laisser m'offrir un collant. Je connais cette marque, ce n'est pas donné. Je vous en prie, acceptez. J'ai tout juste le temps de me changer.

La situation était très gênante. Mais la fille insistait vraiment et elle était pressée. Daisy garda le billet de dix livres à contrecœur en se faisant l'effet d'une revendeuse de drogue. Un billet de cinq livres aurait amplement suffi. Dix, c'était beaucoup trop. Mais lui rendre la monnaie n'aurait fait que rendre la situation encore plus embarrassante.

Et puis, au fond, cette fille avait raison. Ce collant avait coûté au moins huit livres.

Daisy ne vit pas Dev avant la première pause-café. Quand les portes de la salle s'ouvrirent, un brouhaha enthousiaste s'en déversa. Un groupe de personnes souhaitant lui poser des questions se pressait autour de Dev. Il leva les yeux et croisa le regard de Daisy qui le contemplait depuis le pas de la porte. Après avoir adressé un sourire à la fille au collant pour lui signifier qu'elle l'avait reconnue, Daisy se fraya un passage à travers la foule pour le rejoindre.

— Je tenais juste à m'assurer que tout se passe bien, lui dit-elle.

— Tout va très bien.

Ses beaux yeux sombres la détaillèrent, passant en revue le chemisier de soie orange, la jupe noire et les escarpins vernis à talons hauts. Souriant presque, il ajouta :

— Irréprochable.

Défense de flirter ! fut-elle sur le point d'aboyer, tel un adjudant. *Je* ne flirte pas et je ne veux pas que vous flirtiez avec moi.

— Très bien, alors, je vous laisse.

Soucieuse de prouver son efficacité toute professionnelle, elle tapota sa montre :

— Le déjeuner sera servi à treize heures pile.

— À ce propos, fit Dev, quand je vous ai dit qu'il y aurait huit convives supplémentaires, j'ai oublié de préciser que trois d'entre eux étaient végétariens.

Merveilleux. Tout simplement génial. *Sale type*.

— Trois ? Entendu, c'est noté, mentit Daisy en souriant comme si elle adorait qu'on la prévienne de ce genre de choses à la dernière minute.

— Non, fit Dev avec un clin d'œil. C'était juste une blague.

Daisy soupira.

— Vous avez failli m'avoir, avoua-t-elle.

— Je vous ai bien eue, plutôt.

— Bon, il faut vraiment que j'y aille, cette fois.

— Vous feriez mieux, en effet, renchérit Dev en indiquant le seuil de la salle. On dirait que quelqu'un vous attend...

C'était Josh. Il les contemplait avec un amusement non dissimulé. Quand Daisy croisa son regard, il lui envoya un baiser et lui fit signe de le rejoindre.

Dev haussa les sourcils.

— Qui est-ce ?

— Quelqu'un qui me cherche, répondit-elle.

— Non mais tu crois ça possible, toi ? Je me suis fait jeter comme une vieille chaussette ! se plaignit Josh. Ton père ne veut plus de moi. On devait faire une partie de golf ensemble, mais il m'a trouvé un remplaçant. Une femme, de surcroît, ajouta-t-il d'un ton de profond dégoût.

— Fais-toi greffer une paire de seins, suggéra Daisy.

— Tu penses que je parviendrais à le reconquérir ? demanda Josh en minaudant.

Plaquant les mains sur son torse, il se mit à roucouler d'une voix de fausset :

— Déchirrrré entrrre deux amourrrs...

— Paula Penhaligon chante mieux que toi, commenta Daisy.

— Et toi ?

— Moi aussi. N'importe qui chante mieux que toi.

— Je voulais savoir si tu te sentais également déchirée entre deux amours, expliqua Josh en désignant Dev Tyzack d'un mouvement du menton. C'est lui, n'est-ce pas ? Celui avec qui je t'ai vue flirter l'autre jour ?

— Espèce d'idiot ! répliqua Daisy. Je ne suis pas amoureuse de lui !

Son expression outrée fit rire Josh.

— Normal, puisque tu es amoureuse de moi. Tu as fait le bon choix, ajouta-t-il avec modestie.

— Tu crois ?

— Je te l'ai déjà dit : ces hommes-là lèvent toutes les filles qu'ils veulent et les plaquent dès qu'ils ont obtenu ce qui les intéressait. Il n'est pas fait pour toi. Avec moi, tu t'amuses bien et je ne te briserai jamais le cœur.

Daisy sourit. Josh ne lui apprenait rien de nouveau.

— D'accord, tu as raison. Mais mon père t'a remplacé et je dois retourner travailler. Qu'est-ce que tu vas faire ?

— Que fait un homme qui se respecte quand il se fait plaquer ? Il fonce sur le terrain de golf et se dégote un nouveau partenaire ! Tu seras libre de flirter avec Dev Tyzack, comme ça...

— Mais je n'ai pas l'intention de flirter avec... *Hmmpf !*

Josh l'interrompit d'un fougueux baiser sur la bouche, dans le plus pur style Indiana Jones.

— Le devoir m'appelle, conclut-il en lui caressant affectueusement le lobe de l'oreille. Tu vas pouvoir flirter à ta guise.

— Tu n'aurais pas dû m'embrasser en public. Je suis responsable de cet hôtel, lui rappela Daisy. Ce n'est pas professionnel.

— Ne t'inquiète pas, personne ne regardait par ici. Enfin, si, juste une personne !

Génial.

Daisy ne s'autorisa qu'une ou deux fois à jeter un bref coup d'œil dans la salle de conférences pour s'assurer que tout se déroulait suivant le planning. Mais à 17 h 30, quand tout fut terminé, Dev vint la trouver dans son bureau.

— Nous allons boire un verre au bar. Vous vous joignez à nous ?

Boire ou ne pas boire ? Daisy avait bien besoin de faire une pause, et puis, Josh avait emmené Tara prendre sa deuxième leçon de conduite.

Elle recapuchonna son stylo-plume, se leva et déclara :

— Pourquoi pas ?

Le bar était bondé. Dev lui apporta un verre de vin blanc, puis consulta sa montre.

— J'ai laissé Clarissa chez ma voisine pour la journée. Je lui ai dit que je serais de retour vers 19 heures. Elle doit se languir de moi.

— Votre voisine ? fit Daisy.

— Elle aussi, j'espère, répondit Dev en souriant. J'emmène Clarissa partout avec moi d'habitude, mais aujourd'hui, j'aurais été obligé de la laisser enfermée dans la voiture.

— Vous auriez dû m'en parler, protesta Daisy. Elle aurait pu rester avec moi au bureau et je l'aurais emmenée faire un tour à l'heure du déjeuner.

— Je ne voulais pas vous imposer cela.

— Vous ne m'auriez rien imposé du tout. Je suis pratiquement sa tante !

— Je me suis dit que vous risquiez d'être trop occupée. Avec qui parliez-vous devant la salle, tout à l'heure ?

— Josh ? C'est lui qui s'est fait passer pour mon mari, la semaine dernière. Un vieux copain de fac.

Dev eut l'air sceptique.

— Vous le présentez comme ça à tous vos amis ? Un *vieux* copain de fac ?

— On vient de se remettre ensemble.

Voilà, elle l'avait dit. Daisy se rendit compte que sa formulation n'était pas très romantique.

— Il est merveilleux, enchaîna-t-elle, les yeux brillants. Nous sommes très, *très* heureux.

« Mon Dieu ! songea-t-elle, cette fois, ça sonne comme une mauvaise réplique dans la bouche d'une mauvaise actrice. Alors que c'est la stricte vérité. »

Quelqu'un lui toucha le bras. Ravie de cette diversion, Daisy s'exclama :

— Oh, bonsoir ! Alors ? La journée s'est bien passée ?

C'était la fille au collant filé.

— Je voulais vous remercier, fit celle-ci avec un grand sourire. Vous m'avez sauvé la vie.

— Je vous ai seulement évité les bas de contention, rien de plus.

— Je me sens coupable vis-à-vis de vous. J'ai l'impression de ne pas vous avoir donné assez d'argent.

Tout en disant cela, elle sortit son portefeuille de son sac et tendit un autre billet de dix livres à Daisy.

Interloqué, Dev secoua la tête.

— De quoi s'agit-il ?

— Oh, j'ai filé mon collant en arrivant ce matin et cette jeune femme m'a revendu un des siens. Mais ça m'a perturbée toute la journée. Vous m'avez regardée d'une drôle de façon, poursuivit-elle en se tournant vers Daisy, et je me suis demandé si c'était parce que vous pensiez que dix livres ne suffisaient pas…

Dev fronça les sourcils.

— Vous lui avez revendu un de *vos* collants ? *Dix livres ?*

— Une minute, se défendit Daisy. Ce n'est pas du tout ainsi que ça s'est passé. Premièrement, c'était un collant neuf et deuxièmement, je ne voulais pas recevoir d'argent de… de…

— Jennifer, l'informa Dev.

— Jennifer, d'accord. Mais elle a insisté pour que je le prenne, reprit Daisy, et elle était tellement pressée que j'ai fini par céder. Ça m'a paru plus simple.

— *Dix livres*, répéta Dev, incrédule.

Les hommes veulent bien admettre qu'une robe, une paire de chaussures ou des sous-vêtements puissent atteindre des sommes folles, se souvint Daisy, mais ils n'ont pas la moindre idée du prix d'un collant. Steven était comme ça. Pour une raison mystérieuse, il était convaincu qu'un collant coûtait – à tout casser – soixante-dix ou quatre-vingts pence.

— Ça vous paraît peut-être exorbitant, mais c'est ce que coûte un collant de marque, de nos jours, se défendit-elle en tentant de dissimuler son irritation.

— C'est vrai ? demanda-t-il à Jennifer qui semblait gênée.

— Ma foi, je n'en sais trop rien. Je n'achète jamais de collants de marque, je n'en ai pas les moyens.

Daisy sentit la moutarde lui monter au nez. En adoptant cette attitude faussement innocente, Jennifer ne faisait que remuer le couteau dans la plaie. Elle lui avait pourtant paru angélique le matin même. Cette fille avait-elle manigancé tout cela pour la mettre dans l'embarras ?

Impossible à dire. Et en attendant, Dev la contemplait comme si des araignées lui sortaient des oreilles. Des souvenirs d'enfance humiliants l'assaillirent soudain. Comme la fois où elle avait été accusée à tort d'avoir volé une barre chocolatée chez le marchand de journaux.

Prenant visiblement le parti de Jennifer, Dev demanda d'un ton froid :

— Alors dites-moi, combien avez-vous effectivement payé ce collant ?

— Dix livres, mentit Daisy. Enfin, à peu près.

Elle savait qu'elle l'avait payé moins, mais vu la tournure prise par les événements, elle ne pouvait plus l'avouer.

— Je crois qu'on ferait mieux d'y aller, annonça-t-il abruptement. J'ai réservé une table pour 20 heures.

L'espace d'un instant, Daisy crut qu'il s'adressait à elle. Jusqu'à ce qu'elle voie Jennifer rosir de triomphe et lisser sa jupe d'un air satisfait.

— Et Clarissa ? lâcha Daisy sans réfléchir. Je croyais qu'elle se languissait de vous.

— Vous la connaissez ? s'exclama Jennifer avec enthousiasme. Cette petite chienne est un amour ! Je ne peux plus me passer d'elle !

Pardon ?

Daisy était déboussolée. Elle avait supposé jusque-là que Dev et Jennifer avaient fait connaissance le jour même. De plus, rien n'autorisait cette péronnelle à s'extasier sur *sa* Clarissa. « C'est moi qui l'ai trouvée, pensa-t-elle avec colère. Pas toi. »

— Si vous laissiez un enfant tout seul aussi longtemps, vous auriez les services sociaux sur le dos, fit-elle remarquer à Dev.

— On va passer la prendre, lui faire faire un tour et elle restera dans la voiture pendant qu'on sera au restaurant.

Qui ça ? Clarissa ou Jennifer ?

— Je vais me repoudrer le nez, annonça cette dernière, et je suis à vous.

— C'est une de vos clientes ? ne put s'empêcher de demander Daisy une fois que Jennifer se fut éclipsée.

— Non. C'est ma secrétaire.

Sa secrétaire. Elle aurait dû s'en douter. Il se trouvait juste qu'il ne lui en avait jamais parlé. Une secrétaire qu'il invitait à dîner en tête à tête. Jennifer avait beau ne pas correspondre au genre de femmes avec lesquelles il sortait d'ordinaire, il était évident qu'il couchait avec elle. Quand il n'avait rien de mieux à portée de main.

La nuit était presque complètement tombée. Josh et Tara n'allaient pas tarder à rentrer. Daisy consulta sa montre et termina son verre de vin d'un trait.

— Il faut que j'y aille, moi aussi. Bonne soirée.

Elle fut tentée d'aller chercher un billet de dix livres dans le tiroir-caisse du bar, puis se ravisa. C'était trop tard.

Elle regagna son bureau et se planta devant la fenêtre sans prendre la peine d'allumer la lumière. Dev se dirigeait vers le parking d'un pas souple et assuré, sa veste négligemment jetée sur l'épaule. En l'observant, elle se rappela pourquoi il valait mieux se tenir à distance d'hommes tels que lui.

Quelques instants plus tard, sa Mercedes pénétra dans son champ de vision. Elle s'arrêta devant l'entrée de l'hôtel, la porte s'ouvrit côté passager et Jennifer, qui attendait sur les marches, monta à l'intérieur.

Sans déchirer son collant, cette fois-ci.

« Inutile de m'encombrer l'esprit avec un type comme ça, se dit Daisy tandis que la voiture s'éloignait. Ça ne peut être qu'une source d'ennuis. »

Et puis, elle s'en fichait, de toute façon. Elle avait Josh.

34

— La maison a l'air vide, observa Josh en se garant devant le cottage de Maggie.

Tara n'en fut pas surprise. Sa tante était allée fêter son anniversaire avec des amis, à Chippenham.

— Merci beaucoup pour la leçon de conduite, dit-elle en coupant le contact.

— Tu m'as menti, remarqua Josh. Tu as prétendu que tu allais passer la soirée avec ta tante. Tu as invoqué ce prétexte pour justifier ta nervosité, mais je suis sûr que tu dois retrouver quelqu'un et que tu ne veux pas me dire qui c'est. Et si tu ne veux pas me le dire, c'est parce que tu as peur que je le répète à Daisy. J'avoue que ça aiguise ma curiosité...

— Ce que tu peux être suspicieux ! On n'est pas dans une série télé, répliqua Tara.

— Je suis persuadé qu'il y a anguille sous roche, persista Josh. Tu te sens coupable de quelque chose. Si tu as envie de te confier, vas-y, il paraît que j'ai une excellente écoute.

Tara hésita un instant. L'idée de confesser sa relation plus que confuse avec Dominic était séduisante. Certes, Josh était le copain de Daisy, mais elle sentait confusément qu'il comprendrait son histoire sans la juger. D'un autre côté, elle portait toujours son uniforme de femme de chambre et avait hâte de prendre un bain avant de retrouver Dominic.

— C'est vrai, feignit-elle d'avouer en sortant de voiture. Je dois retrouver quelqu'un. Mais si je n'en ai pas parlé à Daisy, c'est parce que je crois que ça ne débouchera sur rien de bien intéressant.

— Si tu le dis, répondit Josh en sortant à son tour pour reprendre le volant. Demain même heure ?

Ouf ! L'interrogatoire était terminé.

— Ça me va, répondit Tara. Si tu te sens prêt à remettre ça.

— Bien sûr, répliqua Josh. Comme ça, tu pourras tout me raconter en détail.

La météo avait annoncé un net refroidissement et le verglas avait succédé à plusieurs jours de brouillard. Mel enfonça ses mains gantées dans les poches de sa veste matelassée et contempla le cottage. L'air froid lui picotait déjà le nez et les oreilles. Le ciel d'un noir violacé était piqueté d'étoiles.

Allait-elle vraiment venir vivre ici ? À moins de cinq cents mètres de Colworth Manor ? Que se passerait-il quand Daisy MacLean l'apprendrait ?

Elle se trouvait également à moins de cinq cents mètres du cimetière où Steven était enterré. Comment aurait-il pris la chose, *lui* ?

Fier comme un jeune père, Barney lui fit faire le tour du cottage. Il avait ouvert les fenêtres pour que les odeurs de peinture s'évaporent. Leurs pas résonnaient dans la maison glaciale et vide, tandis que Barney discutait avec animation de ses multiples projets.

— Les tapis seront livrés demain, ainsi qu'un nouveau lit, s'empressa-t-il de la rassurer. Daisy va me donner un canapé, une table et quatre chaises dont elle n'a plus l'usage. Pam, la réceptionniste, m'a proposé des rideaux, et le frère de Bert Connelly va me dégoter un frigo pour trois fois rien.

— Comment fais-tu pour payer tout cela ? demanda Mel.

— J'ai emprunté un peu d'argent à ma mère.

— Tu lui as parlé de moi ?

Barney hésita et rougit.

— Pas encore. J'ai prétendu que je devais changer le moteur de ma voiture. Mais j'ai l'intention de la rembourser.

— Pourquoi ne lui as-tu pas avoué la vérité ?

— Tu ne connais pas ma mère. Elle m'aurait posé un milliard de questions et se serait fait un sang d'encre. C'est une vraie mère poule.

Mel vit à son expression qu'il se défilait, qu'il lui cachait quelque chose.

— Barney, tu as vingt-six ans. Si tu en avais seize, je comprendrais. Mais tu es adulte, tu as le droit de faire ce que tu veux.

— Il y a quelque chose que je ne t'ai pas dit.

Elle frissonna soudain. Tout allait trop bien. Ça ne pouvait pas durer éternellement.

— En fait, tu as seize ans, c'est ça ?

Barney sourit faiblement.

— Tu es marié ?

— Mais non ! Qu'est-ce que tu vas imaginer !

Il tira sur les manches de son sweat-shirt plein de peinture et attrapa les mains glacées de Mel. Il inspira à fond et des nuages de condensation se formèrent devant sa bouche.

— Voilà, je vais t'expliquer.

Mel ne savait plus que penser. Elle avait imaginé bien des choses, mais pas ça. Jamais. Tant de pensées se bousculaient dans sa tête qu'elle n'arrivait plus à se concentrer sur une seule.

La cicatrice située au bas du dos de Barney signifiait qu'il ne devait d'être encore en vie qu'à la mort de Steven.

— Tôt ou tard, il aurait fallu que je t'en parle, avait dit Barney. Je prends tout un tas de médicaments pour que mon organisme ne rejette pas le transplant.

Il s'était tu un instant, puis avait ajouté :

— Tu as l'air bouleversé...

Doux euphémisme.

— Accorde-moi cinq minutes.

Mel avait libéré ses mains, que Barney tenait toujours, et lui avait tourné le dos. Elle s'était accroupie sur le sol, devant Freddie endormi. Barney avait annoncé calmement :

— Je vais nettoyer mes pinceaux à l'étage.

Une fois seule, Mel avait pressé ses paumes contre ses paupières closes. Lorsque Barney avait commencé à s'expliquer, un peu plus tôt, elle était prête à tout entendre. Cet aveu lui garantissait le pardon de Barney quand, à son tour, elle lui révélerait son secret.

Tout aurait pu tellement bien se passer. Ce nouvel élément les rapprochait plus que jamais, finalement.

Mais il y avait Daisy MacLean, la veuve joyeuse.

Ce n'était pas tant sa réaction que celle de Barney que Mel craignait. Elle venait enfin de comprendre ce qui le poussait à idolâtrer cette femme. Aux yeux de Barney, c'était à Daisy qu'il devait d'être toujours en vie. La seule idée de lui nuire, de quelque façon que ce soit, l'anéantirait.

Pétrifiée de froid, Mel se releva et plia les doigts pour les désengourdir. Si elle se laissait aller à avouer son secret à Barney, elle courait le risque qu'il la jette dehors. Et elle se retrouverait à la rue.

Une peur panique s'empara d'elle. Un seul regard sur son fils endormi suffit à la convaincre qu'elle ne pouvait pas prendre un tel risque. Pas maintenant, en tout cas. Pas avant que ça ne soit absolument nécessaire.

Elle inspira un grand coup. Elle s'en tiendrait à son projet d'origine. Elle emménagerait ici avec Barney. Il ne pourrait plus la jeter à la rue, ensuite. Elle aurait des droits. Entre-temps, elle s'appliquerait à lui démontrer qu'ils étaient vraiment heureux ensemble et qu'ils avaient eu de la chance, le jour où ils s'étaient rencontrés.

Freddie s'étira, ouvrit les yeux et fourra son pouce dans sa bouche. Il se rendormit aussitôt, les joues aussi rouges que la doublure de son manteau.

— Barney.

Parvenue en haut de l'escalier, Mel l'aperçut par la porte de la salle de bains ouverte, occupé à rincer ses pinceaux dans le lavabo. Il tourna la tête vers elle, une lueur d'inquiétude voilant à peine ses beaux yeux noisette.

Il avait déjà tant fait pour elle.

— Oui ?

— Je t'aime.

Souriante, elle tendit les bras vers lui. Il eut soudain l'air aussi soulagé que si on venait de lui annoncer qu'il n'aurait pas à affronter le peloton d'exécution. Il lâcha ses pinceaux.

— Je suis désolée. Je ne voulais pas t'effrayer, reprit Mel en l'étreignant. J'avais besoin de temps pour encaisser la nouvelle. Je t'aime, c'est la seule chose qui compte. Je veux qu'on reste ensemble toute la vie.

Elle espérait que Barney se souviendrait de ça le jour où elle se déciderait à lui révéler son secret.

Il avait retrouvé le sourire à présent, l'embrassait et lui caressait les cheveux.

— Je suis en bonne santé, tu sais. Je ne vais pas mourir, promit-il.

— Tu n'as pas intérêt !

Les yeux de Mel s'embuèrent de larmes. Elle lui avait dit la vérité. Elle l'aimait. Vraiment.

La preuve ? Si elle ne l'avait pas aimé, elle ne se serait pas donné la peine de mentir.

35

Bain ? C'est fait. Coiffure ? C'est fait. Maquillage ? C'est fait. T-shirt bleu saphir et violet, pantalon blanc moulant ? C'est fait.

Impression d'ensemble : hyper bien.

Tara avait donné rendez-vous à Dominic sur le parking du *Hollybush Inn*. Elle s'apprêtait à descendre au rez-de-chaussée, enfiler son manteau et remonter la rue à toute allure, quand la sonnette de la porte d'entrée retentit. Elle s'aspergea de parfum, vérifia une dernière fois son reflet dans la glace et dévala l'escalier pour aller ouvrir.

— Dominic !

— Je peux entrer ? demanda-t-il avec un grand sourire.

— Qu'est-ce que tu fais là ? Tu devais m'attendre sur le parking du pub !

— Ne t'inquiète pas, tout va bien. Juste un petit changement de programme.

— Lequel ? chevrota-t-elle.

— Tu m'as dit au téléphone que ta tante sortait ce soir. Je ne pouvais pas laisser passer une si belle occasion de venir te chercher.

Feignant la curiosité, Dominic fit quelques pas et pénétra sans plus de façon dans le salon.

— Je mourais d'envie de savoir à quoi ressemblait l'intérieur de ce cottage.

Sa curiosité allait être comblée ! L'habituel étalage de linge humide agrémentait les radiateurs, le nécessaire de couture de Maggie était empilé sur un fauteuil et la table basse était encombrée de magazines et de tasses vides.

— C'est un peu le bazar, s'excusa-t-elle en profitant de ce que Dominic ne regardait pas pour pousser du bout du pied des miettes de gâteau sous le canapé.

— C'est confortable. Petit, mais gentil, déclara-t-il généreusement.

Quand on vivait dans une maison de huit pièces, songea Tara, tout devait vous sembler minuscule.

— Ça me plaît bien, ajouta-t-il en se tournant vers elle. Mais ce qui me plaît le plus, c'est toi.

Tara connaissait ce regard. Elle ne savait que trop bien ce qu'il annonçait.

— On ferait mieux d'y aller, proposa-t-elle en hâte.

— Rien ne presse.

— Je préférerais.

— Inutile.

Dominic s'approcha d'elle, passa deux doigts entre son pantalon et sa ceinture et l'attira contre lui.

— J'aimerais passer la soirée ici.

Évidemment. Tara savait très bien à quoi il pensait. Le fait qu'ils ne puissent pas se retrouver dans un lieu privé embêtait Dominic. Il tenait là l'occasion rêvée.

Il commença à l'embrasser. Tara ferma les yeux, résolue à se montrer ferme. Elle n'avait pas l'intention de coucher avec lui. Il était marié. Ça ne se faisait pas.

— Tu es superbe, murmura-t-il dans son cou tout en essayant de déboutonner son jean. Qu'est-ce que c'est difficile à défaire, ce truc !

— On n'a pas le droit de faire ça. Ce ne serait pas correct vis-à-vis d'Annabel. Arrête, je t'en supplie, protesta Tara, tremblante, tandis qu'il abandonnait le bouton de son jean pour laisser sa main courir lentement le long de sa colonne vertébrale. Je suis sérieuse, on ne peut pas rester ici.

— Sois gentille.

Des chaussettes et deux maillots de corps en maille thermique dégringolèrent du séchoir quand Dominic la plaqua contre le mur.

— Ce n'est pas ma faute, tu sais, souffla-t-il entre deux baisers dans le cou. Je ne serais pas ici si tu ne me faisais pas autant d'effet…

Tara sentit qu'elle devenait aussi molle qu'une nouille trop cuite. Ses genoux n'avaient plus la force de la supporter. Les principes, c'était bien gentil, mais comment s'y tenir quand on était sur le point d'être séduite, quand on se sentait pleine de désir et…

Drriing, retentit la sonnette de la porte d'entrée, faisant sursauter Dominic.

— Qui est-ce ? demanda-t-il.

— Je n'en sais rien.

La respiration haletante, Tara remit de l'ordre dans sa coiffure et tira sur son T-shirt.

— Cache-toi dans la cuisine !

— N'ouvre pas. Fais comme s'il n'y avait personne, c'est sûrement un de ces… Aïe ! Ouille ! Merde ! jura Dominic qui venait de se cogner la cheville contre le pied de la table basse.

— Maintenant, je n'ai plus le choix, remarqua Tara en levant les yeux au ciel.

Elle s'approcha de la fenêtre sur la pointe des pieds, écarta légèrement le rideau et lança un coup d'œil dehors.

— Pas de panique, c'est Elsie, la voisine. Une vieille dame.

Dominic jurait toujours entre ses dents.

— Qu'est-ce qu'elle fiche là ?

— Comment veux-tu que je le sache ?

— Débarrasse-toi d'elle, siffla-t-il tout en boitillant vers la cuisine.

Tara alla ouvrir la porte.

— Elsie ! Bonsoir ! Qu'est-ce qui t'amène ?

— Bonsoir, ma jolie. Comment ça va ? J'ai entendu un drôle de raffut, tu ne t'es pas fait mal, j'espère ?

En dépit de ses quatre-vingt-trois ans, Elsie avait toujours l'ouïe fine. S'appuyant sur sa canne, elle passa le salon au crible de ses petits yeux fureteurs.

— Tu es toute seule ? J'espérais trouver Maggie. Je lui apporte un petit cadeau pour son anniversaire.

— Elle n'est malheureusement pas là. C'est vraiment gentil à toi. Tu veux que je le lui donne de ta part ou tu préfères revenir demain ?

— Ce n'est pas seulement un cadeau d'anniversaire, confia Elsie. C'est aussi pour la remercier de tout ce qu'elle fait pour moi. Elle m'a rapporté un gros sac de livres, l'autre jour. Elle est vraiment gentille, tu sais. Des beaux livres de Barbara Cartland, pas de ces bêtises que lisent les jeunes d'aujourd'hui.

— Tu veux que je le prenne ? demanda Tara en tendant les mains vers son cabas.

— Je préfère m'en occuper moi-même. Je vais le déposer à la cuisine, sinon ça risque de tout salir.

— Non, je vais m'en charger ! lui assura Tara en essayant d'attraper le sac.

Mais Elsie fut plus rapide qu'elle et cacha le sac derrière son dos.

— Tu salirais ton beau pantalon blanc !

Tara eut un haut-le-cœur.

— Rassure-moi, tu n'as pas tué un de tes...

— Mais si, mais si ! se rengorgea Elsie tout en la repoussant avec sa canne.

Elle ouvrit la porte de la cuisine d'un coup d'épaule et y découvrit Dominic, occupé à préparer le thé.

— Je savais bien que j'avais entendu une voix d'homme ! gloussa-t-elle. C'est ton galant, Tara ?

— Elsie apporte un cadeau pour Maggie, annonça Tara en grimaçant à l'intention de Dominic dans le dos de la vieille dame.

— Un cadeau exceptionnel. Elle le mérite bien !

Elle repoussa la tasse de Dominic et posa son lourd cabas sur la table.

— Madge, annonça-t-elle en souriant à Dominic.

— Comment allez-vous, Madge ? Ravi de vous rencontrer, répondit-il en tendant la main vers la vieille patte ridée d'Elsie.

— Moi, c'est Elsie, caqueta-t-elle. Madge, c'est celle qui est là-dedans.

Elle plongea les bras dans son cabas et en sortit une poule morte.

Morte et décapitée.

Horrifié, Dominic fit un bond en arrière.

— Elle est belle, hein ? C'était ma préférée, commenta Elsie en lui caressant les plumes. Vous n'êtes pas végétarien, j'espère ? demanda-t-elle à Dominic qui était devenu blanc comme un linge.

— N-non.

— Alors quittez cet air dégoûté ! Madge avait fait son temps, et elle n'a pas souffert. Elle a même réussi à faire le tour de ma cuisine après que je lui ai coupé la tête, ajouta-t-elle en flanquant un coup de coude à Dominic.

— Elsie plaisante, s'empressa de préciser Tara.

— C'est bon, j'encaisse, grommela Dominic qui n'avait pas l'air complètement remis.

— Ça vous fera un bon dîner, dimanche, déclara Elsie, la mine gourmande. Il faut bien la farcir, c'est tout le secret. Et la faire cuire sur le dos.

— Comment peut-on faire une chose pareille ? s'exclama Dominic après le départ de la vieille dame.

— Elsie est une vraie campagnarde. Si elle élève des poules, c'est pour les manger, répondit Tara.

— Mais elle prend la peine de leur donner des noms ! C'est carrément barbare ! Franchement, je crois qu'un verre ne me ferait pas de mal.

— Il n'y a pas de quoi en faire un plat ! Ou plutôt si, mais estime-toi heureux, tu ne seras pas invité à manger Madge !

Tara dénicha une bouteille de Glenfiddich à moitié pleine dans le placard de la cuisine. La visite-surprise d'Elsie était tombée à pic. Elle avait refroidi les ardeurs de Dominic.

Elle versa deux doigts de whisky dans un verre et le lui tendit.

— Tu comptes passer la soirée à la cuisine ? s'informa-t-elle.

— Tout plutôt que de rester en présence de cet animal décapité, marmonna-t-il en quittant la pièce.

Il se laissa tomber dans l'un des fauteuils du salon et contempla la cheminée d'un air maussade, son verre à la main. Elsie n'avait pas quitté la maison depuis deux minutes que la sonnette retentit à nouveau.

— Allons bon ! Qu'est-ce que c'est cette fois ? soupira-t-il. Je te parie qu'elle revient avec la tête de Marge pour que tu en fasses un bouillon.

Persuadée qu'il ne devait pas être loin de la vérité, Tara alla ouvrir la porte et resta bouche bée.

Ce n'était pas Elsie qui se tenait sur le seuil.

— Tu avais oublié ta veste dans ma voiture, annonça Josh. Je me suis dit que tu risquais d'en avoir besoin demain matin.

— Oui, c'est vrai. Merci, tu as bien fait.

Tara prit la veste qu'il lui tendait tandis que Josh inspectait Dominic du regard. Il hocha ironiquement la tête et elle sentit son estomac faire le grand huit. Pourquoi se sentait-elle coupable vis-à-vis de Josh ? Dominic et elle ne faisaient rien de mal.

— Bon, eh bien, j'y vais, fit Josh en lui adressant un clin d'œil narquois.

— C'est ça, à plus.

Non mais quel *emmerdeur* ! râla-t-elle en refermant la porte.

— Alors, qui était-ce, cette fois ? s'informa Dominic.

— Personne. Le mec qui m'apprend à conduire. C'est le nouveau copain de Daisy, en fait, avoua Tara.

— Merde !

— C'est bon, il ne sait pas qui tu es.

— Mais qu'est-ce qui m'a pris de venir ici ?

Dominic avala son verre d'un trait et se leva.

— Allez, viens ! Comme c'est parti, Daisy en personne va finir par sonner à la porte.

36

— Psstt ! siffla Tara.

Josh venait d'apparaître à la réception, en tenue pour aller faire son jogging matinal. Il n'avait pas vu Tara, à genoux devant une console dont elle frottait les pieds. Surpris, il pivota d'un bloc.

— Oh ! salut ! Alors ? Tu as passé une bonne soirée ?

— Tu as dit quelque chose à Daisy ?

— À quel sujet ?

— Au sujet du type avec qui j'étais, hier soir ?

— Je ne sais pas avec qui tu étais, fit remarquer Josh. Tu ne nous as pas présentés, si je me souviens bien.

Tara poussa un long soupir de soulagement. Elle n'avait pas l'esprit tranquille depuis la visite impromptue de Josh. Elle avait même rêvé que le cottage était truffé de caméras cachées et que ses faits et gestes étaient retransmis en direct sur une chaîne de télé nationale.

— Fais attention à toi, dit-elle en désignant le paysage gelé. C'est une vraie patinoire, aujourd'hui. Je ne voudrais pas que tu te casses une jambe.

Tara ne mit pas longtemps à changer d'avis sur ce point.

— Alors, qu'est-ce que c'est que cette histoire entre Dominic Croix du Calvaire et toi ? lâcha Daisy d'un ton faussement innocent.

Tara sentit son estomac se nouer. Quand Daisy l'avait invitée à prendre un café chez elle, elle s'était attendue qu'elle plaisante un peu à propos de son mystérieux chevalier servant de la veille. Pas à une attaque aussi frontale. Ainsi, Daisy *savait*.

— Quelle histoire ? biaisa-t-elle.

— C'est justement ce qui m'intéresse. Il paraît qu'il était chez toi, hier soir.

— Qui ça ? Dominic ? Qui t'a dit ça ? demanda Tara d'une voix faible.

— Josh.

Le traître ! Tara lui souhaita illico de glisser sur une plaque de verglas et de se casser les deux jambes et les deux bras !

— Il ne connaît même pas Dominic !

— Il m'a décrit ton visiteur : cheveux châtain clair, taille moyenne, carrure moyenne, plutôt beau gosse.

— Cette description pourrait s'appliquer à des millions d'hommes, répliqua Tara.

— Il m'a précisé qu'il portait une grosse montre Rolex. Au poignet droit.

Boum !

— D'accord, j'avoue. C'était bien Dominic.

— Je n'en ai pas douté une seconde... Ça fait longtemps que tu le revois ?

— Trois semaines. Je t'en supplie, ne te fâche pas, ne crie pas, la supplia Tara.

— Je n'ai pas l'intention de crier, lui assura Daisy. Je veux seulement que tu m'expliques tout.

À l'idée de tout révéler à Daisy, Tara ressentit un certain soulagement.

— C'est lui qui m'a téléphoné. Il m'a suppliée pour qu'on se revoie. Il m'a dit qu'il n'avait pas pu s'empêcher de penser à moi pendant toute sa lune de miel, qu'il était toujours amoureux de moi et que son mariage était un fiasco intégral... Et il s'est déplacé de très loin rien que pour me voir !

Daisy ne comprenait que trop bien la situation. Après avoir profondément douté de son pouvoir de séduction, Tara avait dû prêter une oreille plus qu'attentive aux flatteries de Dominic.

— Et pourquoi son mariage est-il un tel fiasco ?

— Annabel refuse de coucher avec lui, expliqua Tara. Elle est frigide. Tu imagines comment il doit se sentir ?

Comme un vulgaire menteur, songea Daisy. Elle était prête à parier qu'il avait dit à Tara que sa femme ne le comprenait pas.

— Alors, tu lui rends service en couchant avec lui, c'est ça ?

— Non, non ! On se voit et on parle, c'est tout. Je te jure que je n'ai pas couché avec lui.

— Mais si l'occasion se présentait, il ne refuserait pas.

— Euh... Oui, c'est vrai. Mais je ne céderai pas.

— Pourquoi ?

— Parce qu'il est marié !

— Pourquoi reste-t-il avec Annabel, si ça marche si mal que ça entre eux ? insista Daisy.

— Il pense que ça finira peut-être par s'arranger. Mais il y croit de moins en moins. Il la quittera un jour ou l'autre. Il ne veut pas la blesser, tu comprends ? Elle est vraiment très fragile sur le plan psychologique, il a peur de sa réaction... Ils sont mariés depuis très peu de temps, elle risque de se sentir humiliée et... Ah ! te voilà, toi !

Josh venait d'entrer dans l'appartement, tout essoufflé. Il se frotta les mains et lança avec un grand sourire :

— J'espère que je ne vous dérange pas ?

— Si, répondit Daisy. Mais ce n'est pas grave.

— Espèce de Judas ! l'accusa Tara.

— Tu devrais plutôt me remercier. Ce n'est jamais bon de garder ces choses-là pour soi. C'est bien connu : quand on a une aventure avec un homme marié, mieux vaut en informer ses amis. Ils vous remettent les idées en place.

— Je n'ai pas d'aventure avec Dominic, gémit Tara. Il vient me voir et on discute, c'est tout. Je jure devant Dieu que je ne couche pas avec lui !

— Le pauvre vieux ! s'esclaffa Josh. Je ne comprends pas quel avantage il tire de ses visites...

— Il m'aime, voilà ! lâcha Tara malgré elle.

Le cœur de Daisy se serra. Elle consulta sa montre.

— J'ai une réunion. On reparlera de ça plus tard. Promets-moi que tu ne coucheras pas avec Dominic.

— Ce que tu peux être assommante ! D'accord, je te promets que je ne coucherai pas avec lui, répondit Josh à la place de Tara.

— Je ne plaisante pas. Il est marié, dit-elle d'un ton ferme en se tournant vers Tara. Ne l'oublie jamais…

Tara savait que Daisy était particulièrement chatouilleuse sur le chapitre de l'adultère. Grâce au défunt Steven Standish, elle savait ce que ressent une femme quand elle découvre que son mari la trompe.

— Je ne l'oublierai pas, promit-elle.

— Bon. Il est temps de retourner travailler.

Elle se pencha pour attraper la main de Tara et la regarda droit dans les yeux.

— Je ne peux pas t'empêcher de voir Dominic. Mais je suis ta meilleure amie et, crois-moi, tu vaux bien mieux que ça.

Tara sourit. Il y avait trop longtemps qu'elle attendait ce qu'elle était censée mériter. Daisy ne sentait-elle donc pas que c'était Dominic qu'il lui fallait ?

Josh se dépouilla de trois épaisseurs de sweat-shirts puis se dirigea vers la salle de bains.

— La leçon de 17 heures tient toujours ? Ou bien m'as-tu d'ores et déjà classé ennemi public numéro un ? demanda-t-il à Tara.

Elle n'arrivait pas à lui en vouloir. À présent qu'elle avait Josh, Daisy ne pouvait pas comprendre sa situation. Elle avait oublié à quel point on se sent seule et désespérée quand on n'a pas d'homme dans sa vie. D'ici quelques mois, elle s'envolerait pour la Floride sans plus se soucier du sort de sa meilleure amie.

Ces considérations mises à part, elle n'allait pas cracher sur une leçon de conduite gratuite. Elle signifia d'un regard à Josh qu'il était pardonné et soupira, histoire de lui faire sentir qu'il s'en tirait à bon compte.

Elle le retrouva à 17 heures, mais la leçon de conduite fut ajournée. De gros flocons de neige ne cessaient de tomber depuis 15 heures et le sol était recouvert d'une épaisse couche de neige. Les routes étaient impraticables pour un conducteur aussi inexpérimenté que Tara.

— Si ça peut te consoler, dit Josh, une fois qu'ils furent au bar, je n'ai pas non plus pu jouer au golf.

Cela ne la consola pas. S'il continuait à neiger comme ça, elle ne pourrait pas voir Dominic avant plusieurs jours.

— Je suis désolé pour ce matin, reprit Josh qui n'avait absolument pas l'air désolé. Je n'ai pas eu conscience de l'ampleur de ma gaffe. Je remarque toujours les montres que portent les gens et à quel poignet ils les portent. C'est une déformation professionnelle de joueur de golf.

— On ne va pas passer le réveillon là-dessus, riposta Tara en levant les yeux au ciel. Daisy est au courant, et puis quoi ?

— Elle se fait du souci pour toi. Elle ne voudrait pas que tu te montes le bourrichon à propos de ce type et que ça se termine par une tentative de suicide.

— Le suicide ne fait pas vraiment partie de mes projets immédiats, répliqua-t-elle en souriant.

— Tu admettras quand même que c'est un plan galère, railla Josh. Ce type ne va pas quitter sa femme pour toi.

— Je te remercie de ton pronostic.

— Ne te braque pas. Je n'ai pas dit que tu étais trop moche pour lui. On sait tous deux que tu ne l'es pas. Mais regarde un peu les choses en face. Sur le plan financier, tu ne supportes pas la comparaison. Sa femme est pleine aux as.

— Dominic ne s'intéresse pas à l'argent. Il s'en fiche complètement, répliqua Tara, les joues rouges d'indignation.

— Ça, c'est ce qu'il prétend !

— Et toi ? C'est peut-être l'argent de Daisy qui t'intéresse, à ce compte-là ? C'était ce qui intéressait Steven. Qui dit que tu n'es pas comme lui ?

— Là, tu marques un point, admit Josh. Mais tu te trompes. Évidemment, je ne peux pas le prouver. À toi de décider. Ou plutôt, à Daisy de décider.

Tara ne pensait pas une seconde que Josh puisse courir après l'argent de Daisy, mais elle n'avait pas l'intention de le reconnaître.

— Je ne te connais pas assez pour en juger. Pas plus que tu ne connais Dominic. Daisy non plus, ne le connaît pas. Rien ne vous autorise à le juger.

— On n'a pas envie que tu souffres, c'est tout, fit Josh tandis qu'elle descendait son Bacardi d'un trait.

— Vous pouvez dire ce que vous voulez. Je connais Dominic. Il n'a pas l'intention de me faire souffrir, déclara-t-elle en descendant de son tabouret. Bon, il faut que je rentre.

— Mon Dieu ! Sur une échelle de un à dix, à quel point me hais-tu, Tara ?

— Trente-huit.

Josh sourit.

— Tu mérites mieux. Les hommes mariés n'apportent que des problèmes.

— Les célibataires aussi, répliqua Tara sur un ton qu'elle aurait souhaité méprisant ; sans succès.

37

Le lendemain matin, Josh construisit un bonhomme de neige sur la pelouse de l'hôtel. Il ceignit son ample taille d'un vieux kilt que Daisy était allée chiper dans l'armoire d'Hector, lui fit amoureusement serrer une bouteille de champagne contre sa poitrine et glissa sous son autre bras une cornemuse fabriquée à l'aide d'un coussin écossais et de barreaux de chaise figurant les tuyaux.

— Ah, ça par exemple ! Quel sympathique personnage ! s'exclama Hector quand il sortit de l'hôtel.

Après un éclat de rire tonitruant, il ajouta à l'intention de Paula :

— On peut partir l'esprit tranquille, l'hôtel est entre de bonnes mains !

Emmitouflée dans un manteau de fourrure synthétique ivoire qui lui descendait jusqu'aux chevilles, Paula ajusta ses lunettes noires et jeta un coup d'œil à la voiture pour s'assurer qu'elle avait bien été dégivrée.

— J'aimerais quand même bien savoir ce qu'il porte sous son kilt, reprit Hector.

Sans répondre, Paula enfonça les mains dans ses poches. Si le moteur de la voiture tournait depuis dix minutes, il ferait bon à l'intérieur.

— J'espère que personne ne s'est avisé d'y planter une carotte, gloussa Hector. Surtout pas une petite carotte ratatinée.

— Qui est-ce supposé représenter ? s'enquit Paula.

— À qui estimes-tu qu'il ressemble ?

— À un bonhomme de neige en kilt, répondit-elle, sentant que quelque chose lui échappait.

— Mais c'est moi, malheureuse ! Moi, paré du tartan des MacLean ! Tu ne pouvais pas le deviner, bien sûr, s'empressa-t-il d'ajouter. Tu ne m'as pas encore entendu jouer de la cornemuse.

Un frisson parcourut Paula. Ses pieds étaient déjà gelés. La météo avait annoncé sept degrés en dessous de zéro.

— Les Cardew nous attendent pour midi, Hector.

Josiah Cardew et sa femme vivaient à Cheltenham. Josiah, un metteur en scène de théâtre, les avait invités à déjeuner et à passer la nuit dans sa somptueuse villa géorgienne.

— Je parie que c'est Josh qui a fait le coup, déclara Hector.

— Qui d'autre ? répondit Daisy en les rejoignant sur le perron.

— Et je suis sûr que c'est toi qui m'as volé mon kilt.

— Hector, soupira Paula.

— C'est vrai. Il faut qu'on y aille. Tu t'en sortiras ? demanda-t-il en déposant un baiser sur la joue de sa fille.

— Sans problème. Tu peux être certain que le patron nous aura à l'œil, assura-t-elle en désignant le bonhomme de neige. Du moins tant qu'il n'aura pas fondu.

À l'épicerie du village, Maggie tomba sur Barney. Tout frétillant, il lui fit un compte-rendu de l'avancée des travaux du cottage. La neige, ce dimanche matin, avait découragé les chineurs d'aller faire un tour au vide-grenier de Castle Combe et il avait fait des affaires en or.

— J'y étais dès 8 heures, expliqua-t-il joyeusement. J'ai trouvé un grille-pain pour cinquante pence, une très belle peau de mouton tannée pour une livre, un tricycle pour Freddie et des chaises de jardin pour cinq livres. J'ai tout juste le temps de finir les frises de la salle de bains avant de prendre mon service.

Il était venu à l'épicerie pour acheter du white-spirit. Maggie l'envia d'avoir tant de choses à faire. Elle n'avait pour tout projet qu'un long dimanche d'ennui. Elle était venue acheter le journal, un bouquet de sauge et puis un petit quelque chose pour se remonter le moral.

Du vin, peut-être. Ou une tablette de chocolat.

Oh, et puis zut ! Elle prendrait les deux. Voilà.

Ils sortirent ensemble de l'épicerie et remontèrent la rue enneigée. Alors qu'elle atteignait son portail, Maggie posa le pied sur une plaque de neige verglacée, dérapa et se retrouva assise sur le trottoir.

— Oh, non ! gémit-elle tandis que Barney se penchait sur elle.

— Vous vous êtes fait mal ?

— La bouteille s'est cassée.

Consternée, elle contempla le filet de valpolicella rouge sang qui s'échappait de son cabas, aussitôt absorbé par la neige. Son *Sunday Times* en était tout imbibé. Le bruit d'une voiture remontant la rue se fit entendre.

— Allez-y, proposa Barney. Appuyez-vous sur moi.

Mais le vin avait rendu la neige encore plus glissante et sa tentative pour aider Maggie à se relever demeura infructueuse. Elle réessaya en prenant appui sur les quatre membres, posture ultra-élégante s'il en fut, au moment précis où une Land Rover noire étincelante arrivait à leur niveau. La Land Rover Discovery d'Hector, réalisa-t-elle, incapable de résister à la tentation de jeter un coup d'œil à travers la vitre teintée pour apercevoir Hector au volant. Paula Penhaligon était assise à côté de lui.

Il s'arrêta et baissa sa vitre.

— Tu es blessée ?

— Non, ça va.

Maggie s'agrippa des deux mains au bras que lui tendait Barney et se redressa.

— Mais c'est du sang ! s'exclama Hector, alarmé.

— Du vin rouge. Je n'ai rien de cassé.

Tout en frottant son anorak imprégné de neige écarlate, Maggie ne put s'empêcher de remarquer l'élégant manteau de fourrure blanche de Paula Penhaligon et la toque assortie qui lui donnaient une allure très *Docteur Jivago*. Et ses lunettes noires, pas du tout *Docteur Jivago*.

— Nous allons être en retard, chéri, intervint Paula.

— C'est bon. J'ai simplement glissé.

Maggie souhaitait de tout son cœur qu'il redémarre.

Avant que la vitre soit complètement refermée, elle entendit clairement Paula Penhaligon demander : « Mon Dieu ! Cette femme était ivre, n'est-ce pas ? »

Barney l'accompagna jusque chez elle, puis ressortit ramasser le cabas.

— Ce n'était pas la peine, protesta-t-elle quand il revint. Je ne suis quand même pas handicapée.

Mais elle était touchée. Barney était vraiment un gentil garçon. Elle le regarda repêcher le bouquet de sauge et le chocolat au fond de son cabas et songea que c'était bien dommage qu'il soit déjà casé. C'était un homme comme ça qu'il aurait fallu à Tara.

— Je sais bien que vous n'êtes pas handicapée. Mais ça n'est jamais agréable de tomber en pleine rue.

Il enveloppa soigneusement la bouteille cassée et le journal dégoulinant de vin dans un sac en plastique et les déposa dans la poubelle de Maggie.

— C'était gentil de la part d'Hector de s'arrêter, non ? enchaîna-t-il.

— Mmm.

Maggie aurait préféré qu'il passe son chemin. Elle se débarrassa de son anorak et découvrit qu'une large tache de vin avait imprégné l'endroit où ses fesses avaient atterri. Formidable. Comme si elle n'avait pas assez de lessive !

— Il est vraiment extraordinaire, poursuivit Barney avec enthousiasme. Il a beau être le propriétaire de l'hôtel, il veut que je l'appelle par son prénom. Je ne pense pas qu'il existe d'employeur plus gentil que lui.

Maggie déballa la tablette de chocolat miraculeusement épargnée et lui en proposa un carré.

— Volontiers, merci. Elle aussi, elle est gentille, ajouta-t-il. Paula Penhaligon. Hier, elle m'a donné une photo dédicacée pour ma mère. Ça m'a vraiment fait plaisir. Ils forment un beau couple, vous ne trouvez pas ?

Maggie lutta pour ignorer la soudaine douleur qui lui transperça la poitrine. Appelons un chat un chat : un fulgurant accès de jalousie lui broya le cœur entre ses serres impitoyables.

— En effet, oui.

— Il est fou d'elle, ça se voit. Ils sont même fous l'un de l'autre. Ça finira peut-être par un mariage, qui sait ? Ça serait merveilleux, non ?

— Tout à fait, répondit Maggie avec un sourire forcé.

Barney la laissa enfin pour aller peindre ses frises et Maggie se mit en devoir de farcir Madge. Elle pesait bien quatre livres. Une heure quarante de cuisson au four et elle serait rôtie à point.

En la sortant du four à midi, Maggie se rendit compte qu'elle n'avait pas faim. Madge était pourtant fort appétissante avec sa peau dorée tendue à craquer, mais elle n'avait pas le cœur de la manger. Tara se chargerait de lui faire honneur quand elle rentrerait du travail.

Elle essaya de se persuader que c'était parce qu'elle avait connu Madge vivante qu'elle ne lui faisait pas envie, mais elle savait bien ce qui lui avait coupé l'appétit. L'humiliante vision qu'Hector avait eue d'elle, à quatre pattes dans une flaque de vin, ne cessait de la hanter.

— Vous n'avez pas à vous sentir gênée d'être tombée, lui avait gentiment dit Barney avant de partir. Moi aussi, je suis tombé, au vide-grenier, ce matin.

Peut-être. Mais pas devant quelqu'un qui paye pour coucher avec vous, avait été tentée de répondre Maggie. Ou qui du moins *avait payé* pour cela jusqu'à ce qu'il rencontre quelqu'un qui soit prêt à lui accorder gratuitement ses faveurs. Quelqu'un qui lui était infiniment supérieur. Quoique, d'après Tara, Paula Penhaligon s'était fait tirer la peau du visage.

À défaut de vin pour se consoler, Maggie grignota une barre de chocolat qui ne la réconforta guère. La télécommande à la main, elle zappa sur les chaînes de télé, mais il n'y avait rien d'intéressant. Elle se résolut alors à laver son anorak dans l'évier de la cuisine tout en songeant à Hector et à Paula qui devaient sans doute rire et deviser gaiement chez des amis, autour d'un repas dominical. « Vous ne croirez jamais ce que nous avons vu en quittant Colworth, tout à l'heure ! Une des villageoises, ronde comme une queue de pelle, affalée dans une mare de vin ! Franchement, ma chère, où va le monde, on se le demande ! »

La sonnette de la porte retentit tandis qu'elle s'escrimait à essorer l'anorak gorgé d'eau. Elle s'essuya les mains sur son jean, alla ouvrir la porte et découvrit un jeune couple aux joues rosies de froid qui battait la semelle sur le seuil.

— Bonjour. Nous venons de voir vos jolis coussins à la boutique de souvenirs du village, annonça la jeune femme. Je sais qu'on est dimanche, mais la dame du magasin nous a remis une de vos cartes de visite et nous a assuré que ça ne vous dérangerait pas. Nous aimerions vous commander un coussin.

— Mais certainement, fit Maggie en s'effaçant pour les laisser entrer.

Leurs alliances flambant neuves et la façon qu'ils avaient de se tenir par la main étaient suffisamment éloquentes.

Ils s'appelaient Valerie et Alan et, oui, ils étaient en lune de miel. Ils savaient très précisément ce qu'ils voulaient. *Val et Al, pour toujours*, entrelacé dans un cœur rose sur fond lilas, avec des papillons et des petits cœurs brodés tout autour, à la façon des cartes de Saint-Valentin de l'époque victorienne.

— Pour toujours, répéta Valerie les yeux brillants en serrant la main de son mari dans la sienne.

« C'est ça, pensa Maggie. Jusqu'à ce que vous divorciez, oui ! »

— On le montrera à nos petits-enfants, répondit Alan en plongeant son regard dans celui de Valerie.

— Quelle bonne idée, commenta Maggie avec un sourire faussement chaleureux.

Ils seraient peut-être heureux, au fond. Il y en avait qui y parvenaient. Ils semblaient si épris l'un de l'autre qu'il était possible qu'ils tiennent le coup.

— Nous partons dans deux jours, expliqua Valerie. Je vais vous donner notre adresse pour que vous puissiez nous l'envoyer.

— Inutile, je vais commencer tout de suite, dit Maggie. Je l'aurai terminé d'ici demain.

— Vraiment ? Oh ! c'est tellement gentil de votre part ! s'exclama Valerie, au comble de la joie. On pourra le montrer à nos parents dès notre retour.

Maggie se mit au travail dès qu'ils furent partis. Elle se sentit coupable d'avoir mis leur bonheur en doute. Sa propre vie sentimentale n'était qu'un pitoyable marasme, mais cela ne signifiait pas que tous les couples étaient voués à l'échec. Ce n'était pas la faute de Val et d'Al, si elle était tombée amoureuse d'un homme inaccessible.

Leur vision idyllique de l'avenir lui avait été insupportable, voilà tout. Elle les avait jalousés.

Une larme roula sur sa joue et atterrit sur son poignet quand elle s'agenouilla pour découper des petits cœurs de soie rose.

Furieuse contre elle-même, elle s'essuya les yeux d'un revers de manche rageur.

38

— Je t'ai dit de me frotter le dos, gloussa Daisy en se contorsionnant dans le bain tandis que Josh glissait la main le long de ses côtes. Mon dos est de l'autre côté !

— Je n'ai jamais été très doué en anatomie, répliqua Josh. C'est pour ça que je n'ai pas fait médecine.

La sonnerie de son portable retentit dans le salon.

— Je reviens m'occuper de toi...

Daisy l'entendit répondre d'un ton enthousiaste à l'un de ses amis. Elle se savonnait paresseusement les bras quand il revint dans la salle de bains.

— ... Quoi ? Tu es où ? Waouh ! Génial ! Ne quitte pas, elle est à côté de moi. C'est Tom Pride, expliqua-t-il. Il est en Autriche. Ils ont loué un chalet à plusieurs à Kitzbühel et il y en a un qui vient de rentrer en Angleterre. Il s'est cassé la hanche. Et comme le malheur des uns fait parfois le bonheur des autres...

— Tu veux prendre sa place, c'est ça ? devina Daisy.

— Tu y es presque. Celui qui s'est cassé la hanche était venu avec sa femme. Elle est partie avec lui, ce qui fait qu'il y a *deux* places à prendre. Qu'est-ce que tu en penses ?

Josh s'assit sur le rebord de la baignoire et ajouta :

— Vince pourrait te remplacer, pour une semaine. Tom dit que le chalet est superbe et les pistes magnifiques. L'ambiance est très sympa, et mixte. Ce n'est pas une bande de potes qui passent leur temps à picoler et à se vautrer dans le Jacuzzi. Allez, dis oui ! On passerait un bon moment, tous les deux. Du reste, des vacances ne te feraient pas de mal.

C'était vrai. Mais c'était impossible. Vince devait prendre deux jours de congé la semaine suivante pour assister au mariage d'un cousin à Glasgow.

— Je ne peux pas, répondit-elle à regret. Vince ne sera pas là.

La mine de Josh s'assombrit.

— Bon. Tant pis. Tom, fit-il en portant le combiné à son oreille, je suis désolé, mais Daisy ne peut pas se libérer… Non, non, je te remercie, mais je n'aurais pas la conscience tranquille… Non, ça ne serait pas sympa…

— Tu peux y aller seul, si tu veux, suggéra Daisy.

Josh la regarda, indécis.

— Attends une seconde, Tom. Daisy est en train de me dire quelque chose.

Il écarta le combiné et lui demanda :

— Tu ne m'en voudrais pas trop ?

— Bien sûr que non. Tu adores skier. Avec le temps qu'il fait ici, tu te retrouves coincé. Pas de golf, pas de leçons de conduite… Et puis, une semaine, c'est vite passé.

Elle était sincère. Elle savait qu'elle pouvait faire confiance à Josh.

— Tu sais quoi ? murmura-t-il en se penchant vers elle pour l'embrasser. Tu es une pure merveille.

Le téléphone qu'il tenait à la main se mit à grésiller.

— Non, pas toi, vieux débris ! Je m'adressais à la perle de femme que j'ai sous les yeux… Daisy, oui… Oui, elle est nue… Je ne sais pas trop si j'ai envie de la laisser toute seule, mais elle vient de dire qu'elle ne voyait aucune objection à ce que j'aille skier sans elle.

Dix minutes plus tard, tout était réglé. Josh avait trouvé une place sur le vol Bristol-Salzbourg pour le lendemain midi.

— Tu es sûre que tu ne m'en veux pas ? demanda-t-il en apportant une bouteille de bourgogne blanc et deux verres dans la salle de bains.

— Pas le moins du monde.

Elle sourit. Josh avait l'air aussi heureux qu'un petit garçon le matin de Noël.

— Tu peux me faire confiance, tu sais. Je serai sage comme une image.

— Je sais.

C'était vrai. Et c'était très agréable.

— À moins que Jennifer Lopez ne surgisse dans le paysage, rectifia-t-il. Là, évidemment…

— Cela va sans dire ! rétorqua Daisy qui connaissait le faible de Josh pour la belle Jennifer Lopez.

— Je vais te manquer ? demanda-t-il en reprenant place sur le rebord de la baignoire.

— À chaque instant, assura-t-elle en tendant le visage vers lui. À moins que Jude Law ne réserve une chambre à l'hôtel, bien sûr…

— Je te comprends parfaitement. L'idée de coucher avec Jude Law me tente assez, moi aussi. Mais à part lui, tu me promets que tu seras bien… Mais qu'est-ce que tu fais ?

— Tu as besoin de prendre un bain, répondit Daisy en s'agrippant à sa chemise pour l'attirer à elle.

— Tout de suite ?

Elle tira plus fort encore.

— Tout de suite.

— Tout habillé ?

— Tu peux enlever tes vêtements, si tu veux… Oups ! murmura-t-elle tandis qu'il atterrissait dans la baignoire. Trop tard !

Tara faisait un rêve extraordinaire. Elle participait à *Qui veut gagner des millions ?* et Chris Tarrant, l'animateur vedette, lui décochait un sourire complice. Elle avait déjà gagné cinq cent mille livres et il ne restait plus qu'une seule question. Le public était sur des charbons ardents.

Chris épongea son front couvert de sueur imaginaire.

— Alors, Tara ? Vous sentez-vous prête ?

— Je suis prête, Chris.

— Pour un million de livres, annonça-t-il pour renforcer l'intensité dramatique du moment. Allons-y ! Dans la mythologie grecque…

Tara écouta attentivement la question et un sourire illumina son visage quand il énonça les quatre réponses possibles. Elle ne connaissait rien à la mythologie grecque, mais heureusement, elle connaissait quelqu'un qui en était féru.

Et sa carte « téléphoner à un ami » était toujours valable puisqu'elle ne l'avait pas utilisée.

— Mais oui, lui avait assuré Dominic, la veille, tu peux très bien la faire figurer sur ta liste d'amis à joindre. Elle serait ravie de te venir en aide. Si tu veux savoir quelque chose sur la littérature, l'art ou la mythologie grecque, demande à Annabel.

Annabel figurait donc aujourd'hui sur sa liste d'amis à joindre pour qu'ils vous soufflent une réponse. Hourra !

— J'aimerais demander de l'aide à une amie, annonça-t-elle à Chris Tarrant. Annabel Croix du Calvaire.

Tout en écoutant résonner la sonnerie du téléphone, Tara commença à fantasmer sur sa victoire imminente. Tout allait s'enchaîner à merveille… Si elle gagnait cet argent, Dominic quitterait certainement Annabel. Ils pourraient enfin vivre ensemble. Pas dans le cottage, bien sûr. Elle s'achèterait une grande maison et…

— Annabel ? Bonjour, ici Chris Tarrant. Votre amie Tara est en face de moi et elle a besoin que vous l'aidiez à gagner… un million de livres !

— Mais c'est fantastique ! s'exclama Annabel. J'espère que je connais la réponse à la question. Je vous écoute.

Le cœur battant, Tara relut la question. Annabel était une spécialiste de la mythologie grecque. Elle n'était plus qu'à quelques secondes du triomphe.

Quand elle eut énuméré les quatre réponses possibles, le silence se fit.

— Je suis contente que tu m'aies appelée, Tara. Je connais effectivement la réponse, finit par dire Annabel.

Tara attendit.

Chris Tarrant attendit aussi.

Le public retint son souffle.

L'accessoiriste du studio chargé de lâcher des confettis posa le doigt au-dessus du bouton « lancer de confettis ».

— Mais tu sais quoi ? reprit Annabel. Je ne te donnerai pas la réponse !

Panique générale.

— Tu n'as pas le droit de faire ça, gémit Tara. C'est injuste ! Je t'en supplie, donne-moi la réponse !

— Non. Je n'ai pas envie. Salut, Tara !

Annabel raccrocha. Tara n'avait plus que dix secondes.

Profondément humiliée, elle baissa la tête et dit :

— Je vais prendre l'argent, Chris.

Un demi-million, c'était toujours ça de pris, non ? Dominic quitterait peut-être quand même Annabel.

Mais ce fut alors au tour de Chris Tarrant de se rétracter. Il ne souriait plus du tout.

— Je suis désolé, Tara, mais vous n'avez pas respecté la règle du jeu. Annabel figurait sur votre liste d'amis, or elle n'est visiblement pas votre amie. Vous êtes disqualifiée. Vous ne gagnez rien du tout.

Tara se réveilla en sursaut au moment où le public se mettait à la huer et à scander : « De-hors ! De-hors ! De-hors ! »

Quel rêve horrible ! Annabel était vraiment méchante. Pas étonnant que Dominic ne l'aime pas si elle était capable d'actes aussi méprisables. Qui voudrait rester marié à une garce pareille ?

Tara s'extirpa de sous la couette et sortit de son lit. Il était 7 h 50. Dominic avait dit qu'il l'appellerait à 8 heures et elle voulait se laver les dents avant de répondre au téléphone.

39

Deux jours plus tard, ce fut le dégel. Et le lendemain matin, Dev Tyzack se présenta à l'hôtel.

Daisy discutait des livraisons avec le chef cuisinier sur le seuil du restaurant quand elle entendit une voix familière. Lentement, comme pour s'assurer qu'elle ne rêvait pas, elle se retourna et découvrit Dev accoudé au comptoir de l'accueil. Il raconta quelque chose et Pam se mit à rire. À rire niaisement, ne put s'empêcher de constater Daisy. Que faisait-il là ? Et surtout, pourquoi ces valises à ses pieds ?

Elle s'excusa auprès du chef et se dirigea vers lui.

Au bruit des talons de Daisy sur le parquet, Dev regarda par-dessus son épaule et sourit.

— Que se passe-t-il ? demanda-t-elle en désignant les trois – *trois* – valises Samsonite. Vous êtes-vous enfui de chez vous ?

Était-il en train de réserver une chambre à l'hôtel ? *Pourquoi ?* Pourquoi ferait-il une chose pareille ?

— Exactement, répondit-il d'un ton amusé. Vous en feriez tout autant si vous voyiez l'état de ma maison.

Pam, qui se délectait des mauvaises nouvelles, ajouta son grain de sel :

— *Pauvre* M. Tyzack ! Sa tuyauterie a gelé et un tuyau s'est rompu dans le grenier en pleine nuit. Sa maison est inondée ! Vous imaginez le désastre ? Les rideaux, les tapis, les meubles, tout est fichu !

— Le bon côté de la chose, remarqua Dev, faussement sérieux, c'est que Clarissa a appris à nager.

— Comment se fait-il que votre tuyauterie ait gelé ? demanda Daisy interloquée. Vous n'avez pas de chauffage ?

— Je me suis absenté quelques jours. La femme de ménage était chargée de s'occuper de la maison. C'est une femme économe. L'idée de laisser le chauffage fonctionner alors que je n'étais pas là pour en profiter lui hérissait le poil et elle l'a éteint. Quand je suis rentré, à 4 heures du matin, l'eau dégoulinait du plafond. Les chutes du Niagara ! Aucune pièce n'a été épargnée. On ne peut s'asseoir nulle part. Les chaises, les lits et les canapés sont imbibés d'eau. Il n'y a plus d'électricité. Le papier peint s'est décollé des murs. Je ne pouvais pas rester là-bas, conclut-il en haussant les épaules. Alors j'ai téléphoné ici.

— Heureusement qu'il nous restait des chambres, gazouilla Pam.

Heureusement ? Daisy n'en était pas certaine. La présence de Dev Tyzack allait la perturber. Elle n'aimait pas l'idée de le savoir si près.

— Combien de temps comptez-vous rester ? s'enquit-elle.

— Jusqu'à ce que la maison soit de nouveau habitable. Trois ou quatre semaines, je suppose.

Un mois dans un quatre étoiles ! Il allait se ruiner.

— Vous n'avez pas un ami qui pourrait vous héberger ? Jennifer, par exemple ? demanda-t-elle d'un ton innocent.

— Jennifer est ma secrétaire. Ce n'est pas ma petite amie. Elle partage un appartement avec trois autres filles à Bath.

— Désolée, fit Daisy. Sa façon de se comporter l'autre jour m'a induite en erreur. D'autant que vous l'invitiez à dîner…

— Un dîner n'implique rien de plus qu'un dîner, vous savez, répondit Dev, l'œil pétillant. Jennifer avait fait beaucoup d'heures supplémentaires pour m'aider à préparer la conférence. Je lui devais bien ça.

— Mais pourquoi cet hôtel ? insista Daisy. Ce serait plus simple pour vous de demeurer à Bath.

— Daisy ! Pourquoi l'accablez-vous ainsi ? intervint Pam. Le pauvre ! Il va finir par croire que vous ne voulez pas de lui ici !

Imperturbable, Dev répondit calmement :

— J'aime cet hôtel. Il est tout près de l'autoroute et, chose rare, vous acceptez les animaux.

Le téléphone de l'accueil sonna. Pam décrocha.

— Qu'avez-vous fait de Clarissa pendant votre déplacement ? Les chenils sont vivement déconseillés pour les animaux adoptés, vous savez ? Elle risquerait de croire que vous voulez l'abandonner à votre tour.

— J'en suis parfaitement conscient, et c'est bien pour cela que je l'avais emmenée avec moi.

— Daisy, c'est pour vous ! dit Pam en lui tendant le combiné. C'est Josh. D'Autriche.

Pam adorait Josh, qui la taquinait en feignant de flirter avec elle.

— C'est son amoureux, confia-t-elle à Dev. Il est parti skier en Autriche. Un sacré numéro ! Il essayait de me faire croire qu'il était suspendu au-dessus du vide, une main accrochée au télésiège !

— J'ai menti à Pam, avoua Josh à Daisy. En fait, je suis confortablement assis à la terrasse d'un restaurant au sommet de la montagne, entouré d'actrices et de top models !

— Super, tu pourras manger gratuitement rien qu'avec ce qu'elles laisseront dans leurs assiettes ! répliqua Daisy.

— Ça n'a rien de drôle. Elles me harcèlent. Elles n'arrêtent pas de répéter que je suis beau, c'est lassant, à la fin. J'espère que je te manque, ajouta-t-il. Jennifer, tiens-toi tranquille !... Gisèle, tu peux dire à Jennifer de me lâcher cinq minutes ?

— Tu me manques terriblement, mais il faut que je te laisse. Jude vient d'entrer dans le hall.

Aussitôt, Pam tourna la tête vers la porte de l'hôtel.

— Va vite l'accueillir, lui conseilla Josh. Je te rappelle plus tard.

— Amuse-toi bien ! lança-t-elle avant de raccrocher. Tout va bien, ajouta-t-elle à l'adresse de Pam. L'hélicoptère des secours est arrivé à temps.

— Quel numéro celui-là, alors ! On ne s'ennuie jamais avec lui, expliqua Pam à Dev. Ils sont faits l'un pour l'autre... Oui, madame Kendall ? Qu'y a-t-il pour votre service ?

Tandis que Pam s'avançait vers Mme Kendall, un des portiers apparut dans l'escalier.

— James ! appela Daisy. Voulez-vous monter les valises de M. Tyzack et lui montrer sa chambre, s'il vous plaît. Chambre... ? demanda-t-elle en se tournant vers Dev.

— Six. Mais il faut d'abord que j'aille chercher Clarissa. Elle est dans la voiture.

Clarissa ! Daisy avait failli l'oublier.

— Ça va être un vrai plaisir de l'avoir ici ! s'exclama-t-elle.

— Je suis heureux d'apprendre que l'un de nous deux est le bienvenu, répliqua Dev en glissant un pourboire au portier avant qu'il ne s'empare de ses bagages. Vous venez avec moi la saluer ?

Dès qu'elle les vit approcher, Clarissa se mit à griffer frénétiquement la vitre en poussant des jappements de joie. Une fois la portière ouverte, elle sauta dans les bras de Daisy et lui lécha généreusement le visage.

— Voilà exactement ce que doit ressentir Robbie Williams quand ses groupies franchissent le cordon de sécurité ! Bonjour, mon ange ! dit-elle à Clarissa. Tu sais qu'on va se voir tous les jours pendant un mois ? C'est pas super, ça ?

— Et en plus, ajouta Dev, ici c'est sec. Tes croquettes ne seront pas toutes ramollies et on pourra regarder la télé !

Il alla récupérer la couverture trempée de Clarissa et son panier dans le coffre de sa voiture.

— Il faudrait faire sécher tout ça, remarqua-t-il.

— On va les apporter à la buanderie. Ça sera sec en un rien de temps.

— Dites-moi, fit Dev tandis qu'ils regagnaient l'hôtel, si vous n'avez rien de prévu ce soir, ça vous dirait de dîner avec moi ?

Daisy baissa les yeux. Son pouls s'accéléra comme si elle avait quinze ans. Avait-elle envie de dîner avec lui ? Peut-être. Bon d'accord, *oui*.

Mais était-ce bien raisonnable ? Pas vraiment. Non, en fait, pas du tout.

« Je suis avec Josh, à présent, se rappela-t-elle. J'ai décidé qu'il était ce que je pouvais trouver de mieux, et c'est vrai. »

— Simplement dîner, ajouta Dev d'un ton amusé. Pas un rendez-vous galant. Rien de… *louche*, si c'est ce qui vous retient.

Daisy se sentit irrationnellement insultée. Elle gravit les marches du perron, déposa Clarissa sur le sol et la regarda se précipiter dans le hall, en quête de nouveaux visages à lécher.

— Quelle cabotine ! s'exclama Dev.

— Je ne peux pas dîner avec vous, déclara Daisy.

— Je ne parlais pas de vous, mais de Clarissa, précisa-t-il.

— J'avais parfaitement compris, mais je ne peux vraiment pas. J'ai quelque chose de prévu.

— Oh, fit Dev qui n'en croyait manifestement pas un mot, une autre fois, alors ?

Daisy le gratifia du plus professionnel de ses sourires.

— Peut-être.

— Il se croit irrésistible, commenta Tara quand Daisy lui eut raconté l'invitation à dîner.

Elle avait des raisons personnelles de ne pas porter Dev Tyzack dans son cœur.

— Il est persuadé que les femmes le considèrent comme un don de Dieu. Je suis bien contente que tu aies refusé. Ça lui fait les pieds. Pourquoi cette bouteille est-elle vide ? Daisy, il n'y a plus rien à boire ! Vite ! Urgence ! Fais quelque chose !

— Voilà, voilà, j'arrive. Pas de panique, répondit Daisy qui rapportait une bouteille de vin blanc frappé de la cuisine.

Elle avait invité Tara à passer la soirée chez elle. C'était bon de se retrouver entre filles à boire du vin et à vider son sac.

— Tu comprends, je suis heureuse avec Josh. Tu sais que je suis heureuse avec lui.

Tara hocha vigoureusement la tête et son verre cogna contre ses dents quand elle voulut boire.

— Josh est génial.

Même s'il parlait trop.

— Dev Tyzack ne me plaît pas du tout, mentit Daisy. Le problème, c'est qu'il croit me plaire. C'est vraiment ennuyeux. D'autant qu'il va séjourner à l'hôtel je ne sais combien de semaines. Je suis obligée de me montrer polie avec lui, vu que c'est un client, et lui s'imagine que c'est parce qu'il me plaît, alors que ce n'est pas le cas... Tu trouves que je radote ?

— Non, non... Enfin, si, admit Tara avec un grand sourire. Mais c'est pas grave étant donné que tu m'écoutes quand je radote à propos de Dominic. Je t'ai raconté le rêve que j'ai fait cette nuit ?

— Deux fois, répondit Daisy. Est-ce que je t'ai expliqué qu'il ne quitterait jamais sa femme ?

— Cinquante fois. Mais je m'en fiche, parce que tu crois que tu as raison et que je sais que tu as tort... Oups ! J'ai renversé un peu de vin. Heureusement que ce n'est pas du rouge... Et Hector ? Où en est son histoire avec Mme Liftée ?

— J'ai l'impression qu'il s'amuse bien. Mais je crains qu'elle ne soit un peu trop citadine pour lui. Tu ne coucheras pas avec lui, hein ?

— Avec ton père ? s'écria Tara, éberluée.

— Non. Avec Dominic, patate !

— Je t'ai déjà dit que je ne le ferai pas, grommela Tara.

Elle avait longuement réfléchi. Si elle couchait avec Dominic, quel intérêt aurait-il à quitter Annabel ? Alors que si elle se refusait à lui tant qu'il n'aurait pas quitté sa femme...

— Promets-moi que si tu rencontres quelqu'un de bien – je veux dire un célibataire –, tu ne te diras pas « je me réserve pour le jour où Dominic quittera sa femme ».

— Tu ne sais pas où j'ai mis mes chaussures ? demanda Tara en guise de réponse.

Il était 23 heures passées, il fallait qu'elle rentre.

— Tu peux dormir ici, si tu veux, proposa Daisy.

— Non, non, c'est bon, répondit son amie qui venait de localiser ses chaussures sous le canapé.

Dominic risquait de l'appeler.

— Alors je te raccompagne.

— Ce n'est pas la peine, tu serais obligée de rentrer seule ensuite.

— Très juste. Jusqu'au portail, dans ce cas, trancha Daisy en enfilant péniblement une paire de bottes en caoutchouc. Qu'est-ce que c'est inconfortable, ces trucs, marmonna-t-elle en se dirigeant vers la porte.

— Normal, tu les as mises à l'envers, fit remarquer Tara.

Daisy loucha vers ses pieds.

— Pas du tout. Les orteils sont à l'avant et les talons sont à l'arrière. J'ai toujours mis mes bottes comme ça !

40

L'air frais leur fit beaucoup de bien. Après avoir souhaité une bonne nuit à Tara, Daisy la regarda descendre la rue principale, disparaître, puis réapparaître dans la montée.

Le dégel persistait. Le bruit de la neige fondue qui s'égouttait des arbres avait quelque chose de joyeux. Daisy tangua légèrement et leva la tête pour regarder tomber les gouttes de neige fondue.

Plop.

— Plop, fit-elle en écho.

Plop... plop.

— Plop... plop.

Elle avait la délicieuse impression d'être en parfait accord avec la nature. Elle dialoguait avec la neige.

Plop.

— Plop, répondit-elle solennellement.

Plop, plop, plop, plop...

— Flobalobalobalop, riposta Daisy avec conviction.

— C'est vous, Daisy ? demanda soudain une voix derrière elle.

Oh, zut ! Grillée en plein délire éthylique.

Morte de honte, elle fit volte-face.

— Qu'est-ce que vous faites là ? lança-t-elle d'un ton accusateur.

— Je promène Clarissa, répondit Dev. Je ne voudrais pas qu'elle fasse pipi dans ma chambre.

— Où est-elle ?

— Là-bas, en train de renifler le bonhomme de neige.

— Ce n'est pas un bonhomme de neige, c'est mon père.

On ne distinguait que les contours d'Hector à travers l'obscurité, mais Daisy nota qu'il ne portait plus son kilt. Sa taille avait fondu et la jupe avait glissé sur le sol. Mais la bouteille de champagne, elle, était toujours bien en place.

Plissant les yeux, elle finit par repérer une petite silhouette à quatre pattes en train de renifler le pourtour du bonhomme de neige.

Mais Daisy était préoccupée par quelque chose de bien plus important.

— Ce collant m'avait bel et bien coûté dix livres, vous savez, lâcha-t-elle abruptement. Je n'ai pas essayé d'arnaquer votre secrétaire.

— Très bien, tant mieux, je vous crois.

Dev Tyzack était-il en train de se moquer d'elle ?

— Vos pieds ont une allure étrange, ajouta-t-il.

— Mais pourquoi tout le monde m'embête avec ça, ce soir ? explosa-t-elle.

— Probablement parce que vous avez mis vos bottes à l'envers.

Il s'approcha d'elle et tendit le bras pour qu'elle y prenne appui tandis qu'elle levait la jambe. Elle examina attentivement son pied.

— Venez, je vous raccompagne, proposa-t-il. Au fait, qu'est-ce que vous faites là, vous ?

— Je m'assurais que Tara rentrait sans problème. On a bu un verre ensemble.

— À vous voir, je pense que vous en avez bu plus d'un.

Il lui tenait le coude comme à une vieille dame qu'on aide à traverser la rue. Furieuse, Daisy repoussa son bras.

— Je peux encore marcher toute seule, affirma-t-elle avant de se cogner contre un tronc d'arbre.

— Ne soyez pas si têtue !

S'amusant visiblement, Dev la remit dans la bonne direction.

— Tara était-elle dans le même état que vous ?

— Pourquoi ? Dans quel état je suis, d'après vous ? Qu'est-ce que j'ai fait de mal ? Tara a fait pire que moi. Bien pire. Mais ce n'est pas sa faute, répondit-elle en agitant l'index sous le nez de Dev.

— Vraiment ? Et ce serait la faute de qui, alors ?

— De Dominic Croix du Calvaire. Votre merveilleux ami ! Un gros problème, ce type…

Tout en parlant, Daisy se demandait si elle faisait bien de déblatérer ainsi sur Dominic. Puis elle se souvint qu'ils n'étaient pas vraiment amis, alors où était le problème ? Ça ne lui ferait pas de mal de savoir de quoi Dominic était capable.

— Comment ça ?

— Il court après Tara. Il vient la voir sans arrêt. Ça ne fait même pas deux mois qu'il est marié et il ne peut pas s'empêcher de venir renifler sous ses jupes !

— Pourquoi Tara ne lui explique-t-elle pas qu'elle ne veut plus le voir ?

— Mais parce qu'elle *veut* le voir, cette question ! répliqua Daisy en levant les yeux au ciel. Elle était déprimée, ces derniers temps. Elle n'avait plus du tout confiance en elle. Dominic lui a sorti le grand jeu, il a prétendu qu'il l'aimait, qu'il n'aurait jamais dû épouser Annabel… et ça l'a flattée ! Elle gobe tout ce qu'il dit !

— Tara n'a plus quinze ans ! Elle ne peut pas être naïve à ce point. Vous savez aussi bien que moi qu'elle n'est pas toute blanche. Regardez les choses en face : c'est une fille qui aime s'amuser et je parie que cette histoire lui plaît énormément…

— C'est lui qui est venu la chercher ! s'insurgea Daisy. Vous êtes incroyable ! Ce type est un parfait salaud et vous persistez à accuser Tara !

Ils n'étaient plus qu'à cinquante mètres de l'hôtel et Dev reprit un ton plus bas :

— Peut-être que c'est une allumeuse. Avez-vous déjà essayé de considérer la situation sous cet angle ?

— Comment osez-vous ? Vous avez un sacré culot ! s'exclama Daisy sans se soucier de baisser la voix.

— Très bien, mais dites-moi une chose : si vous rencontriez un homme marié depuis quelques semaines, coucheriez-vous avec lui ?

— Bien sûr que non !

— En êtes-vous sûre ?

— La question ne se poserait même pas ! Mais ce n'est pas pareil…

— Si, c'est exactement pareil. Votre copine est une allumeuse et vous lui trouvez des excuses, riposta Dev. Vous seriez prête à accuser n'importe qui…

— Pas *n'importe qui*.

— Mais si. Vous essayez même de rejeter la faute sur moi, en ce moment. Je me demande bien pourquoi, d'ailleurs.

Daisy le foudroya du regard. Elle avait envie de le frapper. Inutile d'essayer de discuter avec quelqu'un de sobre quand on a bu. Surtout si la personne en question est incroyablement séduisante et que vos bottes en caoutchouc vous font des pieds en forme de haricots.

— Alors, pourquoi ? Qu'est-ce qui vous permet de m'impliquer dans cette histoire ? Et pendant qu'on y est, dites-moi aussi pourquoi vous ne teniez pas à ce que je séjourne ici…

Aïe, aïe, aïe !

— Vous êtes un homme. Dominic est votre ami. Si vous vous mariez un jour, vous n'hésiteriez pas une seconde à tromper votre femme, s'emballa Daisy. Vous pensez que Tara est une allumeuse, mais vous refusez d'admettre que Dominic ait fait quoi que ce soit de mal… Oups !

À force de faire des grands gestes, elle avait failli perdre l'équilibre. Vif comme l'éclair, Dev l'attrapa par les coudes et l'attira à lui.

— Je ne comprends toujours pas. Êtes-vous en train de dire que vous ne vouliez pas de moi ici parce que je suis un ami de Dominic ? Ou bien parce que je vous mets mal à l'aise ?

Daisy pouvait sentir son souffle sur son visage. Sa façon de se moquer d'elle n'avait plus rien d'amical.

— Je... je... bredouilla-t-elle, incapable de trouver une réponse intelligente.

— C'est ça ?

Ses yeux plongèrent dans les siens et elle eut l'impression qu'ils lui vrillaient le cerveau.

— Ma présence vous ennuie-t-elle parce que vous me percevez comme une menace potentielle ?

Daisy déglutit péniblement. Elle avait l'impression de vivre un cauchemar.

— Une menace pour qui ? Pour Tara ?

Elle se mit à trembler.

— Vous savez très bien que je ne parle pas de Tara.

Les coins de sa bouche se relevèrent légèrement et Daisy pria pour qu'il n'entendît pas son cœur cogner dans sa poitrine.

— Je parle de vous et de votre nouveau petit ami. Je pourrais vous embrasser, si je voulais.

Il ne la quittait pas du regard.

— C'est ce que vous voulez ?

Silence. Profond silence. Excepté les battements de son cœur, bien sûr, qui tambourinait à présent au rythme d'un cheval au galop.

— Non, merci, parvint-elle à articuler.

Dev sourit.

— Vous en êtes sûre ?

Il se croyait vraiment irrésistible !

— Tout à fait sûre.

Elle se dégagea de son emprise et recula d'un pas.

— J'en suis même sûre à ce point-là, ajouta-t-elle en le giflant à toute volée. Je vous remercie de votre offre, mais elle ne m'intéresse absolument pas. Pour être tout à fait franche, je préférerais que vous me laissiez *seule*.

À cet instant, Barney dévala les marches du perron et se rua vers eux. Il en avait assez vu pour comprendre ce qui se passait.

— Dites donc, vous ! Laissez-la tranquille ! lança-t-il au grand brun que Daisy venait de gifler.

Il les observait depuis quelques minutes à travers la porte vitrée du hall. Il se précipita ensuite vers Daisy – visiblement en état de choc – et s'empressa de la rassurer.

— Tout va bien. Vous n'avez plus rien à craindre. Rentrez à l'intérieur, je m'occupe de lui.

— Barney, c'est... commença Daisy, mais Barney ne lui laissa pas le temps d'en dire plus.

Il l'avait entendue hausser le ton avant de le gifler, ça lui suffisait. Il la fit pivoter et la poussa fermement en direction de l'hôtel. Tandis qu'elle s'éloignait, Barney remarqua un petit chien qui traversait la pelouse à fond de train pour la rejoindre. Quand elle se baissa pour le caresser, il remarqua également que les pieds de Daisy avaient une drôle d'allure. Il se retourna et toisa l'inconnu.

— Vous êtes sur une propriété privée. Si vous refusez de partir, j'appelle la police.

L'espace d'un instant, il se demanda s'ils n'allaient pas en venir aux mains.

L'inconnu sourit.

— Écoutez, je n'ai pas escaladé la haie pour l'agresser. On se connaît, Daisy et moi.

— Vous la reteniez contre son gré. Elle n'avait pas du tout l'air d'apprécier votre compagnie, s'entêta Barney. Vous feriez mieux de partir.

— Le problème, c'est que je suis un client de l'hôtel. Je m'appelle Dev Tyzack et j'occupe la chambre six.

Barney n'avait pas encore eu l'occasion de croiser le célèbre rugbyman, mais ses collègues lui avaient appris qu'il séjournait à l'hôtel. Célèbre ou pas, cet homme avait embêté Daisy et Barney n'avait pas l'intention de changer son fusil d'épaule.

— Le fait que vous soyez un client ne vous autorise pas à malmener Daisy, répliqua-t-il d'une voix tremblante d'émotion.

— Je suis certain que votre loyauté à son égard impressionnera très favorablement vos patrons. Qui sait ? ajouta-t-il d'un ton moqueur, vous aurez peut-être droit à une augmentation ?

Barney sentit la moutarde lui monter au nez. Comment cet homme osait-il se moquer de lui ?

— Je serais prêt à tout, pour Daisy, riposta-t-il. Je ne cours pas après une augmentation. C'est une femme extraordinaire. Elle m'a sauvé la vie.

Ce cri du cœur fit sourire Dev. Découvrir que Daisy était l'objet d'une telle dévotion de la part de son personnel était plutôt touchant. Le jeune portier qui lui faisait face, avec sa chemise blanche, sa veste bleu marine et son pantalon au pli impeccable respirait une telle bonne santé qu'on était en droit de se demander s'il avait jamais seulement entendu le mot drogue. C'était cependant ce qui avait dû lui arriver supposa Dev. Il avait dû tomber dans le piège de l'alcool ou de la drogue et Daisy l'avait aidé à s'en sortir en lui offrant une seconde chance.

— Et comment s'y est-elle prise ? demanda-t-il, curieux.

Barney eut un instant d'hésitation, puis se décida à raconter son histoire.

41

Daisy fouillait dans les tiroirs de son bureau et finit par mettre la main sur une boîte de Doliprane. Elle avala deux comprimés avec un verre d'eau, puis se massa les tempes. Les effets secondaires de l'alcool se faisaient douloureusement ressentir. Mais Vince, son assistant, était en congé et elle avait des responsabilités professionnelles à assumer, gueule de bois ou pas.

Sans parler de l'altercation plus que gênante de la veille. Mon Dieu, quel souvenir cauchemardesque ! Comment s'était-elle débrouillée pour se fourrer dans un tel pétrin ? À moins d'assassiner Dev Tyzack dans son sommeil, elle ne voyait pas comment se sortir de cette histoire.

Bon. Les choses auraient pu tourner encore plus mal. Elle ne l'avait pas embrassé, c'était déjà ça.

Dix minutes plus tard, on frappa à la porte. Elle s'empressa de faire disparaître dans un tiroir le sandwich au bacon qu'elle n'avait pas réussi à avaler.

— Qui est-ce ? demanda-t-elle en allumant son ordinateur pour qu'on la croie en plein travail.

Pas Dev. Par pitié, pas lui.

La porte s'entrouvrit de quelques centimètres. Daisy la fixa. Elle perçut un craquement, puis un grattement décidé. Au niveau du sol, une patte poilue se glissa dans l'ouverture et poussa la porte de quelques centimètres supplémentaires.

D'autres craquements se firent entendre et le museau de Clarissa surgit. Le corps agité d'un frétillement enthousiaste, elle franchit le seuil, un bouquet de roses roses enveloppé de cellophane dans la gueule.

Elle traîna le bouquet à travers la pièce, puis le lâcha soudain et sauta sur les genoux de Daisy. Celle-ci la cala sous son bras et alla ramasser les fleurs. De sa main libre, elle ouvrit l'enveloppe agrafée à la cellophane.

Mon maître est vraiment, vraiment désolé, lut-elle. *Si vous acceptez de le voir, il est derrière la porte. Si vous refusez, il quittera l'hôtel. Je sais qu'il est idiot, mais il vous serait très reconnaissant si vous acceptiez de lui parler.*

Amitiés,
Clarissa

— Tu as une très belle écriture, Clarissa.

— Wouf ! acquiesça la chienne, avant de lui donner un coup de langue.

— Que les choses soient bien claires : c'est uniquement pour te faire plaisir que je cède.

Clarissa remua la queue en signe d'approbation.

— Vous feriez mieux d'entrer, ajouta Daisy suffisamment fort pour que Dev l'entende.

Elle n'aimait pas les situations embarrassantes. Autant vider l'abcès sans attendre. Ils étaient tous deux adultes et il s'était excusé le premier.

Dev pénétra dans le bureau et quand elle posa les yeux sur lui, Daisy sentit son estomac faire le grand huit. Il portait un pull en cachemire gris pâle, un jean délavé et des chaussures Timberland aux semelles incrustées de neige. Ses cheveux bruns retombaient sur son front et son visage était… comme d'habitude, pour tout dire. Trop beau pour être vrai. Personne ne devrait avoir le droit d'être aussi beau, songea-t-elle. Et surtout, personne ne devrait être assez stupide pour frayer avec quelqu'un d'aussi séduisant.

— Je suis vraiment désolé, déclara-t-il d'emblée. Je n'aurais jamais dû dire ce que je vous ai dit hier soir.

— Quant à moi, je n'aurais pas dû vous gifler, j'imagine, répliqua Daisy.

— Mon comportement vous y autorisait parfaitement.

Visiblement, il s'estimait totalement responsable de leur altercation. Ce qui convenait tout à fait à Daisy.

— Où avez-vous trouvé ces fleurs ? demanda-t-elle, réellement intriguée.

— On les a livrées ce matin pour Paula Penhaligon et je les ai interceptées parce que j'estime que vous les méritez bien plus qu'elle.

— Dites-moi que ce n'est pas vrai ! s'écria Daisy.

— Rassurez-vous. Si vous voulez vraiment tout savoir, je suis allé à Bath à 8 heures.

Cet aveu la toucha beaucoup : faire le trajet jusqu'à Bath pour lui acheter des fleurs ! Puis elle réalisa qu'il s'était sans doute rendu là-bas pour voir son assureur ou un entrepreneur.

— Au fait, commença-t-elle, bien décidée à écarter toute ambiguïté, Tara n'a pas couché avec Dominic depuis son mariage. Et elle n'a pas la moindre intention de le faire.

Du moins l'espérait-elle.

— Tant mieux. C'est sans importance. Je ne veux plus qu'on se dispute, déclara Dev en levant les mains. Surtout pas à propos de Tara et de Dominic. Votre portier, ajouta-t-il pour changer de sujet, celui qui s'est porté à votre secours hier soir... il est vraiment bien. Vous avez de la chance d'avoir un employé tel que lui.

— Il s'appelle Barney.

— Il s'est très bien comporté. On a bien failli en venir aux mains. Il n'aurait pas hésité à se battre pour vous défendre.

Daisy, qui tenait toujours Clarissa dans ses bras, commença à se détendre. Elle se pencha et déposa doucement la petite chienne sur le sol.

— Barney est formidable. Tous les clients l'adorent.

— Il m'a parlé de votre mari, continua Dev.

Daisy sentit tout son corps se contracter.

— Et ? fit-elle, les joues en feu, tandis que Clarissa reniflait frénétiquement les tiroirs de son bureau.

— Je suis vraiment désolé. J'ignorais tout de votre situation.

— Pourquoi l'auriez-vous connue ?

Elle avait horreur des condoléances. Elle avait l'impression d'être une usurpatrice.

— Vous auriez dû m'en parler.

— Pour quelle raison ? s'étonna-t-elle. Pour que vous soyez plus gentil avec moi ?

— Je me serais très certainement comporté différemment, admit-il en esquissant un sourire.

— Ne vous faites aucun reproche, soupira-t-elle. Nous n'étions plus mariés qu'officiellement. J'avais déjà parlé divorce avec Steven avant son accident. Je n'ai rien d'une veuve éplorée, si c'est ce qui vous chagrine. Barney l'ignore. Je n'ai pas voulu lui faire de peine. J'ai jugé qu'il serait déplacé de lui révéler que le rein dont il avait hérité avait appartenu à un bon à rien.

À présent, Clarissa grattait frénétiquement le tiroir dans lequel était dissimulé le sandwich au bacon. Daisy l'ouvrit et lui donna le sandwich.

— On trouve de tout, ici, s'extasia Dev. Comment était-il ? ajouta-t-il d'un ton plus sérieux.

— Steven ? Très sûr de lui. Très beau. Prêt à sauter sur tout ce qui passait à sa portée. Charmant. Décevant. Et infidèle.

— Pourquoi...

— Parce que c'était un salaud.

— Je voulais savoir pourquoi vous l'aviez épousé, termina Dev.

— Pour une raison toute bête. J'étais tombée amoureuse de lui. De son apparence, de son charme et du reste. Il était très persuasif. Tout à la fin, il a même réussi à me faire croire qu'il avait un cancer très rare, qui ne pouvait se soigner qu'aux États-Unis. Il m'a expliqué qu'il avait besoin de vingt mille livres pour bénéficier de ce traitement et je l'ai *encore* cru. C'est sans doute le prix à payer quand on épouse un soi-disant artiste, me direz-vous... Si j'avais su que c'était pour emmener sa nouvelle maîtresse en vacances !

Daisy s'interrompit, consciente d'en avoir trop dit. Pourquoi ? Pourquoi venait-elle de révéler à Dev que son mariage avait été un fiasco ? Elle n'avait pas pu lui mentir. Quitte à passer pour une imbécile, elle tenait à ce qu'il sache la vérité.

— Je suis désolé. Vous avez de toute façon traversé une épreuve douloureuse. Et je suis également désolé pour hier soir.

Il y eut un instant de silence, puis il ajouta :

— J'aimerais me faire pardonner. Je viens de recevoir deux places dans la tribune officielle pour la Coupe des six nations, dimanche prochain. C'est également valable pour le dîner qui aura lieu après le match. Ça vous dirait d'y aller avec moi ?

Un match de rugby. Daisy savait à quoi s'en tenir. Des types couverts de boue en train de se taper dessus pour attraper un ballon ovale. Des sièges en plastique, les pieds gelés et des supporters vociférant. Pour qui Dev Tyzack la prenait-il ?

— Je vous remercie, dit-elle avec un sourire, pour ne pas le vexer, mais je crains que ce ne soit impossible. Josh pourrait mal le prendre.

— C'était une invitation en toute amitié. Josh n'a pas de souci à se faire. Je pensais que ça pourrait vous plaire, c'est tout.

À peu près autant que de manger une tarte aux cafards.

— Je travaillerai, de toute façon, mentit Daisy. Vous feriez mieux d'inviter quelqu'un d'autre. Merci pour les fleurs.

Pressentant le moment des adieux, Clarissa lança deux aboiements et trottina vers Dev.

— Clarissa, quant à elle, vous remercie pour le sandwich au bacon, assura Dev.

Daisy avait eu raison sur un point. Quand elle mentionna à Josh l'invitation de Dev, il le prit mal. Elle n'avait pas souvenir d'une réaction aussi violente de sa part.

— Il t'a invitée *où* ? aboya-t-il dans le combiné. Bon sang, j'y crois pas ! Au Tournoi des six nations *et* au dîner officiel ? Qu'est-ce que tu lui as dit ?

— J'ai refusé.

Daisy trouvait bien agréable d'avoir la conscience tranquille. D'un ton suffisant, elle ajouta :

— Je lui ai expliqué que tu risquais de mal le prendre.

— Et tu as eu parfaitement raison ! rugit Josh. Tu as perdu la tête ou quoi ? Ces billets pour la tribune officielle coûtent la peau des fesses ! Tu viens de passer à côté de la chance de ta vie ! Je n'arrive pas à croire que tu aies pu être assez stupide pour refuser... Va le voir immédiatement, ordonna-t-il, et dis-lui que tu as changé d'avis.

— Jamais de la vie, riposta-t-elle avec colère. Je n'ai pas la moindre envie d'assister à un match de rugby. Et puis, je lui ai conseillé d'inviter quelqu'un d'autre.

— Pour dimanche ? Mais je serai rentré d'ici là, s'exclama Josh, aux anges. Tu crois qu'il m'inviterait si je mettais une perruque et une minijupe ?

42

Liza donna un coup de coude à Tara.

— Il y a un mec au bar qui n'arrête pas de regarder par ici.

Liza venait de se faire embaucher comme serveuse à l'hôtel. Elle avait terminé son service à la même heure que Tara et elles étaient venues boire un verre au *Hollybush Inn*. Liza étant très jolie, Tara lui répondit :

— Peut-être que tu lui plais…

— Ce n'est pas moi qu'il regarde.

Tara jeta un coup d'œil par-dessus son épaule et l'homme lui sourit amicalement. Il avait entre vingt-cinq et trente ans, buvait une Guinness et portait un costume qui ne devait pas souvent sortir de son armoire.

— Il était à l'hôtel, tout à l'heure. C'est un des invités de l'anniversaire de mariage.

— Il n'est pas mal du tout. Et c'est toi qui l'intéresses, gloussa Liza avant de terminer sa bière d'un trait. Vas-y, finis ton verre et fais celle qui a soif. Avec un peu de chance, il nous offrira une tournée.

Liza fit une mimique significative en direction du bar, puis se leva et se dirigea vers les toilettes. Une fois seule, Tara se sentit ridicule. Elle avait passé l'âge de ces petits jeux, et de toute façon, le seul homme qui l'intéressait, c'était Dominic. Il lui avait téléphoné le matin même pour la prévenir qu'ils ne pourraient pas se voir avant jeudi.

L'homme quitta son tabouret, s'approcha de sa table et désigna une chaise vacante.

— Ça ne vous dérange pas que je me joigne à vous ? Je vous ai remarquée tout à l'heure, à l'hôtel. Je m'appelle Andy, se présenta-t-il en s'asseyant.

— Moi, c'est Tara. Moi aussi, je vous ai remarqué. Vous devriez être encore à l'anniversaire de mariage, non ? Vous faites bande à part ?

Avec une mine de conspirateur, il lui offrit une cigarette.

— On ne peut rien vous cacher. Je n'en pouvais plus ! Ma mère s'est remariée l'année dernière et elle fête son premier anniversaire de mariage. Ils ont invité plus de cinquante personnes : la famille et des amis de mon beau-père particulièrement rasoirs. Pas vraiment l'idée que je me fais d'une fête ! Je me suis dit que je ne leur manquerais pas si je disparaissais une petite heure. Puis-je vous offrir un verre ? Ainsi qu'à votre amie, bien sûr...

Liza était partie depuis une éternité. Tara se demandait ce qu'elle fabriquait, encore que cela ne la dérangeait pas outre mesure. Elle avait profité de son absence pour faire connaissance avec Andy qui était drôle, sympathique et plutôt beau, dans le genre voyou déguisé en prince...

Pour la première fois depuis longtemps, elle sentit son estomac se contracter sans que Dominic en soit la cause.

— Tu en as mis un temps, observa-t-elle quand Liza revint enfin des toilettes.

— Il faut que je rentre. Ça ne t'ennuie pas trop ? Oh ! c'est pour moi ? Merci.

Elle sourit à Andy et descendit la moitié de sa bière d'un trait.

— Amusez-vous bien !

— Je pense qu'elle voulait nous laisser seuls, confia Andy à Tara une fois qu'elle se fut éclipsée. Pour qu'on puisse faire connaissance. C'est gentil de sa part, mais ce n'était pas nécessaire. Je sais déjà que tu me plais.

C'était aussi la première fois depuis longtemps que quelqu'un d'autre que Dominic lui disait ça. Tara s'efforça de prendre un air dégagé, comme si elle entendait cette phrase cent fois par jour.

— Tu sais surtout que tu es mieux ici qu'à l'anniversaire de mariage de ta mère.

— En parlant de ça, il va d'ailleurs falloir que j'y retourne, annonça-t-il en consultant sa montre. Je me ferais hacher menu si je manquais le discours. Tu fais quelque chose, ce soir ?

— Euh... non. Rien de précis. Pourquoi ? s'enquit-elle, l'air innocent.

— D'ici deux heures, je serai débarrassé de cette corvée. On pourrait aller ensemble quelque part, si tu veux. Dîner ou ce qui te plairait. Mais peut-être que ça ne te dit rien. Tu as le droit de refuser, je ne me vexerai pas. J'ai l'habitude.

Il ne l'avait pas invitée à boire un verre, mais à *dîner* ! Et il ne devait pas souvent se faire éconduire, contrairement à ce qu'il prétendait. Tara se demandait même si ça lui était arrivé une seule fois dans sa vie.

— Pourquoi pas ? répondit-elle en souriant.

Sortir avec lui serait nettement plus drôle que de rester chez elle, à côté d'un téléphone qui refusait obstinément de sonner. Et puis, Daisy serait contente quand elle lui raconterait qu'elle avait accepté de sortir avec un autre homme que Dominic.

— Super. On se retrouve ici à 18 heures, d'accord ? proposa-t-il en se levant. Et mets-toi sur ton trente et un, ajouta-t-il. Je veux t'emmener dans un endroit classe !

Une jolie fille en robe rose fuchsia intercepta Daisy qui se dirigeait vers l'accueil.

— Excusez-moi, je suis horriblement en retard, pourriez-vous m'indiquer où se trouve la salle réservée pour l'anniversaire de mariage des Grenfell ?

— Deuxième porte à gauche au fond du couloir. Ça commençait à 13 heures, ajouta-t-elle, étant donné qu'il était plus de 17 heures.

— J'ai été retenue à mon travail. Harry Grenfell est mon parrain, expliqua-t-elle. J'ai raté son mariage l'année dernière et je lui ai promis de venir aujourd'hui pour qu'il me présente enfin sa femme. J'ai un an de retard, en fait !

— Je vois, répondit Daisy. Ne vous inquiétez pas, ils ont réservé la salle pour la soirée. Vous aurez tout le temps de faire connaissance. Amusez-vous bien ! lança-t-elle tandis que la fille s'éloignait.

— Je me suis dit que ça te ferait plaisir de savoir que j'ai suivi ton conseil, annonça Tara d'un ton extrêmement satisfait. Quelqu'un de très bien m'a invitée à sortir ce soir et j'ai accepté.

Daisy, qui remplaçait Pam à l'accueil pendant sa pause-café, poussa un soupir de soulagement. Quelqu'un de très bien ? Cette définition ne pouvait s'appliquer à Dominic. C'était exactement le genre de distraction dont Tara avait besoin.

— Comment s'appelle-t-il ?

— Andy. Je l'ai rencontré au pub, tout à l'heure. Il m'a invitée à dîner, annonça-t-elle fièrement. Dans un restau chic. Et il est célibataire.

— Il me plaît déjà.

Un éclair rose fuchsia attira son attention. Elle leva les yeux et vit la jolie filleule de Harry Grenfell qui sortait de la salle de réception en compagnie d'un jeune homme vêtu d'un complet sombre. Ils longèrent le couloir et il entra dans les toilettes pour hommes, laissant la fille à l'extérieur. Quelques secondes plus tard, son bras apparut dans l'entrebâillement de la porte, telle la langue d'un fourmilier, et attira la fille dans les toilettes.

— Je vais mettre ma robe rouge et mes chaussures rouges à boucles argentées, disait gaiement Tara.

— Très bien. Je suis certaine que tu vas bien t'amuser. Excuse-moi, mais il faut que j'y aille.

Ce n'était pas la première fois qu'un incident de ce genre se produisait. Quand elle pénétra dans les toilettes pour hommes, elle y découvrit la fille en rose et le jeune homme fougueusement enlacés. Ils n'avaient pas eu le temps d'en venir aux choses sérieuses.

Daisy toussota pour manifester sa présence. Ils se séparèrent d'un bond.

— Mon Dieu, je suis désolée ! dit la fille en étouffant un gloussement. On s'est un peu laissés… enfin, vous savez…

— … emporter, acheva Daisy en hochant la tête d'un air compréhensif. Je sais, mais je crains que le lieu soit mal choisi. Une personne âgée pourrait avoir un infarctus en vous découvrant ainsi.

— Désolé, s'excusa à son tour le jeune homme, une lueur espiègle dans le regard.

— Il n'y a pas de mal.

Daisy leur tint la porte ouverte.

— Je vois que vous avez eu le temps de faire connaissance avec la famille de votre parrain, chuchota-t-elle à la fille quand elle passa devant elle.

— Oh, oui ! Et je les trouve adorables !

— Qu'est-ce que tu fais ce soir ? Tu passes la soirée avec Tara ? demanda Hector.

Il craignait que Daisy ne frise le surmenage. Elle avait fait un bond de quinze mètres quand il était entré dans son bureau.

— Non. Je vais me prélasser dans mon bain sans boire une seule goutte d'alcool.

Elle se rassit sur sa chaise pivotante et s'étira.

— Repos total. La télé et une boîte de chocolats. Tara sort de son côté, ce soir. Elle a rencontré un nouveau galant. Il ne doit pas être mal parce qu'elle a l'intention de mettre sa robe rouge et ses chaussures à boucles argentées.

Hector s'en retourna au bar. Paula était dans sa suite et se préparait pour un dîner avec son imprésario. La soudaineté et l'intensité de leur relation l'avaient pris par surprise. Les choses se déroulaient probablement ainsi dans le show-biz… On rencontrait quelqu'un, on couchait aussitôt avec et on se disait amoureux... Un tourbillon d'exagérations et d'attitudes théâtrales qui n'avait pas grand-chose à voir avec la vraie vie. Paula n'avait pas encore parlé mariage, mais il la suspectait d'y penser. C'était ridicule, bien sûr, mais néanmoins flatteur.

Hector, qui se liait facilement, ne prenait pas cette histoire très au sérieux. Paula était charmante et il appréciait beaucoup sa compagnie, mais il n'avait pas l'intention de légaliser leur aventure. Ils avaient passé tant de temps ensemble – au lit et hors du lit – qu'il appréciait de respirer un peu. Il avait accueilli avec soulagement l'annonce de la visite de son imprésario. Il envisageait d'aller faire un tour sur le terrain de golf, mais d'un autre côté...

— Coucou !

Rocky agita la main devant le visage d'Hector.

— Vous êtes là ? Qu'est-ce que vous prendrez ? Vous avez l'air d'être à des kilomètres ! Clignez des yeux une fois si vous voulez un café et deux fois si vous préférez un scotch.

Hector cligna – accidentellement – des yeux et vit Rocky se diriger vers la cafetière. Il s'était efforcé en vain d'effacer de son esprit ce que lui avait dit Daisy. Il était dans l'état du fumeur repenti qui inhale avec délices la fumée d'une cigarette qu'on allume à côté de lui ou de l'homme qui suit un régime amaigrissant et tombe sur une barre chocolatée dont il avait oublié l'existence en farfouillant dans sa boîte à gants.

Tara avait un rendez-vous galant ce soir... Tara avait un rendez-vous galant ce soir...

Ce qui signifiait que la voie serait libre chez Maggie. S'il le désirait, il pouvait aller voir Maggie.

Maintenant qu'il s'était autorisé à y réfléchir, Hector se rendit compte que c'était le cas. Il avait envie de la voir. Très envie, même.

Rocky posa une tasse de café devant lui. Hector fronça les sourcils.

— Qu'est-ce que c'est que ça ?

— Votre café, répondit Rocky.

— Je n'ai pas commandé de café !

— Si, soupira Rocky en reprenant la tasse. Vous préférez un scotch, c'est ça ?

— Quelle question ! s'exclama Hector en consultant sa montre. Évidemment que je préfère un scotch !

43

Tara n'arrivait pas à y croire. Elle attendait au *Hollybush Inn* depuis près d'une heure et Andy ne s'était toujours pas montré.

Elle l'avait pourtant trouvé tellement gentil tout à l'heure. Quelle humiliation ! Elle connaissait pratiquement tout le monde dans ce pub et il n'était pas difficile de deviner ce qu'elle faisait là. Avec sa robe en satin écarlate, elle avait l'air aussi déplacée qu'un œuf de Fabergé dans un poulailler.

— Je t'en sers un autre ? demanda Gerry, le propriétaire du pub, en désignant son verre de Coca vide.

Il lui souriait avec sympathie, mais Tara savait qu'il ne serait pas le dernier à donner libre cours à son hilarité sitôt qu'elle se trouverait hors de portée d'oreilles.

Presque 18 h 50. Les excuses qu'elle avait imaginées pour expliquer son retard semblaient de plus en plus improbables. Il avait peut-être du mal à s'esquiver, les discours des invités avaient peut-être duré plus longtemps que prévu. Sa mère avait pu insister, le supplier même, de rester encore un peu.

Gerry attendait toujours sa réponse.

— Non, merci, répondit-elle. J'attends encore cinq minutes et j'y vais.

— Laisse tomber, lui conseilla-t-il. Mon pauvre chou ! T'as pas de veine avec les garçons, hein ?

Tara se força à sourire.

Elle se retourna et regarda par la fenêtre – sans doute pour la centième fois – dans l'espoir de voir Andy se garer dans un crissement de pneus, se précipiter à l'intérieur du pub et s'écrier : « Dieu merci, tu es encore là ! J'ai cru devenir fou, ils ne voulaient plus me lâcher ! »

À cet instant précis, une voiture quitta le parking de l'hôtel et prit la direction du pub. Tara serra les poings si fort que ses ongles s'enfoncèrent dans ses paumes. Pourvu que cette Renault bleu marine ralentisse. Pourvu qu'elle se gare, là, devant le pub.

La nuit commençait à tomber mais on y voyait encore assez pour distinguer les passagers de la voiture qui fila sans s'arrêter : Andy, riant aux éclats, et une jolie fille en robe rose.

Il ne jeta même pas un coup d'œil au *Hollybush Inn*. Et la voiture disparut.

Les yeux luisants de malice, Gerry s'exclama tout haut :

— Dis donc ! Mais c'est pas le gars que tu attends qui vient de passer ?

Tout le pub l'avait entendu.

— Je te remercie de ta discrétion, soupira Tara en ramassant son sac à main.

De sa grosse pogne maladroite, Gerry lui tapota l'épaule.

— T'en fais pas, va. Un de perdu, dix de retrouvés !

Tout en traversant le petit bois qui reliait l'hôtel aux cottages de la rue principale, Hector essaya de se souvenir à quand remontait sa dernière visite à Maggie. Les deux fois où ils s'étaient croisés ne comptaient pas. Quand s'étaient-ils *vraiment* vus pour la dernière fois ?

L'endroit n'était guère rassurant. Il faisait froid et la neige fondue dégoulinait en continu des arbres. S'il se prenait les pieds dans une racine et se cassait la jambe, personne ne le retrouverait avant le lendemain matin.

Qu'est-ce qui lui avait pris de s'aventurer chez Maggie sans même lui téléphoner ? Il savait que Tara sortait ce soir, mais il n'était pas sûr pour autant que Maggie serait chez elle. Pourquoi avait-il tellement envie de la revoir, tout à coup ? Pour coucher avec elle ? Non. En fait, il voulait surtout lui parler. Était-ce un effet de sa mauvaise conscience ? Maggie dépendait pour une large part de l'argent qu'il lui remettait chaque semaine...

En apercevant enfin le cottage, il poussa un soupir de soulagement. La lumière était allumée. Il n'avait pas fait le chemin pour rien.

D'un geste rendu aisé par l'habitude, il ouvrit le loquet de la barrière et parcourut silencieusement le chemin conduisant à la porte de derrière. À travers les rideaux de la cuisine, il distingua la silhouette de Maggie en ombre chinoise.

Aurait-il dû se sentir coupable ? Était-il d'une certaine façon en train de tromper Paula ?

Un frisson de plaisir anticipé le parcourut et il frappa doucement à la porte.

Long silence.

Finalement, il entendit une voix tremblante demander à travers la porte :

— Qui est là ?

— C'est moi, Maggie, ne t'inquiète pas. C'est Hector, ajouta-t-il au cas où elle l'aurait oublié.

La clé tourna aussitôt dans la serrure. La porte s'ouvrit toute grande... Et il se retrouva nez à nez avec Tara, les mains pleines de pâte à gâteau !

— Hector ! Ça alors, c'est incroyable ! On parlait de vous il y a cinq minutes ! Qu'est-ce que vous faites là ?

« Je sais très bien ce que je fais ici, se dit Hector. Ce que je ne comprends pas, c'est ce que *toi*, tu y fais. »

Cherchant désespérément une réponse, il se retourna et désigna l'obscurité.

— Je me promenais là-bas derrière et je suis tombé sur... toute une famille de blaireaux ! Cinq, en tout. En train de jouer dans une clairière. J'ignorais l'existence d'un terrier de blaireaux à cet endroit ! C'était tellement extraordinaire qu'il fallait que je partage ça avec quelqu'un ; c'est alors que j'ai aperçu les lumières allumées chez vous.

— Des blaireaux ! s'exclama Tara, tout excitée, en s'essuyant les mains sur un torchon. J'adore les blaireaux ! Maggie ! Tu as entendu ? Il faut absolument qu'on aille voir ça !

Maggie apparut derrière Tara. Hector osa à peine croiser son regard.

Pour se donner le temps de reprendre contenance, Maggie se détourna, passa en pilote automatique, ouvrit la porte du four et en sortit une plaque de scones informes.

— Allez, viens ! On y va ! la pressa Tara qui enfilait déjà ses bottes en caoutchouc.

La famille de blaireaux demeura malheureusement introuvable. Frustrée, Tara refusait d'abandonner les recherches et ils passèrent plus de vingt minutes à tenter de débusquer un terrier inexistant.

— Je suis désolé, murmura Hector à l'adresse de Maggie, quand Tara s'éloigna d'eux.

Celle-ci haussa les épaules, puis pila sur place.

— Ce n'est plus la peine, Tara. Tu te déplaces aussi discrètement qu'un éléphant. Les blaireaux doivent être terrifiés et j'ai les pieds gelés. Fais ce que tu veux, moi je rentre avec Hector.

— Mauviettes ! lança sa nièce par-dessus son épaule. Je n'abandonnerai pas avant de les avoir vus.

Dans la cuisine, une douce chaleur régnait et les scones embaumaient.

— Excuse-moi, dit Hector. J'aurais dû appeler avant de passer. Je croyais que Tara ne serait pas là, Daisy m'avait dit qu'elle sortait.

— Elle est sortie. Et puis elle est rentrée, répondit Maggie à voix basse en ôtant son anorak.

Tara risquait de revenir d'une minute à l'autre. Autant aller droit au but.

— Je suis libre demain. 13 heures, ça te va ?

Hector trouva la question sordide. Maggie pensait qu'il n'était venu que pour coucher avec elle.

D'un autre côté, elle avait peut-être besoin d'argent.

Épineuse situation.

— Je ne suis pas… Je passais juste pour… Euh… non, désolé, ce n'est pas possible. Après-demain, peut-être. Je te téléphonerai, d'accord ?

— Très bien.

Maggie lui tourna brusquement le dos et se mit en devoir de déposer les scones refroidis sur un plat. Hector eut soudain envie de poser les mains sur ses hanches et de lui embrasser la nuque.

Fort heureusement, il n'en fit rien.

— Ouh, la vache ! Il fait vraiment un froid de canard, s'écria Tara en faisant irruption dans la cuisine.

Elle referma la porte d'un coup de pied, se débarrassa de son manteau et de ses bottes, puis gratifia Hector d'un sourire radieux.

— Préparez-vous, Hector : je vais vous poser une question que je n'aurais jamais cru possible de formuler.

Il serra les fesses, s'attendant au pire.

— Hector, commença-t-elle avec grandiloquence, voudriez-vous me faire l'honneur de goûter à mes scones *faits maison* ?

— Rien ne me ferait plus plaisir, Tara, répondit-il d'un ton grave. Mais Daisy m'a appris que tu devais sortir, ce soir. Ne devrais-tu pas être en train de te pomponner ?

— On vient de me poser un lapin.

Elle prit une pose de star.

— Tout le *Hollybush Inn* est au courant, alors autant l'avouer ! D'ici que ce malotru réalise son erreur, j'ai décidé de faire quelque chose de constructif.

— Quand elle est rentrée, intervint Maggie, elle a décrété que les hommes étaient tous des pourris et qu'elle ferait mieux d'apprendre à faire des scones plutôt que de s'intéresser à eux.

Tara couva d'un regard de fierté toute maternelle le plat de scones informes.

— C'est Maggie qui m'a montré. J'y ai mis des raisins secs. Et la prochaine fois, je ferai une génoise à la confiture !

Hector prit le scone qu'elle lui offrait et le dégusta en levant les yeux au ciel.

— Fantastique ! Une perfection ! Les meilleurs que j'aie jamais mangés, s'exclama-t-il.

Qu'importait qu'ils aient la forme du continent africain ? Ils étaient vraiment bons.

— Au fait, pourquoi parliez-vous de moi quand je suis arrivé, tout à l'heure ?

— Oh, je racontais à Maggie que vous aviez l'air de bien vous entendre Paula Penhaligon et vous, lui répondit Tara en souriant. Le personnel de l'hôtel ne parle plus que de ça, en ce moment !

Hector fut à deux doigts de coller sa main sur la bouche de Tara pour la faire taire.

— Mais je ne...

— Allez, allez ! Ne faites pas votre timide ! Tout le monde est au courant, poursuivit-elle joyeusement. Je ne devrais pas vous le répéter, mais en cuisine, les paris sont ouverts. Objet : Colworth Manor se verra-t-il ou non pourvu d'une nouvelle châtelaine d'ici Noël !

44

— Tara s'est fait poser un lapin par un gros vilain, hier soir, commenta Christopher en se penchant par-dessus la caisse pour prendre l'argent que lui tendait Daisy.

— Et il l'a narguée, par-dessus le marché, renchérit Colin. Elle attendait qu'il vienne la retrouver au pub et zou ! il lui est passé sous le nez en voiture avec une poule à côté de lui !

Les nouvelles circulaient vite à Colworth. Daisy avait déjà entendu le récit de cet incident de la bouche d'Hector, qui était passé chez Maggie et Tara la veille pour les entraîner dans une étrange chasse au blaireau. Un doute affreux s'empara d'elle tandis que le carillon de la porte retentissait dans son dos.

— Elle était comment, la fille qui se trouvait dans la voiture ?

— Le genre tape-à-l'œil, répondit Colin en hochant la tête pour accueillir Barney qui venait d'entrer dans l'épicerie. Barney te la décrira mieux que moi.

— Qui suis-je censé décrire ? s'enquit Barney.

— Daisy voudrait savoir à quoi ressemblait la fille que le lapin de Tara a emballée.

— Je crois me souvenir que Liza a dit qu'elle avait de longs cheveux blonds. Ah oui, et qu'elle portait une robe rose ! Pourquoi ?

Oups ! Daisy avait vu juste : il s'agissait bien du couple en chaleur qu'elle avait éjecté des toilettes.

— Oh, juste comme ça ! répondit-elle évasivement. Alors Barney, comment ça se passe dans votre nouveau logis ? ajouta-t-elle pour faire diversion.

— À merveille. On est vraiment contents.

— Sa copine a emménagé hier, intervint Christopher. Un vrai petit nid d'amour… Tu te souviens de nos débuts, Colin ?

— J'aimerais beaucoup vous la présenter, Daisy, dit Barney. Si vous n'avez rien de spécial à faire, vous pourriez peut-être faire un saut à la maison maintenant ? proposa-t-il.

Vince était rentré d'Écosse et Daisy s'accordait quelques heures de repos. Elle avait enfilé un jean et un vieux polo de rugby de Josh pour faire quelques emplettes au village.

— J'ai tout à fait le temps de passer, répondit-elle pour lui faire plaisir.

— Génial ! s'exclama Barney. Vous serez notre premier visiteur.

Maggie était occupée à ses coussins quand le téléphone sonna. C'était Hector.

— J'appelle juste pour te dire que je ne pourrai pas venir demain. Paula a invité des amis pour la journée. Je ne voulais pas te prévenir à la dernière minute.

— C'est très gentil de ta part, je te remercie, s'empressa de répondre Maggie pour l'empêcher de se répandre en excuses. Ne t'inquiète pas, de toute façon j'ai des tas de coussins à faire.

Combien de fois lui avait-elle dit de ne pas s'inquiéter, ces temps derniers ?

Au début, elle avait accepté la situation en se disant qu'un petit peu, c'est toujours mieux que rien du tout. Mais le petit peu se réduisait comme peau de chagrin. À bien y regarder, il se réduisait quasiment à rien du tout.

— J'ai la désagréable impression de te négliger, risqua Hector. Écoute, tu ne veux vraiment pas que je t'envoie de l'argent ?

— *Non.*

Maggie grimaça de douleur. Elle venait de se piquer avec l'aiguille qu'elle tenait à la main.

— Non, Hector. Je ne veux pas de ton argent. Arrête de culpabiliser à ce sujet. On avait un arrangement et c'est tout. Maintenant que tu as rencontré quelqu'un, tu n'as plus besoin de… mes services.

— Mais…

— Sois honnête, Hector. On savait très bien tous les deux que ça arriverait tôt ou tard. Tu as Paula, à présent. Alors restons-en là, veux-tu ?

Long silence. Maggie réalisa qu'elle tremblait de tous ses membres. Mais il fallait en passer par là. Les mots qu'elle venait de prononcer la faisaient monstrueusement souffrir. Elle n'était pas sûre d'avoir employé les termes qui convenaient, mais elle était certaine que le message avait été compris.

Une goutte de sang perla à l'endroit où elle s'était piquée. Elle regarda la petite bulle rouge vif et les larmes lui montèrent aux yeux.

— Je vois ce que tu veux dire, finit par lâcher Hector, manifestement déçu. Je suppose que tu as raison, mais je ne peux pas m'empêcher de…

— Il faut que j'y aille. On vient de sonner à la porte, mentit Maggie. À un de ces jours, et tous mes vœux de bonheur.

Elle raccrocha rageusement. Voilà. Une bonne chose de faite. Problème résolu.

Le simple fait de respirer lui était douloureux. De sa vie, elle ne s'était sentie aussi malheureuse. Mais c'était terminé. Leur liaison – leur petit arrangement commercial – avait pris fin et Hector ignorait toujours ce qu'elle ressentait pour lui.

Tant mieux, décida-t-elle tandis que des larmes brûlantes roulaient sur ses joues. Ce n'était peut-être pas grand-chose, mais du moins avait-elle réussi à conserver sa dignité.

Seule dans son salon, à genoux par terre au milieu d'une montagne de coussins, Maggie éclata en sanglots comme une petite fille.

Assis sur le sol de la cuisine, Freddie s'amusait avec des balles de couleurs vives. Mel était en train de faire la vaisselle quand elle se souvint qu'elle avait laissé sa tasse sur le rebord de la fenêtre du salon. Elle s'égoutta les mains, les essuya succinctement sur un torchon et alla la chercher.

En ramassant la tasse, elle lança un regard par la fenêtre et son estomac chavira.

Barney s'avançait sur le chemin menant au cottage. En compagnie de la femme de Steven.

Se sentant acculée, Mel s'écarta de la fenêtre avec l'envie de courir s'enfermer dans la salle de bains. Rien ne se passait comme prévu. Elle avait projeté de tout expliquer à Barney le soir même. Et puis, un ou deux jours plus tard – une fois qu'il aurait digéré la nouvelle –, il serait allé trouver Daisy MacLean pour la mettre au courant et s'excuser de la situation. Daisy aimait beaucoup Barney. Il valait mieux que l'annonce vienne de lui.

À présent, hélas, il était trop tard pour mettre son plan à exécution.

Trop tard pour tenter quoi que ce soit. En entendant cliqueter le loquet de la barrière, elle s'efforça de rassembler son courage. Elle avait emménagé ici ; elle était chez elle. Et Barney l'aimait. Elle n'était pas responsable de cette situation, elle ne l'avait pas fait exprès.

Le cœur battant à tout rompre, elle entendit leurs pas crisser sur la neige du perron.

— Félicitations, Barney ! Même de l'extérieur, c'est déjà cent fois mieux qu'avant ! s'extasiait Daisy en admirant la porte et les cadres de fenêtres fraîchement repeints. J'ai hâte de voir les prodiges que vous avez accomplis à l'intérieur !

Ils franchirent la porte en riant.

« Cette fois, ça y est », se dit Mel.

Un, deux, trois...

Le rire de Daisy s'interrompit net quand ses yeux se posèrent sur Mel. Elle la reconnut aussitôt.

Qu'est-ce qu'elle faisait là ?

Barney referma la porte tout en annonçant joyeusement :

— Devine sur qui je suis tombé, à l'épicerie ? Mel, je te présente Daisy ! Daisy, je vous présente Mel, ajouta-t-il en se retournant.

Interdite, Daisy hocha la tête et lâcha :

— Bonjour.

Ce n'était pas ce qu'elle avait l'intention de dire, mais il était évident que Barney ignorait qu'elles se connaissaient déjà.

Mel hocha la tête et répondit en s'efforçant de sourire :

— Ravie de vous rencontrer.

— Je voulais lui montrer le résultat de mes travaux, expliqua Barney.

Il désigna le salon, à présent repeint et meublé. Daisy reconnut le canapé dont elle lui avait fait cadeau.

— C'est très bien, déclara-t-elle en parcourant d'un regard absent les endroits indiqués par Barney. Vous avez vraiment bien travaillé.

— Et vous n'avez encore rien vu ! s'exclama-t-il, aussi excité qu'un enfant. Je mets la bouilloire à chauffer. On prend le thé et je vous montre le reste après, d'accord ? Il n'y en a pas pour longtemps.

Dès qu'il fut sorti de la pièce, Daisy chuchota :

— Je ne comprends pas bien ce qui se passe, mais je crois que vous me devez quelques explications. Qu'est-ce que c'est que cette histoire ? C'est une plaisanterie ?

— Je vous jure que je ne savais rien, se défendit Mel. J'ai été très choquée quand il m'a tout expliqué. J'avais l'intention de vous en parler. J'étais sur le point de le faire, poursuivit-elle. Je comptais venir vous trouver ce soir même pour tout vous expliquer et vous épargner ce choc.

— Barney est-il au courant ? demanda Daisy, soucieuse d'en arriver à l'essentiel.

— Pas encore, soupira Mel. J'avais également l'intention de tout lui expliquer ce soir.

— Pourquoi ne lui avez-vous encore rien dit ? riposta Daisy, persuadée de connaître la réponse.

— J'avais trop peur. Peur de le blesser. Qu'il me déteste. Je remettais toujours au lendemain... Et puis il m'a proposé d'emménager ici. Je savais qu'il finirait par apprendre la vérité. Mais je n'ai pas trouvé la force de tout lui avouer.

Mel releva la tête et croisa le regard de Daisy.

— Je l'aime. Il a redonné un sens à ma vie. Et il m'aime aussi.

Daisy hocha lentement la tête. Elle commençait à franchir le cap du choc initial. Elle comprenait que Mel ait eu du mal à révéler sa situation à Barney.

— Écoutez, je ne vais rien lui dire pour le moment. Vous lui en parlerez après mon départ.

Daisy regarda Mel d'un air encourageant en songeant qu'elle se montrait vraiment gentille. Mel pouvait s'estimer heureuse. Alors pourquoi conservait-elle cette expression chagrinée ?

— Et voilà ! annonça Barney, tout sourire, en poussant la porte de la cuisine.

Daisy se retourna, s'attendant à le voir apparaître avec un plateau, mais c'était autre chose qu'il tenait dans ses bras. Un petit garçon blond comme les blés avec des yeux d'un bleu de porcelaine.

Le choc qu'elle ressentit alors ne pouvait se comparer avec le précédent. Elle eut littéralement l'impression de basculer dans un précipice.

Un seul regard à Mel suffit à confirmer ses craintes. Cet enfant était la réplique exacte de Steven en modèle réduit.

— Je ne pouvais pas tout porter à la fois, déclara Barney en souriant.

Il se positionna de façon à ce que le bébé puisse faire face à Daisy, saisit sa petite main potelée, l'agita et déclara :

— Bonjour. Je suis le fils de Mel et je m'appelle Freddie !

Daisy n'avait plus du tout envie de se montrer gentille, ni même polie. Ce n'était plus le moment.

— Il faut que j'y aille.

Elle n'arrivait pas à regarder ce bébé. Elle avait du mal à respirer.

Barney eut l'air déçu.

— Déjà ? Mais pourquoi ?

— Demandez-lui pourquoi, répliqua-t-elle sèchement en désignant Mel. Et pendant que vous y êtes, n'oubliez pas de lui demander le nom de son ex-amant.

— De son ex-amant ? répéta Barney, perdu. Quel ex-amant ?

Daisy savait bien qu'elle faisait de la peine à Barney. Mais il fallait qu'il sache la vérité.

— Mon mari.

À sa vive satisfaction, Mel devint blanche comme un linge.

— Le père de cet enfant, ajouta-t-elle pour retourner le couteau dans la plaie.

Sur ce, Daisy sortit en claquant la porte, les laissant régler leurs comptes sans elle. Elle descendit l'allée, provoquant les aboiements des chiens de Bert Connelly au passage.

Elle flanqua un coup de pied dans un monticule de neige et le visage de l'enfant de Steven lui revint douloureusement en mémoire.

N'y pense pas, concentre-toi sur autre chose. Contente-toi de rentrer chez toi. Chez toi.

45

— Daisy, mon fax vient de me lâcher. Est-ce que je peux vous emprunter le vôtre… Mais qu'est-ce qui vous arrive ?

Et voilà ! Il fallait en plus qu'elle tombe sur Dev ! La cerise sur le gâteau !

— Rien, ça va. Pas de problème, vous pouvez utiliser mon fax.

Daisy essaya de le contourner pour atteindre au plus vite l'escalier, mais Dev Tyzack n'avait pas été capitaine de l'équipe anglaise de rugby pour rien. Droite, gauche, droite, gauche. Rien à faire, il était plus rapide qu'elle.

— Écoutez, je vous ai répondu que vous pouviez utiliser mon fax, dit-elle d'un ton sec en évitant de croiser son regard.

— Oubliez le fax. Qu'est-ce qui ne va pas ?

Il se rapprocha d'elle et elle fut obligée de relever la tête.

— Allez, dites-le-moi.

Sa gentillesse fit trembloter les lèvres de Daisy.

— Rien. Je veux seulement rentrer chez moi.

— Il est arrivé quelque chose à Josh ? Un accident de ski ?

— Non, non…

— Daisy, dites-moi ce qui se passe ! ordonna-t-il.

Incapable de se retenir plus longtemps, Daisy éclata en sanglots.

— Q-quelque ch-chose d'horrible, hoqueta-t-elle avant de s'appuyer sur la rampe.

Dev posa la main au creux de son dos et l'incita d'une poussée à grimper les marches.

— D'accord. Allons-y. Ne restez pas là.

Daisy se laissa passivement accompagner jusqu'à son appartement. Elle n'avait plus aucune résistance à lui opposer et éprouvait le besoin irrépressible de se confier. À n'importe qui. Même à Dev Tyzack.

Quand ils entrèrent, il ne prit pas la peine d'aller préparer du thé, comme on fait dans ces cas-là, mais se contenta de l'aider à s'asseoir sur le canapé et déclara :

— Je reste ou je pars ? C'est à vous de choisir.

Daisy n'avait pas envie qu'il parte. Elle se laissa aller contre le dossier du canapé.

— Vous devez avoir des choses à faire…

— Absolument pas. Et je ne vous demande pas de vous confier à moi, lui assura-t-il. Rien ne vous y oblige et ça ne me regarde pas.

Ces paroles produisirent un effet magique et, tel du champagne qu'on vient de déboucher, les mots jaillirent de la bouche de Daisy.

— Barney vient de me présenter sa compagne. Qui n'est autre que la maîtresse de mon mari.

— Vous voulez dire… ? commença Dev en fronçant les sourcils.

— Oui. Exactement. Celle avec qui il couchait dans mon dos ! Elle vient d'emménager chez Barney, et devinez qui elle a amené avec elle ?

Sa voix se brisa en prononçant ces mots :

— Son fils ! Le fils de Steven ! C'est son portrait craché !

On prétend qu'il est difficile de pleurer devant des gens qu'on ne connaît pas, mais Daisy était tellement secouée qu'elle n'y vit aucun inconvénient. Elle qui n'avait rien d'une pleurnicheuse se lâcha complètement. Elle gémit, sanglota longuement contre la chemise de Dev et se moucha dans une ribambelle de Kleenex, tandis qu'il lui caressait les cheveux et lui passait la main dans le dos, attendant patiemment que le gros de la crise soit passé.

Bien plus tard, Daisy essuya une dernière fois ses yeux tellement enflés qu'ils en étaient douloureux et marmonna :

— Je dois avoir une de ces têtes !

— Le spectacle est encore supportable, répondit Dev avec un sourire.

— Ça doit vous changer, en tout cas...

Elle s'interrompit pour se moucher bruyamment.

— J'imagine que d'habitude, les filles pleurnichent sur votre épaule parce que vous venez de les plaquer.

— Vous avez vraiment une piètre opinion de moi. Quand je romps, je préfère envoyer un fax.

— C'est pour cela que vouliez m'emprunter le mien ?

Elle tapota la chemise trempée de Dev d'un geste d'excuse.

— C'est sans importance, dit-il. Qu'allez-vous faire à présent ?

— Me laver la figure, je suppose.

— À propos de cette fille, précisa-t-il.

— Oh ! celle-là !

Daisy contempla la pointe de ses bottes en daim qu'elle n'avait pas pris la peine de retirer. Elle se pencha, les ôta rageusement et les lança l'une après l'autre contre la porte du salon. Elles heurtèrent bruyamment le panneau de bois, ce qui lui fit un bien fou.

— Voilà, ce que j'aimerais lui faire. L'envoyer valdinguer contre un mur ! Oh, et puis je n'en sais rien, au fond ! ajouta-t-elle d'une voix chevrotante. Vous savez quoi ? Je l'ai croisée à l'hôpital après l'accident. Elle n'avait pas le droit de rendre visite à Steven au service des soins intensifs, mais j'ai persuadé l'infirmière de passer outre. Rien ne m'y obligeait et je trouve que c'était vraiment gentil de ma part, étant donné les circonstances. Un an plus tard, je l'ai croisée devant la tombe de Steven. Je n'ai pas crié, je ne l'ai pas insultée. Encore une fois, je me suis montrée extrêmement polie avec elle. Mais là... c'était plus fort que moi, j'ai explosé.

Daisy secoua la tête.

— Un bébé, vous vous rendez compte ? Elle donne naissance au fils de Steven et elle l'amène vivre ici ! Au village ! Sous mon nez ! J'ai été gentille avec elle et voilà comment elle me remercie ! Ça me rend malade... Steven n'aimait pas les enfants ! s'écria-t-elle amèrement. Il comptait les comprimés de ma plaquette de pilules pour s'assurer que je ne lui en mitonnais pas un dans le dos.

— Je croyais que votre mariage était désastreux, s'étonna Dev. Pourquoi vouliez-vous un enfant dans ces conditions ?

— Je n'en voulais pas ! s'emporta Daisy. Mais après notre mariage, j'ai mentionné l'éventualité d'en avoir un jour – plutôt légitime, comme souhait, non ? Vous auriez dû voir la tête de Steven ! Pour lui, un enfant ne pouvait représenter qu'une gêne. C'est quand même fou, non ? D'un côté, il comptait mes pilules comme un avare compte ses sous, et de l'autre, il faisait un enfant à sa maîtresse ! Je voudrais qu'il soit encore en vie rien que pour pouvoir lui taper dessus, tiens !

— S'il était encore en vie, vous auriez divorcé à l'heure qu'il est, lui fit remarquer Dev. Et il y a fort à parier qu'il ne serait plus non plus avec sa maîtresse. Il l'aurait laissée se débrouiller avec le bébé, parce que c'est ce que font la plupart des hommes en pareil cas.

La plupart ? Et Dev ? Qu'aurait-il fait, lui ?

— Ça vous est déjà arrivé ?

— Deux fois, répondit-il en haussant les épaules.

Quoi ? Le cœur de Daisy se mit à battre douloureusement dans sa poitrine.

— Vous avez deux enfants ?

Dev sourit.

— Désolé. C'était supposé être une plaisanterie. Vous me prenez vraiment pour un sale type, hein ?

— J'ai été crédule, en mon temps, se justifia-t-elle. Être marié avec quelqu'un comme Steven, ça sert de leçon.

— Vous n'accorderez plus jamais votre confiance à aucun homme ? demanda-t-il, amusé. Vous ne pouvez pas faire ça, Daisy. Ce n'est pas une vie.

— Mais je ne le fais pas ! Je suis juste beaucoup plus regardante avant d'accorder ma confiance, c'est tout.

— Pour éviter de souffrir, conclut Dev d'un ton pensif. Ne pas prendre de risques, choisir la voie la plus sûre, ne pas viser trop haut – ai-je bien saisi l'idée générale ?

— Comment osez-vous !

Furieuse, elle lui tourna le dos.

— Vous êtes monstrueux ! Ce n'est pas du tout pour ça que j'ai choisi Josh !

— Qui parle de Josh ? contra Dev en haussant les sourcils.

Oh ! en effet !

Daisy sentit ses cheveux se hérisser sur sa nuque. Si lui n'avait pas fait allusion à Josh, elle, en revanche... Et cela n'avait pas échappé à Dev.

On frappa à la porte.

— Qu'est-ce que c'est ? fit-elle d'une voix brusque.

— C'est moi. Euh... Barney.

— Vous voulez le voir ? demanda Dev.

Pauvre Barney.

Daisy hocha la tête, espérant que ses yeux n'étaient pas trop enflés, et regarda Dev écarter ses bottes en daim avant d'ouvrir la porte.

Après avoir fait entrer Barney, il s'éclipsa discrètement. Barney et Daisy s'observèrent quelques secondes en silence.

— Je suis désolé, lâcha-t-il, visiblement désespéré. Je suis tellement désolé. Je vous jure que je ne savais rien.

— Je sais, Barney. Ce n'est pas votre faute. Commencez donc par vous asseoir.

Les mains dans les poches, il hésita un instant, puis s'assit sagement.

— Je tombe des nues, soupira-t-il en secouant la tête. Il y a à peine une heure, j'étais l'homme le plus heureux de la terre. Et puis ce truc m'est tombé dessus... Je ne sais plus quoi penser. Je n'arrive pas à croire que j'aie pu vous faire ça. Ça me bouleverse. Vous devez me haïr, à présent.

— Ne dites pas de bêtises.

— Non, je le pense sincèrement. Si j'avais su qui était vraiment Mel dès le départ, je ne serais jamais sorti avec elle.

Daisy contempla ses bottes et caressa fugitivement l'idée de les prêter à Barney pour qu'il les lance contre la porte.

— Mais c'est arrivé. Vous êtes sorti avec elle. Qu'éprouvez-vous pour elle, maintenant ?

Barney demeura un instant silencieux. Il se mordait la lèvre inférieure et Daisy crut qu'il allait se mettre à pleurer.

— Je la déteste, murmura-t-il finalement.

Daisy attendit la suite.

— Je l'aime.

Barney ferma les yeux.

— Je suis désolé, mais c'est la vérité. Je l'aime et j'aime Freddie, c'est plus fort que moi. Mais avec ce qui vient de se passer, je ne sais plus quoi faire, je suis complètement perdu...

— D'accord. Alors, écoutez-moi. Mel n'a pas été franche avec vous, mais moi non plus. Vous pensiez que Steven et moi étions heureux ensemble et je ne vous ai pas détrompé pour ne pas vous faire de peine. En fait, nous n'étions pas heureux, dit-elle calmement. Pas heureux du tout. Je ne savais pas qu'il me trompait, mais je voulais déjà divorcer avant l'accident. Il ne m'avait épousée que par intérêt, Barney. C'était un tricheur et un menteur... Juste avant son accident, il m'avait fait un énorme chantage affectif. Steven n'était pas un type bien. Mel ne serait pas d'accord si elle m'entendait, mais il lui a menti, à elle aussi, et il était exceptionnellement doué pour le mensonge. Que vous a-t-elle dit après mon départ, tout à l'heure ?

Barney se tortilla sur le canapé, manifestement gêné.

— Euh... Que Steven souhaitait divorcer, mais que vous ne vouliez pas le laisser partir.

Daisy hocha la tête. Cela ne la surprenait pas. Après tout, pourquoi Mel la croirait-elle plutôt que Steven ? D'autant qu'il était sacrément persuasif.

— Et que lui avez-vous répondu ?

— Que j'allais venir vous voir.

— Et maintenant que vous m'avez vue, qu'allez-vous faire ?

— Je ne sais pas, murmura Barney en se passant la main dans les cheveux. Partir, je suppose.

46

— Tara ? Ah ! te voilà ! On te demande au téléphone, annonça Pam en faisant irruption dans les toilettes. Courir à la recherche des employés ne fait pas partie de mon boulot, tu sais. Je lui ai dit que les communications privées étaient interdites, mais il a insisté. C'est une urgence, paraît-il.

Tara cessa brusquement de polir le miroir ovale dans lequel elle s'admirait. Les communications privées étaient effectivement interdites, mais il n'y avait que Pam pour appliquer la consigne. Pam, qui tenait Tara pour une dévergondée, soit dit en passant.

Qui pouvait bien l'appeler à l'hôtel ? Et surtout, qui avait accompli l'exploit d'obliger Pam à bouger ses grosses fesses ?

Ça ne pouvait quand même pas être Andy ? Non, elle ne l'imaginait pas bourrelé de remords après avoir réalisé son erreur, lui promettant de passer le restant de ses jours à obtenir son pardon.

L'appel provenait plus vraisemblablement de son responsable d'agence bancaire.

Berk ! Elle n'avait plus tellement envie d'aller répondre.

— Il avait l'air comment ? s'enquit-elle. Gentil ou méchant ?

Pam soupira et tapota sa coiffure impeccablement laquée qui ne bougeait jamais d'un poil pour manifester son irritation.

— J'ai déjà perdu assez de temps à te trouver ! Tu n'as qu'à aller répondre, comme ça tu le sauras...

Une fois à l'accueil, Pam tendit le combiné à Tara, telle une bonne sœur qu'on obligerait à tenir un vibromasseur.

— J'espère qu'il n'a pas raccroché, commenta-t-elle, souhaitant visiblement le contraire.

— Allô ? fit Tara.

— Ah ! quand même ! s'exclama une voix qui lui chavira le cœur.

— Oh ! c'est toi !

Ses doigts serrèrent compulsivement le combiné. Dominic !

— Qui t'attendais-tu à entendre ? L'inspecteur des impôts ? demanda-t-il, amusé.

— Pire que ça, soupira Tara. Mon banquier.

Dominic éclata de rire.

— Écoute, je suis désolé de t'appeler au travail, mais il m'est venu une idée. Que dirais-tu de louer une chambre dans un hôtel quatre étoiles, avec dîner fin aux chandelles, champagne... le grand jeu, quoi ?

— Ça a l'air... intéressant, répondit Tara, le souffle court. Avec qui ?

— Avec moi. Mais seulement si tu es d'accord.

Toute une nuit ensemble. Champagne. *Le grand jeu*...

— Et ta... euh...

— Annabel est allée rendre visite à une amie d'enfance à Londres. Elle ne rentrera que demain après-midi. Alors ? insista-t-il d'un ton enjoué. Qu'est-ce que tu en penses ?

— C'est d'accord, chuchota Tara.

— Ah ! je savais que ça te plairait ! Je passerai te prendre à 18 heures, à l'endroit habituel. Je te laisse. À tout à l'heure, mon cœur.

— À tout à l'heure.

Tara raccrocha, la tête bourdonnante de mille pensées contradictoires. Et voilà ! Ce que Daisy lui avait fait promettre de ne pas faire allait avoir lieu... Mais comment l'empêcher ? Toute une nuit à l'hôtel ! Comme un vrai couple...

— Oh ! monsieur Tyzack ! roucoula Pam. Le paquet que vous attendiez vient d'arriver.

Tara frémit. Dev traversa le hall et la gratifia d'un bref sourire. Tout en prenant le paquet que lui tendait Pam, il demanda :

— Avez-vous vu Daisy, ce matin ?

Tara secoua la tête. Daisy était la dernière personne qu'elle avait envie de voir. Elle ferait tout pour la convaincre de ne pas aller retrouver Dominic. Et Dev ? Qu'aurait-il dit, *lui*, s'il avait su ce qu'elle allait faire ?

— Vous êtes un peu rouge, fit-il remarquer.

« Le truc, se dit-elle, c'est de ne pas prendre un air coupable. Aux yeux de Dev, je suis une allumeuse, mais inoffensive. »

— Sans doute l'excitation à l'idée d'être tout près de vous, rétorqua-t-elle avec un sourire radieux.

Barney poussa la porte d'entrée du cottage et vit aussitôt les valises au milieu du salon. Quelques instants plus tard, Mel descendit péniblement l'escalier, Freddie calé sur la hanche, deux sacs de voyage à la main.

— Qu'est-ce que tu fais ? demanda-t-il.

— À ton avis ? Comme ça tu n'auras pas besoin de me demander de partir !

Pâle mais déterminée, elle entassa les sacs sur les valises puis déposa avec précaution Freddie à côté des bagages.

— C'est ce que tu veux, non ? Qu'on disparaisse de ta vie. Tu as honte de moi, je te dégoûte et tu ne veux plus entendre parler de nous. Ça ne me dérange pas, Barney. Ça ne me dérange absolument pas. Ne t'inquiète pas, je ne vais pas te supplier de changer d'avis, je sais que ça serait inutile. Je n'ai plus qu'à emballer les dernières affaires de Freddie et on s'en va. Si tu veux, tu peux appeler un taxi dès maintenant, comme ça on sera plus vite partis. D'ici vingt minutes, tout sera terminé.

— Mel...

— Dernière chose, l'interrompit-elle, les yeux brillants. Je tiens à ce que tu saches que je suis désolée de t'avoir fait du mal et d'avoir blessé Daisy. Mais n'attends pas de moi que je regrette d'avoir gardé Freddie. Ça, tu ne me le feras jamais dire !

— Je ne me suis jamais attendu que tu dises une chose pareille ! Je comprends parfaitement que tu l'aies gardé.

— Bon. Je te remercie. Je suis contente qu'on ait mis ça au clair.

Mel contempla un instant son fils qui s'amusait à sortir des couches d'un paquet. Il leur adressa un regard espiègle et se mit une couche sur la tête.

— Heureusement qu'elle est propre, fit Barney.

— Je monte chercher le reste de ses affaires, annonça Mel en se détournant.

— Non.

Barney étendit le bras pour l'arrêter.

— Pourquoi ?

— Je ne veux pas que tu partes. Tu n'y es pas obligée. Daisy a dit que tu pouvais rester.

— Je ne te crois pas. Daisy me déteste.

Barney hésita. Ce n'était sans doute pas faux.

— Ce n'est pas précisément ce qu'elle *veut*, mais elle n'a pas l'intention de t'expulser du village. Elle a dit qu'elle supporterait la situation tant que... enfin, tant qu'elle ne te croiserait pas trop souvent.

— Il faudra que je me jette dans le fossé si je la vois se profiler à l'horizon, c'est ça ?

— Juste que tu fasses preuve de discrétion. C'est tout ce qu'elle demande. Ne t'attends pas à être invitée aux fêtes de l'hôtel, par exemple. Je crois que c'est généreux de sa part, non ?

Mel le contempla en silence. Ce que demandait Daisy était parfaitement raisonnable, elle était bien forcée de l'admettre. Mais elle en voulait à Barney de se montrer aussi soumis.

— Oh, oui ! c'est merveilleux ! Daisy est si bonne qu'elle m'autorise à vivre dans un village qui ne lui appartient même pas. Et *toi*, Barney ? Tu lui appartiens ou quoi ? Si elle avait décrété que je devais partir, tu te serais incliné ? Je serais allée vivre de mon côté avec Freddie, tu serais resté ici et on ne se serait plus jamais vus... Je ne veux pas rester avec toi sous prétexte que la généreuse Mme MacLean nous y a autorisés ! Et je n'ai pas l'intention de passer le restant de mes jours à lui être redevable de tant de gentillesse.

Barney sourit et secoua la tête.

— Tu as tout faux. J'ai dit à Daisy qu'on allait quitter Colworth. Je lui ai dit que je ne pouvais pas renoncer à toi. Et j'étais sincère. Je ne pourrais pas vivre ici sans Freddie et toi. Daisy a compris à quel point je tiens à vous. Alors elle a dit que ce serait dommage de devoir abandonner le cottage après tous ces travaux.

— Oh !

Mel se détendit.

— Elle n'a pas tort.

— Personne n'ira nulle part, déclara-t-il. On reste ici tous les trois.

— D'accord.

Quand il la prit dans ses bras, elle sentit le cœur de Barney battre à toute allure contre sa poitrine.

— Je t'aime, murmura-t-il.

L'orage était passé. Elle ne l'avait pas perdu.

— Moi aussi, je t'aime, murmura Mel.

Tara avait l'estomac complètement noué. C'était merveilleux. Dominic avait choisi un hôtel romantique à souhait, à Clevedon, où il était certain de ne croiser personne de sa connaissance. Elle avait attendu dans la voiture pendant qu'il partait en éclaireur pour inspecter les lieux et s'assurer que la voie était libre.

Tout allait bien. Hourra ! Ils allaient enfin passer une nuit ensemble, songea Tara tandis qu'on les conduisait à leur chambre.

— Enfin ! lui fit écho Dominic quand ils furent seuls.

Il la prit dans ses bras, la fit tournoyer à travers la chambre, la déposa sur l'immense lit, s'allongea sur elle, lui dévora le visage et le cou de baisers, déboutonna son chemisier, guigna d'un œil lascif son soutien-gorge turquoise.

— Grand fou ! gloussa Tara en le repoussant. Un peu de romantisme, s'il te plaît ! Avant de batifoler, il te faudra me faire longuement la cour !

— Cela va sans dire, lui assura Dominic. Mais un petit coup vite fait, histoire de se mettre en appétit, ça ne te tenterait pas ?

Tout en parlant, il glissa la main dans la ceinture de sa jupe. Tara laissa échapper un hurlement, se dégagea précipitamment de son étreinte et s'agenouilla sur le lit.

— Je n'ai pas besoin de m'ouvrir l'appétit, moi ! Je meurs déjà de faim, déclara-t-elle en se tapotant l'estomac. Je n'ai rien mangé depuis midi, et avant toute chose, je tiens à dîner.

En guise de réponse, Dominic déposa un doux baiser sur sa bouche, lui caressa délicatement la lèvre inférieure du bout de la langue, puis s'écarta d'elle avec un soupir de regret.

— D'accord. On fera comme tu voudras.

Tara se sentit submergé par un délicieux sentiment de triomphe. Dominic ne la traitait pas comme une vulgaire allumeuse !

Si Daisy avait pu la voir, elle aurait été fière d'elle.

47

Bon, c'est vrai, Dominic se crispait légèrement chaque fois que quelqu'un entrait dans la salle à manger. Mais à ce détail près, il tint parole. Il commanda plusieurs bouteilles d'un vin excellent et les plats furent servis sur d'élégantes assiettes hexagonales agrémentées d'un filet argenté. Tara était aux anges. Le seul problème, c'est qu'elle n'avait plus faim. Son appétit d'ogre avait cédé la place à une telle tension qu'elle arrivait à peine à manger.

Heureusement, Dominic n'en parut pas offensé. Il prit même cela comme un compliment.

— Tu as réussi à te libérer pour demain ?

Tara acquiesça en souriant. Elle avait échangé ses horaires avec une autre fille. Ainsi, ils n'auraient pas à quitter l'hôtel dès potron-minet, le lendemain matin.

— Tu es bien calme, observa-t-il.

— Ça va. C'est juste que...

— Ne me dis pas que tu as mauvaise conscience ! Mon ange, tu sais ce que je ressens pour toi. Je vais arranger les choses, je te le promets, poursuivit-il à voix basse.

Ce qu'elle était sur le point de lui dire, c'était qu'elle n'avait pas l'habitude de boire autant. Mais peu importait, de toute façon, il était normal qu'ils discutent de son mariage.

— Comment ça s'est passé avec Annabel, cette semaine ?

Dominic secoua tristement la tête.

— Comme toujours. J'ai l'impression de partager ma vie avec une étrangère. Je fais de mon mieux, mais elle ne se laisse jamais aller.

— Toujours pas de... ?

— Vie sexuelle ? Tu plaisantes ! Ça ne l'intéresse absolument pas.

— Elle devrait consulter un psychologue. Il y en a qui se spécialisent dans la thérapie sexuelle. Pourquoi ne lui conseilles-tu pas d'aller en voir un ?

— Elle ne voudra jamais, répondit-il.

Tara en fut secrètement soulagée. Faire des suggestions adultes et censées pour résoudre les problèmes sexuels d'Annabel, c'était bien gentil, mais elle n'aurait guère apprécié que Dominic lui téléphone un jour pour lui annoncer : « Ça a marché ! C'est génial ! Impossible de l'arrêter depuis sa thérapie. Tara, je t'assure, cette fille est une bombe sexuelle ! »

— Mais qu'est-ce que tu vas faire, alors ? s'inquiéta-t-elle en lui pressant la main.

— M'efforcer de tenir le coup encore quelques mois, dit-il d'un air résigné. Histoire de sauver les apparences. S'il ne tenait qu'à moi, je l'aurais déjà quittée. Mais ce ne serait pas correct vis-à-vis d'elle. Elle ne survivrait pas à une telle humiliation.

C'était ce qui lui plaisait le plus chez Dominic. Sa générosité. Combien d'hommes auraient pris la peine de se montrer aussi prévenants face à une épouse frigide ?

— Désolée, s'excusa-t-elle auprès de la serveuse qui retirait leurs assiettes. C'était délicieux, mais je n'ai pas faim.

— Tu ne veux pas de pudding ?

Pour la tenter, Dominic désigna la table voisine.

— Ou alors une petite mousse au chocolat ?

La mousse au chocolat était le péché mignon de Tara, mais elle était toujours à cran. À regret, elle secoua la tête.

— Je ne pourrais rien avaler de plus.

Dominic se leva et lui prit la main. Tandis qu'ils quittaient la salle à manger, il lui chuchota à l'oreille :

— Je vais t'offrir une gâterie qui vaut toutes les mousses au chocolat du monde...

Tara se laissa aller contre son épaule et se sentit submergée par une onde de chaleur qui ressemblait fort à...

Une nausée. Elle avait la nausée et il n'y avait aucun moyen de lutter contre. De retour dans leur chambre, Dominic commença à l'embrasser et elle s'efforça de partager son enthousiasme, mais l'odeur de son aftershave, qu'elle adorait pourtant, lui retourna l'estomac. Elle avait trop chaud et se mit à transpirer abondamment.

— Tu es tellement belle, murmura Dominic.

Il tira sur la fermeture Éclair de sa jupe, déboutonna son chemisier.

Elle était gelée, à présent. Au point de claquer des dents. Elle inspira plusieurs fois à fond pour alléger le poids qui lui pesait sur l'estomac. Dominic se méprit sur la signification de cette respiration haletante. Il la souleva dans ses bras et la déposa sur le lit.

Il contempla avec adoration son ensemble soutien-gorge pigeonnant bleu et culotte (évidemment) assortie. Tara rentra instinctivement le ventre et grimaça sous l'effet d'une douleur aussi fulgurante que si on lui avait fouaillé les entrailles à l'aide d'un couteau.

Elle comprit aussitôt ce que cela signifiait. Oh, non, non ! Par pitié, *noon*...

— Tellement belle et sexy, murmura Dominic en caressant du bout des doigts la dentelle bordant le soutien-gorge. Il y a si longtemps que j'attends ce moment.

Ce n'était pas parce qu'elle était sur les nerfs qu'elle n'avait pu faire honneur au dîner. Sa sensation de malaise n'était pas liée à la culpabilité. Tara ferma les yeux et sentit la chambre tournoyer autour d'elle, tel un manège de fête foraine.

Dominic écrasa sa bouche sur la sienne et glissa simultanément la main dans son dos pour dégrafer son soutien-gorge. Tara sentit la nausée affluer d'un seul coup.

Elle se dégagea et se rua vers la salle de bains, la main pressée sur la bouche.

Les cinq minutes qui suivirent furent les pires de sa vie. Elle les passa à vomir bruyamment entre deux haut-le-cœur, jusqu'à se sentir vidée.

Au bout d'un moment, elle entendit Dominic demander à travers la porte :

— Tara ? ça va ?

Mais oui, mon amour. Je ne me suis jamais sentie aussi bien. Il ne me manque plus qu'un milk-shake au chocolat et un tour de montagnes russes pour que tout soit parfait !

Tara était bien trop honteuse pour lui adresser une telle réplique. Existait-il quelque chose de plus rédhibitoire sur le plan de la séduction que des bruits de vomissement ?

Trente secondes plus tard, elle eut la réponse. La douleur qui lui laminait l'estomac s'intensifia, ses intestins se liquéfièrent et elle eut tout juste le temps de s'asseoir sur la cuvette des toilettes.

Après Dieu sait combien de temps – au moins vingt minutes –, Tara parvint à rassembler assez de forces pour se relever. Le reflet que lui renvoya le miroir la terrifia. Elle avait les yeux gonflés, la peau du visage marbrée et les cheveux collés par la sueur.

Parcourue de tremblements irrépressibles, elle se lava les dents, se passa de l'eau sur le visage et s'enveloppa les épaules d'un drap de bain. La crampe à l'estomac n'avait pas disparu et la chasse d'eau venait d'être mise à si rude épreuve qu'elle devait être aussi épuisée qu'elle. Où puiser le courage d'affronter le regard de Dominic ?

À travers la porte – aussi épaisse qu'une feuille de papier à cigarettes –, Tara perçut un murmure de voix.

Elle ne pouvait tout de même pas passer la nuit dans la salle de bains. Elle respira un grand coup et sortit.

Allongé sur le lit, tout habillé, Dominic regardait la télé. Il tourna la tête vers elle.

— Ça va mieux ?

Tara hocha la tête d'un air malheureux. Son estomac la tiraillait toujours. Elle avait les yeux tellement enflés qu'elle y voyait à peine. Jamais elle ne s'était sentie aussi repoussante.

Ce qui était probablement sans importance, étant donné que Dominic ne semblait pas précisément bouillir de désir.

Tara se déchaussa, puis elle alla pêcher sa robe de chambre en satin vert au fond de son sac de voyage et l'enfila. Ne sachant trop quoi faire ensuite, elle s'approcha du lit d'un pas hésitant.

Quand on est marié avec quelqu'un depuis cent ans, on peut faire face à un cas de ce genre. On lâche une plaisanterie, on rigole et l'autre vous prend dans ses bras pour que vous sachiez qu'il comprend et qu'il vous aime toujours.

Dominic, lui, reporta son attention sur la télé.

— Je suis désolée.

Quand elle s'assit au bord du lit, elle sentit clairement qu'il se contractait et se fit l'effet d'une lépreuse.

Au terme d'un long silence, il demanda :

— Qu'est-ce qui t'a rendue malade ?

Tara connaissait malheureusement la réponse à cette question.

— J'ai mangé un sandwich au thon, à midi. J'ai trouvé qu'il avait un drôle de goût, mais comme je n'avais rien apporté d'autre et que j'avais faim, je l'ai mangé quand même. Je l'avais préparé hier soir, avoua-t-elle. Et j'ai oublié de le mettre au frais.

Dominic leva les yeux au ciel.

— Je pensais que ce n'était pas grave. Le cottage est plutôt froid, la nuit.

— Pas si froid que ça, à l'évidence, répliqua sèchement Dominic. Bon, alors qu'est-ce qu'on fait maintenant ? ajouta-t-il d'un ton pragmatique. En ce qui me concerne, je ne suis pas très chaud pour…

— Moi non plus, l'interrompit-elle avant qu'il ait le temps d'avouer combien elle lui répugnait physiquement.

— Tu veux rentrer chez toi ?

C'était effectivement ce qu'elle souhaitait plus que tout au monde, mais elle se sentait encore fragile. Il y avait plus d'une heure de route jusqu'à Colworth et la perspective d'être à nouveau malade la terrifiait.

— Je ne sais pas si je pourrais supporter un trajet en voiture…

Dominic hocha la tête et décrocha le téléphone placé sur la table de chevet. Il demanda s'il était possible de réserver une seconde chambre.

— L'hôtel est complet, annonça-t-il en raccrochant. Pas une chambre de libre.

Tara avait l'impression de vivre un cauchemar.

— Tu peux rentrer chez toi, murmura-t-elle. Je resterai ici.

— C'est ce que j'ai de mieux à faire, en effet.

Il eut une expression exaspérée en voyant les épaules de Tara se mettre à trembler.

— Ah, non ! je t'en prie, tu ne vas pas te mettre à pleurer ! Qu'est-ce qu'il y a encore ?

Qu'est-ce qu'il y a encore ?

De grosses larmes dévalèrent sur les joues de Tara qui se détourna, honteuse.

— J'ai tout gâché ! Pardon, je ne l'ai pas fait exprès… Je me sens tellement *nulle*, geignit-elle en s'essuyant les yeux avec la manche de sa robe de chambre. Je me sens vraiment mal et je ne veux… pas… rester… toute… seule.

Elle hoquetait, à présent. Pitoyable. Profondément pitoyable, mais vrai. Si elle avait été chez elle, Maggie aurait pris soin d'elle. Elle l'aurait mise au lit, lui aurait épongé le front et l'aurait bichonnée.

Tout en veillant à garder ses distances, Dominic lui tapota gauchement l'épaule.

— C'est d'accord, soupira-t-il. Je vais rester.

Tara n'osa pas se retourner pour se réfugier dans ses bras. Elle se contenta de renifler bruyamment.

— M-merci.

Ils quittèrent l'hôtel le lendemain matin à 8 heures. Tara ne s'était jamais sentie aussi vide de sa vie. Elle avait l'impression d'avoir perdu au moins cinq kilos. Son corps était aussi creux qu'un œuf de Pâques bon marché. Elle avait passé une nuit épouvantable, à se relever sans arrêt pour courir à la salle de bains. Et Dominic n'avait pas mieux dormi qu'elle.

Mais elle avait suffisamment récupéré pour affronter un trajet en voiture. Dominic semblait aussi soulagé qu'elle. Elle n'aurait jamais cru possible que deux personnes puissent être aussi distantes l'une de l'autre dans un lit à deux places.

C'était une nuit dont ils se souviendraient longtemps.

Ils roulèrent en silence jusqu'à Colworth. Quand Dominic la déposa au bout de la rue principale, il ne se pencha pas pour l'embrasser. Tara était persuadée d'avoir mauvaise haleine, bien qu'elle se soit brossé les dents avec une telle énergie que les poils de sa brosse à dents étaient tout tordus.

— Je t'appellerai, jeta-t-il en consultant sa montre.

— D'accord.

Elle se demanda s'il était sincère. Cette hideuse nuit s'estomperait-elle avec le temps ?

— Je suis désolée, marmonna-t-elle pour la cent-cinquantième fois.

Et pour la première fois de la journée, Dominic se décida à sourire. Faiblement.

— Moi aussi.

48

— Tu es sûre que ça va ? s'inquiéta Maggie qui venait d'apparaître dans le salon, une bouteille de Perrier à la main.

Elle passa la main dans les cheveux de Tara, ramassa ses clés de voiture et déclara :

— Ma pauvre biquette ! Tu n'as toujours pas l'air en forme. Je vais te rapporter de quoi retrouver l'appétit. Tu veux des magazines ?

Tara hocha la tête avec reconnaissance. Il était 3 heures de l'après-midi et elle commençait tout juste à se sentir mieux. Tous les muscles de son corps la faisaient souffrir, mais elle avait réussi à boire deux verres d'eau sans vomir. Elle n'avait surtout plus mal au ventre et n'éprouvait plus le besoin de courir aux toilettes toutes les cinq minutes.

— Je serai de retour vers 5 heures, dit Maggie qui partait faire des courses au supermarché. Ne regarde pas trop la télé, ça fatigue.

C'était bon de se faire dorloter. Maggie lui avait enregistré *Rain Man* la veille. Tara se pelotonna sous la couette et décida de ne plus penser à Dominic. Deux heures en compagnie de Tom Cruise et de Dustin Hoffman lui feraient le plus grand bien.

Une heure plus tard, quelqu'un sonna à la porte.

— Danger ! dit Dustin Hoffman.

Tara s'extirpa de sa couette et se passa précipitamment la main dans les cheveux. C'était peut-être Dominic qui revenait pour s'excuser et lui dire qu'il l'aimait.

L'aimerait-il toujours si elle allait lui ouvrir la porte en T-shirt Madonna et pantalon de jogging informe ?

Elle décida de prendre le risque.

— *Bonjour ! fit Annabel Croix du Calvaire.*

Oh, non ! Tara pria pour se réveiller. Elle était sûrement en train de faire un cauchemar. La présence d'Annabel ne pouvait être réelle.

— Vous feriez mieux de m'inviter à entrer, suggéra celle-ci. Il faut qu'on parle, vous et moi.

Enfer et damnation ! Tara ne dormait pas. Tout en faisant de son mieux pour juguler la panique qui menaçait de la submerger, elle se demanda si elle avait le droit de téléphoner à son avocat. Si tant est qu'elle ait eu un avocat.

Le cœur cognant à tout rompre, elle s'écarta pour livrer passage à Annabel qui répandit des effluves de Chanel N° 19 jusque dans le salon où elle jaugea d'un œil critique la couette roulée en boule, les rideaux tirés et l'écran de télévision palpitant.

— Euh... oh ! déclara Dustin Hoffman à ce moment-là. Prout !

— Désolée, je vais éteindre ça, balbutia Tara.

Elle se précipita sur la télécommande, fit disparaître la couette derrière le canapé et indiqua d'un geste à Annabel qu'elle pouvait s'asseoir.

— Euh... Une tasse de thé, peut-être ?

— Non merci, répondit Annabel qui demeura debout.

Elle portait un élégant manteau de daim gris, un chemisier rose impeccable et un pantalon gris pâle.

Ne sachant que faire pour se donner une contenance, Tara frotta ses mains moites l'une contre l'autre et ajouta en désespoir de cause :

— Un café alors ?

— Non.

Annabel prit une profonde inspiration et la regarda droit dans les yeux.

— Vous êtes la maîtresse de mon mari.

— Non ! s'écria Tara en secouant vigoureusement la tête. C'est faux. Je n'ai pas couché avec lui.

— Inutile de nier, je sais que vous avez passé la nuit avec lui dans un hôtel de Clevedon et qu'il vous a raccompagnée ici ce matin.

Tara sentit ses jambes se dérober sous elle et se laissa choir sur le canapé.

— Qui vous l'a dit ? Dominic ?

— Bien sûr que non, rétorqua Annabel en retroussant la lèvre avec mépris. Je l'ai fait prendre en filature.

— En filature ? Vous voulez dire que vous l'avez fait *suivre* ? risqua Tara, soudain en nage. Par un... ?

— Détective privé, oui.

— Mais, mais... Il est passé me prendre hier soir. Il n'y avait personne derrière nous.

— Normal. C'est un professionnel, répliqua Annabel d'un ton patient. Il avait placé un émetteur dans la voiture de Dominic. La technologie moderne a parfois du bon.

Question de point de vue, songea Tara.

Annabel ouvrit son sac à main et en sortit une minuscule cassette audio.

— Vous avez dîné ensemble au restaurant de l'hôtel. Un homme entre deux âges était assis à une table voisine de la vôtre : vous vous souvenez de lui ?

— Non.

— Vous voyez ! s'exclama Annabel, presque ravie. C'est un excellent détective. Il passe totalement inaperçu. Ce qui ne l'a pas empêché d'enregistrer toute votre conversation. Vous étiez tellement pressés que vous n'avez pas pris de dessert. C'est d'ailleurs dommage, poursuivit-elle. Le détective m'a assuré que la mousse au chocolat était exceptionnelle. Qui sait ? Peut-être même meilleure que ce que vous avez choisi de lui substituer...

Une pensée horrible assaillit soudain Tara. Un micro avait-il aussi été placé dans leur chambre ? Auquel cas, Annabel savait qu'il n'y avait rien eu de physique entre Dominic et elle. Ce qui était plutôt positif. D'un autre côté, cela signifiait qu'elle avait dû écouter une cassette pleine de bruits de haut-le-cœur et de vomissements...

— Y avait-il aussi un micro dans la chambre ? demanda-t-elle pour en avoir le cœur net.

Annabel haussa imperceptiblement les épaules.

— Vous êtes montée dans cette chambre avec mon mari, lâcha-t-elle d'une voix glaciale. Racontez-moi ce qui s'y est passé et je répondrai ensuite à votre question.

Tara s'essuya le visage des deux mains.

— D'accord, d'accord. Mais je n'y arriverai pas si vous restez debout. Asseyez-vous, s'il vous plaît.

— Et voilà toute l'histoire, conclut-elle un peu plus tard. Je vous ai dit la vérité. De toute façon, s'il y avait un micro dans la chambre, vous savez que je ne vous ai pas menti.

— Il n'y avait pas de micro, avoua Annabel.

Partagée entre soulagement et dépit, Tara insista :

— Il n'empêche que je vous ai dit la vérité.

— Et il n'empêche que si vous n'aviez pas été malade, vous auriez couché avec Dominic.

— C'est probable, en effet, admit piteusement Tara.

— Vous aviez *l'intention* de coucher avec lui, insista Annabel.

— Dominic partageait cette intention ! riposta Tara. Écoutez, je suis désolée, je sais que ce que j'ai fait est mal... Enfin, failli faire... Mais Dominic n'est pas complètement à blâmer, vous ne trouvez pas ? Quand on refuse toute vie sexuelle à son mari, on ne peut pas s'attendre qu'il vous reste éternellement fidèle ! C'est un être humain, après tout ! Quand je pense que vous ne voulez même pas entendre parler de thérapie, je vous trouve sacrément égoïste !

— Ne vous fatiguez pas, j'ai déjà entendu ce petit discours sur la cassette, lui rappela Annabel, agacée. C'est très gentil de votre part de vous soucier ainsi de moi. Une façon de vous donner bonne conscience, j'imagine, et de vous faire passer pour une bonne fille aux yeux de Dominic.

— Vous devriez cependant envisager une thérapie, persista Tara en rougissant.

— Vous permettez que je change d'avis ? s'enquit Annabel en haussant les sourcils. Je prendrais bien une tasse de thé, finalement !

C'était probablement ce qu'elle répondait à Dominic quand il lui proposait de partager son lit, décida Tara en se dirigeant vers la cuisine pour brancher la bouilloire.

Annabel apparut sur le seuil au moment où elle versait l'eau bouillante sur le thé.

— Vous plairait-il de savoir pourquoi je refuse d'entendre parler de thérapie ? lança-t-elle.

« Parce que vous êtes frigide, pensa Tara. Et que la seule idée d'avoir à utiliser des mots tels que *préliminaires* ou *pénis* devant un étranger vous terrifie. »

— Je n'entreprends pas la moindre thérapie, poursuivit Annabel, pour la bonne raison que je n'ai aucun problème sexuel.

— Mais...

— Dominic et moi atteignons régulièrement l'orgasme, que ce soit au lit ou ailleurs. Notre vie sexuelle est parfaitement harmonieuse. Vous pensez que je vous mens ?

Tara se sentit soudain glacée de la tête aux pieds. Elle se tourna vers Annabel.

— Je ne sais pas.

— Je vous ai crue tout à l'heure, quand vous m'avez raconté ce qui s'était passé dans la chambre. À votre tour de me croire.

— Pourquoi Dominic m'aurait-il raconté ça, si ce n'était pas vrai ? demanda Tara.

Mais au plus profond d'elle-même, elle connaissait déjà la réponse.

— Parce que Dominic est un menteur. Et qu'il aime l'argent. Regardez donc les choses en face, répliqua Annabel. Des millions d'hommes trompent leurs femmes et racontent à leurs maîtresses qu'ils n'ont plus de vie sexuelle. Ils font ça pour s'amuser : deux femmes, c'est mieux qu'une seule ! Nous savons à présent toutes deux que Dominic est un excellent menteur.

— Je n'en savais rien, protesta Tara.
— Ah, oui ? Auriez-vous déjà oublié le jour de mon mariage ?
Tara devint écarlate.
— Dites-moi la vérité, reprit Annabel. Vous l'avez couvert, ce jour-là, n'est-ce pas ? Vous m'avez fait cette confession pour lui sauver la mise.
— Pas seulement, avoua Tara. Je ne voulais pas que votre grand jour soit gâché.
— Vous voyez ? Vous êtes une bonne fille, dans le fond.
— Mais qu'allez-vous faire maintenant ? Si vous avez écouté la cassette, vous savez que Dominic veut vous quitter.
— J'ai comme un petit creux, subitement. Auriez-vous des biscuits ? répondit Annabel.
Tara désigna une boîte à gâteaux à côté de la bouilloire. Annabel se servit, puis s'adossa au plan de travail.
— Je doute que Dominic souhaite me quitter. Je suis riche et l'idée de rester marier à mes millions lui plaît énormément. Sa plus grande hâte consisterait plutôt à me mettre enceinte.
— Le fait qu'il vous trompe et qu'il raconte à qui veut l'entendre que vous êtes frigide ne vous fait donc rien ?
— Ne dites pas de bêtises ! Évidemment que ça me fait quelque chose ! s'exclama Annabel. Dominic m'avait promis d'être fidèle, mais je ne lui faisais pas entièrement confiance... Ma mère le trouvait charmant, il m'a demandée en mariage et je me suis trouvée prise dans le tourbillon des préparatifs sans trop savoir comment. Essentiellement pour faire plaisir à ma mère. J'ai tout de même trouvé qu'il ne manquait pas de toupet quand il s'est fait pincer avec vous le jour du mariage !
— Alors, vous saviez depuis le début que je n'avais rien fait ? lâcha Tara, interloquée.
— Vous aviez tout de même votre part de responsabilité dans l'histoire, rectifia Annabel.

— Mais vous vouliez annuler le mariage, jusqu'à ce que je vienne vous trouver. Si vous saviez que je couvrais Dominic, pourquoi avoir fait semblant de me croire ?

— À cause de ma mère. Elle aurait fait une dépression nerveuse ou une crise cardiaque si j'avais annulé le mariage. Les invités étaient presque tous là et elle avait passé des mois à tout organiser. Elle n'aurait pas survécu à une telle humiliation. Ma sœur aurait mieux fait de tenir sa langue quand elle vous a surpris dans le pavillon d'été, conclut-elle, flegmatique. C'est ce que j'aurais fait à sa place, en tout cas.

— Bon, d'accord. Mais qu'allez-vous faire, alors ? répéta Tara, déstabilisée par l'attitude presque joviale d'Annabel. Vous allez divorcer ?

— Je n'ai pas encore décidé. Comme je vous le disais, les choses se passent très bien entre nous. Mais je n'ai pas envie de rester mariée à quelqu'un qui me trompe.

— Techniquement, il ne vous a pas trompée, avança timidement Tara.

Annabel eut un rire méprisant.

— Grâce à un sandwich avarié ! Ce que j'aimerais savoir, c'est si vous avez l'intention de revoir Dominic ?

— Ah, non ! C'est hors de question ! répondit Tara avec véhémence.

— Sûre ? Même s'il vous téléphone pour vous faire son petit numéro de charme ?

— Sûre et certaine, affirma Tara. Mais franchement, ça m'étonnerait qu'il me rappelle un jour. Après ma performance d'hier soir, je doute qu'il ait envie de me revoir. En tout cas, si vous avez des enfants ensemble, ne comptez pas trop sur sa coopération. Quelque chose me dit que les couches et le vomi, ce n'est pas vraiment son truc.

Annabel avala le reste de son thé, puis consulta sa montre.

— Il est temps que j'y aille. Dominic s'attend à me voir revenir de Londres à 5 heures. Merci pour le thé, et pour cette petite conversation, je crois qu'elle nous aura été très profitable. Prenez soin de vous, ajouta-t-elle en se dirigeant vers la porte.

— Merci. Et croyez bien que je suis désolée, répondit Tara. Pour tout.

— Ne vous inquiétez pas. Ah, une dernière chose ! C'est Dominic qui souhaite devenir père. Il ne sait pas que je prends la pilule…

49

À l'hôtel, les décibels produits par la réunion d'anciens élèves allaient croissant. Deux heures après le début du dîner, les quadragénaires en délire en étaient toujours à s'apostropher sur le mode suraigu des adolescents sitôt qu'ils reconnaissaient quelqu'un qu'ils n'avaient pas revu depuis vingt-cinq ans.

Pour échapper à l'atmosphère enfumée du bar, Daisy alla s'aérer sur le perron. Elle inspirait l'air frais à pleins poumons quand un bruit familier la fit se retourner.

Ses griffes cliquetant sur le dallage, Clarissa traversait le hall d'une démarche conquérante. Dev, vêtu d'une vieille veste d'équitation et d'un jean, était encore dans l'escalier. Il s'arrêta pour échanger quelques mots avec Barney tandis que Clarissa, le précédant sur le perron, enroula son corps tel un boa autour des jambes de Daisy.

— Comment ça va ? s'enquit Dev en les rejoignant.

— À merveille, répondit Daisy qui s'était penchée pour caresser le crâne de Clarissa. Elle garde mes chevilles au chaud.

— Je faisais allusion à votre moral.

— Ça va, répondit-elle. Je survivrai.

— J'emmène Clarissa faire un tour. Ça vous dit de nous accompagner ?

À cet instant précis, des hurlements et des hourras en provenance du bar retentirent. Daisy, qui commençait à avoir mal aux oreilles, se dit que ce serait une bonne idée.

— Donnez-moi deux minutes, le temps de changer de chaussures.

Elle était en train de se dépouiller de sa jupe pour enfiler un jean, quand le téléphone se mit à sonner. Les jambes entravées, elle sautilla jusqu'à l'appareil et reconnut le numéro du portable de Josh sur l'écran d'identification d'appel. Elle décida de ne pas répondre. Il y avait de grandes chances pour qu'il l'appelle d'un bar bruyant... Elle remonta la fermeture Éclair de son jean, enfila une paire de bottes à talons plats, attrapa sa veste en laine polaire prune et sortit avant même que le répondeur ait eu le temps de se déclencher.

Elle ne pouvait pas faire attendre Clarissa.

Des nuages de condensation s'échappant de leurs bouches, Dev et elles s'engagèrent dans l'allée. Le temps s'était légèrement radouci et la neige avait presque entièrement fondu. Daisy suivit d'un regard amusé Clarissa qui fonçait tête baissée sur la pelouse.

— Elle se croit chez elle, observa Dev. Elle va faire une drôle de tête quand on partira.

Trop heureuse qu'il ne la questionne plus à propos de son moral, Daisy demanda :

— Où en sont les travaux chez vous ?

— On croirait que la maison a été bombardée. Non, j'exagère. La toiture a été refaite et la plomberie est plus ou moins réparée. Quand j'y suis passé, cet après-midi, les peintres s'attaquaient aux chambres. Je crains qu'il ne vous faille endurer ma présence encore deux bonnes semaines.

Ils descendirent la rue principale du village, Clarissa les devançant d'une bonne cinquantaine de mètres. Daisy ne savait trop si elle devait se réjouir ou non de leur prochain départ. Elle enfonça les mains dans ses poches et remarqua :

— Ça sent l'automne.

Dev siffla Clarissa, qui s'engageait sur Brocket Lane.

— Non, non ! Pas par là ! Reviens ici !

Clarissa l'ignora superbement.

— Reviens ici ! cria Dev. Au pied !

Daisy réalisa avec amusement qu'il n'osait pas appeler la chienne par son nom.

— Appelez-la, suggéra-t-il. Peut-être qu'elle vous obéira plus qu'à moi.

— C'est votre chien, répondit Daisy. À vous de vous faire obéir.

Il se remit à siffler.

— Je suis sûr qu'elle le fait exprès.

— Elle s'appelle Clarissa, lui rappela Daisy d'un ton innocent. Vous devriez essayer de l'appeler par son nom.

Dev lui jeta un regard de biais et la surprit en train de rire sous cape.

— Quand je pense que je faisais tout ce cirque pour vous éviter de passer par Brocket Lane ! s'exclama-t-il.

— Parce que c'est là que vit Barney, en compagnie de la maîtresse et du fils de mon défunt mari ? Votre prévenance me touche, dit-elle en lui tapotant le bras, mais je crois que je peux supporter ça. Je ne suis pas une poule mouillée.

— J'avais surtout peur que vous ne lanciez des pierres dans leurs fenêtres, en fait.

— Je vous promets que je n'en ferai rien. Allez, venez.

Daisy le poussa légèrement en direction du chemin.

— Suivons ce chien !

Alors qu'ils passaient devant le cottage de Bert Connelly, elle plissa le nez.

— Quelqu'un doit faire brûler des feuilles. C'est pour ça que je trouvais que ça sentait l'automne.

Clarissa se mit à aboyer. Dev pressa le pas en fronçant les sourcils.

— Oui, moi aussi je sens l'odeur du feu. On dirait que ça vient de là-haut… *Oh, merde !*

Il venait d'arriver au tournant de la rue. Daisy le rejoignit et vit ce qu'il avait vu. D'épaisses volutes de fumée noire s'échappaient des fenêtres du rez-de-chaussée de Brock Cottage. Excepté une lueur orange en provenance du salon, la maison était plongée dans l'obscurité. Daisy resta un instant figée sur place. C'est alors qu'elle entendit le crépitement des flammes.

Mon Dieu, non !

— Brigade des pompiers ? lâcha Dev dans son portable. Un incendie vient de se déclarer : Brock Cottage, Brocket Lane, Colworth... Comment ?... Oui, envoyez une ambulance... Je ne sais pas. Je pense que oui.

Daisy s'élança vers le cottage. Elle savait ce que pensait Dev. Si la maison était plongée dans l'obscurité, cela signifiait peut-être qu'il n'y avait personne à l'intérieur. Barney et Mel s'étaient-ils disputés ? Mel avait-elle plié bagage et était-elle partie avec Freddie ? Avait-elle mis le feu à la maison pour se venger avant de partir ? Non, sûrement pas – mais d'une certaine façon, cette hypothèse eût été préférable à *l'autre*.

— MEL ! hurla-t-elle en cognant de toutes ses forces à la porte du cottage. MEL, VOUS ÊTES LÀ ?

Pendant quelques secondes, le silence régna, interrompu seulement par le bruit des flammes et les quintes de toux de Daisy provoquées par la fumée qui s'échappait du volet de la boîte aux lettres. Puis son sang se glaça dans ses veines quand elle entendit un hurlement de femme, suivi du faible vagissement d'un enfant. Mel et Freddie se trouvaient à l'étage, au-dessus d'un incendie qui commençait à faire rage. Les pompiers n'atteindraient pas le village avant un quart d'heure.

La fenêtre du premier étage s'ouvrit soudain, laissant échapper un nuage de fumée noire. Daisy recula d'un pas, rejoignant Dev, et vit apparaître le visage livide de Mel.

— Tout va bien, Mel ! Tout va bien se passer ! lui cria Dev. Lancez le petit par la fenêtre, je vais l'attraper. Vous sauterez ensuite.

— Freddie est dans la chambre du fond, hurla Mel. La porte est bloquée, je ne peux pas l'ouvrir !

Daisy sentit son taux d'adrénaline faire un bond. Dev se ruait déjà vers l'arrière de la maison.

— Mel, tout va bien ! Dev est là, il vient vous chercher, tout va bien se passer !

— AU SECOURS ! AU SECOURS ! hurla Mel.

— Est-ce que vous pouvez sauter par la fenêtre ? hurla Daisy en retour.

— JE NE PEUX PAS LAISSER FREDDIE !

— D'accord. Restez là, je vais chercher Dev.

Daisy contourna la maison au pas de course et le trouva en train d'essayer d'enfoncer la porte de derrière qui refusait de céder. Il y avait moins de fumée de ce côté-là. Daisy ramassa une brique, cassa le carreau de la fenêtre de la cuisine, déverrouilla le loquet et entreprit d'escalader le rebord. Elle se souvint vaguement d'avoir promis à Dev de ne pas lancer de pierres dans les fenêtres du cottage...

— N'entrez pas, lui cria Dev. C'est trop dangereux.

— Il le faut ! Vous ne passerez jamais.

Le cœur battant, elle se glissa dans l'étroite ouverture en se tortillant, atterrit de l'autre côté et alla ouvrir la porte à Dev.

— Merci. À présent, sortez ! Allez prévenir Mel que j'arrive.

Toussant et crachant, Daisy obéit. Dev disparut à l'intérieur du cottage. Quelques secondes plus tard, une porte claqua et elle l'entendit crier : « Je l'ai ! » Un craquement retentit alors et les flammes prirent une soudaine ampleur à l'intérieur du cottage, comme sous l'effet d'un souffle.

Un craquement sonore retentit et Mel hurla, folle de terreur.

— Tout va bien ! criait Daisy, à peu près aussi terrorisée qu'elle.

— Je suis là.

Le visage de Dev apparut dans l'encadrement de la fenêtre. C'était la porte de communication entre les chambres qu'il venait d'enfoncer qui avait produit le craquement.

— Daisy, recule et tends les bras, ordonna-t-il. Non, plus loin, sur l'herbe.

Il désigna un endroit précis et Daisy vit qu'il tenait Freddie dans ses bras. Un Freddie qui écarquillait les yeux et beuglait à pleins poumons.

— Elle va le laisser tomber ! hurla Mel, hystérique. Elle va le laisser tomber ! Je ne vous laisserai pas faire ça !

— Ça suffit ! Je vous jure qu'elle ne le laissera pas tomber.

Daisy aurait bien voulu en être aussi sûre que lui. Elle n'allait peut-être pas le laisser tomber, mais elle n'était pas du tout certaine de réussir à l'attraper.

— Dites-lui, Daisy ! cria-t-il d'une voix enrouée.

— Je vais l'attraper ! assura-t-elle. Tout va bien se passer !

Mon Dieu, faites que je l'attrape, je vous en supplie.

— Nooooon ! hurla Mel.

— Un... deux... *trois*, compta Dev avant de lancer Freddie par la fenêtre.

Daisy l'attrapa. Elle n'eut même pas à se déplacer tant le tir de Dev fut précis. Freddie, qui avait volé dans les airs en silence, se retrouva entre les bras tremblants de Daisy et se mit à pleurer bruyamment. Haletante, elle le serra contre elle et sentit ses yeux s'emplir de larmes. Elle lui embrassa les cheveux, et il se mit à lui flanquer des coups de poing en guise de protestation.

— Aïe ! mon oreille, chuchota-t-elle tandis qu'il se débattait de plus belle.

— Éloigne-toi, maintenant ! cria Dev. On va descendre.

Daisy osait à peine lever les yeux vers eux. Ils se trouvaient à près de trois mètres du sol. Ils risquaient de se tuer.

Mais Dev ne voulait pas laisser Mel hésiter derrière lui. Il l'aida à enjamber le rebord de la fenêtre et, tel un instructeur de saut en parachute, hurla :

— Trois, deux, un... C'est parti !

Mel sauta et heurta le sol avec un bruit effrayant.

50

Daisy se précipita vers Mel, s'agenouilla près d'elle et demanda d'un ton anxieux :

— Tout va bien ?

— Je crois, oui.

Mel se releva en serrant les dents. Ses jambes tremblaient tant qu'elle eut du mal à rétablir son équilibre. Fort heureusement, elle n'avait rien de cassé. Elle prit Freddie dans ses bras, le serra contre elle avec force et éclata en sanglots.

— Oh, pétard ! lâcha Bert Connelly qui arrivait en compagnie d'un de ses fils. On a entendu des cris. Tout va bien ? Le petit bout de chou n'a rien ?

D'épaisses volutes d'âcre fumée noire s'échappant de la fenêtre du premier étage, Dev sauta à son tour. Cette fois-ci, Daisy n'eut pas le courage de regarder.

— Bel atterrissage, commenta Bert. On voit qu'il tient la forme, ce gaillard-là ! Au fait, j'ai appelé les pompiers.

Ils s'en étaient tous sortis. Ils étaient sains et saufs. Daisy en éprouva un tel soulagement qu'elle se mit à trembler de manière irrépressible.

— Nous aussi, dit-elle.

— J'ai aussi appelé Barney, à l'hôtel. Je lui ai dit de se ramener fissa.

Pauvre Barney. Son cher cottage était en ruine.

À cet instant, la Land Rover d'Hector apparut dans l'allée. Barney, le visage crayeux, sauta du véhicule avant même qu'il soit à l'arrêt.

— Tout le monde va bien, le rassura Dev tandis qu'il se précipitait vers Mel et Freddie.

Hector sortit de la voiture. Il était en tenue de soirée.

— On rentrait tout juste, Paula et moi, quand on a vu Barney quitter l'hôtel en courant comme un dératé. J'ai appelé les secours. Quelle tragédie !... Ma pauvre puce, tu as une de ces têtes !

La fumée faisait pleurer Daisy. Elle s'essuya les yeux et réalisa que son visage était noir de suie. Celui de Dev l'était encore plus, il ressemblait à un militaire en mission commando.

— J'ai lancé Freddie par la fenêtre et c'est Daisy qui l'a rattrapé, expliqua-t-il à Hector.

Malgré l'horreur de la situation, ce dernier ne put s'empêcher de glousser.

— Daisy l'a rattrapé ? Je l'ai vue jouer au volley une fois, quand elle était au collège. Un massacre ! Vous avez accompli un vrai miracle, mes enfants !

— Hector, donne-moi ta veste, intervint Paula d'un ton légèrement irrité. J'ai froid.

Quelques minutes plus tard, deux camions de pompiers déboulèrent, suivis d'une ambulance et d'une brochette de villageois. Clarissa s'était réfugiée sous un buisson à l'arrivée des secours. Sentant que tout danger était écarté, elle se mit en devoir de faire la fête à toutes les personnes présentes.

— Je ne sais pas ce qui s'est passé, répétait Mel d'un air hébété aux infirmiers qui la conduisaient vers l'ambulance. Mon Dieu, Barney ! Regarde le cottage ! On a tout perdu !

— Ne dis pas de bêtises. Freddie et toi êtes vivants, c'est tout ce qui compte.

Barney tremblait de tous ses membres. L'idée qu'ils auraient pu tous deux brûler vifs lui était rétrospectivement intolérable. Il détourna les yeux et vit Paula Penhaligon qui s'adossait à la Land Rover, les bras croisés, la veste d'Hector sur les épaules. Clarissa s'approcha d'elle et lui renifla les chevilles. Paula lui jeta un regard noir avant de lui décocher un violent coup de pied qui la fit déguerpir. En temps normal, Barney se serait interposé, mais il fut distrait par le cri perçant qui retentit à son oreille à cet instant précis. Apparemment, Freddie n'appréciait guère le contact froid du stéthoscope qu'un infirmier venait de poser sur sa poitrine et le faisait savoir.

— Inutile de nous emmener à l'hôpital, protestait Mel. Nous allons très bien.

— Ses poumons ne semblent pas atteints, constata l'infirmier. Mais une véritable auscultation permettrait d'en être tout à fait sûr.

Barney sortit de l'ambulance et s'approcha de Dev.

— Merci pour tout, murmura-t-il.

Ces mots lui parurent dérisoires pour exprimer sa gratitude, mais que dire d'autre ?

— Je vais les accompagner dans l'ambulance. L'infirmier estime qu'il y a peu de chances pour qu'ils soient hospitalisés.

— Et ensuite ? Qu'est-ce que vous allez faire ?

Tandis que Dev essuyait son front couvert de suie, Barney comprit soudain le sens de sa question. Ils n'avaient plus de toit.

— Les ambulanciers vous attendent, annonça Daisy qui les rejoignait, Hector sur les talons. Que se passe-t-il ? demanda-t-elle en avisant l'expression abasourdie de Barney.

— Rien, répondit-il en secouant la tête.

— Il se demande où il va aller une fois que les médecins les auront relâchés, expliqua Dev à sa place.

Le cœur lourd, Daisy le contempla.

— Je n'ai jamais rien entendu d'aussi stupide ! s'exclama Hector. Vous faites pratiquement partie de la famille, mon garçon. Vous viendrez vivre à l'hôtel, cela va de soi !

Barney hésita un instant. Il semblait sur le point d'éclater en sanglots.

— Mais... et eux ? s'enquit-il en tournant la tête vers l'ambulance.

— Tous les trois, évidemment ! déclara Hector. Cela ne pose aucun problème. Qu'est-ce que vous vous imaginiez ? Que j'allais vous prêter une tente ?

Barney risqua un regard vers Daisy qui se força à sourire. Hector ne se doutait pas du lien familial qui les unissait effectivement.

— Qu'est-ce que vous en pensez, Daisy ? demanda Barney.

— Je suis d'accord, bien sûr.

Que pouvait-elle dire d'autre ? Elle sentit la main de Dev presser la sienne dans l'obscurité.

Quelques minutes plus tard, l'ambulance disparaissait au bout du chemin. Les pompiers avaient presque complètement maîtrisé l'incendie. Il était minuit et la foule de curieux grossissait à vue d'œil, alertée par ce remue-ménage inhabituel.

Tara, qui avait enfilé l'anorak de Maggie et des bottes en caoutchouc par-dessus son pyjama, surgit au moment où Hector et Paula repartaient. Avant même d'avoir rejoint Daisy, elle avait appris toute l'histoire de la bouche de Bert Connelly.

Enfin, *presque* toute l'histoire.

— Pauvre Barney ! soupira-t-elle en contemplant les restes calcinés du cottage. Sa copine venait tout juste d'emménager. Tu as vraiment réceptionné le bébé, comme me l'a assuré Bert ?

— Viens, lui répondit Daisy en lui prenant le bras. Allons-nous-en d'ici. Attends un peu que je te dise quel bébé j'ai sauvé des flammes !

— Je n'y crois pas ! Quelle garce ! Non, mais quel toupet ! enrageait Tara en arpentant le salon. Moi, à ta place, je lui aurais sauté à la gorge.

— Pourquoi ? Parce qu'elle avait eu une liaison avec un homme marié ?

Tara avait beau jeu de jouer les indignées, mais elle aurait mieux fait de se regarder dans une glace avant de parler. Daisy lui tendit son verre de vin pour qu'elle le remplisse – le goût âcre de la fumée et des cendres lui restait dans la bouche – et demanda d'un ton malicieux :

— Tu ne ferais jamais une chose pareille, toi, hein ?

Heureusement que Maggie était montée se coucher. Certaines conversations ne sont pas dignes des chastes oreilles d'une vieille fille.

— Ça n'a rien à voir. D'abord, je n'ai pas couché avec Dominic, donc, il ne m'a pas mise enceinte. Et si c'était arrivé, je ne me serais jamais permis d'emménager à côté de chez lui pour me pavaner avec mon bébé sous le nez de sa femme.

— Qu'en sais-tu ? objecta Daisy. Les événements auraient très bien pu t'y amener.

En fait, un tel scénario ressemblait à celui qu'aurait fort bien pu suivre Tara.

— Ça ne risque plus d'arriver, de toute façon. Je ne reverrai jamais Dominic.

— Tu as déjà chanté cet air-là, soupira Daisy.

— Juré. Je ne lui adresserai plus jamais la parole. Ce serait du gâchis pur et simple. Je vaux bien mieux que ça.

— Tu as fini par le comprendre ? Mais c'est merveilleux !

— Sa femme est venue me trouver, si tu veux tout savoir.

— Pardon ?

— Tu te souviens d'Annabel ? Figure-toi qu'elle le faisait suivre par un détective privé. C'est une fille bien, finalement. On a discuté à cœur ouvert, elle et moi.

Daisy avala son verre d'un trait. Voilà ce qui arrivait, quand on négligeait sa meilleure amie deux jours de suite. On se retrouvait avec une foule d'informations vitales à rattraper.

Elles se rattrapèrent amplement en achevant la bouteille de vin. Quand elle fut vide, Daisy déclara :

— Il faut que j'y aille. Ils ne vont pas tarder à revenir de l'hôpital. Je dois choisir la chambre où ils vont s'installer.

— Je ne sais pas comment tu fais pour seulement poser les yeux sur elle, dit Tara en frissonnant.

— Je n'ai pas vraiment le choix. Autant m'y habituer tout de suite. S'ils ont choisi de s'installer au village, il y a des chances pour que la situation s'éternise. Pourquoi tu me regardes comme ça ?

— Tu dis que la situation peut s'éterniser, expliqua Tara. C'est peut-être vrai pour eux, mais pas forcément en ce qui te concerne.

— Comment ça ? demanda Daisy, interloquée.

— Je ne sais pas moi… Tu vas peut-être partir à Miami, non ?

— À Miami ? Mais pourquoi ?

— C'est ce que m'a dit Josh. Qu'il t'emmènerait avec lui quand son nouveau contrat commencerait. Je reconnais que ça m'a choquée, au début, s'empressa-t-elle d'ajouter. Mais il a présenté les choses de telle façon que ça m'a paru logique, finalement. C'est vrai, tant qu'à vivre en couple, autant que ce soit sur le même continent.

— Il voudrait que je laisse tomber l'hôtel et que je le suive en Floride ? s'écria Daisy qui tombait des nues.

— Écoute, je suis désolée de t'en avoir parlé. Ce n'est pas tellement loin, de toute façon.

— Tu plaisantes ? C'est à des milliers de kilomètres !

— Je parlais de la date du départ de Josh. Il n'est ici que pour quelques semaines. Je n'en reviens pas que vous n'en ayez pas encore discuté ensemble, ajouta-t-elle en fronçant les sourcils.

« Moi non plus », songea Daisy.

Josh rentra le samedi suivant, faisant mine d'arriver tout schuss sur des skis imaginaires, avant de piler devant le comptoir de la réception. Il portait un de ces ridicules chapeaux de velours multicolores et affichait un sourire béat.

Tara, qui s'employait à dépoussiérer les lambris du hall à l'aide d'un plumeau, se retourna et lança :

— Tu fais plus beauf que nature avec ce chapeau.

— Si tu crois que tu n'as pas l'air d'une mémère avec ton plumeau et la jupe qui te rentre dans la raie des fesses ! Ha ! Ha ! Je t'ai bien eue ! s'écria-t-il triomphant, quand elle plaqua les mains sur son postérieur en poussant un cri.

Tara se ressaisit.

— Tu as passé de bonnes vacances ?

— Géniales. Tu n'as pas l'air trop malheureuse, toi non plus.

— J'ai reçu ma convocation pour le permis ce matin !

Débordant de fierté, Tara extirpa une enveloppe de son soutien-gorge rose tyrien.

— Mais c'est fabuleux ! s'exclama Josh. Alors, c'est pour quand ?

— Dans deux semaines.

Elle lui montra la date mentionnée sur la feuille et remua les sourcils pour forcer le trait de son anxiété.

— Pas de problème. Deux semaines de cours intensifs et tu l'auras les doigts dans le nez. À quelle heure tu finis, aujourd'hui ?

— À 15 heures.

Josh se frotta les mains.

— On va reprendre avec un cours de deux heures. De trois à cinq, ça te va ?

Ce type était vraiment adorable. Daisy avait bien de la chance. Tara se demanda si elle devait lui faire part de sa gaffe à propos du départ à Miami. Non. Il risquait de se fâcher et d'annuler la leçon de conduite.

— 15 h 10, corrigea-t-elle. Le temps de repasser chez moi pour me changer.

51

Daisy était dans son bain, quand elle entendit la clé tourner dans la serrure, annonçant le retour de Josh. Elle se dépêcha de verser un peu plus de bain moussant et tourna les robinets pour faire monter le niveau de l'eau. Il y a ainsi des moments où l'on ne souhaite pas être vue nue.

La porte de la salle de bains s'ouvrit et Josh resta planté dans l'encadrement de la porte, une bouteille achetée au duty-free sous chaque bras et une immense barre de Toblerone entre les dents.

— Chocolat et alcool ! Que demande le peuple ? s'évertua-t-il à déclarer en dépit de la barre de Toblerone.

Il la laissa tomber sur une pile de serviettes et lança fièrement :

— Dis-moi la vérité : tu me trouves irrésistible ou bien tu me trouves irrésistible ?

Daisy sourit. Comment ne pas sourire avec Josh ?

— Tu es irrésistible, *mais*…

— Je dois cependant reconnaître que je suis déçu. Et même blessé. Je pensais que tu attacherais des rubans jaunes en signe de bienvenue sur le chêne du jardin. Tandis que je remontais l'allée, je me disais : « Je suis certain qu'elle l'aura fait. » Mais non, pas le moindre ruban jaune en vue.

— Josh, tu n'es parti que six jours ! lui rappela Daisy.

— Tu plaisantes ? J'ai eu l'impression de passer dix ans loin de toi !

Il se pencha au-dessus de la baignoire et déposa un baiser sur ses lèvres.

— Josh, il faut qu'on parle.

Elle n'avait pas prévu d'aborder le sujet qui lui tenait à cœur aussi abruptement, mais il venait de plonger la main dans l'eau... Elle se tortilla pour rester hors d'atteinte, ce qui était bien inutile dans une baignoire de taille normale, leva les yeux sur lui et répéta :

— Il faut qu'on parle.

L'expression de Josh changea du tout au tout. Les rides d'expression qu'il avait autour des yeux disparurent subitement. Il hocha la tête et s'assit sur le rebord de la baignoire.

— Je t'écoute.

— Ça ne marche pas.

Daisy poussa un long soupir, puis essora l'éponge qu'elle tenait à la main. Elle regarda le filet d'eau former un puits dans la mousse.

Presque imperceptiblement, Josh hocha la tête.

— Je sais.

Au moins, c'était dit. Daisy en fut si soulagée que les mots jaillirent de sa bouche sans effort.

— Je pensais que ça serait bien. Et d'une certaine façon, ça se passe bien, en effet. On s'entend bien, ce n'est pas comme si on ne se supportait pas... Oh ! et puis merde ! Comment dire ça ?

— Il n'y a rien à dire. On savait aussi bien l'un que l'autre que ça ne durerait pas.

— Je n'en savais rien du tout ! Je pensais que ça durerait, au contraire ! protesta-t-elle. Je le voulais tellement...

— Parce que je ne représentais aucun risque, fit Josh d'une voix étonnamment calme. Tu cherchais quelqu'un qui te tienne à distance des hommes dangereux. Des hommes du genre de ton mari.

Ce n'était pas le visage de Steven qui était venu à l'esprit de Daisy. Mais c'était vrai qu'elle ne voulait pas s'investir émotionnellement avec un homme.

Les semaines qu'elle venait de passer avec Josh lui avaient apporté la preuve que choisir un homme pour sa seule gentillesse n'était pas une alternative viable.

Ce n'était pas de gaieté de cœur qu'elle était parvenue à cette conclusion, mais c'était ainsi.

— Et voilà ! Du coup, je romps avec toi une fois de plus, dit-elle en lui caressant le poignet. Tu m'en veux ?

— On a passé de bons moments ensemble. Et on est toujours amis. Pourquoi t'en voudrais-je ?

Il fit une pause avant d'ajouter :

— À moins que tu n'aies l'intention de me jeter dehors...

— Ne dis pas de bêtises. Tu peux rester, bien sûr. Pas question que tu ailles où que ce soit tant que Tara n'a pas passé son permis, de toute façon. Et tu ne retournes aux États-Unis que dans quelques semaines.

— Tu es sûre que je ne te dérangerai pas ? Personne n'attend de prendre la suite dans ton lit ? Je ne voudrais pas passer pour un intrus.

— Personne n'attend de te remplacer, répondit-elle fermement.

Absolument personne.

— Un petit déj', ça te dit ?

— Une tasse de thé suffira. Dis-moi, Josh, ajouta-t-elle après un instant d'hésitation. Tu pensais vraiment que j'abandonnerais l'hôtel pour te suivre à Miami ?

— Pas une seule seconde.

— Alors pourquoi l'as-tu fait croire à Tara ?

— Oh ! uniquement pour voir la tête qu'elle ferait ! Et crois-moi, ça valait le détour, s'esclaffa-t-il.

— Tu n'as pas le droit de te moquer de Tara ! protesta Daisy.

— Je ne me moque pas d'elle. Je trouve qu'elle s'encroûte. Elle a vingt-sept ans, elle a la vie devant elle et elle ne s'en rend même pas compte. Elle a perdu le goût du risque. Si elle continue comme ça, elle passera les cinquante prochaines années de sa vie dans ce village. Une gentille petite vie entre sa tante, son travail à l'hôtel et toi... Quand je lui ai dit que tu partirais peut-être un jour, elle a failli avoir une attaque ! Elle a besoin de réaliser que le monde ne se limite pas à Colworth !

Il avait parfaitement raison, admit Daisy. Elle-même n'en avait jamais eu conscience. Les choses allaient peut-être changer maintenant que Dominic ne faisait plus partie du paysage...

— Tu es sûre de ne vouloir que du thé ?

— Puisque tu l'as rapportée d'Autriche, je croquerais bien un morceau de cette barre de Toblerone.

— Qui te dit que je ne l'ai pas achetée à l'aéroport de Bristol ? lâcha-t-il avant de filer.

Le temps s'était nettement amélioré et Daisy, le cœur léger, contemplait le paysage du seuil de l'hôtel. Elle tourna la tête en entendant quelqu'un descendre l'escalier. C'était Dev, qui ne la vit pas, occupé qu'il était à lire quelque chose sur l'écran de son portable. Il entra au bar et réapparut dans son champ de vision quelques secondes plus tard. Elle le vit composer un numéro sur le clavier de son téléphone et se mettre à parler. Il se tenait à l'endroit exact où Josh se trouvait le jour où il les avait aperçus, Dev et elle.

Cette fois-ci, c'était elle qui épiait Dev à son insu. En fait, non, elle ne l'épiait pas au sens propre. Elle l'observait, plutôt. Elle laissa glisser son regard sur la veste en cuir et l'élégant pantalon, nota la façon dont ses cheveux bruns retombaient sur son front quand il hochait la tête. Il n'avait pas le profil d'un ex-joueur de rugby. Elle se demanda à qui il était en train de parler et ce qu'il projetait de faire.

Mais oui ! Le rugby, se souvint-elle soudain. La finale de la Coupe des six nations à Twickenham. Elle s'était représenté la scène par un froid glacial... Mais il ne faisait pas froid du tout, aujourd'hui. Et Josh lui avait vanté l'événement.

D'un autre côté, c'était un point de vue masculin.

Mais bon, à l'écouter, c'était vraiment un spectacle à ne rater sous aucun prétexte. Dev n'avait peut-être encore invité personne à sa place...

Arrête, c'est absurde.

Mais elle avait beau faire, elle était incapable de chasser cette pensée de sa tête.

Elle était de repos, ce jour-là. Josh, qui avait passé la nuit précédente à voyager, avait fini par aller dormir quelques heures pour être en mesure de donner sa leçon de conduite à Tara.

Une petite virée shopping lui changerait les idées, songea Daisy. Mais elle n'avait rien envie d'acheter.

Un match de rugby n'était pas si inintéressant que ça, au fond.

À force de refuser toutes les expériences nouvelles, elle allait finir par s'encroûter, comme Tara.

Dev ne l'avait toujours pas vue. Il mit fin à sa communication, puis tourna le dos à la fenêtre. Si elle marchait lentement, elle le croiserait à la réception. Elle pourrait engager la conversation sur le temps qu'il faisait et embrayer habilement sur le fait que c'était justement aujourd'hui que le tournoi des six nations avait lieu : quelle merveilleuse coïncidence ! Avec un peu de chance, Dev lui décocherait un sourire enjôleur et lui dirait : « Je suis certain que ça vous plairait. Vous ne voulez vraiment pas changer d'avis ? »

Les deux minutes qui suivirent furent mortellement éprouvantes. Daisy s'avança vers la réception, le sourire aux lèvres, quand elle percuta Dev... et la fille qui l'accompagnait.

— Oh ! bonjour ! s'exclama-t-elle gaiement – bien trop gaiement – alors que le choc se réverbérait jusque dans ses orteils.

La fille attendait sans doute au bar pendant que Dev était au téléphone.

— Bonjour, Daisy, la salua-t-il en souriant. Je vous présente Kate. Kate, voici Daisy. C'est la directrice de l'hôtel.

Pour ajouter l'insulte à l'injure, Kate était minuscule, une véritable poupée, ravissante, avec d'immenses yeux verts et de courts cheveux bruns bouclés. Elle portait surtout un fourre-tout en bandoulière, qui pouvait fort bien être un nécessaire de voyage.

— On va à Twickenham, annonça-t-elle d'un ton joyeux.

— Ah, oui ! Le truc de rugby, répondit Daisy avant de faire la grimace. Je préfère être à ma place qu'à la vôtre.

— Daisy ne voit pas ce que ça peut avoir de drôle, expliqua Dev.

— Moi, *j'adore* le rugby ! s'exclama Kate, ses boucles brunes tressautant d'enthousiasme.

— Bon, il faut qu'on y aille, dit Dev.

— Amusez-vous bien, leur lança Daisy qui commençait à avoir mal aux mâchoires à force de sourire.

— Faites-nous confiance ! pépia Kate.

Ils quittèrent l'hôtel et Daisy se dirigea vers le comptoir de la réception en priant pour qu'il pleuve à Twickenham. À seaux.

Qui était cette Kate, d'abord ?

— Un problème ? s'enquit Pam en levant les yeux de son registre.

— Hum, cette fille qui vient de partir avec Dev, fit-elle en fronçant les sourcils et en adoptant un ton hyper professionnel, vous l'avez vue arriver ce matin ?

— La petite brune aux yeux verts ? Non, pourquoi ?

— Je me demandais si elle avait passé la nuit ici, auquel cas, il faudrait que son nom figure sur le registre. En cas d'incendie, par exemple, c'est essentiel.

— Son nom ne figure pas sur le registre. Mais il est possible qu'elle soit arrivée ce matin pendant que j'étais dans le bureau. Oh ! regardez ! Voilà Clarissa.

Clarissa dévala l'escalier, agitant la queue à la façon d'une hélice de bateau. Adam, un adolescent obèse qui occupait la suite Bellingham avec ses parents venus d'Australie, la suivait comme il pouvait, étant donné son poids.

— Je l'emmène courir, annonça-t-il fièrement.

Daisy fut surprise qu'il connaisse ce verbe. Elle ne l'avait jamais vu faire autre chose que jouer à la Gameboy et engloutir des montagnes de gâteaux.

— C'est toi qui t'occupes de Clarissa ?

— Pour toute la journée, pendant que M. Tyzack est absent. Il me paye, ajouta-t-il d'un air suffisant.

Daisy se sentit piquée au vif. Elle aurait très bien pu s'occuper de Clarissa. Pourquoi Dev ne le lui avait-il pas demandé ?

— Tu avais peut-être d'autres choses à faire. Ce n'est pas très correct de la part de M. Tyzack d'imposer cela à nos clients.

— Il ne m'a rien imposé, c'est moi qui le lui ai proposé, rectifia Adam, soucieux de protéger Dev. Clarissa est craquante. On s'entend très bien, elle et moi.

« Faux ! pensa Daisy avec un pincement de jalousie. Clarissa s'entend très bien avec *moi* ! »

— Allez, viens, Clarissa ! En route !

Il agita sa laisse et Clarissa bondit dehors, courant avec adoration sur les talons d'Adam, sans même un regard pour Daisy.

— Et vous ? demanda Pam. Qu'allez-vous faire de beau, aujourd'hui ?

Daisy réalisa qu'il ne lui restait plus grand choix et réprima un soupir.

— Du shopping.

52

Tara était aux anges. Elle se débrouillait comme un chef (hourra !) et Josh avait déclaré que ses marches arrière étaient irréprochables. Elle ne croisait plus les bras – crime odieux – par-dessus le volant quand elle devait braquer, et le soleil brillait sans discontinuer depuis le matin. En outre, Josh avait sorti de sa poche un paquet de bonbons à la fraise.

— C'est Daisy qui te l'a dit ?

— Quoi donc ?

— Que les bonbons à la fraise étaient mes préférés ?

— Non. Je les ai pris parce que ce sont aussi mes préférés.

— C'est vrai ? s'exclama-t-elle, ravie.

— *Ex æquo* avec les rouleaux de réglisse.

— Les dragées à la réglisse sont bien aussi. Quand j'étais petite, j'humectais les bonbons rouges et je me les passais sur les lèvres comme si c'était du rouge à lèvres, se souvint-elle. À sept ans, je jouais déjà les allumeuses !

— Ne te dévalorise pas ainsi. Et n'oublie pas de contrôler ton rétroviseur avant de mettre ton clignotant, ajouta Josh comme ils abordaient un carrefour.

— Qu'est-ce qui est arrivé à ton copain après qu'il s'est cassé la jambe ? demanda Tara qui mourait d'envie de connaître la suite de l'histoire.

Partir en vacances avec Josh revenait à mettre sa vie en péril, si elle en croyait ce qu'il lui avait déjà raconté.

— Baz ? Il a rangé ses skis et il s'est mis à la luge. Mais trois jours plus tard, on est allés en boîte et devine ce qui s'est passé.

— Il s'est cassé l'autre jambe.

— *Faux*. Bien trop prévisible, se moqua-t-il. Non, il est entré en collision avec une fille en allant aux toilettes. Elle aussi avait la jambe cassée et leurs béquilles se sont emmêlées. Alors, bien sûr, Baz lui a proposé de boire un verre et ils ont passé une heure à comparer leurs fractures et à se raconter en détail comment ils s'étaient fait ça, et puis finalement, ils ont disparu.

— Où sont-ils allés ?

— Il a raccompagné la fille à son chalet, clopin-clopant. Dieu sait à quelles acrobaties ils se sont livrés, mais on n'a pratiquement pas revu Baz de la semaine. À l'entendre, il ne s'est jamais autant éclaté en vacances.

— C'est mignon comme histoire, gloussa Tara. Et puisque j'ai sagement écouté, je mérite un bonbon.

Elle ouvrit la bouche et attendit.

— J'ai l'impression de donner la becquée à un oisillon, commenta Josh en déposant un bonbon sur sa langue. Tu prendras la prochaine à gauche, on va faire quelques demi-tours en trois manœuvres.

Contrôle rétro, clignotant, manœuvre. Tara tourna dans l'impasse et se gara – impeccablement – sur le bas-côté.

— Dis donc, j'espère que tu n'as pas profité de ces vacances pour draguer, toi aussi ! lui dit-elle d'un ton sévère.

— Bien sûr que non, répondit-il en souriant.

— Tu peux raconter ce que tu veux, argumenta-t-elle, on ne peut pas vérifier.

— C'est pourtant la vérité. Je ne pars pas en vacances pour draguer. Ce genre d'aventures sans lendemain ne m'intéresse absolument pas.

Tara le crut. Josh lui inspirait confiance. Pas comme certains baratineurs de sa connaissance…

— Tant mieux. Bon, passons aux choses sérieuses.

Elle inspira à fond et détendit ses doigts à la façon d'un athlète qui vise la médaille d'or.

— Demi-tour en trois manœuvres ! Mesdames et messieurs, silence, s'il vous plaît, Tara Donovan qui représente la Grande-Bretagne, va aujourd'hui tenter l'impossible dans un cul-de-sac particulièrement étroit.

— Daisy ne t'a rien dit, fit Josh.

C'était une affirmation plutôt qu'une question.

— Dit quoi ? Je ne l'ai pas vue, aujourd'hui.

— On a ajourné.

Ajourné ? Qu'est-ce qu'il entendait par là ? Qu'ils avaient choisi le jour de leur mariage ?

— Comment ça ?

— C'est fini, expliqua Josh. Ça ne marchait pas. On n'est plus ensemble.

Le pied de Tara glissa sur la pédale de frein. Comme elle avait déjà passé une vitesse, la voiture fit un bond en avant et cala.

— Frein à main, dit Josh automatiquement.

— Tu veux dire que Daisy et toi, c'est fini ? s'exclama Tara, bouche bée.

— Techniquement, c'est elle qui a rompu. Mais au fond, c'était un accord mutuel. On savait tous les deux que ça ne marcherait pas. Tu as une vitesse d'enclenchée, ajouta-t-il. Repasse au point mort.

— Mais je croyais que vous étiez heureux ensemble, gémit Tara. Vous vous entendiez hyper bien.

— Et on continuera à bien s'entendre jusqu'à ce qu'on soit vieux.

— Je n'en reviens pas. Ça ne te fait rien ?

— Je me sens soulagé, lui avoua-t-il en souriant. Soulagé qu'elle en ait parlé la première. Comme ça, je ne me sens pas coupable.

Le cœur de Tara se mit à battre plus fort.

— Tu veux dire qu'il y a quelqu'un d'autre ?

— On peut dire ça comme ça.

— *Qui ?* demanda-t-elle en haussant le ton.

Josh secoua la tête. Puis il soupira et lâcha :

— À ton avis, Tara ?

Et il l'embrassa.

Sa bouche avait le goût des bonbons à la fraise. Tara se demandait si elle rêvait. Mais tout s'éclairait, à présent. Un code secret venait d'être déchiffré. Elle n'avait jamais osé s'avouer que Josh lui plaisait parce que c'était le copain de sa meilleure amie. On s'interdit de s'attarder à penser à un homme, dans ces cas-là. On le pare d'un genre neutre et on détourne le regard.

Mais depuis le début, elle avait senti que Josh l'aurait attirée s'il avait été libre.

À présent que l'interdit était levé, elle admettait qu'il lui plaisait. Elle s'abandonna totalement à son baiser et décida que sa bouche était encore meilleure qu'un bonbon à la fraise. Elle ne pouvait s'arrêter d'enfouir les doigts dans son impossible tignasse rousse. Et son visage, ses yeux cernés, son nez cassé, ses taches de rousseur – comment avait-elle pu ne pas se rendre compte plus tôt combien il était parfait ?

À regret, Josh s'écarta finalement d'elle. D'au moins cinq centimètres.

— L'instant fatidique est arrivé, murmura-t-il.

— Pourquoi fatidique ? demanda Tara en clignant des yeux.

— Parce que c'est le moment où tu vas me gifler.

Elle parvint à le gratifier d'un sourire tremblant.

— Je ne te giflerai pas.

Les yeux de Josh étincelèrent de soulagement.

— Heureusement que je ne suis pas un vrai moniteur d'auto-école ! J'aurais risqué le renvoi pur et simple.

— Je ne m'en suis jamais doutée. *Jamais*, souffla Tara rêveusement.

— Je sais. C'est bien pour ça que je prenais un risque énorme en t'embrassant par surprise.

— J'avais simplement l'impression qu'on s'entendait bien.

— Moi aussi. Au début, du moins, rectifia-t-il. Et puis l'idée a commencé à faire son chemin dans ma tête.

— Quand ? demanda-t-elle, frémissante. Quand tu t'en es rendu compte ?

— Il y a à peu près deux semaines. On travaillait les démarrages en côte à Tetbury, et tu m'as raconté les auditions que tu avais passées, autrefois.

Cette évocation fit grimacer Tara. Elle s'était confiée à lui parce qu'elle sentait qu'il pouvait tout entendre. Elle n'aurait jamais fait ce genre de confidences à un amoureux potentiel.

— Les auditions dénudées, tu veux dire ? Celles qui se terminaient par des propositions indécentes ?

— Et où tu leur disais d'aller se faire voir. Quand tu m'as parlé de ces types, j'ai eu envie de leur casser la figure.

— C'est vrai ? s'exclama-t-elle, absurdement émue.

— J'ai même eu envie de les tuer.

Gauchement, il lui embrassa le bout du nez.

— Et c'est comme ça que j'ai compris ce qui m'arrivait.

— Mais tu ne me l'as jamais laissé deviner, s'émerveilla Tara. Pas une seule fois.

Elle était pourtant habile à décrypter ce genre de choses.

— J'étais avec Daisy, répondit-il simplement.

Daisy. Tara se sentit aussitôt submergée par la culpabilité.

— J'ai l'impression de mal agir vis-à-vis d'elle. Qu'est-ce qu'elle va dire ?

— Ne t'inquiète pas, elle le prend bien.

— Tu veux dire… qu'elle est au courant ?

— Je lui en ai parlé avant qu'elle parte faire son shopping. Enfin, je lui ai parlé de mes sentiments pour toi, corrigea-t-il. Je ne connaissais pas encore les tiens, bien sûr. Tu aurais fort bien pu m'envoyer paître. Mais j'ai pensé que ce serait plus honnête de lui en parler d'abord. Et elle s'est montrée ravie, conclut-il avec un grand sourire.

— Vraiment ?

Tara avait besoin d'être rassurée sur ce point. Complètement rassurée, même.

— Elle ne l'a pas mal pris ? Tu es certain que ça ne lui fait rien ?

— Absolument. Je t'ai dit qu'on n'était plus ensemble, répondit Josh. On faisait tous les deux semblant que tout allait pour le mieux dans le meilleur des mondes, mais on savait que c'était faux. Quand j'étais en Autriche, c'est toi qui me manquais, expliqua-t-il. Et quand je suis arrivé ce matin, c'est toi que j'avais envie de retrouver. Il reste cependant un point à éclaircir, ajouta-t-il d'un ton grave. Tu dois me promettre de ne plus jamais revoir Dominic Croix du Calvaire.

— Je te le jure, dit solennellement Tara. Il n'y a *aucun* risque que je le revoie jamais.

— C'est ce que tu as affirmé à Daisy.

— Et c'est la vérité !

— Tu changeras peut-être d'avis...

— Oh, Josh ! Je t'en prie !

Des larmes de joie emplirent les yeux de Tara tandis qu'elle nouait les bras autour du cou de Josh. D'une voix enrouée, elle ajouta :

— Pourquoi voudrais-je le revoir alors que je t'ai, toi ?

53

— … la soirée continue, cria Dev pour se faire entendre malgré le bruit, et Kate ne veut pas partir, alors on va prendre une chambre à l'hôtel et passer la nuit ici.

Daisy contempla la montagne de sacs qui témoignait de sa frénésie de shopping. Dire qu'elle aurait pu être à la place de Kate…

Quand on n'avait toujours pas déballé ses achats de la journée à 11 heures du soir, on pouvait estimer que la thérapie par le shopping avait lamentablement échoué.

— C'est très intéressant, mais pourquoi m'appelez-vous pour me dire ça ? Vous êtes majeur, rappela-t-elle à Dev. Vous n'avez pas besoin de ma permission pour découcher.

— C'est à cause de Clarissa. J'avais dit à Adam qu'on serait de retour vers minuit. Je viens d'essayer le numéro de sa chambre, mais ça ne répond pas. Est-ce que vous pourriez lui demander si ça ne le dérange pas de s'occuper de Clarissa jusqu'à demain après-midi ?

Pendant que monsieur prend du bon temps ?

— Vous ne vous trouvez pas un poil égoïste ? répliqua Daisy. Adam avait l'intention d'aller à Longleat demain. Vous attendez de lui qu'il modifie *ses* projets pour s'adapter à *vos* caprices, je trouve ça gonflé…

— D'accord. Inutile d'insister. Je n'étais pas au courant pour Longleat, l'interrompit Dev.

Ce qui ne surprit pas Daisy. Adam n'était pas au courant non plus…

— Qu'est-ce que vous envisagez, alors ?

Si elle se faisait pincer par la suite, elle prétendrait qu'elle avait mal compris ce que lui avait dit Adam. Il mangeait la moitié de ses mots, le mensonge serait plausible.

— J'ai l'impression que je suis coincé, répondit Dev. À moins que vous n'acceptiez de vous occuper d'elle.

Youpi !

— *Moi ?* Impossible, j'ai un boulot dingue, riposta-t-elle. Vous ne vous attendez tout de même pas que je laisse tout tomber sur-le-champ pour…

— D'accord, d'accord, la coupa-t-il précipitamment. C'était juste une idée en l'air. Je trouverai une autre solution.

— Comment ça « une autre solution » ? Vous avez l'intention d'appeler tous les gens que vous connaissez jusqu'à ce qu'il s'en trouve un qui accepte de s'occuper de Clarissa ?

— Je ne…

— Quelqu'un qui ne la connaît même pas ?

— Non. Bien sûr que non ! Je rentre immédiatement, déclara Dev d'un ton ferme.

— Ne dites pas de bêtises. Je m'occuperai d'elle.

— Mais vous êtes débordée !

— Je sais, mais il faut bien que quelqu'un se dévoue.

— Je me sens terriblement coupable, déclara Dev.

— Tant mieux ! lâcha-t-elle avant de raccrocher.

Daisy dénicha Adam et Clarissa au bar, en train d'écouter Hector massacrer *L'Opéra de Quat'sous*. Son père avait visiblement décidé de célébrer dignement un samedi soir de plus.

En réponse au signe de Daisy, Adam fit descendre Clarissa de ses genoux pour la rejoindre.

— Dev est retenu à Londres ce soir, lui expliqua-t-elle. Je prends la relève pour m'occuper de Clarissa.

Adam ne chercha pas à dissimuler sa déception.

— Je m'amuse tellement avec elle ! Ça ne me dérange pas du tout de la garder jusqu'à demain.

— Le problème, c'est que Dev risque de rentrer… tard dans la nuit, improvisa-t-elle.

— Mais je n'ai rien à faire demain. J'aimerais bien la garder, insista Adam.

— C'est très gentil de ta part, mais Dev m'a demandé de m'occuper d'elle, rétorqua-t-elle d'un ton très directorial.

— Oh ! Bon, d'accord.

Adam avala une gorgée de Coca et flatta la tête de Clarissa.

— À bientôt, ma belle.

Clarissa remua la queue et lui lécha la main. On se serait cru dans un dessin animé de Disney.

— Viens, ma fille, l'heure du coucher est passée depuis longtemps, déclara Daisy qui se faisait l'effet d'une Cruella d'Enfer.

Heureusement, Clarissa ne se fit pas prier pour la suivre.

À la réception, elle tomba sur Paula Penhaligon qui était occupée à coller des timbres sur des enveloppes. Hector avait eu beau insister, elle n'avait jamais voulu « faire un bœuf » avec lui au bar. Elle prétendait que sa voix avait besoin de repos, mais Daisy la suspectait de trouver ces séances vulgaires. Et puis, se produire gratuitement en public eût été indigne de son talent.

Mais bon, c'était l'amie de son père.

— Bonsoir, Paula… Oups !

Clarissa venait de se réfugier entre ses jambes.

— Bonsoir, Daisy, lui répondit Paula avec un sourire bref.

Pourquoi Clarissa tremblait-elle ainsi ?

— Papa s'en donne à cœur joie, ce soir, dit-elle en désignant le bar. Vous allez le rejoindre ?

— Je ne crois pas, non. Ces imbéciles d'Américains ne cessent de me harceler pour que je pose en photo avec eux, expliqua Paula. Le fait en soi ne me dérangerait pas s'ils s'abstenaient de mentionner leur visite à Graceland. Sortis du rock'n roll des années cinquante, ils ne connaissent rien à la musique !

Entre ses pieds, Daisy sentit Clarissa pousser un grognement sourd. La situation était extrêmement gênante. Elle montrait les dents à Paula Penhaligon ! Elle se pencha pour la prendre dans ses bras et lui chuchota à l'oreille :

— Chut ! Vas-tu te taire, vilaine ?

— Grrrrr ! répondit Clarissa, toute tremblante.

— Je suis désolée, s'excusa Daisy. Je ne l'avais encore jamais vue réagir ainsi.

— C'est tout le problème, avec les animaux. Ils sont totalement imprévisibles. Vous ne devriez pas la laisser se promener en liberté dans l'hôtel, lui conseilla Paula. Vous feriez mieux de la tenir en laisse.

Quand elle avait découvert que Freddie était le fils de Steven, Daisy avait eu l'impression de recevoir un coup de massue sur la tête. Et puis, elle avait fini par en prendre son parti.

Quand elle se réveilla, le dimanche matin, elle rejoignit Clarissa qui était installée sur la banquette, devant la fenêtre. Mel, agenouillée sur la pelouse, tendait les bras à son fils pour l'encourager à avancer vers elle.

Il réussit à faire trois pas avant de perdre l'équilibre et de s'effondrer dans l'herbe.

Clarissa bondit et fonça vers la porte en aboyant.

— D'accord, j'ai compris, dit Daisy.

Elle se coiffa à la hâte et la suivit. Elle aurait préféré sortir par la porte de derrière, mais Clarissa avait ses habitudes et trépignait déjà devant la porte principale.

Daisy la lui ouvrit et la chienne alla se soulager près d'un tronc d'arbre avant de se précipiter vers Mel et Freddie. Suivant les recommandations de Paula Penhaligon, Daisy avait pris sa laisse avec elle, mais n'avait pas eu le temps de l'attacher.

De gros titres de journaux défilèrent dans son esprit tandis qu'elle appelait Clarissa à pleins poumons : *Un minuscule bâtard affublé d'un nom ridicule mutile un inoffensif bambin.*

Heureusement, Clarissa se contenta de saluer Mel comme une amie de longue date, puis de renifler Freddie avant de rejoindre Daisy en agitant sa queue comme un métronome.

Soulagée, Daisy s'empressa de fixer la laisse au collier.

Mel souleva Freddie dans ses bras et s'avança vers elle.

— Je n'avais pas encore eu l'occasion de vous remercier… pour avoir sauvé la vie de mon fils… et nous avoir offert un toit… enfin, pour tout. Merci, vraiment.

— Il n'y a pas de quoi, marmonna Daisy, gênée.

— Je vous jure que je n'ai jamais cherché à vous nuire, poursuivit Mel. Si je n'avais pas rencontré Barney, vous n'auriez jamais appris l'existence de Freddie.

— Je sais.

— C'est un malheureux concours de circonstances. Je vous assure que je ne suis pas méchante. Et j'aime Barney de tout mon cœur.

— Tout le monde aime Barney. Où est-il, à ce propos ?

— Au cottage. Les enquêteurs ont conclu à une défaillance du circuit électrique. L'installation était vétuste, expliqua Mel en frissonnant. Ce n'est plus la peine d'y penser, à présent.

— Mais vous étiez assurés ? demanda Daisy.

— Oui, Dieu merci. Les assureurs sont venus hier. Ils prendront en charge les réparations. Pourquoi la tenez-vous en laisse ? ajouta-t-elle en désignant Clarissa. C'est nouveau, non ?

— Oh ! un de nos clients s'est plaint de la voir circuler en liberté !

— Mais Clarissa est inoffensive !

— Elle a montré les dents au client en question, avoua Daisy. C'est la première fois que ça arrive, mais mieux vaut prévenir que guérir.

— C'est vous qui vous en occupez pendant l'absence de Dev, alors ? Vous savez, je me disais…

— Vous vous disiez quoi ? demanda Daisy comme Mel hésitait.

— Eh bien, l'autre soir quand vous avez découvert l'incendie, vous étiez avec Dev, et...

— Il n'y a rien entre nous, si c'est ce que vous pensez, l'interrompit Daisy. Absolument rien. C'est bien la dernière personne sur terre avec qui je souhaiterais qu'il y ait quelque chose !

— Mais pourquoi ? s'étonna Mel. Il est beau, célèbre, courageux... Que demander de plus ?

— C'est un homme à femmes, répliqua Daisy. J'en ai épousé un, autrefois, ça m'a suffi.

Mel était bien la dernière personne avec qui elle souhaitait débattre des mérites de Dev. Mais celle-ci ignora le sous-entendu.

— C'était juste une question, répondit-elle avec calme.

— Et je vous ai répondu, conclut Daisy.

— Vous ne devriez pas laisser ce genre de considérations vous gâcher l'existence...

54

Daisy regardait *La Grande Évasion* quand on frappa à la porte.

Clarissa dressa les oreilles et lui jeta un regard interrogateur. Daisy s'était contentée d'enfiler un peignoir en sortant de son bain. Elle en resserra la ceinture et demanda :

— Qui est là ?

— C'est moi.

D'un bond, Clarissa fut devant la porte.

Daisy vérifia qu'elle était présentable, puis alla ouvrir. Laissant fuser des gémissements éperdus, Clarissa sauta dans les bras de Dev.

— Merci d'avoir pris soin d'elle, dit-il, tandis que Clarissa lui léchait frénétiquement les mains. Je vous revaudrai ça.

Daisy enfonça les mains dans les poches de son peignoir.

— Elle croyait que vous l'aviez définitivement abandonnée.

— Ma pauvre puce ! s'exclama-t-il. Je ne te ferai *jamais* une chose pareille !

— Wouf ! acquiesça Clarissa en agitant les pattes.

— A-t-elle été sage ?

— Elle a montré les dents à Paula Penhaligon. J'ai été obligée de la tenir en laisse aujourd'hui.

— Montré les dents ? répéta Dev, estomaqué. Vous êtes sûre ?

— Je l'ai vue faire. Elle a même grogné.

Daisy se retint pour ne pas lui en faire la démonstration. Elle se sentait tout à fait d'humeur à montrer les dents, elle aussi.

— Je devrais peut-être l'emmener chez le vétérinaire pour qu'il l'examine. Merci beaucoup d'avoir pris soin d'elle, en tout cas. Je peux reprendre son panier ?

Quand elle le lui remit, Daisy se fit l'effet d'une mère adoptive qui rendrait un enfant à sa vraie famille et réfréna l'envie d'embrasser Clarissa.

— On est au bar, fit Dev. Vous voulez vous joindre à nous ?

Nous ? Kate et lui, sans doute… Elle secoua la tête.

— Non, merci.

— Ça va ? s'inquiéta-t-il en lui décochant un regard genre vous-pouvez-vous-confier-à-moi.

— Très bien, oui.

Elle n'avait pas l'intention de lui révéler qu'elle n'était plus avec Josh.

— Je suis juste un peu fatiguée.

Retenant un sourire, Daisy nota le changement qui s'était opéré chez Josh lorsqu'il rentra, à 10 heures du soir. En dépit de ses efforts pour le dissimuler, il irradiait de bonheur.

— Comment ai-je pu passer à côté d'une telle évidence : vous êtes faits l'un pour l'autre ! déclara-t-elle.

— Je sais, ne put-il s'empêcher d'admettre, soulagé d'être autorisé à parler de Tara. On s'entend à merveille, et pourtant, on n'a rien en commun ! Elle déteste mes films préférés. Ses goûts musicaux sont épouvantables. Elle refuse d'apprendre à jouer au golf et elle trouve que Roger Moore est un meilleur James Bond que Sean Connery. Ne nous voilons pas la face, c'est une catastrophe !

Sur le canapé, Daisy plia les genoux et les entoura de ses bras. Elle était aussi excitée que si elle avait été à l'origine de leur rencontre. Jusqu'alors, quand Tara rencontrait un petit ami potentiel, elle s'efforçait de modeler ses goûts sur les siens et ne cessait de répéter : « C'est pas vrai ? Moi aussi ! » S'il était motard, elle s'intéressait subitement à la moto. S'il jouait dans un groupe de hard rock, elle courait s'acheter des piles de CD de hard-rock, et n'écoutait plus que ça jusqu'à se convaincre qu'elle adorait, alors que sa chanteuse préférée était Mariah Carrey.

— Elle m'a carrément avoué qu'elle trouvait ma chemise affreuse, lui confia Josh, atterré par cette preuve de mauvais goût.

Il portait une chemise hawaïenne jaune ornée de calmars violets. Sur ce point précis, Daisy donnait raison à Tara.

— Je reconnais que ton goût en matière de chemises est discutable, lui fit-elle gentiment remarquer. Mais au moins, toi, tu ne caches pas un stock de vidéos de Starsky et Hutch sous ton lit !

Tara la tuerait si elle apprenait qu'elle avait révélé ce secret honteux à Josh.

— Mais j'adore Starsky et Hutch ! s'écria celui-ci à la grande surprise de Daisy. Ce sont les meilleurs !

— Ah ! tu vois que vous avez au moins un point commun.

Daisy les connaissait bien tous les deux. Elle savait qu'ils formeraient un couple merveilleux. Un détail l'inquiétait, cependant. Elle attendit qu'il lui apporte une tasse de thé et la boîte à biscuits pour en faire part à Josh.

— Josh ?

— Quoi ? Toi aussi, tu trouves ma chemise affreuse, c'est ça ?

— Pas du tout, lui assura Daisy. Elle ferait un très joli chiffon à vitres !

Il lui pinça l'épaule.

— Je me demande pourquoi je suis sorti avec toi !

— Parce que je suis belle. Et gentille. C'est d'ailleurs parce que je suis gentille que je me fais du souci à propos de ta vie sexuelle.

Josh faillit s'étrangler avec son biscuit.

— Quelle vie sexuelle ?

— C'est bien là le problème ! s'exclama Daisy. Ça m'a turlupinée toute la journée, figure-toi. Tu vis chez moi, Tara vit chez sa tante. J'ai comme l'impression que vous ne disposez pas de l'intimité requise.

— Mais enfin, Daisy, ça ne te regarde pas ! s'offusqua Josh.

— Je sais, mais il n'empêche que je me pose la question.

Si décontracté qu'il paraisse, Daisy se doutait que Josh n'oserait jamais inviter Tara chez elle.

— Je te trouve bien indiscrète !

— Je dirais plutôt curieuse, rectifia-t-elle en prenant un biscuit.

— D'accord, soupira-t-il. Tu n'as pas à te faire de souci à ce sujet : Tara ne veut pas coucher avec moi.

Ce fut au tour de Daisy de s'étrangler avec son biscuit.

— Tu parles sérieusement ?

— Absolument. Pas de sexe. Pas pour le moment, en tout cas, s'empressa-t-il d'ajouter.

— Mais pourquoi ? s'exclama Daisy, sidérée.

Cela ne ressemblait pas du tout à Tara.

— Pendant les leçons de conduite, on a souvent eu l'occasion de discuter, Tara et moi. Des heures entières, expliqua Josh. Elle m'a tout déballé : sa vie sentimentale catastrophique, le nombre de types nuls avec qui elle a couché, tout ! Elle m'a raconté tout cela parce qu'on ne sortait pas ensemble, mais à présent, elle est morte de honte et elle tient à me prouver qu'elle n'est pas du genre à coucher avec n'importe qui.

Ce fut plus fort qu'elle, Daisy éclata de rire.

— Excellent ! C'est Tara tout craché.

— Je sais, je sais, convint Josh en se frottant le menton. D'un point de vue strictement théorique, c'est tout à son honneur. Là où le bât blesse, et de façon frustrante, c'est que le « n'importe qui » en question, c'est moi…

Maggie terminait une housse de coussin, tout en s'appliquant à ignorer le pincement d'anticipation qui lui nouait l'estomac.

Elle avait beau savoir que c'était stupide, c'était plus fort qu'elle. Elle se faisait l'effet d'une femme qui se serait présentée en vain dix fois de suite devant l'autel et qui resterait fermement convaincue que cette fois-ci, enfin, son fiancé se montrerait.

Ce n'était pas son fiancé qu'elle attendait, mais le réparateur de machines à laver. Et c'était d'autant plus excitant. Non seulement Dino – c'était son nom – avait promis d'être là à 14 heures précises, mais il lui avait assuré qu'il apporterait la pièce de rechange adéquate et qu'il la poserait sur-le-champ.

Il avait semblé si sûr de lui que Maggie l'avait cru. Son calvaire allait enfin s'achever. À dater de ce jour, lessive ne rimerait plus avec effort.

La cloche de l'église retentit deux fois et le doute l'étreignit soudain. L'instant d'après, le bruit béni des freins d'une camionnette se fit entendre et Maggie bondit, éparpillant épingles et chutes de tissu autour d'elle dans sa hâte à vérifier qu'il s'agissait bien de... oui ! alléluia ! c'était bien Dino !

En plus, il n'était pas vilain. Pour une fois, ils avaient envoyé quelqu'un de convenable. Mais là n'était pas l'important. L'essentiel, c'était qu'il lui répare sa machine.

— Vous êtes probablement Maggie, dit-il quand elle ouvrit la porte.

Mon Dieu ! Elle avait téléphoné si souvent pour se plaindre, que les réparateurs l'appelaient par son prénom. Elle devait être connue comme le loup blanc chez Carver. Qui sait ? Ils l'affublaient peut-être d'un gracieux surnom quand ils parlaient d'elle : Maggie la dingue ou un truc dans ce goût-là...

— Entrez. Je suis ravie de vous voir, déclara-t-elle aimablement pour lui prouver qu'elle n'avait rien d'une harpie. Je vous offre quelque chose ? Thé ? Café ?

— Thé, s'il vous plaît. Sans lait ni sucre.

Sans sucre ? Bizarre. Terrifiée à l'idée qu'il puisse s'agir d'un imposteur, elle demanda :

— Vous avez la pièce de rechange ?

— Je vous l'ai promise, non ?

Une fois dans la cuisine, Dino ouvrit sa caisse à outils et brandit le sac en plastique contenant la précieuse pièce.

— Femme de peu de foi ! la gronda-t-il malicieusement.

— Ne vous moquez pas de moi, riposta Maggie. J'ai été déçue plus d'une fois.

— Eh bien, c'est terminé : je suis là, à présent. Allez, au boulot !

Il dégagea la machine à laver de son logement et, armé de son tournevis, se mit aussitôt à l'ouvrage. Rassurée, Maggie brancha la bouilloire et sortit les tasses. Il était 14 h 10. À 14 h 30, elle remplirait joyeusement sa machine d'une fournée de linge sale, appuierait sur le bouton de démarrage et regarderait le linge valser à travers le hublot.

Elle déposa une barre chocolatée à côté de la tasse de Dino.

À 14 h 20, il apparut sur le seuil du salon. Son expression lui rappela celle des médecins dans les séries télé quand ils sont chargés d'annoncer à un patient que la tumeur est maligne.

— Il y a un os, lâcha-t-il en s'épongeant le front.

Maggie, qui avait repris sa couture, leva lentement les yeux sur lui.

— Un os ? Comment ça ?

— La pièce qui avait été jugée défectueuse ne l'est pas.

Ce n'était pas du tout ce qu'elle avait envie d'entendre. Sa mâchoire se crispa.

— Et alors ?

— Je suis vraiment désolé. Il faut commander une autre pièce.

Il avait l'air sincèrement embêté.

— Combien de temps cela prendra-t-il ?

C'était une question de pure forme. Elle connaissait déjà la réponse.

— Deux semaines, c'est ça ?

— Peut-être dix jours. Je signalerai que c'est urgent. Écoutez, je comprends que vous soyez déçue, mais...

— Déçue ? l'interrompit Maggie d'une voix suraiguë. C'est à mille lieues de ce que je ressens ! Vous m'aviez promis de la réparer aujourd'hui !

— Je sais, mais je m'y étais engagé parce que je pensais que l'origine de la panne avait été correctement détectée. Je viens de découvrir que mon collègue s'est trompé.

— Très bien. Dans ce cas nous allons procéder autrement.

Maggie se leva, essuya ses mains moites sur son jean et se saisit du téléphone.

— Voici ce que vous allez faire : vous allez téléphoner à votre patron *immédiatement* et lui dire que j'en ai pardessus la tête. Je veux une nouvelle machine. Une qui *fonctionne*. Qu'il me la fasse livrer cet après-midi, ainsi vous n'aurez plus qu'à l'installer et à emporter celle qui est cassée. Est-ce que ça vous paraît raisonnable ?

— À moi, oui, mais je ne suis pas sûr qu'ils soient d'accord. La politique de la maison, c'est plutôt...

— Faites ce que je vous dis ! l'interrompit Maggie en plaçant le combiné dans sa main.

Dino fit tout son possible, Maggie fut forcée de l'admettre. Il défendit sa cause du mieux qu'il put, tentant de persuader un certain M. Ellison qu'après tout ce qu'elle venait d'endurer, c'était bien le moins qu'on puisse faire pour elle.

Mais il apparut vite que M. Ellison se souciait comme d'une guigne du service après-vente et qu'il n'était pas prêt à céder.

Maggie eut alors l'impression que quelque chose se brisait en elle. L'espace d'un instant, elle se demanda si de la fumée ne lui sortait pas des oreilles. Elle faillit arracher le combiné des mains de Dino pour dire vertement sa façon de penser à ce M. Ellison, mais elle se souvint que ses récriminations n'avaient jamais été entendues jusqu'alors. Elle se dirigea donc vers la porte d'entrée.

À situation désespérée, mesures désespérées. Elle ne prit pas le temps de réfléchir si ce qu'elle s'apprêtait à faire était sage ou non et verrouilla la porte. Elle glissa la clé dans son soutien-gorge puis se dirigea vers les fenêtres qu'elle verrouilla également.

— Qu'est-ce que vous faites ? chuchota Dino en couvrant le combiné de sa main.

— Continuez à lui parler, ordonna Maggie. Dites-lui que je vais le prendre dans une minute.

Elle alla fermer la porte de la cuisine dont elle bloqua aussi la fenêtre. Son soutien-gorge était à présent rempli de clés.

— Voilà, fit-elle en arrachant presque le téléphone de la main de Dino. Monsieur Ellison ? Maggie Donovan à l'appareil. Je voudrais savoir si la machine à laver que vous devez m'envoyer a bien été chargée dans un camion de livraison ?... Non ? Je suis vraiment désolée de l'apprendre. Dans ce cas, je vous explique la situation : je vais retenir votre réparateur ici jusqu'à ce que ma machine me soit livrée... Mais oui, je suis tout à fait sérieuse. Je le garde en otage, monsieur Ellison. Toutes les issues sont bloquées, il ne peut pas sortir... Pardon ?... Vous me demandez d'être *raisonnable* ?

Maggie secoua tristement la tête.

— Voilà deux mois que je me montre raisonnable, monsieur Ellison, et cela n'a servi à rien... Très bien, allez-y, appelez la police. De mon côté, je m'apprête à informer la BBC de Bristol de la situation. Lesquels arriveront les premiers sur place, selon vous ?

55

Maggie reposa le téléphone sur la table basse et les clés tintinnabulèrent dans son soutien-gorge.

— Il m'a raccroché au nez, apprit-elle à Dino, le sourire aux lèvres.

— Vous allez vraiment faire ce que vous lui avez dit ?

— Absolument.

— Vous me kidnappez ?

— Disons que je vous garde en otage. Je vous en demande pardon, mais c'est ainsi !

— Ma femme est enceinte de neuf mois. Elle aurait dû accoucher hier. Imaginez que le travail commence aujourd'hui...

Horrifiée, Maggie coassa :

— Vraiment ?

— Non, répondit Dino. Je ne suis même pas marié !

— Ouf ! soupira-t-elle en portant la main à sa poitrine. L'espace d'une seconde, je vous ai cru !

— N'ayez crainte. En ce qui me concerne, je ne vois aucune objection à rester ici. J'avais rendez-vous pour une partie de squash, ce soir, mais je peux très bien l'annuler.

— Vous êtes sûr ? Ça ne vous dérange pas, je veux dire ?

— D'être retenu en otage ? Pas le moins du monde, lui assura-t-il.

Maggie ne savait plus quoi dire. Jamais elle n'aurait imaginé qu'il puisse être d'accord avec son projet délirant.

— Eh bien, je vous remercie, finit-elle par murmurer.

— C'est tout naturel. J'estime que vous avez bien mérité une nouvelle machine. Une autre tasse de thé, ça vous dirait ?

— Oui, bien sûr ! Je vais tout de suite…

— Holà ! Du calme !

Il étendit le bras pour l'empêcher de passer.

— Je m'en occupe. Pendant ce temps, vous appelez la BBC.

Il ne s'était visiblement rien passé d'important, ce jour-là. Le bureau des informations de la BBC promit de dépêcher un reporter sur place dans l'heure. Galvanisée par l'enthousiasme des employés de la BBC, Maggie téléphona ensuite au *Bristol Evening Post*, but le thé préparé par Dino, puis fit le guet devant la fenêtre pour s'assurer que la police n'arrivait pas.

— Vous devriez peut-être vous recoiffer, suggéra Dino.

— Pardon ?

— Vous êtes un peu…

Il agita les mains pour signifier qu'un coup de brosse ne serait pas du luxe. Dans son agitation, Maggie n'avait cessé de se passer la main dans les cheveux.

— Autant être à votre avantage devant les caméras…

Il n'avait pas tort. Elle monta dans sa chambre, remit de l'ordre dans sa coiffure et poussa la coquetterie jusqu'à s'appliquer un trait de rouge à lèvres. Quand elle redescendit au salon, son otage zappait devant la télé, confortablement installé sur le canapé.

— Pas grand-chose d'intéressant, l'informa-t-il. À quatre heures et demi, il y a *Compte à rebours*, mais d'ici là, c'est le désert.

Il leva les yeux sur Maggie qui semblait soucieuse.

— Quelque chose ne va pas ?

— Je me demande combien de temps cette histoire va durer. Vous risquez d'avoir bientôt faim et le frigo est vide.

Il prenait tellement bien les choses qu'elle se sentait tenue de lui offrir un repas correct.

— Ne vous inquiétez pas. Je vais aller voir ça.

Dino éteignit la télé et se dirigea vers la cuisine. L'instant d'après, il brandissait un paquet de farine et une boîte d'œufs.

— Des pâtes ! annonça-t-il triomphalement.

— Oh ! Euh... je crois qu'il reste un paquet de spaghettis...

— Non ! Des pâtes fraîches. Vous n'en faites jamais ?

— Ma foi, non.

— C'est très facile, je vais vous montrer. Vous avez un rouleau à pâtisserie ?

Il avait retroussé ses manches et se lavait les mains au-dessus de l'évier.

Maggie se mit à rire.

— Pourquoi riez-vous ? demanda-t-il.

— Si je n'obtiens pas gain de cause cet après-midi, j'aurai au moins appris à faire des pâtes fraîches !

Dino se mit au travail tout en devisant gaiement. Il s'appelait Dino Marinelli, il avait trente-sept ans, était divorcé et conservait de bonnes relations avec son ex-femme. Il vivait dans un appartement, au nord de Bristol, et entretenait sa forme en jouant au squash et en participant à divers marathons. Son père, d'origine italienne, lui avait appris à faire la cuisine quand il était petit et il avait hérité d'une mère anglaise un certain talent vocal. Il avait été chanteur dans plusieurs petits groupes de Bristol et avait même participé à l'émission *Stars in their eyes* pour un concours d'imitation de Frank Sinatra.

— Mais c'est fantastique ! s'exclama Maggie. Et vous avez gagné ?

Il leva les yeux au ciel pour exprimer son dépit.

— Malheureusement, non... Il nous faudrait une bonne petite sauce pour accompagner ces pâtes. Vous aimez les olives ?

— Oui. Mais je n'en ai pas.

— Je vais aller en chercher, j'ai vu qu'il y avait une épicerie tout près d'ici.

— Mais vous ne pouvez pas vous montrer à l'épicerie ! Où avait-il la tête ? Il était son *otage* !

— Désolé. J'avais oublié.

Maggie commençait à se demander si ce n'était pas le cas de tout le monde. Il était déjà 15 heures et personne ne s'était montré. Si ça continuait, l'état de siège qu'elle avait décrété risquait d'avoir autant d'effet qu'un pétard mouillé.

Mais la sonnette de la porte retentit à cet instant précis.

— C'est parti ! annonça Dino. C'est peut-être le reporter vedette de *News at Ten*. Ou les Services secrets qui viennent à mon secours – méfiez-vous : ils risquent de glisser des fumigènes dans la boîte aux lettres ! Oh ! attendez ! Vous avez de la farine sur le nez ! lui lança-t-il tandis qu'elle s'approchait de la fenêtre.

Une voiture de police stationnait sur le trottoir d'en face. Maggie sentit les muscles de sa nuque se détendre quand elle reconnut Barry Foster, l'employé de police local. Barry ne lui faisait pas peur – il devait même la craindre plus qu'elle ne le craignait.

Elle alla pêcher une clé au fond de son soutien-gorge, déverrouilla la fenêtre et l'entrebâilla de quelques centimètres.

— Bonjour, Maggie. On a reçu un appel de M. Ellison, du magasin d'électroménager de Bristol. Qu'est-ce qui se passe, au juste ?

Barry s'efforçait d'adopter un ton officiel, mais il était visiblement mal à l'aise. Pour la Saint-Valentin, Yvonne, sa femme, avait commandé deux housses de coussin à Maggie pour faire une surprise coquine à son mari. Sur le premier coussin, elle lui avait demandé de broder : *Zigounet* et sur le second *Féfesse*. Maggie avait héroïquement gardé le secret, mais Barry avait du mal à la regarder en face depuis.

— M. Ellison a dû vous l'expliquer, répondit-elle d'un ton posé. Le réparateur ne partira pas d'ici tant que je n'aurai pas reçu une nouvelle machine à laver.

— Vous ne pouvez pas faire ça, Maggie !

— Bien sûr que si. La preuve : je le fais !

— Ça ne marchera jamais ! Vous allez vous ridiculiser.

— On se ridiculise tous un jour ou l'autre, vous ne croyez pas, Zigounet ?

Le cou de Barry vira au rouge brique.

— Ce n'est pas moi, Zigounet.

Maggie connaissait le fin mot du mystère des coussins, à présent : le surnom de Barry, c'était Féfesse, et celui d'Yvonne, Zigounet.

— Excusez-moi, je ne recommencerai plus, lui promit-elle. Il n'empêche que le réparateur ne bougera pas d'ici.

Barry fronça les sourcils.

— Vous l'avez ligoté ?

— Absolument pas. Je le traite très bien et il est en parfaite santé.

— Vous m'autorisez à lui parler, Maggie ?

— Il est occupé.

— S'il vous plaît...

— Dino ! lança Maggie par-dessus son épaule. Dino ? Un policier voudrait vous parler !

— Je suis en train de couper les papardelles !

— C'est un policier très courtois !

Dino la rejoignit devant la fenêtre, un couteau dans l'une de ses mains enfarinées.

— Écoutez, monsieur, je pense qu'il serait bon de mettre fin à cette histoire, déclara Barry.

— Elle a caché toutes les clés de la maison dans son soutien-gorge, répondit Dino le plus sérieusement du monde.

— Vous pourriez sortir par cette fenêtre, plaida Barry.

— Vous voulez rire ? répliqua Dino en contemplant la fenêtre. C'est dix fois trop étroit !

— Voilà la BBC ! s'écria Maggie, tout excitée.

Un camion de télévision remontait effectivement la rue principale, suivi de deux voitures.

— Téléphone ! annonça Dino.

— Maggie Donovan ? demanda une voix à l'autre bout du fil quand elle décrocha. Ici, Tammie Houston de Radio 5 Live...

Pam, dont la substance vitale se composait de ragots, intercepta Daisy à la sortie d'une réunion.

— Vous savez ce qui se passe dans la rue principale ? Un client vient de m'apprendre qu'il y a des journalistes et des camions de télé devant les cottages. Il paraît même qu'il y a la police !

— Non, je ne suis pas au courant. Il ne leur a pas demandé pourquoi ils étaient là ?

Tara, qui venait de terminer son service, surgit à cet instant.

— De quoi parlez-vous ? s'enquit-elle d'un ton guilleret.

— Il paraît que quelqu'un est retenu en otage, expliqua Pam d'un air important. Non mais, vous vous rendez compte ? C'est la première fois qu'on voit ça à Colworth !

— Mais où, à Colworth ? insista Daisy.

— Dans la rue principale, je vous dis. Un cottage avec une porte bleue, à ce qu'il paraît. Je n'en sais pas plus.

Daisy et Tara échangèrent un regard. Pam ne vivait pas au village. Le seul cottage avec une porte bleue dans la rue principale était celui de Maggie.

— Viens, dit Daisy à Tara. Allons-y !

— Je n'y crois pas, gémit Tara. Mais c'est la honte ! Maggie…

Une petite foule de badauds s'était rassemblée autour des véhicules de télévision. D'après ce que Tara et Daisy avaient compris, Maggie avait accordé une interview par téléphone à une station de radio. L'équipe de télévision attendait qu'elle ait terminé pour la filmer. Les images seraient diffusées dans le bulletin de 18 heures. Pendant ce temps-là, Colin et Christopher, le couple d'épiciers gays, expliquaient aux journalistes tout ce que l'entreprise d'électroménager Carver avait fait endurer à Maggie.

— Mais non, ce n'est pas la honte ! s'exclama Daisy. C'est génial ! Regarde ! La voilà !

Maggie apparut à la fenêtre du premier étage, l'œil brillant, très sûre d'elle face aux caméras.

— Maggie ! Les responsables de chez Carver vous ont-ils contactée ? Ont-ils promis de vous faire parvenir une nouvelle machine à laver ?

— Je viens de leur parler, répondit Maggie au journaliste de *Bath Echo*. Ils sont en pourparlers avec leurs avocats.

Elle fit une grimace comique, puis ajouta :

— Une telle annonce m'a terrifiée, vous pensez !

— Vous avez raison, madame ! Faut pas se laisser marcher sur les pieds ! intervint un touriste américain.

— Maggie, nous autorisez-vous à vous photographier en compagnie de votre otage ?

Tara ne pouvait pas s'empêcher d'être mortifiée. Quand on est la nièce d'une dame d'âge moyen qui confectionne des coussins, on s'attend qu'elle se comporte dignement, pas qu'elle se donne en spectacle.

L'otage rejoignit Maggie à la fenêtre et les flashs des photographes crépitèrent.

Hector, qui revenait de la banque, se gara le long du trottoir et baissa sa vitre.

— Que se passe-t-il ? demanda-t-il à Daisy.

— Maggie a pris un réparateur de machines à laver en otage. Elle exige du revendeur qu'il lui fournisse une nouvelle machine. Le réparateur est là-haut, à côté d'elle. C'est formidable, non ?

Quand Hector leva les yeux vers la fenêtre, il n'en fut pas absolument certain. La méthode de Maggie lui plaisait beaucoup, mais sa façon de rire en compagnie du réparateur le mit mal à l'aise...

L'une des équipes de télé écumait la foule en quête de témoins à interviewer. Hector étant plutôt doué pour ce style de performances, Daisy lui chuchota :

— Vas-y, papa. Dis-leur qu'on soutient tous Maggie.

— Je ne sais pas trop, hésita Hector.

Un des journalistes lança :

— Hé ! Dino ! Est-ce qu'elle vous a maltraité ?

— Dino... murmura Tara. C'est un Italien ! Voilà pourquoi il a de si beaux yeux !

— Maggie me traite très bien. Je n'aurais pu être pris en otage par une femme plus merveilleuse, répondit Dino. Je n'ai vraiment pas à me plaindre.

Hector serra compulsivement le volant de sa voiture.

— Tara ! s'exclama Maggie en l'apercevant enfin. Excuse-moi pour tout ce cirque, ma chérie. J'espère que tu ne m'en voudras pas, mais je ne peux pas te laisser entrer.

— Mais… commença Tara, estomaquée.

— Tu peux rester chez Daisy, le temps que ça se tasse. N'est-ce pas, Daisy ?

— Sans problème ! On est de tout cœur avec vous, Maggie ! lui assura-t-elle.

— Les filles, j'aimerais que vous nous rendiez un immense service, reprit Maggie.

Elle sortit un billet de vingt livres de la poche de son jean, et le lança dans leur direction.

— Est-ce que vous pouvez aller chercher un bocal d'olives vertes, une petite boîte d'anchois et une bouteille de vin, à l'épicerie ? Rouge ou blanc ? s'enquit-elle en se tournant vers Dino.

— Rouge.

— Plutôt deux bouteilles, finalement, reprit-elle en adressant un clin d'œil à Daisy. On va peut-être rester coincés ici un bout de temps…

Hector en avait assez entendu. Il fit rugir le moteur de sa Land Rover.

— Il faut que j'y aille. Paula m'attend.

— Combien de temps ça va durer, d'après toi, demanda Tara à Maggie. J'ai besoin de me changer, moi !

— Il n'y a que Carver qui puisse répondre à cette question, rétorqua un des journalistes. S'ils refusent de céder, ça peut durer plusieurs jours. Remarquez que l'otage n'a pas l'air de trop souffrir, ajouta-t-il en désignant Dino. Je dois reconnaître que je ne serais pas mécontent de me faire kidnapper par une femme comme celle-là !

— Vous êtes en train de parler de ma tante ! s'indigna Tara.

— Et alors ? Je n'ai rien dit de mal, répliqua le journaliste sans quitter Maggie des yeux. Croyez-moi, ce type-là a de la chance !

Hector démarra en trombe.

Il ne voulait pas faire attendre Paula, supposa Daisy. Elle était cependant ennuyée qu'il ne reste pas pour soutenir Maggie.

Elle agita le billet de vingt livres que celle-ci leur avait lancé sous le nez de Tara.

— On a des courses à faire ! Quel genre de vin rouge préférez-vous ? demanda-t-elle à Maggie. Un merlot ? Un clairet ?

Ce fut Dino qui lui répondit :

— Montepulciano !

Tara haussa les sourcils. Le montepulciano était le vin favori de sa tante.

56

— Tu es une perle, dit Maggie par l'entrebâillement de la porte munie de la chaîne de sécurité.

Tara lui passa les olives, les anchois et les deux bouteilles de vin. En échange, Maggie lui remit un sac en plastique. Tara l'ouvrit pour prendre connaissance du contenu. Un jean et un sweat-shirt, une brosse à dents, le T-shirt Robbie Williams qu'elle utilisait comme chemise de nuit, une vieille paire de pantoufles roses en tissu éponge qu'elle ne mettait plus et sa trousse de maquillage.

— Alors il va dormir là ?

Elle n'arrivait pas à croire que Maggie puisse faire une chose pareille.

— Il faudra bien, répondit cette dernière. Je n'ai toujours pas reçu ma nouvelle machine.

Tara sentit que la perspective d'héberger un inconnu pour la nuit ne déplaisait pas à sa tante et elle pinça les lèvres, outrée.

— Ne faites pas attention à elle, intervint Daisy qui se tenait à côté de Tara. Vous vous amusez bien ?

— Ma petite Daisy, je ne me suis jamais autant amusée de toute ma vie, assura Maggie, tout sourire.

— Daisy, j'aurais un mot à vous dire.

Daisy sentit son cœur chavirer en voyant Mel s'approcher du comptoir de la réception. Elle devait assister à une réunion. Elle faisait de gros efforts pour demeurer courtoise avec Mel, mais il était hors de question qu'elles se lient d'amitié.

— Je suis assez occupée.

— Je sais, je suis désolée. Je n'en aurai pas pour longtemps.

Mel était clairement déterminée à lui parler.

— Barney vient de m'apprendre quelque chose qui vous intéressera sûrement.

— Je vous écoute, fit Daisy en consultant ostensiblement sa montre.

— Le soir de l'incendie, il a vu Paula Penhaligon flanquer un coup de pied à Clarissa.

Daisy lui accorda soudain toute son attention.

— *Quoi ?*

— Il n'a pas osé vous en parler. C'est une cliente célèbre, il trouvait la situation délicate. Mais je lui ai dit qu'il fallait que vous le sachiez. Barney a donc vu Clarissa s'approcher de Paula pour lui faire la fête, et Paula lui a balancé un bon coup de pied. Elle portait des talons hauts, soit dit en passant. Et d'après Barney, elle cherchait à faire mal.

— Elle a seulement cherché à lui faire mal ou bien elle y est parvenue ? demanda Daisy qui ne savait si elle devait se sentir malade ou soulagée.

— Elle lui a fait mal. Elle a shooté dans Clarissa comme dans un ballon de foot.

— Merci de m'en avoir informée, dit simplement Daisy.

Maggie n'osait pas l'avouer à Dino, mais c'était la première fois de sa vie qu'elle mangeait des pâtes fraîches. Ça ne ressemblait en rien aux pâtes sèches qu'on achète au supermarché. Et le montepulciano se mariait divinement avec une telle cuisine. Si divinement, qu'ils avaient descendu les deux bouteilles.

— C'était délicieux, soupira-t-elle en repoussant son assiette vide.

— Tout à fait de votre avis, approuva Dino en posant les coudes sur la table. Il y a toujours foule, dehors ? s'enquit-il, le regard espiègle.

Maggie se leva à demi de son siège, vacillant légèrement, et jeta un coup d'œil par la fenêtre du salon.

— C'est un peu plus clairsemé que tout à l'heure, annonça-t-elle en se rasseyant. Je me demande ce qu'ils s'imaginent.

— Pas besoin d'être journaliste dans la presse à scandales pour le deviner, répondit Dino avec un fin sourire. On ne peut pas vraiment leur en vouloir, c'est plutôt gentil, au fond.

Il se tut un instant, puis reprit :

— On pourrait, si vous voulez. J'ai vraiment passé une bonne soirée, et je vous trouve formidable.

Maggie se sentit flattée, mais elle ne s'était pas du tout attendue qu'il lui propose ça aussi crûment. C'était bien la preuve qu'elle manquait d'expérience dans ce domaine. De nos jours, quand un homme vous trouvait à son goût, il n'y allait pas par quatre chemins pour vous le faire savoir.

— On est tous les deux adultes, poursuivit Dino en lui prenant la main. Alors ? Qu'est-ce que vous en pensez ?

Maggie ne savait plus quoi dire. La franchise de Dino la désarmait complètement. D'un autre côté, elle ne pouvait pas lui reprocher d'essayer.

Elle rosit en réalisant que ce qu'il lui proposait ne lui déplaisait pas. Pourquoi pas, au fond ? Après tous les affronts qu'elle avait subis ces dernières semaines, n'avait-elle pas mérité un peu de réconfort ?

— Entre les deux, mon cœur balance... chantonna-t-il pour la taquiner.

Il alla se poster devant la fenêtre, salua les journalistes et tira les rideaux.

Ils entendirent alors la foule s'esclaffer bruyamment.

Maggie sentit ses genoux s'entrechoquer.

— Je ne vous oblige à rien, lui assura Dino en l'aidant à se lever.

Il glissa les bras autour de sa taille et l'embrassa.

Ce fut un baiser charmant. Doux et habile, absolument pas insistant. Ni trop tendre ni trop rude. Un baiser irréprochable, pour tout dire.

Mais ce n'était pas des lèvres de Dino que Maggie avait envie.

Elle sut qu'elle serait incapable d'aller jusqu'au bout dès que sa bouche effleura la sienne. Il avait toutes les qualités requises : beau, célibataire et de bonne compagnie. Malheureusement, ce n'était pas Hector.

Elle se libéra doucement de son étreinte et lui adressa un sourire contrit.

— Je suis désolée, mais je ne peux pas.

— Vous êtes sûre ?

Elle hocha la tête.

— Zut, alors ! s'exclama-t-il avec bonne humeur. J'ai horreur de me retrouver dans ce genre de situation !

Maggie s'esclaffa ; ça ne devait pas lui arriver souvent.

— Voulez-vous que je fasse du café ?

— Excellente idée, approuva-t-il.

Elle mettait la bouilloire à chauffer, quand la sonnerie du téléphone retentit. Dino, qui se trouvait à côté, répondit.

— Qui est-ce ? demanda-t-elle lorsqu'il apparut sur le seuil de la cuisine.

— Personne. Ça a raccroché.

Deux minutes plus tard, la sonnerie du téléphone retentit à nouveau.

— Un amant jaloux ? chuchota Dino en posant une tasse de café devant elle.

Maggie aurait bien aimé. Elle couvrit le combiné de sa main et répondit :

— Mieux que ça ! C'est *Sky News*.

— Où étais-tu passé ? lança Paula quand Hector la rejoignit dans le hall.

— J'arrangeais un tournoi de golf pour demain.

— Je t'attends depuis une éternité, se plaignit-elle. On prend un verre au bar ?

Le bar de l'hôtel était rempli de journalistes, mais cela ne la dérangeait plus. Elle n'avait plus la moindre trace d'ecchymoses sous les yeux. Le chirurgien à qui elle avait confié son visage avait accompli un travail remarquable. Toute modestie mise à part, elle se trouvait superbe.

Hector jeta un coup d'œil vers le bar enfumé et secoua la tête. Les conversations tournaient toutes autour de Maggie et de son bel otage, chacun donnant son point de vue sur l'issue possible de cette histoire abracadabrante.

— Il y a trop de bruit, ici. De toute façon, j'avais envie d'aller manger dehors, ce soir.

— Papa ! Je peux te dire deux mots ? demanda Daisy en contournant le comptoir.

Les journalistes sifflèrent bruyamment à la vue de ses jambes gainées de noir et de sa jupe en cuir au-dessus du genou.

— Désolée, ma chérie, mais on est en retard, répliqua Hector qui avait hâte de quitter l'hôtel. Une autre fois.

— Et merde ! lâcha Daisy entre ses dents une fois qu'ils furent sortis.

— Une jolie fille comme vous ne devrait pas prononcer d'aussi vilains mots, lui fit remarquer un journaliste avec un clin d'œil appuyé.

Le lendemain matin, Maggie fut réveillée par un coup frappé à la porte de sa chambre. Sa première pensée fut : « Aïe ! Ma tête. Tout ce vin, hier soir... » et aussitôt après, elle se félicita de n'avoir pas cédé aux avances de Dino.

— Vous êtes présentable ? demanda ce dernier à travers le battant.

— Oui, vous pouvez entrer.

Dino ouvrit la porte. Il lui apportait une tasse de thé et le journal.

— Il faut absolument que vous voyiez ça !

Maggie se redressa, avala son thé, puis déplia le journal. Sa photo figurait en page 14 du *Daily Mail*. Une photo qu'elle jugea plutôt flatteuse, prise alors qu'elle se tenait à la fenêtre du premier étage en compagnie de Dino. L'article qu'elle illustrait – *Une consommatrice se fâche* – lui était très favorable, et pour faire bonne mesure, une photo plus petite de Dino costumé en Frank Sinatra avait été insérée.

« Si j'avais voulu, j'aurais pu coucher avec Frank Sinatra, hier soir », songea-t-elle. Le plus drôle, c'était que Sinatra était le chanteur préféré d'Hector...

— J'ai mis des toasts dans le grille-pain, et il faudra penser à rebrancher le téléphone, annonça Dino, très efficace.

Il déposa la robe de chambre de Maggie au pied de son lit et se dirigea vers la fenêtre pour écarter les rideaux.

— Non ! glapit-elle.

Trop tard ! La lumière du jour inondait déjà la pièce.

— Incroyable ! s'extasia Dino. Ils sont déjà là à nous attendre.

— Ils viennent de vous voir ouvrir les rideaux de ma chambre ! Que vont-ils penser, à présent ?

Elle enfila sa robe de chambre et réfléchit un instant.

— Oh, et puis, tant pis ! Ils ne pensent qu'à ça depuis hier, de toute façon.

Elle se posta à côté de Dino, constata avec satisfaction que les journalistes étaient encore plus nombreux que la veille, et ouvrit la fenêtre pour entendre ce qu'ils lui criaient.

— Bonjour, Maggie ! Bien dormi ?

— Très bien, je vous remercie, répondit-elle avec un sourire. Je me sens très... reposée.

— Allez-vous relâcher votre otage ?

— Pas avant d'avoir ma machine à laver.

— La société Carver vous a-t-elle contactée ?

— Toujours pas. Mais je n'ai pas encore rebranché le téléphone.

— Vous pourriez nous faire du thé ? risqua un journaliste, plein d'espoir.

— Pardon ? fit-elle.

Elle avait été distraite par Hector, qu'elle venait d'apercevoir dans les derniers rangs. Jusqu'alors, elle n'avait pas réalisé qu'il se trouvait là.

— Du thé !

Le journaliste souffla sur ses mains puis les frotta l'une contre l'autre. Le soleil brillait, mais il faisait frisquet.

— Avec plaisir, répondit-elle. Je vais mettre l'eau à chauffer.

Dino posa la main sur l'épaule de Maggie.

— Allez plutôt vous habiller, je m'en charge.

Un gloussement parcourut la foule.

— Il va vous manquer quand vous devrez le relâcher ! C'est une perle, cet homme-là !

Hector ne sourit pas. Il tourna le dos au cottage et se dirigea vers l'hôtel.

57

Moins d'une minute après qu'elle l'eut rebranché, le téléphone sonna.

— Oh ! monsieur Ellison ! s'exclama-t-elle en haussant les sourcils à l'intention de Dino qui répartissait du sucre dans des tasses.

— Madame Donovan, vous avez causé un tort énorme à notre entreprise, déclara Gilbert Ellison d'un ton glacial.

Il s'abstint d'ajouter que le directeur de Carver lui avait passé un savon après avoir lu la presse du matin, lui reprochant d'avoir laissé la situation s'envenimer ainsi.

— Je vous appelle pour vous signifier qu'une machine à laver vous sera livrée à 11 heures, ce matin.

— Livrée *et* installée, s'empressa de stipuler Maggie. Gratuitement. Une machine à laver *séchante*, précisa-t-elle.

— Un de nos modèles haut de gamme, lui assura-t-il d'un ton haineux. La société Carver tient à apporter la preuve de sa bonne volonté.

— Je vous remercie de votre amabilité, mentit Maggie.

Elle raccrocha, échangea un regard avec Dino, puis donna des coups de poing dans le vide et s'exclama sur un mode qui ne lui était absolument pas familier :

— Ouiiii !

Le camion de livraison arriva à 10 h 50. Un rugissement approbateur s'éleva de la foule quand les livreurs déchargèrent et transportèrent cérémonieusement la superbe machine à laver jusqu'au cottage de Maggie. Gilbert Ellison les accompagnait, soucieux de démontrer aux journalistes à quel point la société Carver savait se montrer fair-play. Il posa pour les photographes, un sourire onctueux aux lèvres, et remit à Maggie une bouteille de champagne bon marché. Il s'adressa ensuite aux journalistes pour expliquer que Carver tenait avant toute chose à donner pleine et entière satisfaction à ses clients, et qu'il était personnellement désolé qu'en dépit de tous les efforts déployés, Maggie se soit sentie négligée.

À 11 h 30, la machine était installée – par Dino – et la première fournée d'une longue série de linge sale tournait déjà avec entrain.

Gilbert, un sourire plaqué sur le visage pour le bénéfice de la foule, ne s'adressait à Maggie que les dents serrées.

— Vous nous avez causé beaucoup de torts, siffla-t-il. Nous serions en droit de vous poursuivre en justice pour prise d'otage.

— Le seul problème, c'est que Dino n'était pas mon otage. Il est resté ici de son plein gré, riposta-t-elle.

— Et j'ai apprécié chaque minute de mon séjour, renchérit Dino.

Maggie espéra que cette déclaration ne lui coûterait pas sa place.

— Ne vous avisez jamais de récidiver, grommela Gilbert en quittant le cottage.

La journaliste de Radio Bristol posa la main sur le bras de Maggie.

— Vous êtes prête ?

Une voiture devait l'emmener aux studios de la BBC pour participer à une émission retransmise en direct qui ne serait que la première de toute une série.

— Une minute, s'excusa Maggie.

Elle se tourna vers Dino et l'étreignit.

— Merci pour tout.

— Merci pour *presque* tout, lui murmura-t-il en plissant les yeux. On se reverra peut-être un de ces quatre ?

— Qui sait ? fit-elle en essuyant la trace de rouge à lèvres qu'elle avait laissée sur sa joue.

— J'installe aussi les lave-vaisselle…

— Quelle coïncidence ! dit-elle gravement. J'ai justement l'intention d'en acheter un bientôt !

Brenda, la secrétaire de Daisy, apportait une pile de lettres à signer.

— Pam vient de me faire une réflexion étrange, dit Brenda en fronçant les sourcils.

— Ah, bon ? fit machinalement Daisy.

Elle venait de se souvenir qu'elle n'avait pas encore parlé à Hector du coup de pied que Paula avait infligé à Clarissa.

— J'ai croisé M. Tyzack ce matin, expliqua Brenda, et je lui ai demandé si les réparations de sa maison avançaient. Il m'a répondu que c'était presque fini et qu'il était très content du résultat.

— Et alors ? marmonna Daisy qui écoutait d'une oreille distraite.

— Comme ma sœur voudrait faire repeindre sa salle à manger, j'ai demandé à M. Tyzack le nom de l'entreprise à laquelle il avait fait appel. Figurez-vous qu'il n'en savait rien ! Il a prétendu que le nom ne lui revenait pas ; vous ne trouvez pas ça bizarre ?

Daisy hocha prudemment la tête tout en se demandant où sa secrétaire voulait en venir.

— J'ai raconté ça à Pam, et elle m'a rétorqué que si M. Tyzack ne se souvenait pas du nom de l'entreprise, c'était peut-être parce qu'il n'avait jamais fait appel à une entreprise.

Daisy se frotta le front. Elle venait de passer trois heures dans ses dossiers.

— Je ne comprends pas. Vous voulez dire que Dev aurait fait les travaux lui-même, c'est ça ?

— Non, non ! Pas du tout ! D'après Pam, il n'a jamais eu besoin de réparer quoi que ce soit chez lui pour la bonne raison que sa maison n'a jamais été inondée. Elle pense qu'il a inventé cette histoire pour justifier sa présence à l'hôtel. Vous pensez que c'est possible ?

Daisy pensait surtout que c'était l'idée la plus saugrenue que Pam ait jamais eue. Elle lisait trop de romans policiers derrière son comptoir.

— Pourquoi ferait-il une chose pareille ? se contenta-t-elle de répondre.

— Selon Pam, il court après quelque chose. Ou plutôt quelqu'un. Et je suis certaine que vous pourriez savoir de qui il s'agit si vous le lui demandiez gentiment.

Brenda la gratifia d'un regard aussi éloquent qu'un clin d'œil doublé d'un violent coup de coude dans les côtes.

— On s'en est bien rendu compte, Pam et moi...

— Rendu compte de quoi ? demanda Daisy.

— Dev Tyzack, répondit Brenda, l'œil pétillant de malice. Il a le béguin pour vous, ça saute aux yeux.

Tara était tenaillée par le désir sexuel. Ses hormones ne lui laissaient pas le moindre répit. Soutenir mordicus qu'on ne couchera pas avec l'élu de son cœur, c'était bien gentil en théorie, mais tenir ses engagements quand le démon de la tentation s'en mêlait, c'était une autre affaire...

Deux heures de démarrages en côte et de virages en marche arrière avaient généré en elle une sorte d'urgence biologique. Elle n'avait jamais réalisé jusqu'alors qu'une leçon de conduite puisse receler une telle charge érotique. Sa voix rauque lorsqu'il disait « Maintenant, tu relâches doucement l'accélérateur » la bouleversait. Elle percevait la déchirure de son jean au niveau du genou comme une provocation ; et sa jambe n'était qu'à quelques centimètres de sa main gauche. Elle mourait d'envie de lui retirer ce jean et de...

— Hé ! Écoute qui passe à la radio !

Josh, qui cherchait à régler l'autoradio sur une station qui ne grésillait pas trop, venait de reconnaître la voix de Maggie.

—... tout ce que je peux dire, c'est que ça a marché pour moi !

— Et je dois informer nos auditeurs que cette victoire vous a rendue radieuse, commenta l'animatrice d'une voix chaleureuse. Ici Penny Macey, sur Radio Bristol, et Maggie Donovan, qui est avec nous en studio.

— La prochaine à droite, fit Josh. Direction Chippenham. Dis-moi, pourquoi Maggie prend-elle un accent aussi snob, tout à coup ?

— C'est sa voix pour répondre au téléphone. Elle parle toujours ainsi quand elle est nerveuse.

— Elle ne paraît pourtant pas nerveuse... Hé ! J'ai dit à *droite* !

La rue principale avait retrouvé son calme.

— Ils sont tous partis, observa Tara en ralentissant devant chez elle.

Elle alla garer la voiture de Josh sur le parking de l'hôtel et ils redescendirent lentement vers le cottage.

Dans la cuisine, la machine à laver flambant neuve avait achevé son programme.

— Je ne comprends pas ce qu'on fait ici, remarqua Josh. On aurait pu continuer encore au moins deux heures.

— J'en ai marre de conduire, répliqua Tara. J'avais envie de passer à autre chose...

— À quoi ? À jouer au golf ?

— Non. À quelque chose de bien plus amusant qu'une partie de golf, susurra-t-elle en s'approchant de lui.

— Fais attention à ce que tu dis ! Il n'y a que très peu de choses aussi amusantes que le golf. En fait, poursuivit-il après avoir fait mine de se concentrer, je n'en connais qu'une seule.

— Quelle coïncidence ! C'est justement à cette chose-là que je pensais !

— Le ski ? s'exclama Josh en haussant les sourcils. Euh... si je puis me permettre, tu es censée faire *quoi*, là ?

— Je me livre à une manœuvre délicate appelée « déboutonnage de jean ».

— Mais...

— Il n'y a personne, souffla Tara. Maggie est dans les studios de Radio Bristol. Tu montes avec moi ?

— Attends deux secondes... Je croyais que tu voulais me prouver que tu n'étais pas Miss saute au paf !

Tout en parlant, Josh suivait du doigt les contours de l'étoile blanche qui ornait le T-shirt de Tara qui en frémit de désir.

— Regardons les choses en face, Josh. Tu sais aussi bien que moi que je suis la seule Miss saute au paf digne de ce nom. Je t'ai révélé les plus sordides détails de mon passé honteux et ça ne t'a pas fait fuir. J'estime que nous avons montré énormément de patience.

— Ce n'est pas moi qui dirais le contraire !

Il glissa les pouces dans les passants de son pantalon et l'attira contre lui.

— J'adhère à cent pour cent à cette décision.

— Tu sais quoi ? gloussa Tara. Je m'en doutais !

— J'ai hâte de voir à quoi ressemble ta chambre.

— J'ai hâte de te la faire visiter.

— Maggie va rentrer dans combien de temps, d'après toi ?

Tara l'embrassa et en profita pour déboutonner le dernier bouton de sa braguette.

— Ne t'inquiète pas. Elle en a pour des heures.

58

Il y avait déjà un bon bout de temps qu'Hector rôdait sur la place du village. Quand il vit un taxi prendre la direction de la rue principale, il sut que c'était Maggie qui rentrait enfin et se contracta involontairement. Ça y était. L'heure de vérité avait sonné. Il allait se ridiculiser à tout jamais ou bien…

Inutile de s'attarder là-dessus. Elle était de retour et il fallait qu'il lui parle. Le taxi s'était garé devant le cottage et Maggie en descendait. Hector avait passé les deux dernières années de sa vie à se ridiculiser, de toute façon. Il venait tout juste de s'en rendre compte.

— Maggie ! l'appela-t-il tandis qu'elle cherchait sa clé dans son sac.

Le taxi s'éloigna et elle releva la tête.

— Hector, dit-elle, sur ses gardes.

Avait-il perdu l'esprit, pour l'aborder ainsi devant chez elle en plein jour ?

— Je guettais ton retour. Il faut qu'on parle, lança-t-il quand il fut à deux mètres d'elle.

— Mais de quoi ?

Incapable de se contenir plus longtemps, Hector lâcha :

— Tu as couché avec lui ?

Silence. Maggie le contempla fixement, puis tourna lentement la tête vers un groupe de touristes munis d'appareils photo qui passait sur le trottoir opposé.

— Pourquoi ? demanda-t-elle finalement. Qu'est-ce que ça peut te faire ?

— Ça me regarde ! Ça *m'importe* même !
— Chut ! Baisse un peu la voix, veux-tu ?
— Sûrement pas ! brailla-t-il. Tout le village peut bien m'entendre, je m'en contrefiche !
Maggie lui tourna le dos et introduisit sa clé dans la serrure. Hector s'en contrefichait peut-être, mais pas elle. Comment osait-il insinuer qu'elle n'avait pas le droit de coucher avec qui elle voulait, alors que lui ne se gênait pas ?
— Tu ferais mieux d'entrer. Paula n'est pas avec toi ? ajouta-t-elle d'un ton acerbe.
— Je ne sais pas où elle est. En train de se faire une manucure ou je ne sais quoi... Ce n'est pas mon problème.
Il avait dit à Paula qu'il jouait au golf, cet après-midi.
— Où vas-tu, à présent ? gronda-t-il. Je t'ai dit que je voulais qu'on parle.
— Tu permets que je jette un coup d'œil à ma machine à laver ? riposta Maggie en se dirigeant vers la cuisine.
Hector la regarda ouvrir le hublot de la machine et en sortir un pull en lambswool blanc qu'elle caressa amoureusement.
— Regarde-moi cette perfection, s'émerveilla-t-elle.
— Pose ce pull, s'impatienta Hector. Si tu m'avais permis de t'acheter une nouvelle machine, rien de tout cela ne serait arrivé.
Maggie déposa avec précaution le pull sur le dossier d'une chaise.
— Mais qu'est-ce qui t'arrive ?
— Je t'aime, voilà ce qui m'arrive ! beugla Hector, exaspéré. Je t'aime et l'idée que tu aies pu coucher avec cet homme m'est intolérable.
Maggie le regarda droit dans les yeux.
— Tu te moques de moi ?
— Ai-je l'air de me moquer de toi ? Maggie, il faut que tu saches la vérité. Depuis un certain temps, cet arrangement que nous avions passé... ça me débectait, voilà ! Pas l'aspect sexuel de la chose, s'empressa-t-il de

préciser. Cette partie-là me plaisait énormément. Mais le fait de payer pour ça… Disons que je me sentais…

— Hector…

— Non, laisse-moi finir. Je voulais plus que ça. Je me suis rendu compte que j'éprouvais des sentiments pour toi, mais je savais que tu ne me voyais que pour l'argent. Si je ne t'avais plus donné d'argent, tu aurais refusé de me voir. Et je ne pouvais pas me passer de toi. C'était au-dessus de mes forces. Tu n'imagines pas à quel point j'avais besoin de te voir. Je comptais les heures qui séparaient nos rencontres…

— Jusqu'à ce que Paula surgisse, l'interrompit Maggie.

Était-il possible qu'il ait vraiment compté les heures ?

— J'avais besoin d'une vraie relation, d'une histoire que je puisse étaler au grand jour. Est-ce trop demander ? s'écria-t-il, au désespoir. Mais ça n'a pas marché. Paula n'est pas faite pour moi. Ce n'est pas mon genre de femme.

Il fit une pause, puis ajouta calmement :

— C'est toi que je veux.

— Dis-moi que je rêve, murmura Maggie qui nageait en plein brouillard.

— Tu ne rêves pas, Maggie. Je te dis ce que je ressens. Pour la suite, c'est à toi de voir. Je me mets à nu. Je sais que tu m'aimes assez pour accepter de coucher avec moi contre de l'argent. Mais je ne veux plus être ton… client. Je veux une vraie relation. Dis-moi ce que tu en penses. Suis-je en train de me ridiculiser à tes yeux ? N'hésite pas à me le dire, si c'est le cas. J'ai pris le risque : j'encaisserai.

— Oh !

Maggie était à court de mots. Elle savait qu'elle était en mesure de le tirer d'embarras, mais elle n'y parvenait pas. Peut-être avait-elle interprété ses paroles ? Peut-être s'était-elle persuadée qu'il lui avait dit ce qu'elle avait envie d'entendre depuis si longtemps ?

— Bien, annonça Hector. J'ai fait ma part, à ton tour.

— Je… je…

Mon Dieu, je suis pitoyable.

— Oui ? Ou non ? trancha-t-il.

— Oui ! glapit Maggie, affolée à l'idée qu'il puisse partir.

Elle se ressaisit et ajouta :

— À quoi est-ce que je viens de dire oui, exactement ?

— À nous deux, répondit Hector en souriant à demi. À une vraie relation sans qu'il soit question d'argent. Tu es bien sûre d'être d'accord ?

Maggie déglutit.

— Oui, articula-t-elle, normalement, cette fois.

Hector fit un pas vers elle.

— Vraiment ?

— Oui.

— J'annoncerai dès ce soir à Paula que c'est fini. Ça te va ?

Quelle question !

— Oui, souffla Maggie.

— Je t'ai déjà dit que je t'aimais. Mais cette histoire avec l'autre… ce réparateur. Jure-moi que tu ne le reverras plus jamais.

— Il n'y a pas eu d'histoire. Il ne s'est rien passé.

Très émue par cette manifestation de jalousie, Maggie s'éclaircit la voix.

— Il ne s'est rien passé, répéta-t-elle. Il a dormi sur le canapé.

Un soulagement intense se peignit sur le visage d'Hector.

— Juré ?

— Juré.

— Je parie qu'il a fait des manœuvres d'approche.

Maggie l'observa, amusée.

— Cela va sans dire. Il m'a effectivement laissé entendre que ça ne lui déplairait pas.

— Cela ne m'étonne pas, assura Hector. Tu es une belle femme, ajouta-t-il d'une voix soudain radoucie en lui caressant les cheveux.

— Mais je l'ai éconduit, précisa Maggie.

— Pourquoi ?

— Parce que ce n'était pas toi.

Hector la prit dans ses bras et l'embrassa, tel un mari qui revient d'un long voyage. Au bout d'un moment, Maggie s'écarta légèrement de lui.

— Je n'ai jamais voulu de ton argent, avoua-t-elle en clignant des yeux pour retenir des larmes de joie. Si je l'acceptais, c'était uniquement pour que tu continues à venir me voir.

Hector l'embrassa de nouveau.

— On fait une belle paire d'idiots, tous les deux, marmonna-t-il d'un ton bourru.

— Regardons le bon côté des choses, fit Maggie en souriant. On a plein de temps perdu à rattraper.

— Très juste. Et je suggère de s'y mettre tout de suite.

— Et Tara ? Je ne sais pas à quelle heure elle doit rentrer.

Hector secoua la tête et sourit à son tour.

— C'est sans importance, à présent.

— Oh, merde ! siffla Tara entre ses dents. Ils vont monter.

— C'est génial ! chuchota Josh, qui se tenait derrière elle sur le palier du premier étage. C'est encore mieux qu'à la télé !

Comme il ne pouvait se permettre de rire tout haut, il mit son poing sur sa bouche pour contenir son hilarité. Réaction typiquement masculine. Tara lui flanqua une bourrade à laquelle il riposta en la poussant.

— Hé ! laissa-t-elle échapper en rebondissant contre le mur.

— Mon Dieu ! s'exclama Maggie dans l'escalier. Qui est là ?

Et voilà ! Ils étaient obligés de se montrer, maintenant.

— Ne t'inquiète pas, s'empressa de la rassurer Tara. C'est moi. Enfin, c'est *nous*, rectifia-t-elle en attrapant Josh par le bras pour que Maggie puisse le voir.

Celle-ci, suivie de près par Hector, apparut au tournant de l'escalier.

— Mon Dieu ! répéta Maggie en portant ses mains à sa bouche. Mais alors... vous étiez là-haut *depuis le début* ?

— Je ne suis pas Peter Pan, répondit Tara. Je ne suis pas entrée en volant par la fenêtre.

— Et moi, je ne suis pas la fée clochette, ajouta Josh.

Maggie devint rouge comme une pivoine. Mortifiée, elle articula péniblement :

— Et vous, euh... vous avez écouté ce qu'on disait ?

— Pas moi, fit Josh. Je me suis bouché les oreilles. Mais Tara a tout écouté.

Tara lui donna une autre bourrade.

— On n'a pas cherché à écouter, rectifia-t-elle. On n'a pas pu faire autrement. Vous ne parliez pas précisément à voix basse.

— Vous avez tout entendu, conclut Maggie d'une voix blanche.

— Presque tout, convint Tara.

Elle avait elle-même encore du mal à croire qu'elle venait vraiment d'entendre ce qu'elle avait entendu. Elle n'en revenait pas. Maggie et Hector...

Maggie et Hector. Oui, pourquoi pas, au fond ? L'idée de sa tante en train de passer du bon temps avec Dino l'avait révulsée, la veille, mais ce scénario totalement imprévu ne la surprenait pas tant que ça, finalement. Elle était prête à l'admettre. Elle trouvait même ça plutôt admirable.

— Je suis désolée, bredouilla Maggie.

— Mais qu'est-ce qui te prend ? explosa Hector. Tu n'es *pas* désolée, d'accord ? Personne n'est désolé, ici. Je suis fou de joie et rien ni personne ne pourra m'en empêcher !

Leur liaison était restée secrète si longtemps, s'étonna Tara. On ne pouvait vraiment faire confiance à personne.

— Depuis combien de temps avez-vous dit que durait votre histoire ? demanda-t-elle.

Ils ne l'avaient pas dit, mais elle mourait d'envie de le savoir.

Hector passa fièrement le bras autour de la taille de Maggie.

— Deux ans. *Plus* de deux ans.

Maggie avait cessé de rougir. Son cou avait déjà retrouvé une couleur normale. L'assurance d'Hector était contagieuse.

— Deux ans et quatre mois, précisa-t-elle.

— Mais, au fait, vous deux, contre-attaqua Hector. Qu'est-ce que vous fabriquiez, là-haut ?

— Tara m'a dit qu'elle voulait repeindre sa chambre de la même couleur que mon pull, expliqua Josh en désignant d'un air innocent son sweater vert pomme.

Tara se mordit les lèvres pour ne pas éclater de rire.

— Deux ans et quatre mois, et pendant tout ce temps il t'a payée ? Vraiment *payée* ?

— Et laisse-moi te dire que j'aurais volontiers donné plus, l'informa Hector en pressant affectueusement Maggie contre lui.

— Tu n'as pas l'intention de me sermonner, j'espère, dit Maggie à sa nièce.

— Certainement pas ! Je trouve ton idée géniale, au contraire, rétorqua Tara avant de donner un coup de coude à Josh. Pour tout te dire, je crois que je vais la reprendre à mon compte.

— Papa, il faut que je te parle.

Daisy avait bondi de sa chaise en voyant son père passer devant son bureau. Hector se tourna vers elle.

— Ça ne m'étonne guère, lui répondit-il.

Daisy aurait préféré qu'il n'ait pas l'air aussi joyeux. Ce n'était pas de gaieté de cœur qu'elle s'apprêtait à lui révéler ce qu'elle avait appris sur Paula Penhaligon. Elle craignait qu'il ne la soupçonne d'être jalouse et de déformer la vérité pour l'éloigner d'elle. Malheureusement, ce n'était pas le cas. Elle n'était pas jalouse du bonheur de son père. C'était même le seul mal qu'elle lui souhaitait : être heureux avec une femme.

— Tara t'a téléphoné, semble-t-il, enchaîna Hector en refermant la porte du bureau.

— Tara ? Pourquoi m'aurait-elle appelée ?

Arrête, je t'en supplie, arrête d'avoir l'air aussi jovial !

— Pour rien, pour rien. Alors, de quoi s'agit-il ?

Daisy prit une profonde inspiration. Son père ferait ce qu'il voudrait une fois qu'il saurait. Mais elle ne pouvait le laisser ignorer que la femme dont il était épris était capable de shooter dans un petit chien comme dans un ballon de foot.

Elle se fit l'impression d'être une donneuse en lui relatant l'incident surpris par Barney le soir de l'incendie. Hector l'écouta patiemment. Quand elle eut terminé son récit, il déclara :

— Arrête-moi si je me trompe : tu n'aimes pas beaucoup Paula, n'est-ce pas ?

Daisy fit la grimace.

— Pas beaucoup, en effet. Mais ce n'est pas ce qui m'a incitée à te révéler cet incident.

— Je sais.

Il hocha la tête, puis demeura un instant pensif.

— Et Maggie ? reprit-il finalement. Qu'est-ce que tu penses de Maggie ?

— Qui ça ? fit-elle, complètement désarçonnée. Maggie ? Tu veux dire la tante de Tara ?

— Elle-même.

Qu'est-ce qu'il lui prenait de lui poser une telle question ?

— Je l'adore, évidemment ! répondit-elle d'un ton indigné.

— Eh bien, tant mieux ! commenta Hector avec un sourire satisfait. C'est une excellente chose !

59

— *Pardon ?* Tu peux répéter ce que tu viens de dire ?

Incrédule, Paula fixa Hector. L'instant d'avant, elle bavardait gaiement au téléphone avec son imprésario, tout en admirant ses ongles irréprochablement vernis. Et puis, en moins de trente secondes, Hector avait fait irruption dans sa suite et lui avait annoncé sans ambages qu'il mettait fin à leur liaison.

Elle laissa passer quelques secondes, convaincue qu'il allait lui livrer la chute de cette plaisanterie et éclater de rire.

Mais l'expression mortellement sérieuse d'Hector ne laissait place à aucun doute : il ne s'agissait pas d'une plaisanterie.

— Sans rancune, fit-il d'un ton posé. On se sera bien amusés le temps que ça aura duré.

Tout en parlant, Hector se rendit compte que ce n'était pas tout à fait vrai. Paula n'avait jamais été du genre à « s'amuser ». Mais bon, ça sonnait bien.

— Tu me *plaques* ?

La bouche de Paula Penhaligon se pinça jusqu'à ne plus former qu'une mince ligne. C'était la première fois que cela lui arrivait. L'initiative d'une rupture lui était toujours revenue de droit. Personne n'avait jamais osé traiter ainsi Paula Penhaligon !

— Je crois qu'on est parvenus au terme de notre histoire, expliqua Hector, pour qui c'était l'évidence même.

— Ton attitude est inqualifiable, rugit-elle. Tu perds complètement la tête, mon petit bonhomme !

— Tu as donné un coup de pied à Clarissa.

— *À qui ?*

— Au chien de Dev Tyzack. Le soir de l'incendie.

Paula eut alors la certitude que cet homme était dérangé.

— Serais-tu en train de me dire que tu romps avec moi sous prétexte que j'ai donné un coup de pied à un *chien* ?

— Ce n'est pas une raison suffisante ?

Il hésita, cependant. Plus tôt il en aurait fini, mieux ce serait.

— Entendu, je te l'accorde, ce n'est pas la seule raison. Il y a quelqu'un d'autre.

— Tu mens.

Les ongles parfaitement vernis de Paula s'incrustèrent dans ses paumes.

— C'est matériellement impossible. On ne s'est pas quittés un instant. Tu n'as pas eu le temps de rencontrer quelqu'un.

— C'est quelqu'un que je connais depuis très longtemps. Une femme merveilleuse qui vit à Colworth.

— Je ne te crois pas.

Était-il possible qu'il la quitte pour une autre ? Quel toupet !

— Qui est-ce ? siffla-t-elle, vipérine.

— Elle s'appelle Maggie. C'est la tante de Tara, la femme de chambre.

Cette fois, c'en était trop ! Une demi-heure plus tôt, Paula avait feuilleté le journal. Elle était tombée sur l'article relatant la prise d'otage du réparateur de machine à laver et elle avait reconnu la femme qui figurait sur la photo. C'était l'ivrognesse qu'ils avaient surprise un jour, à quatre pattes dans une mare de vinasse.

— Mais, Hector ! Cette femme porte un *anorak* !

— Moi aussi, répondit-il.

Hors d'elle, Paula attrapa un cendrier et le lui lança à la figure. Hector n'eut même pas besoin d'esquiver son tir mal ajusté. Le cendrier s'écrasa contre le mur.

— Espèce de salaud ! grinça-t-elle. Fous le camp !

Elle allait enfin savoir. Elle touchait pratiquement au but. Daisy, qui se faisait l'effet d'un détective privé en mission ultrasecrète, vérifia une seconde fois le nom de la rue et inspira à fond. Elle avait fait un bond de quinze mètres, la veille, quand Pam était entrée dans son bureau alors qu'elle cherchait l'adresse sur son ordinateur. Se sentant prise en faute, elle avait précipitamment lâché la souris et glapi d'une voix suraiguë :

— Qu'est-ce que vous voulez ?

Pam était si pressée de lui parler, qu'elle n'avait même pas tiqué.

— Vous ne devinerez jamais ce qui vient de se passer ! avait-elle débité. Paula Penhaligon vient de quitter l'hôtel !

Daisy avait soupiré de soulagement. Pam n'avait pas surgi pour l'accuser, mais pour lui raconter que Paula était partie sans tambour ni trompette et qu'elle n'avait même pas laissé de pourboire à Barney.

Telle une chanson entendue à la radio et qu'on ne peut s'empêcher de fredonner, la remarque de Brenda n'avait cessé de lui trotter dans la tête. Si Dev avait effectivement feint d'être victime d'une inondation pour s'installer à l'hôtel, était-il possible qu'il ait agi ainsi pour se rapprocher d'elle ? Cela ne tenait pas debout, mais Daisy voulait en avoir le cœur net. Et elle ne pouvait se permettre de poser directement la question à Dev.

Elle se retrouvait donc en train d'arpenter Garrick Avenue au volant de sa voiture. Sa mission était des plus simples. Pourquoi se sentait-elle aussi nerveuse ? Dev habitait au numéro 15, un peu plus loin sur la gauche. Elle n'avait qu'à rouler jusque-là pour s'assurer qu'une camionnette d'entreprise se trouvait bien garée devant. Un simple break suffirait à lui faire sortir de l'esprit la théorie ridicule de Brenda.

Daisy aborda lentement l'avenue bordée d'arbres. Elle alla jusqu'au bout et fit demi-tour.

Excepté un véhicule de livraison blanc et vert qui apportait des cartons d'épicerie au numéro 38, il n'y avait pas la moindre camionnette d'entreprise en vue.

La bouche sèche, Daisy sentit son estomac se nouer. Elle avait bien deviné qu'elle ne laissait pas Dev indifférent. Il n'avait d'ailleurs pas cherché à s'en cacher. Mais un homme doté de toute sa raison irait-il jusqu'à mentir et à s'installer dans un hôtel hors de prix, simplement pour se rapprocher de quelqu'un qui lui plaisait ? Dev n'avait rien d'un maniaque ni d'un pervers, mais il dissimulait peut-être habilement son jeu.

Cette pensée la mit mal à l'aise et elle se gara. Il était 4 heures de l'après-midi. Les ouvriers auraient dû se trouver là. Si elle avait pris la peine de faire tout ce chemin, c'était uniquement pour constater la présence de cette camionnette. Pas l'inverse.

Bon. Réfléchissons posément. L'entreprise à laquelle Dev avait fait appel ne possédait peut-être tout simplement pas de camionnette. Au point où elle en était, elle pouvait aussi bien aller voir d'un peu plus près. En allant rôder l'air de rien devant la maison, elle apercevrait peut-être un ouvrier en salopette à travers une fenêtre. Elle savait que Dev était à l'hôtel et elle pourrait peut-être même se risquer à sonner à la porte, histoire de voir si un peintre venait lui ouvrir.

Oui, mais qu'est-ce qu'elle lui dirait ? Elle pourrait se faire passer pour un Témoin de Jéhovah en espérant que cela suffirait pour que le peintre lui claque la porte au nez.

Quand elle sonna à la porte, personne ne vint lui ouvrir. Elle sonna une seconde fois.

Toujours rien.

Elle alla se planter devant l'une des fenêtres du rez-de-chaussée. Le soleil donnait à plein sur les vitres et on avait du mal à discerner l'intérieur, mais de toute évidence, il ne s'y trouvait ni échelle ni pots de peinture.

Plaçant les mains de chaque côté de son visage, elle s'approcha des carreaux. Elle distingua une table de salle à manger, des chaises, une grande cheminée de marbre, des tableaux joliment encadrés accrochés aux murs recouverts de papier peint de couleur...

— Daisy ?

Elle était si absorbée qu'elle n'avait pas entendu la voiture qui venait de se garer. Son nez alla douloureusement cogner contre la vitre.

La salle à manger de Dev était tapissée en vert bouteille.

Elle se retourna lentement et adressa un signe de main hésitant à Dev, assis au volant de sa voiture.

Elle ne s'était jamais sentie aussi embarrassée.

— Oh, salut !

— Qu'est-ce que vous faites là ? demanda-t-il en haussant les sourcils.

Daisy tressaillit. Elle aurait préféré qu'il s'abstienne de poser cette question. Elle se racla les méninges pour trouver une réponse plausible. Sans résultat. À moins d'admettre que Dev puisse gober qu'à ses heures perdues elle démarchait *vraiment* pour les Témoins de Jéhovah...

Tandis qu'elle tergiversait fébrilement, il fit un créneau et se gara. La manœuvre lui prit deux secondes, et il ne frôla même pas le pare-chocs de la voiture stationnée derrière lui.

— Alors ? fit-il en la rejoignant.

Quand on ne peut plus mentir, autant dire la vérité.

Qu'aurez-vous à répondre à cela, monsieur l'expert en créneaux ?

— Je me demandais où en étaient vos travaux de rénovation.

— Je vous ai déjà répondu à ce sujet l'autre jour, répondit Dev que cette réponse ne satisfaisait visiblement pas. Je vous ai dit qu'il n'y en avait plus que pour quelques jours.

Bien qu'elle sache qu'il ne la croyait pas, Daisy ajouta :

— Vous permettez que je jette un coup d'œil ?

— Pourquoi ?

À ce stade, autant appeler un chat, un chat.

— Quelqu'un m'a récemment fait part de ses doutes à propos de vos travaux de réfection. On a même prétendu que vous n'aviez jamais été victime de la moindre inondation.

— Ah bon ? On vous aurait dit ça ? s'étonna Dev, les coins de la bouche frémissants. Suis-je autorisé à savoir qui est ce « on » ?

Daisy ne pouvait dénoncer Pam et Brenda. Elle désigna les voitures qui stationnaient le long de l'avenue.

— Où se trouve la camionnette de vos peintres ?

— Ils ont terminé plus tôt que d'habitude, aujourd'hui.

— Puis-je voir ce qu'ils ont fait jusqu'ici ?

Il hésita.

— Entendu, finit-il par consentir. Si ça peut vous faire plaisir.

Le cœur battant, Daisy le regarda introduire sa clé dans la serrure.

La porte s'ouvrit toute grande et elle fut saisie par...

60

... Une forte odeur de peinture fraîche.

Lentement, très lentement, Daisy se remit à respirer.

Les plafonds venaient d'être enduits. Elle suivit Dev jusqu'à la cuisine et vit des rouleaux de papier peints alignés contre un mur. Des pots de peinture couleur coquille d'œuf étaient proprement empilés dans un coin, ainsi que des chiffons, une taloche de peintre et tout un assortiment de pinceaux.

— C'est la dernière pièce qu'ils rénovent, expliqua Dev. Le reste est terminé. Mais vous pensez peut-être que tout ce matériel n'est entreposé ici que pour illusionner les visiteurs, ajouta-t-il, pince-sans-rire. Vous voulez peut-être parler aux peintres pour vous assurer qu'ils existent vraiment ?

Daisy secoua vivement la tête en le voyant sortir son portable et composer un numéro.

— Ce n'est pas la peine, lui assura-t-elle en reculant d'un pas, comme il faisait mine de lui passer le téléphone.

— Jeff ? Salut, c'est Dev... Oui, je viens d'arriver. Dis donc, je dois aller à Londres demain. Je préfère te laisser l'argent ici dès aujourd'hui, d'accord ?... Bon... Tu penses avoir terminé vendredi ? C'est génial... Au fait, Jeff, tu veux bien me rendre un service ? C'est pour une amie, elle voudrait te dire deux mots... Merci.

Bien décidée à ne pas se laisser intimider, Daisy prit le téléphone qu'il lui tendait.

— Bonjour, Jeff. Vous êtes peintre et décorateur, c'est bien ça ? Pourriez-vous me donner le nom de votre entreprise, s'il vous plaît ?

À l'autre bout de la ligne, un Jeff abasourdi lui répondit :

— Euh… Phœnix Services.

— Merci beaucoup, dit Daisy. Au revoir.

— Satisfaite ? s'enquit Dev.

— Phœnix Services.

— Exact.

— Quand ma secrétaire vous l'a demandé, vous lui avez répondu que vous n'en saviez rien.

— Ah ! je comprends tout à présent ! Je vous explique : jusqu'à très récemment, l'entreprise de Jeff s'appelait JR Services. Il s'appelle Jeff Richardson, ajouta-t-il au cas où Daisy n'aurait pas compris. Or, il y a deux semaines, un homme du nom de John Rowlands l'a contacté. Il possède une entreprise de peinture à Melksham dont le nom est… je vous le donne en mille ?

— C'est bon, trancha Daisy, irritée. Je n'ai pas six ans.

— Je me contente de répondre à votre question, lui fit-il remarquer. Ce John Rowlands va s'installer à Bath et il a proposé à Jeff de le dédommager pour changer le nom de son entreprise. Voilà pourquoi son nom ne me revenait pas lorsque votre secrétaire m'a questionné.

— Eh bien, voilà, les choses sont claires, à présent, conclut Daisy.

Elle avait la désagréable impression qu'il ne lui fournissait ces explications détaillées que pour se moquer d'elle.

— Allons, réjouissez-vous ! dit-il en lui décochant un sourire éblouissant. Puisque vous avez fait tout ce trajet, autant en profiter pour vous rendre compte par vous-même de la qualité du travail de Phœnix Services.

Il lui fit faire le tour du propriétaire. Sa maison était splendide. Daisy s'appliqua à admirer la décoration de chaque pièce tout en se demandant à quel moment elle pourrait décemment prendre congé.

Dev attendit qu'ils aient regagné la cuisine pour lui poser la question qu'elle redoutait depuis vingt minutes.

— Ce que je ne comprends pas, c'est pourquoi quelqu'un chercherait à faire croire que sa maison a été inondée ? Et surtout pourquoi ce quelqu'un irait vivre à l'hôtel alors que sa maison est en parfait état ?

Pitié, faites que je ne rougisse pas, faites que je ne rougisse pas…

— C'est justement la question qui me turlupinait, fit Daisy en calquant son expression ahurie sur celle de Dev. C'est complètement absurde, mais quand Brenda m'a dit que…

— Et ce que je comprends encore moins, l'interrompit Dev, c'est pourquoi vous n'êtes pas venue me trouver pour me poser directement la question ?

Il posa sur elle un regard impénétrable et Daisy fut incapable de réprimer plus longtemps la rougeur subite qui menaçait d'envahir son visage.

— Je ne sais pas. Je ne voulais pas… euh… vous déranger.

Dev sourit.

— Je crois savoir pourquoi… Persuadée de me plaire, vous vous êtes figuré que j'avais inventé cette histoire d'inondation comme prétexte pour me rapprocher de vous. J'ai raison ?

Daisy éclata d'un rire qui frisait l'hystérie.

— Quelle présomption ! C'est complètement grotesque !

Maudite soit Brenda ! Tout était sa faute. Elle méritait d'être virée.

— En êtes-vous certaine ?

— Absolument. Je n'ai jamais rien entendu de plus ridicule !

— Pourquoi rougir, en ce cas ? insista-t-il en s'approchant d'elle. Vous êtes positivement écarlate.

— Il faut que je rentre, bredouilla Daisy en tentant de le contourner.

— Pas encore, décréta-t-il en tendant le bras pour l'empêcher de passer. En fait, vous n'aviez tort qu'à demi.

Perplexe, Daisy n'essaya pas de lutter contre lui.

— Comment ça ?

— Vous me plaisez effectivement beaucoup. Peut-être pas au point de monter au grenier pour faire des trous dans la tuyauterie, admit-il, mais suffisamment cependant pour choisir votre hôtel plutôt qu'un autre.

Daisy sentit son cœur battre plus fort. Dev ne lui apprenait rien qu'elle ne sache déjà. Alors pourquoi cette révélation la pétrifiait-elle ?

Le savoir de façon théorique, c'est une chose. Mais se retrouver en face d'un homme qui vous fait très calmement part de ses sentiments, c'est très différent.

— Je vous l'ai déjà dit et je le répète, Josh et vous n'allez pas du tout ensemble. Vous l'avez choisi par souci de sécurité. C'est une très mauvaise raison. Vous méritez mieux que ça. Je vous ai vus parler ensemble hier. Vous n'êtes pas amoureuse de lui : ça crève les yeux ! J'avais l'impression d'observer des amis, pas des amants.

Daisy réalisa qu'elle retenait son souffle. Il ne savait pas qu'elle n'était plus avec Josh. Il n'était pas au courant pour Josh et Tara...

— Je n'ai pas envie de parler de Josh, murmura-t-elle.

— J'ai déjà essayé de vous embrasser, une fois, lui rappela-t-il sans la quitter des yeux. Et vous m'avez giflé.

Les coins de la bouche de Daisy se relevèrent imperceptiblement.

— Vous pouvez toujours essayer de nouveau...

Ils étaient seuls dans la maison. Daisy se demanda à quel moment son subconscient l'avait incitée à faire ça. À ne le faire qu'une seule fois, histoire de satisfaire sa curiosité.

Il ne la déçut pas. Il la souleva dans ses bras et elle eut l'impression qu'il gravissait les marches au ralenti. Ils faillirent ne jamais atteindre le palier. Leur échange de baiser magique fut suivi d'un déshabillage frénétique. Daisy explorait avec avidité le corps athlétique de Dev, presque incapable de détacher ses lèvres des siennes pour respirer. Elle avait tellement envie de lui qu'elle aurait pu faire l'amour dans l'escalier. Dev parvint mieux qu'elle à se maîtriser, et grâce à lui, ils atteignirent enfin la chambre. Abandonnant dans leur sillage une traînée de vêtements, ils s'écroulèrent sur le lit.

— À quoi penses-tu ?

Se redressant sur un coude, Dev écarta une mèche de cheveux des yeux mi-clos de Daisy.

Allongée sur le dos, elle écoutait son souffle reprendre progressivement un rythme normal.

— Je me demandais combien de femmes ont contemplé ce plafond.

— Tu es la première.

— C'est cela, oui.

— Je t'assure que c'est vrai. Ce plafond a été repeint la semaine dernière.

Daisy sourit.

— Tu sais trouver les mots pour qu'une femme se sente unique.

— Pour moi, tu es unique.

— Oh ! je t'en prie !

— Je suis sincère, assura-t-il, soudain sérieux. Il y a longtemps que j'attends cet instant.

Il semblait effectivement sincère, s'émerveilla Daisy. Comme s'il pensait vraiment les mots qu'il prononçait.

Il avait dû répéter ce petit numéro avec ses nombreuses conquêtes et était passé maître dans l'art de flatter une fille, de lui faire croire qu'elle avait énormément d'importance à ses yeux et qu'il la désirait. C'était la base de sa technique de séduction.

La seule chose qui la distinguait de toutes ces filles, c'était qu'elle n'avait pas couché avec lui tout de suite. Elle avait réussi l'improbable exploit de le faire attendre. Il ne restait plus à Dev qu'à la revoir quelques fois pour s'assurer qu'elle était bel et bien folle de lui, après quoi il se lasserait d'elle et la laisserait tomber comme il avait laissé tomber toutes les autres.

Oh, oui ! songea Daisy. C'était exactement ainsi que se profilait la suite.

— Tu n'imagines pas tout ce que tu représentes pour moi, murmura Dev en laissant courir ses doigts le long de son bras.

Oui, oui, je connais la chanson. Steven me l'a déjà chantée...

Difficile cependant d'ignorer les sensations que ses caresses faisaient naître en elle. Tremblante d'un désir renaissant, Daisy se cambra à sa rencontre. Une heure plus tôt, elle ne s'était autorisée qu'une seule fois.

Elle pouvait bien se le permettre une fois de plus. Quelle différence ?

— Il est 6 heures, annonça paresseusement Daisy après avoir consulté la montre de Dev.

Ils venaient de faire l'amour sur un rythme plus lent et s'étaient laissés aller à plus de sensualité pour cette deuxième session. Dev lui avait donné la preuve irréfutable de son talent.

— Tu n'es pas obligée de rentrer, non ? chuchota-t-il avant de déposer un baiser sur une zone hypersensible de sa nuque.

— Oh, que si !

Je dois impérativement rentrer. Sinon...

— Je te raccompagne, décida-t-il. Il faut que je parle à Josh.

Daisy ferma les yeux.

— Pour lui dire quoi ?

— Que c'est terminé entre vous.

Il posa la main sur le ventre de Daisy.

— Que tu es avec moi.

Écoutez-moi ce type ! Non mais, écoutez-le ! Sûr de son fait. L'idée qu'elle puisse refuser de faire partie de son tableau de chasse ne l'avait même pas effleuré.

— Non, dit-elle. Je ne suis pas avec toi.

Elle écarta sa main et sortit du lit.

— Ce qui s'est passé cet après-midi ne signifie rien. Tu m'as laissée entendre que je risquais de passer à côté de quelque chose en repoussant tes avances et je reconnais que ça a éveillé ma curiosité.

Elle attrapa son soutien-gorge et localisa sa petite culotte qui était restée accrochée à la poignée de la porte.

— Le fait de coucher ensemble ne fait pas de nous un couple. Je suis toujours avec Josh et j'ai l'intention de le rester.

Le visage de Dev ne refléta aucune émotion. Un véritable masque.

— Tu plaisantes ?

— Absolument pas.

En slip et en soutien-gorge, Daisy alla ouvrir la porte de la chambre. Sa jupe gisait sur le palier.

— J'ai satisfait ma curiosité.

— Mais…

— Il n'y aura plus jamais rien entre nous, poursuivit-elle, et Josh ne saura jamais ce qui s'est passé. Tu vas quitter l'hôtel, on ne se reverra plus jamais et on sera éternellement heureux.

Toujours appuyé sur un coude, Dev demeura immobile.

— C'est ce que tu veux ?

— Tout à fait, lui répondit-elle en souriant. Et c'est exactement ce qui va se passer.

61

La quinzaine écoulée avait été riche en événements. Le lendemain du départ de Paula Penhaligon, Dev et Clarissa avaient à leur tour quitté l'hôtel. Quelques jours plus tard, Maggie avait emménagé chez Hector, et une fois les travaux d'électricité et de réfection terminés, Mel et Barney avaient réintégré Brock Cottage.

Tara se sourit à elle-même, car elle avait gardé pour la fin le plus important de tous les événements. Josh vivait à présent avec elle dans le cottage de Maggie. Comme il le lui avait fait remarquer le matin même, tous ces déplacements évoquaient un jeu de chaises musicales à grande échelle.

Et pour couronner le tout...

L'homme qui était assis à côté d'elle termina de griffonner quelque chose dans un dossier, puis se tourna vers elle.

— Félicitations, mademoiselle Donovan. J'ai le plaisir de vous annoncer que vous êtes reçue, déclara l'examinateur.

Tara éclata en sanglots.

— J'ai bien cru que tu avais échoué, lui avoua Josh en l'enveloppant de ses bras. Quand je t'ai vue pleurer, j'ai cru que tu l'avais raté.

— Je suis tellement contente ! Le pauvre examinateur ne savait plus où se mettre. Je n'en reviens toujours pas !

Elle bondit de joie, prit Josh par le bras et l'entraîna sur le trottoir d'en face.

— J'ai mon permis ! Il a dit que je m'en étais très bien tirée ! C'est toi qui conduiras au retour, au fait.

— Pourquoi ?

Tara le poussa vers les portes battantes d'un bar à vin.

— Parce que j'ai l'intention d'arroser copieusement mon succès !

Une fois assise au bar, Tara était tellement occupée à se répéter qu'elle était géniale qu'elle n'entendit que la fin de la phrase de Josh qui se terminait par ces mots :

— ... avec moi.

— Qu'est-ce que tu viens de dire ? Oups ! Désolée.

Elle s'empressa d'essuyer le vin qu'elle avait fait tomber sur le jean de Josh et ne put résister à la tentation de glisser les doigts dans la déchirure du genou.

— Tu as les plus beaux genoux de la terre...

— Tu ne m'as même pas écouté, se plaignit-il.

Tara le gratifia d'un sourire radieux. L'alcool qu'elle venait d'ingurgiter l'estomac vide pétillait dans ses veines. Elle n'avait rien pu avaler au petit-déjeuner à cause de l'anxiété qui lui nouait les tripes. Elle se sentait géniale, fabuleuse et... d'humeur folâtre.

— Et il n'y a pas que tes genoux, tu sais. Il y a d'autres parties de ton corps que j'adore.

Au risque de tomber, elle se pencha sur son tabouret pour lui susurrer à l'oreille :

— J'aime beaucoup ton... nombril, et aussi ton...

— Tara, l'interrompit-il en levant les yeux au ciel. J'essaye de te parler de Miami.

— Oh !

Comme c'était étrange. Elle venait de passer les deux semaines écoulées à éviter d'en parler, justement. À éviter d'y penser, même.

— Je veux que tu viennes avec moi.

Oh !

— Où ça ?

Il voulait peut-être qu'elle l'accompagne à l'aéroport ? Pour agiter son mouchoir...

— À Miami. Je t'aime.

Il lui saisit les mains.

— C'est génial là-bas. Tu t'y plairas énormément. Et on sera ensemble. Qu'est-ce que tu en penses ?

Tara en pensait qu'il avait bien fait de lui prendre les mains, sinon elle serait tombée de son tabouret.

Partir vivre aux États-Unis. Avec un homme qui l'adorait. Sacrée proposition.

La Tara d'avant aurait sauté sur l'occasion. N'importe qui lui aurait proposé d'aller vivre au fin fond de la Sibérie dans une cabane en bois ou de planter une tente sur une bande d'arrêt d'urgence d'autoroute qu'elle aurait aussitôt accepté, trop heureuse d'avoir trouvé quelqu'un qui la juge digne de laver ses chaussettes.

Mais ces dernières semaines avaient été une révélation pour elle. Tel un vieil imperméable à qui l'on offrirait pour la première fois un rinçage avec adoucissant textile, elle se sentait désirable et choyée ; elle avait eu l'impression de renaître… Et elle avait puisé dans cette expérience le courage de dire non si elle n'était pas d'accord.

— Tu ne veux pas, c'est ça ?

Tout espoir venait de quitter le visage constellé de taches de rousseur de Josh.

— Je t'aime.

Elle lui passa les bras autour du cou et l'embrassa. C'était grâce à lui qu'elle se sentait si bien dans sa peau.

— Tu m'aimes, *mais…* compléta-t-il.

— Je t'aime et j'irai avec toi à Miami.

— J'entends toujours un *mais.*

Tara l'embrassa de nouveau et sourit.

— Mais pas tout de suite.

— C'est terminé. Je l'ai quitté. Non, à dire vrai, je l'ai flanqué à la porte.

— Vraiment ? Mais c'est affreux ! Comment vous sentez-vous ?

— Libérée.

Tara s'était inquiétée quand Annabel lui avait téléphoné pour demander à la rencontrer. Elle semblait cependant tellement heureuse que Tara avait cru qu'elle allait lui annoncer qu'elle était enceinte, que Dominic lui avait promis de s'amender, qu'ils avaient décidé de faire table rase du passé et d'embrasser la carrière de parents en guise de revanche. Elle était même allée jusqu'à les imaginer assistant aux cours de préparation à l'accouchement ensemble, main dans la main.

— Racontez-moi tout, la pressa-t-elle. Je veux tout savoir.

Le soleil brillait et il faisait suffisamment chaud, en ce beau dimanche, pour rester dehors. Josh avait pris le prétexte d'une partie de golf pour s'éclipser avec tact. Les oiseaux chantaient, les abeilles bourdonnaient et les papillons goûtaient avec délice au suc des magnolias en fleur.

— En gros, j'ai retrouvé mes esprits, expliqua Annabel après avoir avalé une gorgée de thé. Dominic est et restera toujours un menteur. Quand je lui ai annoncé que je savais tout, il a commencé par nier. Quand je lui ai montré les photos prises par le détective privé, il est passé en mode geignard et m'a juré qu'il ne poserait plus jamais les yeux sur une femme. On aurait cru un loup promettant de ne plus jamais manger d'agneau...

— Laissez-moi deviner, l'interrompit Tara. Vous l'avez surpris avec une autre ?

— Même pas. Dominic s'est montré très sage. Non, c'est venu de moi. J'ai compris que je ne pourrais plus jamais lui faire confiance et que je n'avais pas envie de passer le restant de mes jours avec un tel homme. Alors je lui ai dit de partir.

Elle releva les manches de son pull bleu pâle, posa les coudes sur les accoudoirs du fauteuil de jardin en fer forgé et entrecroisa ses doigts soigneusement manucurés.

— Il l'a très mal pris. Il m'a suppliée de changer d'avis. Quand il a vu que ça ne marchait pas, il s'est mis à crier et m'a traitée de grosse vache. Je lui ai ordonné de quitter les lieux sur-le-champ, ce qui m'a valu une avalanche d'insultes. Et puis, finalement, il s'est décidé à partir. C'était il y a deux semaines. Je ne l'ai pas revu depuis, mais je sais où il est.

— Dans un centre d'accueil pour clochards ? hasarda Tara, suspendue à ses lèvres.

Annabel gloussa.

— N'oubliez pas qu'il s'agit de Dominic ! Vous l'imaginez vraiment vivant à la dure ?

— Non, en effet. Alors dans une suite hôtelière avec Jacuzzi !

— Vous y êtes presque. Jeannie dispose effectivement d'un Jacuzzi.

Jeannie ? Qui était-ce ? Tara s'en souvint subitement et écarquilla les yeux.

— Votre sœur ? Il se fait héberger par votre propre sœur ?

Annabel eut un sourire paisible.

— Elle ne se contente pas de l'héberger. Il se trouve que cela fait des années que Jeannie est secrètement amoureuse de lui…

— Nooonn ! Vous ne voulez pas dire que…

Mais comme c'était visiblement le cas, Tara glapit :

— Mais c'est délirant !

Annabel cligna des yeux.

— Pas tant que ça, en fait. Sa part d'héritage est exactement la même que la mienne.

— Mais comment peut-elle vous faire une chose pareille ? Elle était furieuse quand elle nous a surpris, Dominic et moi, dans le pavillon d'été. Elle a piqué une véritable crise d'hystérie !

— En effet, admit Annabel. Et sur le moment, tout le monde a cru que c'était par solidarité avec moi. Mais, en réalité, elle était follement jalouse de vous.

— Et maintenant, Dominic vit avec elle, conclut Tara. Ça ne vous met pas hors de vous ?

— C'est ma jeune sœur, j'ai l'habitude. Quand on était petites, elle voulait toujours mes jouets. J'ai cru aux mensonges de Dominic, je ne peux pas la blâmer d'en faire autant. De toute façon, leur histoire ne durera pas. Elle finira bien par voir clair dans son jeu.

— Vous prenez ça avec un calme… s'émerveilla Tara.

— J'ai cessé de me raconter des histoires. J'ai compris mon erreur. Franchement, je suis soulagée. Je me sens vraiment bien. Ma mère n'arrête pas de répéter que je rencontrerai quelqu'un d'autre, mais il n'y a bien qu'elle pour s'en soucier. Pour l'instant, j'ai surtout envie de profiter de la vie. Mais assez parlé de moi. Et vous ? Où en êtes-vous ?

— J'ai rencontré quelqu'un, avoua Tara après une courte hésitation. Et je n'ai jamais été aussi heureuse. Il est merveilleux.

— Marié ? plaisanta Annabel avec un grand sourire.

— Célibataire. Un vrai miracle ! Je l'adore. Et il m'adore.

— Mais ça m'a l'air très sérieux, tout ça ! M'accepteriez-vous comme demoiselle d'honneur ?

— Il s'envole pour la Floride dans quinze jours, pour un nouveau travail.

Annabel haussa les sourcils.

— Et vous partez avec lui ?

— Il me l'a proposé, mais j'ai refusé, expliqua Tara en se rengorgeant.

C'était à Josh qu'elle devait cette nouvelle assurance. Elle n'éprouvait pas le besoin de le coller en permanence. Elle avait autant confiance en elle qu'en lui.

— Pourquoi ? demanda Annabel, perplexe. Vous préférez rester ici, à travailler comme femme de chambre ?

— J'ai donné ma démission à l'hôtel, expliqua Tara avec fierté. La Floride, c'est certainement très bien, mais il n'y a pas que ça aux États-Unis. Depuis que je suis toute petite, je rêve de voir New York, la Californie, le Grand Canyon... tout, quoi ! Et je savais que ça n'arriverait jamais parce que je n'avais pas le courage de concrétiser ce rêve.

— Jusqu'à aujourd'hui, c'est ça ? fit Annabel qui commençait à comprendre.

— C'est ça. Je viens tout juste de réaliser que rien ne m'empêchait de le faire. J'économisais pour acheter une voiture, mais je vais tout claquer pour visiter autant d'endroits que je pourrai. Le Wyoming, dit-elle d'un ton rêveur. Seattle. Boston. Los Angeles... Et puis quand j'aurai tout dépensé, j'irai à Miami.

— Et votre prince charmant sera là, à vous attendre, conclut Annabel.

Tara s'aperçut qu'elle venait de faire une gaffe.

— Je suis désolée ! J'imagine que ce n'est pas le genre d'histoires que vous avez envie d'entendre en ce moment...

— Ne dites pas de bêtises ! C'est une très belle histoire. J'étais simplement en train de me dire que je vous enviais, répondit Annabel en enroulant une mèche de cheveux autour de son doigt. En fait, si l'idée d'avoir de la compagnie ne vous déplaît pas, j'aimerais beaucoup partir avec vous.

Tara la fixa, bouche bée.

— Vous parlez sérieusement ?

— Pourquoi pas ? Changer de décor me ferait le plus grand bien, et les conditions me paraissent idéales. On se sent plus en sécurité à deux. En outre, vous pouvez être certaine que je ne me jetterai pas dans les bras de votre amoureux en arrivant à Miami !

— Vous parlez *vraiment* sérieusement ?

— Rien ne pourrait me faire plus plaisir. Deux mois loin de l'Angleterre, c'est exactement ce qu'il me faut. D'ici mon retour, Jeannie aura plaqué Dominic. Qui sait ? Je rencontrerai peut-être le cow-boy de mes rêves au Wyoming ?...

— Pas pour une relation durable, déclara Tara d'un ton grave. Uniquement pour s'amuser.

— Cela va de soi ! répondit Annabel tout aussi gravement. Alors ? ajouta-t-elle, les yeux brillants. Qu'en pensez-vous ?

Tara contempla leurs tasses de thé vides, puis leva les yeux sur Annabel, qui vibrait d'impatience et d'excitation.

— Je pense qu'il est temps d'ouvrir une bouteille, déclara-t-elle. J'ai réellement besoin de boire un verre !

62

Par une curieuse ironie du sort, ce fut Rocky – qui ne lisait pourtant pratiquement jamais – qui découvrit l'article infamant dans un journal abandonné par un client sur le comptoir du bar.

Il le montra à Daisy.

— Ne le laisse pas traîner sous les yeux d'Hector, chuchota-t-il. Ça le rendrait fou furieux.

— Ne laisse pas traîner *quoi* sous les yeux d'Hector ? demanda ce dernier en surgissant au bar.

Rocky fit un bond de quinze mètres. Daisy éclata de rire, puis lui tapota affectueusement l'épaule.

— Une journée sans faux pas est une journée gâchée, Rocky. Montre-le-lui.

Maggie, qui suivait Hector de près, lut l'article par-dessus son épaule.

La célèbre chanteuse Paula Penhaligon est de retour à Londres avec une pêche d'enfer après un séjour à la campagne en compagnie d'Hector MacLean, le créateur de Tiki le Teckel. De son aventure avec ce propriétaire d'hôtel à la personnalité flamboyante, la star nous a confié : « Ce ne fut pas désagréable, mais je me suis très vite ennuyée avec lui. Notre histoire n'était qu'un feu de paille. » Paula a aujourd'hui un nouvel homme dans sa vie. Il s'agit du célèbre milliardaire Alfred Swick qui...

— Non mais quel toupet ! s'exclama Hector. À l'entendre, c'est elle qui a rompu ! Je vais appeler ce journal pour qu'on rétablisse la vérité !

— Certainement pas, intervint Maggie en lui prenant le journal des mains pour le jeter à la poubelle. Ce serait indigne de toi. C'est sans importance, de toute façon. Elle s'est dégoté un milliardaire, et alors ? Toi, tu as déniché une perle !

— Et que pourrais-je souhaiter de plus ? convint Hector en l'enlaçant.

— Alfred Swick est chauve, renchérit Daisy. Alors que Maggie a encore tous ses cheveux.

— Très juste ! Elle est absolument parfaite ! Rocky, passe-moi mon accordéon ! s'écria Hector en tapant du poing sur le comptoir. Je me sens d'humeur à chanter la sérénade !

On célébrait le départ de Josh et de Tara. Ils retrouveraient Annabel Croix du Calvaire à l'aéroport d'Heathrow deux heures plus tard, et le lendemain midi, Tara et Annabel laisseraient Josh s'envoler vers Miami pour fouler le sol de New York, première étape de leur grande aventure.

Le monde allait sembler étrange sans eux.

Josh et Tara.

Hector et Maggie.

Barney et Mel, qui étaient là, eux aussi.

« Tous ces couples, songea Daisy avec un pincement au cœur. Il n'y a plus que moi sur la touche. »

Elle tourna le dos à la salle et croisa le regard de Rocky.

— Une autre vodka, s'il te plaît. Ça te dirait de m'épouser, Rocky ?

Celui-ci la servit tout en prenant le temps de réfléchir à sa proposition.

— J'aimerais bien, lâcha-t-il enfin. Mais je ne peux pas.

— Rabat-joie ! riposta-t-elle.

Hector frappa sur une table avec un lourd cendrier pour réclamer l'attention.

— Mesdames et messieurs, commença-t-il, nous sommes réunis ce soir pour dire au revoir à Tara et à

Josh. Josh, comme vous le savez tous, était venu ici pour renouer avec ma très chère fille... Quant à Tara, elle avait beau s'évertuer à exhiber son soutien-gorge à tout-va, sa vie sentimentale ne s'améliorait guère !

— Tu vois ce que je veux dire ? murmura Rocky à Daisy tandis que la salle explosait de rire. C'est ça, ton problème. L'idée d'avoir Hector pour beau-père les fait tous se sauver en courant !

— Je comprends ton point de vue, admit Daisy avant d'avaler sa vodka d'un trait. Sers-m'en une autre, que je noie mon chagrin !

Barney et Mel se dirigeaient vers Victoria Park, à Bath, quand Freddie, juché sur les épaules de Barney, se mit à glousser et à s'agiter.

— Toutou ! Toutou !

Il venait de repérer Clarissa, qui traversait la pelouse à fond de train pour les rejoindre. Barney déposa Freddie par terre et observa en souriant leur étreinte maladroite.

Dev, vêtu d'un polo et d'un jean, s'avança vers eux d'un pas tranquille. Il releva ses lunettes de soleil et sourit en voyant Freddie et Clarissa culbuter dans l'herbe.

— On emmène Freddie au parc, annonça Barney avec la fierté d'un jeune père. Il adore le toboggan.

— Il a grandi, commenta Dev.

Cela faisait un mois qu'il avait quitté l'hôtel.

— Vous avez pu réintégrer le cottage ? s'informa-t-il poliment.

— Oh ! ça fait longtemps ! s'exclama Mel. Tout de suite après votre départ, en fait. Tout va bien, maintenant. Et c'est grâce à vous !

Dev enfonça les mains dans ses poches. Il ne voulait pas qu'ils se lancent dans des remerciements à n'en plus finir. À vrai dire, il aurait même préféré ne pas rencontrer Mel et Barney. Mais puisqu'ils étaient là, il pouvait bien leur poser la question qui le taraudait depuis un mois.

— Et à l'hôtel ? Tout se passe bien ?

Ce n'était pas exactement cette question-là qu'il se posait. Mais il préférait se montrer subtil en attaquant par la bande.

— Tout se passe on ne peut mieux, répondit Barney. L'hôtel est complet et on ne chôme pas, en ce moment.

— Daisy doit être ravie. Comment vont-ils, à ce propos, Josh et elle ?

Il avait enfin osé leur poser *la* question.

Barney eut l'air un instant désorienté, puis finit par comprendre.

— J'avais oublié que vous n'étiez déjà plus là quand ça s'est produit. Ça fait quinze jours que Josh est parti avec Tara.

Dev fronça les sourcils.

— Josh et *Tara* ? Où sont-ils partis ?

— Aux États-Unis. Ensemble. Enfin, non, pas vraiment. Josh et Tara se sont mis ensemble après la rupture de Josh et de Daisy, juste avant que Maggie prenne le réparateur de machines à laver en otage. Et quand Josh a dû retourner travailler en Floride, il a proposé à Tara de l'accompagner, expliqua Barney. Mais elle a décidé de faire d'abord le tour des États-Unis avec une amie à elle. Arabella, je crois…

— Annabel, rectifia Mel. Annabel Croix du Calvaire. Tara rejoindra Josh à Miami quand elle aura fini son périple touristique.

Toutes ces informations déstabilisèrent momentanément Dev. Quelque chose dans les propos de Barney l'intriguait.

— Attendez une minute, j'ai perdu le fil. Vous avez bien dit que Josh et Daisy s'étaient séparés *avant* la prise d'otage du réparateur ?

Barney se tourna vers Mel.

— C'est bien dans cet ordre-là que ça s'est déroulé, non ? Corrige-moi si je me trompe.

— Non, tu as raison, Josh et Daisy ont bien rompu avant la prise d'otage, confirma-t-elle, très intéressée par l'expression qu'arborait Dev.

— Et devinez quoi ? poursuivit Barney, les yeux brillants. Tara a décroché le permis de conduire ! Formidable, non ?

— Tout à fait, marmonna Dev, l'esprit ailleurs.

— Non, Freddie, Clarissa ne peut pas venir avec nous, déclara Mel en attrapant son fils par les bretelles de sa salopette alors qu'il s'apprêtait à dévaler la pente. Les chiens n'ont pas le droit d'entrer dans l'aire de jeu.

— Personne n'imaginait qu'elle réussirait, reprit Barney.

— À faire quoi ? demanda Dev, inquiet.

— À avoir son permis !

— Ah, oui ! son permis…

L'espace d'un instant, Il avait cru que Barney parlait de Daisy et s'était demandé ce qu'elle avait bien pu faire d'aussi surprenant.

Elle venait pourtant bel et bien de le surprendre.

63

Daisy consulta sa montre. Plus que cinq minutes avant son prochain rendez-vous.

Un soupçon de maquillage ne pourrait lui nuire.

En farfouillant dans le tiroir de son bureau, elle parvint à dénicher un miroir de poche, un vieux tube de rouge à lèvres rose et un poudrier. Ce qu'elle vit dans le miroir la fit frissonner d'effroi.

Histoire de dédramatiser, elle adressa une grimace inspirée du *Cri* d'Edvard Munch à son reflet, mais ce fut trop ressemblant pour être drôle. Son visage avait fondu et l'éclat qui animait autrefois son regard avait totalement disparu. Elle pourrait s'appliquer autant de rouge à lèvres qu'elle voudrait, elle aurait toujours l'air fatiguée, comme vidée de sa substance. Même ses cheveux retombaient lamentablement, ternes et privés de ressort.

Elle poussa un soupir, fit tout de même l'effort de se maquiller, puis se recoiffa vaguement. À en croire le message griffonné par Pam, elle avait rendez-vous à 15 heures avec un certain M. Smith.

Elle aurait dû montrer un peu plus d'enthousiasme, mais où aller le pêcher, quand elle se sentait morte intérieurement ?

On frappa à la porte. Elle vérifia le contenu du carton placé sous son bureau, puis s'empressa de ranger ses inutiles produits de beauté dans son tiroir.

— Entrez, dit-elle en se levant pour accueillir M. Smith.

L'instant suivant, elle eut l'impression que ses poumons se vidaient de leur air.

Dev venait d'entrer.

— Qu'est-ce que tu fais ici ? demanda-t-elle d'une voix chevrotante. Tu aurais dû appeler, j'ai rendez-vous avec...

— ... M. Smith, je suis au courant, l'interrompit Dev. J'ai préféré m'annoncer sous un nom d'emprunt.

— Mais pourquoi ?

— Nous ne nous sommes pas précisément quittés en bons termes et je craignais que tu refuses de me voir.

— Assieds-toi, proposa-t-elle.

Pourquoi avait-elle jugé inutile de se laver les cheveux, ce matin ? Et qu'est-ce qui lui avait pris de mettre un gilet *gris* ? Elle s'assit précipitamment.

Dev demeura debout.

Il portait un costume sombre et une chemise bleu dur. Il n'avait pas les yeux cernés. Il était tout simplement plus beau que jamais.

— J'aimerais réserver l'une des salles de réception, si tu n'y vois pas d'inconvénient.

Daisy expira lentement. C'était une visite d'affaires. Tant mieux.

— Une nouvelle conférence ?

— Un mariage.

Daisy sentit ses mains se mettre à trembler. Elle était devenue livide.

— Tu vas te marier ? demanda-t-elle sans réfléchir.

Elle n'aurait pas été plus choquée s'il lui avait annoncé qu'il allait changer de sexe.

— Je crois que c'est l'idée globale, quand on prépare une réception de mariage, remarqua-t-il. Tu ne me félicites pas ? ajouta-t-il sans la quitter des yeux.

Daisy crut qu'elle allait se trouver mal. Elle n'avait quasiment pas mangé depuis un mois, incapable de chasser Dev de ses pensées. Et pendant ce temps-là, il s'était tellement amusé avec une créature de rêve, qu'il avait décidé de l'épouser.

— Félicitations.

Le mot sortit difficilement. Pourquoi fallait-il qu'il soit si long ?

— Je te remercie. Au fait, comment va Josh ?

Un échange de politesses, à présent. Comme si elle avait besoin de ça !

— Il va très bien, répondit-elle avec un sourire forcé.

Elle avait reçu une carte postale de Josh le matin même. Il lui expliquait que tout se passait pour le mieux et que le terrain de golf nouvellement construit était extraordinaire.

— Où est-il ? s'enquit Dev.

— Il joue au golf.

Dev hocha la tête.

— Tu oublies de préciser qu'il est en Floride.

Daisy fit cliqueter plusieurs fois le stylo qu'elle avait attrapé pour se donner une contenance.

— J'ai rencontré Mel et Barney à Bath, hier, poursuivit-il.

— Vraiment ?

— Pourquoi m'as-tu caché que c'était fini, Josh et toi ?

— J'ai oublié, dit-elle en évitant son regard.

— Tu m'as menti. Tu t'es servie de Josh comme prétexte pour ne plus me revoir. J'ai beaucoup réfléchi, depuis hier, et je pense savoir pourquoi tu as agi ainsi...

Le ton sur lequel il prononça ces mots déplut furieusement à Daisy.

— Peut-être parce que tu étais un mauvais coup ? lâcha-t-elle avec désinvolture.

Dev soutint son regard.

— Tu sais aussi bien que moi que c'est faux.

— Et avec qui comptes-tu te marier ? ne put-elle s'empêcher de demander.

— Grosse bête, répliqua Dev, amusé. Je t'ai menti. Je ne vais pas me marier.

Il n'allait pas se marier. Daisy se sentit beaucoup mieux, tout à coup.

— Non ? Alors pourquoi es-tu venu ?

— Je viens de te le dire, répondit-il en s'approchant de son bureau. Parce que j'ai fini par comprendre.

— Et ?

— Écoute-moi, Daisy, dit-il d'une voix nettement radoucie. Je ne suis pas Steven.

Elle sentit son cœur s'emballer sur un rythme fou.

— Qu'est-ce que c'est censé signifier ?

— Ne fais pas l'idiote. Tu le sais très bien. Ce qui s'est passé entre nous n'avait rien d'une aventure sans lendemain. Cela signifiait beaucoup pour toi comme pour moi. Et ça t'a fait peur, enchaîna-t-il impitoyablement. Ça t'a fait peur parce que tu as passé une espèce de pacte avec toi-même pour ne plus jamais tomber amoureuse de quelqu'un qui risquait de te faire souffrir. Comme ç'a été le cas avec Steven.

C'était vrai. Il avait vu juste. Acculée, elle haussa les épaules :

— Je trouve que c'est une attitude raisonnable. Pas toi ?

— Raisonnable ? Ça m'a rendu à moitié fou ! *Tu* m'as rendu fou, explosa-t-il. Depuis le premier jour où je t'ai vue. Tu imagines ce que j'ai enduré quand j'ai vu que tu préférais sortir avec quelqu'un qui ne pourrait jamais te rendre heureuse, plutôt que de prendre un risque avec moi ?

Incapable de riposter, Daisy se mordit la lèvre. Il avait raison et elle l'avait appris à ses dépens. Elle s'était raconté qu'elle pourrait être heureuse avec Josh, mais elle savait à présent qu'une vraie relation ne s'établissait pas sur de telles bases. Il fallait que ce soit tout ou rien.

Dev était *tout* à ses yeux, et ça l'avait effrayée.

— Je n'ai jamais ressenti pour personne ce que je ressens pour toi, reprit-il. Je t'aime. Je n'avais encore jamais utilisé ces mots. Je viens de passer un mois affreux… Tu ne sauras jamais à quel point j'ai souffert. Ne pas te voir du tout, c'était encore pire que de te voir avec Josh !

Silence.

— Moi aussi, souffla Daisy.

Il baissa les yeux sur elle.

— Moi aussi quoi ?

— Tout. Tout ce que tu viens de dire. *Moi aussi*.

Elle n'arrivait pas à croire qu'elle prononçait ces mots. Ils étaient sortis de sa bouche malgré elle. Elle repoussa maladroitement sa chaise.

Dev la prit dans ses bras et elle se cramponna à lui, retenant à grand-peine des larmes de soulagement. Elle avait été tellement malheureuse sans lui qu'elle n'avait plus grand-chose à perdre, à présent. Elle pouvait bien se jeter à l'eau, tout ce qu'elle risquait, c'était d'être heureuse !

Et puis, il fallait bien reconnaître que ses baisers étaient tout simplement divins.

— Alors, c'est oui ? murmura-t-il. On tente le coup ?

Elle s'essuya les yeux et sourit.

— Pourquoi pas ?

— Je te promets que tu ne le regretteras pas. Tu n'imagines pas combien j'étais terrorisé en venant ici.

Terrorisé ? Dev ?

— Mais tu affirmais avoir tout compris.

— En théorie, oui. Mais je n'en ai été complètement certain qu'après t'avoir annoncé que je me mariais. Tu aurais dû voir ta tête !

— Très drôle. De toute façon, se défendit-elle, je ne t'ai pas cru une seconde.

— Tu sais quoi ? À partir de maintenant, tu ne me mentiras plus jamais et je ne te mentirai plus jamais, d'accord ?

Mais Daisy, qui venait de se souvenir de quelque chose, demanda :

— Comment va Clarissa ?

— Comme d'habitude. Toujours aussi pénible. Je l'ai laissée dans la voiture pour que tu t'intéresses exclusivement à moi. Tu lui as beaucoup manqué.

— À moi aussi, elle m'a manqué. Mais elle va avoir quelqu'un d'autre à embêter...

Tout en parlant, elle s'était accroupie devant son bureau et tirait le carton dont elle avait vérifié le contenu avant que Dev pénètre dans son bureau.

— Quelqu'un d'autre ? Ne me dis pas que tu es enceinte... Oh, Seigneur !

Daisy venait de rabattre un coin de couverture bleue et l'expression de Dev se modifia du tout au tout.

Une paire d'yeux noirs comme du charbon le contemplait d'un air perplexe. Sous la couverture, la queue de l'animal s'agita timidement. Daisy prit le chiot dans ses bras, déposa un baiser sur sa tête et le présenta fièrement à Dev.

— Pour te dire à quel point Clarissa me manquait. Il vient du même chenil qu'elle et il s'appelle Clive.

Clive poussa un gémissement, puis entreprit de lécher frénétiquement la main de Dev. Avec sa robe de poils noirs et ras, et son corps grassouillet, il avait tout du bébé phoque.

— De quelle race est-il ? s'enquit Dev par pure politesse.

Le chiot ne pouvait être qu'un doux mélange issu de nombreux métissages. Mais la longueur de son corps évoquait le teckel.

— C'est un Clive, expliqua Daisy. Il est l'unique représentant de sa race.

— Et il dort dans un vulgaire carton ! observa Dev. Franchement, Daisy, je suis choqué.

— Je lui avais acheté un vrai panier, mais il le dédaigne, se défendit-elle. Il préfère ce carton.

— Clive et Clarissa, fit Dev d'un ton rêveur.

À cet instant précis, des grattements furieux se firent entendre à la porte. Dev alla l'ouvrir et Clarissa fut catapultée au centre de la pièce. Tordant ses mains potelées, Pam apparut sur le seuil.

— Je suis désolée, dit-elle. Elle a surgi à l'accueil sans crier gare...

— Elle a dû réussir à se faufiler par la vitre de la voiture que j'avais laissée entrouverte. C'est sans importance, Pam, assura Dev.

Frémissante de curiosité, Pam observa Daisy.

— Vous n'avez besoin de rien ?

— Nous avons tout ce qu'il faut, Pam, merci, répondit Dev en refermant la porte.

Alors qu'elle s'apprêtait à bondir sur Daisy, Clarissa s'avisa de la présence d'une créature étrange dans ses bras et fit brusquement machine arrière.

— Les paris doivent être ouverts, à l'accueil, commenta Dev.

— Moi, ce qui m'intéresse, c'est comment ces deux-là vont s'entendre.

Clive poussa un faible aboiement et se tortilla en tous sens pour que Daisy le pose sur le sol. Tremblante d'inquiétude, Clarissa s'aplatit contre le mur opposé.

— Elle n'est pas encore sûre, expliqua Daisy en souriant. Il lui plaît, mais elle n'en est pas entièrement convaincue.

— Wouf ! aboya Clive pour amadouer Clarissa.

— Laisse-lui un peu de temps, lui conseilla Daisy.

— Wouf, wouf, wouf, insista Clive en se tortillant de plus belle.

— Ne t'inquiète pas, ma belle, dit Daisy à Clarissa d'un ton apaisant, il ne te fera pas de mal.

— C'est bizarre, ces deux-là me rappellent quelqu'un, observa Dev.

Découvrez les prochaines nouveautés
de la collection

Amour et Destin

Des histoires d'amour riches en émotions déclinées en trois genres :

Intrigue ***Romance d'aujourd'hui*** ***Comédie***

Le 4 février *Romance d'aujourd'hui*

La maison des souvenirs

de Karen White (n° 6905)

Jamais Carrie n'aurait pensé revoir sa Géorgie natale. Le mariage de Harriet, sa sœur cadette, et de Joe, son ancien amour, l'a bien trop meurtrie pour qu'elle y songe. Elle a refait sa vie à New York, où tout lui réussit. Mais, sur le point de se marier, elle apprend que son père est gravement malade. Très éprouvée, elle se prépare à revoir la petite ville de Walton, à retrouver les fantômes du passé. Là-bas, seul le visage familier de Sam Parker, un ancien camarade de classe devenu médecin, ne réveille pas les vieilles blessures.

Le 11 février *Comédie*

Jamais sans les hommes

de Sarah Harvey (n° 5846)

Pour son travail, Alexandra est souvent en déplacement. Elle tient la rubrique "Loisirs" d'un quotidien londonien. Quand elle découvre que son compagnon, Max, avec lequel elle vit depuis six ans, met à profit ses absences pour coucher avec son professeur de gym, elle s'effondre. Comme antidote, ses meilleures amies, Emma et Serena, organisent un concours : une chasse à l'homme qui dure deux mois !

Le 25 février *Intrigue*

Illusion fatale

de Andrea Kane (n° 6869)

Lorsque Victoria Kensington, brillante avocate new-yorkaise, croise dans un parc sa sœur, qu'elle croyait en Italie, le choc est sans précédent : c'est à peine si elle peut la reconnaître, tant celle-ci a changé ! Tout juste échappée d'une clinique privée, la Hope Institute, où elle est retenue contre son gré, elle la supplie de la sauver. Et quand Victoria réalise que leur père, parfaitement au courant de la situation, ne tient pas à ce qu'elle s'en mêle, elle est plus que décidée à agir ! Le sort lui réserve un allié inattendu : Zachary Hamilton, son ancien amour, chargé par le FBI d'enquêter sur cette clinique surprotégée…

Ce mois-ci, retrouvez également
les titres de la collection

Aventures et Passions

Le 2 janvier

Irrésistible de Karen Robards (n° 6818)

Angleterre, XIXe siècle. Mal mariée, la douce Claire s'étiole, jusqu'au jour où l'aventure bouleverse sa vie. Victime d'une méprise, elle est kidnappée sur la plage par deux sbires de Hugh Battancourt, un espion anglais qui, après avoir réussi à entrer dans les bonnes grâces de Napoléon, risque d'être vendu par une traîtresse anglaise qu'il devait intercepter sur cette plage... Quand il réalise son erreur, il est trop tard... Il est déjà amoureux de Claire !

Le 9 janvier

Dans le feu de la passion de Linda Francis Lee (n° 6825)

Concertiste de talent, Sophie Wentworth est partie faire une tournée en Europe. Elle s'y distingue par un répertoire osé et des robes affriolantes. Son père, pressé de la voir "rangée", la rappelle. Mais, lorsqu'elle rentre à Boston, elle se trouve désagréablement surprise : ruiné, son père a vendu le domaine familial de Swan's Grace au séduisant Grayson Hawthorne, qu'elle s'était juré de ne plus aimer...

Le 23 janvier

La mariée fugitive de Karyn Monk (n° 6841)

Angleterre, 1833. La mariée s'enfuit sous les yeux ébahis de l'assistance. Amélia Belford se sait riche, jolie et... amoureuse d'un autre. Comment se résoudre à épouser un vieillard titré ? Cachée dans l'attelage de l'un des invités, un gentilhomme écossais dénommé Jack Kent, elle réalise que cet homme courtois au charme certain, loin de se raidir comme ses Anglo-Saxons de congénères, semble même disposé à aider la mariée en cavale...

ainsi que les titres de la collection

Escale Romance

De nouveaux horizons pour plus d'émotion

Le 2 janvier

La sorcière blonde de Jorge Sender (n° 6819)

Une pirogue glisse le long du fleuve Amazone : le docteur Valérie Terrail va, de village en village, vacciner les Indiens, et se consacre entièrement à sa mission. N'a-t-elle pas, à force de détermination, gagné leur estime et leur considération ? Aussi est-elle passablement agacée par le cynisme de Daniel Carnheilan, un bourlingueur qui vit à bord du *Fagosa* et pour lequel la jungle n'a plus de secrets...

La fille de Bornéo de Marijosé Sankara (n° 6823)

Suivant les traces de son père, le professeur Lawry, la ravissante Susan s'occupe d'orangs-outangs dans la forêt de Bornéo. Outre les soins journaliers, il lui faut faire face aux braconniers, qui lui livrent une guerre sans merci. Malheureusement, le pire est à venir : la Perry International Corporation envoie un jeune loup, Paul McKinnan, fermer le centre. Elle lui réserve un accueil glacial. Mais le séduisant jeune homme n'est pas aussi insensible qu'elle l'aurait cru...

6824

Composition Nord Compo
Achevé d'imprimer en France (Manchecourt)
par Maury-Eurolivres
le 9 décembre 2003.
Dépôt légal décembre 2003. ISBN 2-290-33421-9

Éditions J'ai lu
84, rue de Grenelle, 75007 Paris
Diffusion France et étranger : Flammarion